ATRIUM

MARK BILLINGHAM

DIE SCHERBEN DER WAHRHEIT

Roman

Aus dem Englischen von
Isabella Bruckmaier

ATRIUM VERLAG · ZÜRICH

Für Katie und Jack

1. AUGUST

Es hat aufgehört zu regnen, aber die Straße ist noch feucht und glänzt unter dem Licht der Scheinwerfer. Hier, auf einer der wahrscheinlich miesesten Straßen Londons, hält sich der Verkehr in Grenzen.

Es ist bereits Morgen, genau genommen ein paar Stunden nach Mitternacht. Aber für die paar Leute, die unterwegs nach Hause sind, sich zur Arbeit schleppen oder ihren wie auch immer gearteten Geschäften nachgehen, fühlt es sich an wie mitten in der Nacht.

Stockfinstere Nacht.

Eine warme Nacht, geradezu schwül. Der 1. August, der sich ganz ordentlich anlässt. Aber das ist nicht der Grund, warum der Beifahrer in dem blauen Chevrolet Cavalier den Kopf zum offenen Fenster hinausstreckt und wie ein Schwein schwitzt.

»Wie ein Kinderficker auf der Hüpfburg«, meint der Fahrer. »Du müsstest dich mal sehen, Alter.«

»Hat das Ding keine Klimaanlage?«

»Du bist der Einzige, der so schwitzt.«

Die drei Männer auf dem Rücksitz lachen, ihre Schultern berühren sich. Sie sehen durch die Lücke zwischen den Vordersitzen auf den entgegenkommenden Verkehr. Als sie sich Zigaretten anzünden, hält der Fahrer die Hand nach hinten. Sie stecken ihm eine an und reichen sie ihm.

Der Fahrer nimmt einen tiefen Zug und schaut die Zigarette an. »Warum raucht ihr diesen Mist?«

»Ein Freund hat ein paar Kisten von dem Zeug, war mir was schuldig.«
»Warum bekomm ich nicht ein paar davon?«
»Hab gedacht, du rauchst das starke Zeug. Marlboro oder so.«
»Ja, hast du gedacht.« Er reißt das Lenkrad herum, um einem Müllsack auszuweichen, der mitten auf die Straße geweht wurde. »Seht euch diese Scheiße hier an. Die Leute hausen hier wie Schweine.«
Draußen gleiten verrammelte Restaurants und Läden vorbei, mit türkischen oder griechischen Namen. Ein asiatischer Gemüseladen, Clubs, ein kleines Minicab-Büro. Die Rollos und Sicherheitstüren sind voller Graffiti: Buchstaben tanzen über das Metall, rot, weiß und schwarz, nicht zu entziffern.
Markierte Reviere.
»Haben wir keine Mucke?« Einer der Männer auf dem Rücksitz schlägt rhythmisch gegen die Kopfstütze.
»Vergiss es«, sagt der Fahrer mit einer wegwerfenden Handbewegung Richtung Lautstärkeregler. »Die Anlage bringt's nicht.«
»Und das Radio?«
Der Fahrer zieht Luft durch die Zähne, als falle etwas in heißes Fett. »Um die Zeit läuft nur Schwachsinn. Chill-out-Scheiße und Oldies but Goldies.« Er fasst den Beifahrer mit der Hand im Nacken. »Außerdem muss sich der Junge hier konzentrieren, verstehst du?«
Vom Rücksitz: »Darauf, dass er sich nicht in die Hose pinkelt. Der hat Schiss, wenn du mich fragst. Richtig Schiss.«
»Und wie ...«
Der Beifahrer sagt nichts, dreht sich nur um und schaut nach hinten. Damit die drei wissen, dass sie später quatschen können, wenn das hier vorbei ist. Er sieht wieder nach vorn und spürt das Gewicht auf dem Sitz zwischen seinen Beinen und das Hemd, das an seinem Kreuz klebt.

Der Fahrer fährt dicht auf einen Nachtbus auf und zieht den Wagen dann hart nach rechts. Singt vor sich hin, während er an dem Bus vorbeifährt und über die Ampel, die gerade auf Rot schaltet.

Sie ist in Stamford Hill auf die A10 abgebogen. Hat die großen Häuser hinter sich gelassen, mit den SUV-Volvos in der Einfahrt und den ordentlichen Vorgärten. Nun steuert sie ihren BMW Richtung Süden.

In Stoke Newington wird sie langsamer. Sie weiß schließlich, hier sind überall Kameras, falls jemand blöd genug ist, über eine rote Ampel zu fahren. Sie achtet auf die Geschwindigkeit. Es ist nicht viel Verkehr, aber man muss immer mit einem genervten Verkehrsbullen rechnen, der es darauf abgesehen hat, einem armen Teufel den Abend zu verderben.

Das Letzte, was sie jetzt braucht.

Ein paar Minuten später ist sie in Hackney. Sieht nachts gar nicht so übel aus, aber sie weiß es besser. Na wenigstens mussten die Schleimer der Maklerbüros hier etwas tun für ihr Geld.

»Aber ja, die Gegend hier ist absolut im Kommen. Sie hat keinen guten Ruf, stimmt, aber lassen Sie sich davon nicht täuschen. Hier gibt es wirklich ein Gemeinschaftsgefühl, und die allgemeinen Vorurteile bedeuten natürlich auch, dass die Preise hier kaum zu schlagen sind …«

Ich meine, egal, man es ausspricht, De Beauvoir Town klingt *wirklich* nett, oder? Reden Sie einfach über Hackney Downs und Regent's Canal und machen Sie sich keine Gedanken über Kleinkram wie Messerstechereien, Lebenserwartung oder so. Es gibt sogar den einen oder anderen begrünten Platz und eine oder zwei nette Straßen mit viktorianischen Reihenhäusern.

»Pflanzen Sie am Ende des Gartens ein paar von diesen – wie

heißen die doch gleich – Leyland-Zypressen ein, und schon sehen Sie den Sozialbau gar nicht mehr!«

Die Armen hätten sich genauso gut Zielscheiben auf ihre Haustüren malen können.

Sie schafft es über die Balls Pond Road, ohne langsamer werden zu müssen. Auf der einen Seite liegt Kingsland, auf der anderen breitet sich Dalston wie ein Schmutzfleck nach Osten aus.

Bald da.

Ihre Hände sind schweißnass, sie hält sie aus dem Fenster, spreizt die Finger in der Nachtluft. Sie glaubt, den Regen spüren zu können, nur ein, zwei Tropfen. Und hält den Arm in dieser Position. Der BMW hört sich gut an – nur ein tiefes Brummen und ein Flüstern unter den Reifen. Und das Leder des Beifahrersitzes fühlt sich weich und sauber an, als sie darüberstreicht. Sie hat dieses Auto schon immer geliebt, fühlte sich ab dem Moment, als sie zum ersten Mal die Beine hineinschwang, wohl darin. Manchen Leuten geht es mit Häusern so. Welchen Spruch der Makler auch draufhat, manchmal gibt einfach das Gefühl den Ausschlag, das man beim Betreten des Hauses hat. Genauso war es mit dem Auto, es hat sich angefühlt, als gehörte es ihr.

Sie sieht den Chevrolet Cavalier auf sich zukommen, als sie vor der Ampel abbremst. Er ist um einiges schneller als sie und legt an der Ampel eine Vollbremsung hin.

Die Scheinwerfer sind ausgeschaltet.

Sie greift nach dem Schalthebel hinter dem Lenkrad und lässt die Xenon-Scheinwerfer ihres BMWs zweimal aufblenden. Besser als die Landescheinwerfer einer 747, hat der Autoverkäufer gemeint. Die reden noch mehr Schwachsinn als Immobilienmakler.

Der Fahrer des Chevrolets starrt sie nur an, kein Zeichen, nichts. Dann schaltet er die Scheinwerfer ein.

Sie tritt aufs Gaspedal und braust über die Kreuzung. Erste Re-

gentropfen fallen auf die Windschutzscheibe. Im Rückspiegel sieht sie den Chevrolet in dreißig Metern Entfernung wenden. Laut hupend schneidet er die entgegenkommenden Fahrzeuge, zieht an einem schwarzen Taxi vorbei auf die Busspur und rast auf sie zu.
Sie spürt, wie sich ihr Magen zusammenzieht.

»Warum ausgerechnet die?«, fragt der Mann auf dem Beifahrersitz.
Der Fahrer legt den fünften Gang ein und zuckt die Schultern. »Warum nicht?«
Die drei auf dem Rücksitz beugen sich weiter nach vorn. Sie sind angespannt, klingen aber sachlich. »Die hat sich selbst ausgewählt.«
»Wenn du jemandem in die Quere kommst, forderst du das Schicksal heraus, so einfach ist das.«
»Sie wollte doch nur helfen.«
»So läuft das nun mal bei uns«, sagt der Fahrer.
Der Beifahrersitz fühlt sich heiß an unter ihm, als er sich langsam wegdreht, so als berühre ihn das nicht, als atme er normal und als drohe seine Blase nicht jeden Augenblick zu platzen.
Scheißdumme Kuh. Warum kann sie sich nicht um ihren eigenen Kram kümmern?
Sie scheren aus der Busspur aus und überholen einen Motorradfahrer. Als sie an ihm vorbeifahren, dreht er sich nach ihnen um. Er trägt einen schwarzen Helm mit Visier. Der Mann auf dem Beifahrersitz erwidert den Blick, hält ihm aber nicht stand und sieht wieder nach vorn auf die Straße.
Auf das Auto vor ihnen.
»Verlier sie nicht«, sagt einer auf der Rückbank.
Ein anderer: »Yeah, du musst dieses Stück Scheiße umlegen, Alter.«

Der Fahrer blickt in den Rückspiegel. »Wollt ihr mich verarschen?«

»Nein.«

»Wollt ihr mich *total* verarschen?«

Die Männer auf dem Rücksitz heben die Hände. »Beruhig dich, Alter. Ich mein ja nur …«

Der Fahrer blickt wieder auf die Straße und steigt aufs Gaspedal, bis der Chevrolet nur noch einen Meter hinter dem silbernen BMW ist. Der Fahrer dreht sich grinsend zu dem Mann auf dem Beifahrersitz. »Bist du so weit?«

Der Regen wird stärker.

Sein Herz geht schneller als die quietschenden Scheibenwischer.

»*Jetzt*«, sagt der Fahrer.

»Yeah …«

Der Chevrolet zieht nach links, nur noch eine Handbreit trennt ihn vom BMW, drängt ihn auf die Busspur. Die drei auf dem Rücksitz johlen und fluchen, was das Zeug hält.

»*Jetzt!*«

Der Mann auf dem Beifahrersitz nickt, schließt die feuchte Hand um den Revolvergriff neben seinem Knie.

»Heb das Ding hoch, Alter. Zeig ihr, was du hast.«

Er hält den Atem an, umklammert die Waffe und unterdrückt den Drang, in das Auto zu pinkeln.

»Was Sie *bekommt.*«

Als er sich umdreht, sieht er, dass die Frau im BMW schon panisch genug ist. Sie blickt wild um sich, ihr Mund ist vor Angst verzerrt.

Er hebt den Revolver.

»Mach schon.«

Das war es doch, was er wollte, oder?

Kusslaute von der Rückbank.

»*Mach schon*, Mann.«
Er beugt sich hinüber und schießt.
»Noch mal.«
Beim zweiten Schuss zieht der Chevrolet davon, und er versucht, den silbernen Wagen im Blick zu behalten. Sein Nacken ist nass vom Regen, er bekommt nichts mit von dem Gejohle um ihn herum und den Händen, die ihm auf die Schulter klopfen. Er sieht, wie der BMW plötzlich nach links schwenkt und auf den Bürgersteig schlittert, sieht die Menschen an der Bushaltestelle, sieht Leute durch die Luft fliegen.
Was er wollte …
In dreißig Metern Entfernung, oder weiter, hört er ein Knirschen. Das war die Motorhaube. Und noch etwas: einen dumpfen Schlag, schwer und nass, dann kreischendes Metall und berstendes Glas, das in der Ferne verklingt, als sie davonbrausen.

DREI WOCHEN ZUVOR …

Teil eins

LÜGEN WIE GEDRUCKT

EINS Helen Weeks war es gewohnt, dass ihr übel war, wenn sie aufwachte, dass sie sich fühlte, als hätte sie praktisch nicht geschlafen und als sei sie allein, egal, ob Paul neben ihr lag oder nicht.

Heute war er vor ihr aufgestanden und duschte bereits, als sie langsam ins Bad schlurfte und sich über das Waschbecken beugte, um sich zu übergeben. Nicht dass es viel gewesen wäre. Einige braune, bittere Fäden.

Sie spülte sich den Mund aus, drückte auf dem Weg in die Küche das Gesicht gegen die Glastür der Dusche. »Hübscher Arsch«, sagte sie.

Paul grinste und hob das Gesicht wieder in den Wasserstrahl.

Als er zehn Minuten später ins Wohnzimmer kam, war Helen bereits bei ihrem dritten Toast. Sie hatte den kleinen Esstisch gedeckt – Kaffeekanne, Tassen, Teller und was man sonst noch so brauchte. Als sie eingezogen waren, hatten sie das Geschirr bei The Pier gekauft. Marmelade und Erdnussbutter standen auf dem Tablett, aber Paul griff wie immer nach den Choco Krispies.

Das gehörte zu den Dingen, die sie an ihm liebte: Er war ein großes Kind, das nie den Appetit an Choco Krispies verlor.

Sie sah ihm dabei zu, wie er die Milch darübergoss und die paar Tropfen, die er verschüttet hatte, mit dem Finger wegrieb. »Ich bügel dir das Hemd noch.«

»Das geht schon so.«

»Du hast die Ärmel nicht gebügelt.« Er bügelte nie die Ärmel.
»Warum auch, ich hab den ganzen Tag die Jacke an.«
»Das dauert doch nur fünf Minuten. Vielleicht wird heute noch ein warmer Tag.«
»Draußen schifft es.«
Eine Weile aßen sie schweigend. Helen dachte schon daran, den kleinen Fernseher in der Ecke einzuschalten, überlegte es sich dann aber anders. Vielleicht hatte ja doch noch einer von ihnen beiden etwas zu sagen. Aus der Wohnung über ihnen war ohnehin Musik zu hören. Ein Rhythmus und dazu der Bass.
»Was steht heute bei dir an?«
Paul zuckte die Schultern und schluckte. »Keine Ahnung. Das wird sich zeigen, wenn ich reinkomm. Mal sehen, was der Captain vorhat.«
»Bist du gegen sechs fertig?«
»Jetzt komm schon, du weißt doch, wie's läuft. Wenn was reinkommt, kann es ewig dauern. Ich ruf dich an.«
Sie nickte und dachte an eine Zeit, als er das wirklich tat. »Was ist mit dem Wochenende?«
Paul sah zu ihr und knurrte ein »Was?« oder »Warum?«.
»Wir sollten uns ein paar Häuser ansehen«, sagte Helen. »Ich wollte heute mal telefonieren und ein paar Besichtigungen ausmachen.«
Paul verzog das Gesicht. »Ich hab doch gesagt, ich weiß noch nicht, was ich mache. Was sich ergibt.«
»Wir haben noch sechs Wochen. *Höchstens* sechs Wochen.«
Wieder nur ein Schulterzucken.
Sie hievte sich hoch und steckte noch zwei Scheiben Brot in den Toaster. Tulse Hill war okay, mehr als okay, wenn man einen Döner oder einen Gebrauchtwagen kaufen wollte. Brockwell Park und Lido waren zu Fuß zu erreichen, und in fünf Minuten war man unten in Brixton, wo immer viel los war. Die Wohnung

selbst war auch nett; sie war *sicher*, in einem der oberen Stockwerke und mit einem Lift, der meistens funktionierte. Aber sie konnten nicht hierbleiben. Eineinbisschen Schlafzimmer – das Elternschlafzimmer und die Kammer, in die man nicht mal eine Katze reinbekommt –, eine kleine Küche, ein Wohnzimmer und ein kleines Bad. In eineinhalb Monaten, wenn ein Kinderwagen im Gang und ein Laufstall vor dem Fernseher stünden, würde es noch um einiges enger werden.

»Ich fahr vielleicht rüber zu Jenny.«

»Gut.«

Helen lächelte und nickte, dabei war ihr klar, dass er das überhaupt nicht gut fand. Paul hatte sich nie mit ihrer Schwester verstanden. Und es hatte nicht gerade geholfen, dass Jenny vor ihm von dem Baby erfahren hatte.

Und noch ein paar andere Dinge wusste.

Sie ging mit dem Toast zum Tisch. »Bist du schon dazu gekommen, mit dem Personalchef zu reden?«

»Über?«

»Verdammt, Paul …«

»*Was?*« Helen fiel beinahe das Messer aus der Hand, als sie seinen Blick sah.

Die Metropolitan Police gab ihren weiblichen Angestellten dreizehn Wochen Mutterschaftsurlaub, aber bei den Vätern waren sie weniger großzügig. Paul hätte sich – zumindest, wenn es nach ihr gegangen wäre – schon längst darum kümmern sollen, mehr als die fünf Tage bezahlten Urlaub zu bekommen, die ihm zustanden.

»Du hast gesagt, du kümmerst dich darum. Dass du den Urlaub *willst*.«

Er lachte hohl. »Wann hab ich das gesagt?«

»Bitte …«

Kopfschüttelnd rührte er mit dem Löffel in seinen Choco Kris-

pies herum, als suche er nach einem Plastikspielzeug darin, das er übersehen hatte. »Der hat Wichtigeres zu tun.«
»Klar.«
»*Ich* hab Wichtigeres zu tun.«
Paul Hopwood war Detective Sergeant bei der Kriminalpolizei, in einem CID-Team ein paar Meilen nördlich von Kennington. In einer Intelligence Unit. Alle Witze, die man darüber machen konnte, hatte er bereits gehört.
Helen merkte, wie sie errötete. Sie wollte losbrüllen, konnte aber nicht. Stattdessen sagte sie: »Tut mir leid.«
Paul ließ den Löffel sinken und schob die Schüssel weg.
»Ich versteh einfach nicht ...« Helen sprach den Satz nicht zu Ende, Paul hörte ohnehin nicht zu. Oder er tat zumindest so. Er hatte nach der Krispies-Packung gegriffen und studierte immer noch konzentriert deren Rückseite, als sie ihren Stuhl zurückschob.

Nachdem Paul gegangen war und sie das Frühstücksgeschirr weggeräumt hatte, duschte sie. Sie blieb in der Dusche, bis sie nicht mehr weinen musste. Dann zog sie sich langsam an. Einen riesigen BH und Wohlfühlslip, darüber ein Sweatshirt und eine weiße Jogginghose. Nicht dass sie eine große Wahl gehabt hätte.
Sie hockte sich vor die Glotze, bis sie das Gefühl hatte, ihr Gehirn würde flüssig. Sie schaltete den Fernseher aus und setzte sich mit den Immobilienseiten des Lokalanzeigers aufs Sofa.
West Norwood, Gipsy Hill, Streatham. Herne Hill, wenn sie Abstriche machten. Und Thornton Heath, wenn sie keine andere Wahl hatten.
Wichtigeres ...
Sie überflog die Seiten, malte Kreise um ein paar Angebote, die infrage kamen. Jedes Haus zehn- oder fünfzehntausend teurer,

als sie eigentlich zahlen wollten. Sie würde um einiges schneller wieder arbeiten müssen als geplant. Jenny hatte angeboten, ihr mit dem Kind zu helfen.

»Du bist bescheuert, wenn du dich auf Paul verlässt«, hatte Jenny gemeint. »*Egal*, wie lange er frei bekommt.«

Direkt wie immer, ihre kleine Schwester, und es ließ sich kaum was dagegen einwenden.

»Wenn das Baby erst mal da ist, kommt er schon klar.«

»Und *du*?«

Die Musik oben wurde lauter. Sie musste Paul sagen, dass er mit dem Typen mal reden sollte. Sie ging ins Schlafzimmer und setzte sich, um irgendwas mit ihren Haaren zu machen. Männer, die meinten, Schwangere hätten was »Strahlendes«, mussten eine Schraube locker haben. Genauso wie Leute, die glaubten, sie könnten ihr den Bauch tätscheln, wann immer es ihnen in den Sinn kam. Sie schluckte, es schmeckte sauer. Sie konnte sich nicht daran erinnern, wann Paul ihn zum letzten Mal hatte berühren wollen.

Die Abschiedsküsschen-an-der-Tür-Phase hatten sie lange hinter sich, klar, aber sie hatten auch viele andere Dinge abgeschlossen. Sie gab ja zu, ihr war auch nicht besonders nach Sex zumute, aber so, wie die Dinge standen, war das auch besser so. Anfangs war sie ganz wild darauf gewesen, wie viele Frauen in den ersten Wochen der Schwangerschaft, wenn man den Büchern glauben durfte. Doch Paul hatte ziemlich schnell das Interesse verloren. Auch das war nicht ungewöhnlich, hatte sie gelesen. Die Gefühle der Männer änderten sich, sobald diese ganze Mutterschaftssache kam. Es fiel ihnen schwer, ihre Partnerin noch wie früher zu sehen, sie zu *begehren,* selbst wenn sie noch keinen Bauch hatte.

Bei Paul und ihr war das noch viel komplizierter, aber vielleicht spielte auch das mit rein.

»Der arme kleine Scheißer will bestimmt nicht, dass ich ihn ins Auge pikse«, hatte Paul gesagt.
Helen hatte nur spöttisch gemeint: »Ich glaub nicht, dass du bis zu seinen Augen kommst.« Aber ihnen war beiden nicht wirklich nach Lachen zumute gewesen.
Sie schob ihr Haar nach hinten und legte sich aufs Bett. Sie versuchte, sich an bessere Zeiten zu erinnern. Vielleicht half das ja. Zwei- oder dreimal hatte es geklappt, aber inzwischen fiel es ihr schwer, sich an ein »Früher« zu erinnern. An die drei Jahre, die sie zusammen gewesen waren, bevor es schiefzulaufen begann.
An die Zeit vor den Streitereien und dieser *saublöden* Affäre.
Sie konnte ihm nicht vorwerfen, dass er fand, es gäbe *Wichtigeres* als sie, als eine Wohnung oder ein Haus für sie zu finden. Für sie beide und das Baby, das vielleicht nicht seines war.
Sie beschloss, nach oben zu gehen und selbst mit dem Typen wegen der Musik zu reden. Aber sie schaffte es einfach nicht, aufzustehen. Sie musste ständig an Pauls Gesichtsausdruck denken.
Die Blicke.
So wütend, als habe sie keine Ahnung, wie verletzt er war, und so leer, als sei er gar nicht da. Da saß er ihr gegenüber am Tisch und starrte auf die Rückseite dieses blöden Krispies-Kartons.

Während der Fahrt versuchte Paul Hopwood, sich auf die Arbeit zu konzentrieren, bei dem Gedudel auf Capital Gold mitzusingen und sich Gedanken über Meetings und unhöfliche Sergeants zu machen. Alles war ihm lieber, als über die Scheiße vorhin nachzudenken.
Gemeinsames Frühstück und scheißfreundliches Getue. Glückliche Familien …
Er bog nach rechts ab und wartete darauf, dass sein Navi ihm

mitteilte, er sei falsch abgebogen, dass die Frau mit der vornehmen Stimme ihn aufforderte, bei der nächsten Gelegenheit zu wenden.

Der Anflug eines Lächelns huschte über sein Gesicht. Er musste an einen Typen vom Revier in Clapham denken, der meinte, man solle diese Dinger mit Stimmen ausstatten, die Männer »mit speziellen Vorlieben« ansprachen.

»Das wär genial, Paul. Sie sagt ›Links abbiegen‹, du ignorierst sie, sie wird ein bisschen strenger. ›Ich sagte: Links abbiegen, du *ungezogener* Junge.‹ Das ginge weg wie warme Semmeln. An diese Privatschulbürschchen und solche Typen.«

Er drehte das Radio lauter und stellte die Scheibenwischer langsamer.

Glückliche Familien. Am Arsch.

Helen hatte jetzt schon seit Wochen diesen Blick drauf. Diese verletzten Rehaugen. Als hätte sie jetzt genug gelitten und er solle Manns genug sein und vergessen, was passiert war, weil sie ihn brauchte. Alles schön und gut, aber offensichtlich war er nicht Manns genug gewesen, als es darauf ankam, oder?

Mrs Plod, die Bullentussi …

Dieser Blick, als ob sie ihn nicht mehr erkennen würde, dann die Tränen und wie sie die Hände auf den Bauch legte, als ob das Kind rausfiele, wenn sie zu sehr weinte oder was. Als sei das alles *sein* Fehler.

Ihm war klar, was sie insgeheim dachte. Was sie ihrer Trantüte von Schwester jeden Abend am Telefon sagte. »Das wird anders, sobald er das Baby sieht.« Natürlich, alles würde wunderbar werden, sobald das verdammte Baby da war.

Durch das Baby würde alles gut.

Die Navifrau forderte ihn auf, links abzubiegen. Er ignorierte sie, schlug mit den Händen auf dem Lenkrad den Takt zu der Musik und biss auf die Fistel in seiner Unterlippe.

Mein Gott, er hoffte es so sehr. Er hoffte so sehr, dass alles gut würde. Aber er schaffte es einfach nicht, es Helen zu sagen. Er wünschte sich so sehr, das Baby anzuschauen und es einfach zu lieben – ohne groß nachzudenken. Einfach zu *wissen*, dass es seins war. Dann könnten sie weitermachen wie normale Leute, wie die ganzen anderen normalen Idioten, auch wenn es so aussah, als ob sie keine Chance hatten.

Doch diese Blicke und dieser blöde, bittende Unterton in ihrer Stimme. Das machte seine Hoffnung Stück für Stück zunichte.

Das Navi erklärte ihm, er solle im nächsten Kreisverkehr die erste Ausfahrt nehmen. Er biss kräftiger auf die Fistel und nahm die dritte Ausfahrt. Kennington war wie immer als Ziel einprogrammiert. Es spielte keine Rolle, dass er die Route in- und auswendig kannte, weil er gar nicht dorthin wollte.

»Bitte bei der nächsten Gelegenheit wenden.«

Diese Fahrten machten ihm Spaß, wenn die schnöselige Kuh ihm ständig sagte, was er zu tun habe, und er das Gegenteil tat. Ihr den Mittelfinger zeigte. Und sich so in die richtige Stimmung brachte für den Ort, den er wirklich anpeilte.

»Bitte wenden.«

Er griff zum Handschuhfach, holte ein Papiertaschentuch heraus und spuckte das Blut aus.

ZWEI

»Achtung!«

»Scheiße, was?«

»Da muss man brüllen, Mann. Ich hab das Ding zum falschen Loch geballert.«

»Dann *brüll.*« Er hob die Hände an den Mund und rief: »Achtung, Arsch*löcher.*« Selbstzufriedenes Nicken. »Wenn schon, denn schon, T.«

Theo lachte über seinen Freund und über die Blicke des älteren Pärchens auf dem Green daneben. Sie nahmen ihre Schläger und machten sich auf den Weg. Es war zwecklos, den Schlag noch mal zu versuchen. Sie hatten schon ein halbes Dutzend Bälle verloren.

»Wozu braucht man den ganzen Scheiß überhaupt?«

»Was?«

Theo stieß mit dem Finger in die Tasche über der Schulter seines Freundes: weiches Leder, jede Menge Reißverschlüsse und Taschen; dunkelblau, mit der Aufschrift PING, die auch auf jedem der neuen Schläger im Innern der Tasche prangte, große Fellkappen für die Holzschläger. »Das hier ist Pitch und Putt, Alter. Neun Löcher.«

Sein Freund war einen Kopf kleiner als er, aber kräftig gebaut. Er zuckte die Schultern. »Man muss halt gut aussehen, scheiß drauf.« Und das tat er, wie immer. Diamanten in beiden Ohren und ein Jogginganzug, der zur Tasche passte. Mit hellblauer Ziernaht und farblich abgestimmten Sportschuhen. Das weiße Cap, mit dem er immer rumlief, hatte kein Logo, wie alle seine Sachen. »Ich brauch keine Labels«, erklärte er bei jeder sich bietenden Gelegenheit, »um zu wissen, dass ich *gut* aussehe.«

Ezra Dennison, auch als »EZ« bekannt, für die meisten aber nur »Easy«.

Theo lief neben ihm, trug Jeans und eine hellgraue Jacke mit Reißverschluss. Weiter drüben ging das ältere Ehepaar parallel zu ihnen in dieselbe Richtung. Er nickte ihnen zu, woraufhin sich der Mann rasch abwandte und so tat, als suche er seinen Ball.

»Nett hier«, sagte Easy.

»Yeah.«

Der Kleinere der beiden winkte einem nicht vorhandenen Publikum zu. »Easy und The O, am achtzehnten Loch, wie Tiger Woods und … ein anderer Typ, egal.«

Theo fiel auch kein anderer Golfspieler ein.

Theo Shirley oder »The O« oder einfach nur »T«. Egal. »Theodore« bei seiner Mutter oder wenn seine Freunde ihn verarschen wollten.

Wer schoss das Tor, Theo-dore?

»Du hast so viele Namen«, hatte sein Vater mal gesagt und gelacht, wie immer, kurz vor seiner Pointe, »und nichts zu unterschreiben.«

Dann der Blick von seiner Mutter. Der Blick, den er immer sah, wenn sie wissen wollte, warum er es nicht *nötig* hatte, sich eine ordentliche Arbeit zu besorgen.

Easy kramte in seiner Tasche, holte einen neuen Ball heraus und warf ihn Theo vor die Füße. »Du bist dran, glaub ich.« Er hob die Hand. »Keine Fotos, bitte.«

Theo zog seinen Schläger aus dem schäbigen Beutel, den er im Häuschen am Eingang bekommen hatte, und schlug den Ball bis kurz vors Green.

Drei Meter weiter fand Easy seinen Ball. Er beugte sich darüber, wackelte ewig mit dem Arsch, um ihn dann knappe sieben Meter über das Green hinaus in die Bäume zu dreschen. »Dieses Putten ist sowieso scheißlangweilig«, sagte er.

Sie gingen zum Green. Es war hell, aber der Boden hing noch schwer an ihren Füßen. Die Schnürsenkel an Theos Sportschuhen waren braun vom Schlamm, und seine Jeans war unten an den Beinen ganz nass vom langen Gras, durch das sie die letzte halbe Stunde gelaufen waren.

Die ersten zwei Juliwochen waren bereits vorbei, und noch immer schien der Sommer irgendwo aufgehalten worden zu sein.

Theo konnte es nicht erwarten, dass es richtig heiß wurde. Er hasste das nasskalte Wetter, spürte es in den Knochen.
Seinem Vater war es genauso gegangen.
In Pullover und Jacken gehüllt, hatte Theo draußen auf dem winzigen Balkon im zehnten Stock gesessen und vom Starkbier genippt, das sein Vater ihm reichte, wenn seine Mutter nicht hinsah.
»Wir sind für diese Kälte nicht geschaffen, verstehst du. Für diesen beißenden Wind. Deshalb gibt es auch keine schwarzen Skiläufer.«
Über solchen Scheiß konnte Theo immer lachen.
»Wir kommen von einer Insel.« Da hatte er schon einige Biere intus. »Sonne und Meer, das ist unser Element.«
»Gibt aber auch nicht viele schwarze Schwimmer«, sagte Theo.
»Nein …«
»Dann macht das keinen Sinn.«
Er nickte nachdenklich. »Das ist eine Frage der natürlichen Auftriebskraft.«
Viel mehr hatte sein Vater nicht dazu zu sagen. Auf alle Fälle brachte er das Thema nicht zur Sprache, als Theo sämtliche Schwimmwettbewerbe in der Schule gewann. Er stand nur am Beckenrand und brüllte lauter als alle anderen. Und als eine kleinkarierte, dumme Kuh hinter ihm sagte, er solle leiser sein, wurde er nur noch lauter.
»Bloß weil ihr Junge schwimmt, als würde er absaufen«, sagte er später.
Theos alter Herr sonderte immer irgendeine Scheiße ab, und Theos Mum sagte dann zu ihm, er solle sich nicht aufführen wie ein Idiot. Selbst zum Schluss, als er auf dem Sofa lag und die Medikamente ihn total stumpfsinnig machten.
Easy lief über das Green und machte sich auf die Suche nach dem Ball, während Theo seinen einlochte. Er sah über die

Schulter, an dem Tee hinter ihnen warteten Leute. Er wollte gerade das Green verlassen, als Easy auftauchte, herüberkam und losquatschte, während er den Fahnenstab zwischen den Händen hin- und herwarf. »Was machst du heute noch?«

»Nicht viel. Was mit Javine oder so. Und du?«

Easy warf die Fahne in die Luft. »Hab nachmittags was zu erledigen.«

Theo nickte und drehte sich nach den wartenden Leuten um.

»Nichts Großes, nur ein bisschen Kleinscheiß. Wär gut, wenn du mitkommst.« Easy sah ihn abwartend an. »Und die Sache mit Javine verschiebst.«

»Kleinscheiß?«

»Nur Kleinscheiß, wirklich.« Er grinste breit. »Winzigstscheiß, Alter, ich schwör's bei Gott.«

Theo kannte dieses Grinsen noch aus der Schule. Es fiel ihm manchmal schwer, sich ins Gedächtnis zu rufen, dass Easy kein Kind mehr war. Seine Haut war dunkler als die von Theo, da seine Leute aus Nigeria kamen, aber das war egal. Sie stammten aus derselben Gegend, derselben Ecke von Lewisham, hingen mit denselben Typen rum. In der Gang waren jede Menge Jungs gemischter Herkunft, aber die meisten kamen wie er aus Jamaika. Ein paar Türken und Pakis waren auch dabei, sogar ein paar Weiße. Er kam gut mit ihnen klar, solange sie nicht zu aufdringlich wurden.

An dem Tee hinten pfiff jemand. Easy hörte nicht hin, aber Theo verließ das Green, und nach ein paar Sekunden folgte Easy ihm.

»Also, kommst du mit?«

»Yeah, solange es wirklich nur Winzigstscheiß ist.«

»Absolut. Da passiert nichts, T. Und wenn doch, weißt du ja, dass ich immer alles unter Kontrolle habe.«

Da war es wieder, dieses Grinsen. Theo sah seinem Freund zu, wie er das Seitenfach seiner Golftasche tätschelte, als sei es ein Welpe. »Was für ’nen Scheiß hast du denn da drin?«

»Halt die Fresse.«

»Bist du auf Drogen oder was?«

»Ich seh das so«, Easy stellte die Tasche ab, »ein Pitching Wedge, um den Ball aufs Green zu schlagen, einen Putter zum Einlochen. Und noch ’n paar andere Sachen … für andere Sachen.« Er grinste noch breiter. »Kapiert?«

Theo nickte.

Manchmal war es schwierig, sich vorzustellen, dass Easy mal ein Kind gewesen war.

Theo sah angespannt zu, wie Easy den Reißverschluss zurückzog und in der Tasche wühlte. Er versuchte, langsam auszuatmen, als sein Freund noch eine Handvoll Bälle herausholte und sie nacheinander fallen ließ.

Easy zog einen Holzschläger aus der Golftasche und deutete damit auf eine Fahne am anderen Ende des Platzes. »Lass uns da noch ’n paar Schläge machen.«

»Das ist das falsche Loch, Alter. Das ist nicht unser nächstes Loch.«

»Ach ja?« Easy stellte sich auf zum Abschlag, biss sich konzentriert auf die Unterlippe. »Ich möchte nur ein paar von diesen Mistdingern durch die Gegend ballern.« Er schlug kräftig, verfehlte den Ball jedoch um ein paar Zentimeter und beförderte stattdessen einen großen Klumpen nasse Erde in die Luft.

»Yeah. Tiger Woods«, sagte Theo.

Easy schlug erneut. Dieses Mal traf er den Ball, er flog jedoch kaum weiter als der Erdklumpen.

Jemand rief, und sie drehten sich um. Ein älterer Mann winkte ihnen vom Häuschen am Eingang zu.

»Was hat der Alte für ein Problem?«

Theo reckte den Hals und winkte zurück. »Du musst deine Divots wieder zurücklegen.«
»Was zurücklegen?«
Theo holte das rausgeschlagene Rasenstück und trat es wieder fest. »Das ist Golfer-Etikette, verstehst du?«
»Was'n das für 'n Scheißwort?«
»Das bedeutet, wie man was macht. Wie sich was gehört.«
Easys Gesichtsausdruck verfinsterte sich. Er hatte es noch nie abgekonnt, wenn jemand was besser wusste.
»Das heißt so, okay?«, sagte Theo.
Easy spuckte auf den Boden und zog seine Jogginghose hoch. Er griff nach einem anderen Schläger und ging hinüber zu den übrigen Bällen.
»Scheiße, was machst du?«
Easy drehte sich um und schlug mit aller Kraft einen Ball in die Richtung, wo der alte Mann stand. »*Das* mach ich.«
Der Alte schrie, aber eher erschrocken als wütend, und sprang zur Seite, als der Ball hinter ihm gegen die Wand des Häuschens knallte. Easy holte erneut aus, diesmal verfehlte er sein Ziel, was ihn nicht weiter zu stören schien. Munter schlug er weiter drauflos. Wieder knallte ein Ball gegen das Häuschen, und der Greenkeeper zog rasch die Tür hinter sich zu.
»Der holt garantiert jemanden, Alter.«
»Scheiß drauf.«
»Mein ja nur.«
Easy wühlte schon wieder in seiner Tasche, suchte nach weiteren Bällen.
Theo stand daneben und sah ihm zu. Sein Freund war verrückt, das war klar, trotzdem lachte er sich halb tot.

DREI Jenny wohnte auf der anderen Seite der Themse, im Norden, genauer gesagt in Maida Vale, und Helen fuhr hinüber, um sie in einem Café am Bahnhof zu treffen. Die Fahrt war nicht gerade billig, sie musste die Congestion-Steuer zahlen, die Maut für die Innenstadt, dazu kamen die Parkgebühr und der Tee, von dem jede Tasse zwei Pfund kostete. Aber seit ihrer Schwangerschaft wurde Helen in der U-Bahn übel.

Sie saßen an einem Fenstertisch und sahen den Leuten zu, die unter Regenschirmen vorbeieilten. Jenny winkte ein paar Frauen zu, die ins Café kamen, und plauderte kurz mit ihnen über die bevorstehenden Ferien. Sie hatte zwei Jungs in einer Schule um die Ecke und traf sich hier oft mit anderen Müttern.

Obwohl sie erst vor ein paar Stunden gefrühstückt hatte, verputzte Helen zwei Mandelcroissants, bevor ihre erste Tasse Tee leer war. Mit dem Blick auf den Bauch ihrer Schwester meinte Jenny: »Bist du dir sicher, dass da nur *eins* drin ist?«

»Ich glaube, es waren zwei, aber er hat das andere aufgefressen.«

Sie sagte immer »er«, dabei kannte sie das Geschlecht ihres Babys gar nicht. Bei dem Ultraschall in der zwölften Woche hatte man sie gefragt, ob sie es wissen wollten, aber Helen hatte gesagt, sie wolle sich überraschen lassen. Sie hatte sofort gemerkt, dass es das Dümmste war, was man sagen konnte, und Pauls Hand gedrückt, der mit versteinerter Miene auf den Monitor starrte.

Er wollte nur eines wissen, und das konnte ihm kein Ultraschall der Welt sagen.

»Steht dir gut«, sagte Jenny. »Du warst vorher schon etwas arg dünn. Ehrlich.«

»Kann schon sein.«

Jenny hatte immer etwas Positives zu sagen, aber in letzter Zeit fühlte sich Helen deshalb nicht wirklich besser. Zwischen einem positiven Blick auf die Dinge und Blödsinn-Quatschen lag ein

kleiner, aber feiner Unterschied. Jenny hatte gesagt, man würde durch die Hormonschwankungen interessanter für die Männer. Sie hatte Helen erklärt, wie ungewöhnlich es sei, dass Helen sich die ganze Schwangerschaft hindurch übergeben müsse. Als mache sie das zu etwas ganz Besonderem.
Aber in letzter Zeit hatte ihre Zuversicht bei allem, was Paul anging, nachgelassen.
»Wie läuft's denn?« Sie setzte ein ernstes Gesicht auf, wie man es von Ärzten und Nachrichtensprechern kennt.
Helen trank einen Schluck Tee. »Er tut sich nicht leicht damit.«
»Das arme Baby.«
»Jen …«
»Es kann einem in der Seele leidtun.«
»Wie würde *Tim* denn mit so einer Situation umgehen?«
Jennys Mann. Ein Bauunternehmer mit einer ausgeprägten Leidenschaft fürs Angeln und für Autopflege. Ganz nett, wenn man auf so was stand.
»Was hat denn das damit zu tun?«
»Meine ja nur.« Helen schämte sich ein bisschen für ihre Gedanken. Tim *war* nett, und auch wenn Helen nicht auf diesen Typ Mann stand, Jenny gefiel er, und das reichte ja. »Ich glaube nur nicht, dass du nachvollziehen kannst, wie Paul sich fühlt«, sagte sie. »Das meinte ich. *Ich* kann es auf alle Fälle nicht, also …«
Jenny zog die Augenbrauen hoch. Sie bestellte noch was zu trinken und wandte sich wieder Helen zu, mit einem Lächeln, das sagte: Klar. Denk, was immer du willst, wenn es dir das Leben leichter macht. Aber *du* weißt, und *ich* weiß …
Helen dachte: Du bist jünger als ich, spiel hier nicht die Mutter.
Sie wechselten kurz das Thema – sprachen über Jennys Kinder und was sie am Haus hatte machen lassen –, aber es schien unmöglich, mit jemandem länger als fünf Minuten zu reden,

ohne wieder bei Babys zu landen. Bei Stilleinlagen und Beckenbodengymnastik. Man kam sich vor wie eine Gebärmutter auf zwei Beinen.

»Ich wollte nur sagen … Ich habe mit einer Freundin geredet, die ein paar gute Mutter-Kind-Gruppen in deiner Gegend kennt.«

»Okay, danke.«

»Es tut gut, ein bisschen rauszukommen und andere Mütter zu treffen.«

»*Jüngere* Mütter.«

»Jetzt sei doch nicht blöd.«

Helen hatte sehr viel darüber nachgedacht, und sie fühlte sich nicht wohl dabei. Die Schwangeren, die sie bei den Geburtsvorbereitungskursen und Frauenarztbesuchen getroffen hatte, kamen ihr alle so viel jünger vor. »Mein Gott, es gibt Frauen in meinem Alter, die sind schon Oma.«

Jenny rümpfte die Nase. »Frauen ohne ein eigenes Leben, meinst du. Zwei Generationen buggyschiebende Irre.«

»Ich bin fünfunddreißig«, sagte Helen. Sie wusste, wie dämlich sie klang. Sie sprach es aus, als hätte sie eine tödliche Krankheit.

»Na und? Mir wär es lieber, ich hätte meine später bekommen. Viel später.«

»Das nehm ich dir nicht ab.«

Jenny strahlte. Ihre Schwester hatte keine Karriere gemacht, die sie hätte opfern müssen, und die Mutterrolle ohne Probleme angenommen. Geradezu erschreckend war das. Sie hatte superunkomplizierte Schwangerschaften gehabt und eine Figur, die ohne große Anstrengung sofort wieder war wie zuvor. Der Stress war letztlich nur ein kleines Problemchen, das man lösen musste. Ein fantastisches Vorbild, aber auch ein deprimierendes.

»Alles wird gut«, sagte Jenny.

»Ja.«

Wenn dein Kind erst mal da ist. Der unausgesprochene Gedanke, der die Gesprächspause füllte, brachte sie zurück zu Paul …

»Du weißt, dass du die erste Zeit gerne zu uns kommen kannst.«

… zu seiner Abwesenheit.

»Ich weiß, danke.«

»Es wär schön, wieder ein Baby im Haus zu haben.« Jenny grinste und beugte sich über den Tisch. »Keine Ahnung, wie Tim reagiert, wenn ich wieder diesen Gluckenblick habe. Dabei ist er auch nicht anders, du hättest ihn letztes Jahr mit dem Baby seines Bruders sehen sollen. Er wollte es gar nicht mehr hergeben.«

Helen sagte nichts. Sie hatte Paul von unterwegs angerufen und sowohl in seinem Büro als auch auf seinem Handy nur den Anrufbeantworter erreicht.

»Ich will nicht nerven, aber weißt du schon, wer bei der Entbindung dabei sein soll?«

»Nicht wirklich.«

»Ich würde das echt gern machen, das weißt du.«

»Jen, es ist alles schon organisiert.«

»Ein Plan B kann nicht schaden.«

Helen war dankbar, als plötzlich eine Freundin von Jenny an ihren Tisch kam und sie abtauchen konnte, während die beiden jüngeren Frauen sich über eine Kampagne unterhielten, die Geländewagen in den Straßen rund um die Schule verbieten wollte. Sie rieb sich über die Brust, als das Sodbrennen wieder begann. Auch daran hatte sie sich in den letzten acht Monaten gewöhnen müssen. Sie überlegte, wie sie den Tag verbringen könnte. Eine Möglichkeit wäre, die Zeit mit Shoppen im Sainsbury's totzuschlagen. Oder sich noch mal hinzulegen, wenn sie nach Hause kam. Aber so, wie die Dinge lagen, hätte sie nichts dagegen, einfach hier sitzen zu bleiben, bis es dunkel wurde.

Als sie merkte, dass die andere Frau mit ihr sprach, lächelte Helen und versuchte so zu tun, als habe sie die ganze Zeit zugehört.

»… Sie können es wahrscheinlich nicht mehr erwarten, dass es draußen ist, oder?« Dabei sah sie auf Helens Bauch. »Wenigstens war der Sommer nicht zu heiß. Das ist ein Albtraum, wenn man so weit ist wie Sie.«

»Es kommt garantiert noch eine Hitzewelle in den nächsten Wochen«, meinte Jenny.

»Da kannst du Gift drauf nehmen«, sagte Helen.

Klar, natürlich wollte sie die Geburt am liebsten sofort hinter sich bringen. Sie hatte es so satt, diesen riesigen Ball vor sich herzutragen und die ständigen Blicke und Ratschläge zu ertragen. Herr im Himmel, von wegen Erwartungsdruck …

Sie wollte ein Baby, das einen Strich unter alles zog. Einen Neuanfang.

In diesem Augenblick aber wollte sie vor allem eines: nicht mehr allein sein.

Paul ließ das Auto in einem Parkhaus in Soho stehen und wartete fünf oder zehn Minuten im Regen auf das Taxi. Die Scheinwerfer des schwarzen Wagens waren ausgeschaltet, als er endlich um die Ecke bog und vor ihm hielt. Es saß bereits ein Fahrgast drin.

Der Taxifahrer wirkte ernst, als er Paul die Tür aufhielt. Es stellte sich aber schnell heraus, dass – bislang – nur das Wetter Kevin Shepherd nervte.

»Zum Kotzen, oder?«

Paul ließ sich auf einen der Klappsitze fallen. Er fuhr sich durch die kurz geschnittenen Haare und schüttelte das Wasser heraus.

»Ich hab gedacht, die globale Erwärmung macht Schluss mit dem Sauwetter«, sagte Shepherd.

Paul grinste, wurde nach hinten gerissen, als das Taxi losfuhr und links in die Wardour Street einbog.
»Ich hab ein Häuschen in Frankreich«, sagte Shepherd. »Im Languedoc. Waren Sie schon mal dort?«
»In letzter Zeit nicht«, antwortete Paul.
»An Tagen wie diesem weiß ich wieder, warum ich es gekauft hab.«
»Als gute Geldanlage, denk ich.«
»Abgesehen davon.« Shepherd sah aus dem Fenster und schüttelte traurig den Kopf. »Der einzige Grund, warum ich nicht öfter dort bin, ist das Essen. Ich sag's, wie es ist. Das meiste ist ein entsetzlicher Fraß. Und das sag ich nicht, weil ich die Franzosen nicht mag. Natürlich mag ich sie nicht, keine Frage.« Er lachte. »Aber ich schwöre, das Essen wird absolut überschätzt. Die Italiener, die Spanier, selbst die Deutschen kochen besser. Bei Gott, alle überholen die Franzosen, wenn's ums Essen geht.«
Der Akzent verriet seine Herkunft aus dem East End, aber die Ecken und Kanten waren nicht mehr ganz so ausgeprägt.
»Bei mir um die Ecke gibt's ein französisches Restaurant«, sagte Paul. »Alles mit Soße zugekleistert.«
Shepherd deutete auf ihn und grinste zufrieden. »Genau. Und diese weißen Kartoffeln. *Richtig* weiß sind die. Liegen auf deinem Teller wie die Eier einer Albino-Bulldogge. Null Geschmack.«
Shepherd war blond, seine Haare reichten ihm bis zum Kragen. Er sah ein bisschen aus wie dieser Schauspieler aus dem *Starsky and Hutch*-Film, fand Paul. Allerdings war sein Lächeln nicht ganz so charmant. Er trug ein rosa Hemd mit einem dieser übergroßen Kragen, wie sie jetzt in Mode waren, dazu eine lila Krawatte. Für den Anzug hatte er garantiert eine vierstellige Summe hingeblättert, und die Schuhe kosteten sicher mehr als alles zusammen, was Paul am Leib trug.

Das Taxi fuhr auf der Oxford Street nach Westen. Shepherd hatte nichts gesagt, aber der Fahrer schien zu wissen, wo es hinging. Es war eines dieser neuen Taxis mit einem beeindruckenden Soundsystem und einem Bildschirm, auf dem Spots für aktuelle Kinofilme, Parfüms und Handys liefen. »Kann ich Ihren Dienstausweis sehen?«, fragte Shepherd. Er sah zu, wie Paul in seiner Tasche kramte. »Ich will wissen, wen ich da umsonst mitnehme.« Er streckte die Hand nach der kleinen Lederbörse aus, in der Paul auch seine Oyster Card für die U-Bahn und Briefmarken aufbewahrte, und schaute sich den Ausweis an. »Intelligence, haben Sie am Telefon gesagt.« Paul nickte. »Die Witze kennen Sie sicher alle schon.«

»Alle.«

Der Taxifahrer drückte auf die Hupe und beschimpfte einen Busfahrer, der gerade losfuhr, als er ihn überholen wollte.

»Dann sagen Sie mir doch, wie intelligent Sie sind.«

Paul lehnte sich zurück und wartete ein paar Sekunden. »Ich weiß, dass Sie Mitte Februar dieses Jahres von einem rumänischen Geschäftsmann namens Radu Eliade angesprochen wurden.« Shepherd blinzelte und rückte seine Krawatte zurecht. »Er kam mit dreihunderttausend Pfund zu Ihnen, die er mit einer Reihe von Kredit- und Kundenkartentricks gemacht hatte und nun waschen lassen wollte. So nennt man das doch?« Shepherd grinste. *Definitiv* nicht so charmant wie sein Doppelgänger aus dem Film. »Ich weiß, dass Sie und mehrere Geschäftspartner ein Lagerhaus in North Wales angemietet haben und die nächsten fünf Wochen damit verbrachten, Industrieanlagen gegen Bargeld aufzukaufen, um sie eine Woche später wieder zu verkaufen. Ich weiß, dass Mr Eliade sein Geld blitzsauber gewaschen zurückerhielt und dass Sie ihm Ihre Bemühungen nicht einmal in Rechnung stellen mussten, weil Sie sich eine goldene Nase damit verdienten, den ganzen Kram nach Nigeria und in den

Tschad zu verhökern.« Er wartete wieder und meinte: »Und … wie finden Sie mich?«

Paul hatte beobachtet, wie sich Shepherds Gesichtsausdruck veränderte, während er sprach. Wie er hart wurde, als er überlegte, ob Eliade oder einer seiner anderen Geschäftspartner ihn verpfiffen hatte. Und wie dann plötzlich die Neugier aufleuchtete, als er sich die Frage stellte, warum er noch als freier Mann herumlief, wenn ein Mann von der Met, von der Intelligence Unit noch dazu, das alles wusste.

Warum ihn noch niemand bei seinem schicken, überdimensionierten Hemdkragen gepackt hatte.

Sie fuhren schweigend weiter, ein normales Taxi auf der Edgeware Road Richtung Kilburn. Die Ladenfronten wurden etwas schäbiger, die Mercedes-Dichte kleiner.

»Sieht aus, als würde es heller werden«, bemerkte Shepherd.

»Das ist gut.«

»Was sagt eigentlich der Wetterbericht?« Shepherd versuchte, mit Paul Blickkontakt herzustellen, um sicherzugehen, dass er die tiefere Bedeutung verstand. »Vielleicht sollte ich etwas mehr Zeit im Languedoc verbringen. Was meinen Sie, Paul? Sie wissen doch so gut Bescheid.«

»Kommt drauf an«, antwortete Paul.

Das Taxi hielt plötzlich vor ein paar Läden in der Willesden Lane, um zwei Männer einsteigen zu lassen.

»Das ist Nigel«, stellte Shepherd den Mann vor, der auf dem Klappsitz gegenüber von Paul Platz nahm. Nigel war groß und kräftig, um die fünfzig und hatte nach hinten gekämmte, ölige graue Haare, die aussahen, als hätte man sie in Form getreten. Paul knurrte eine Art Begrüßung. Nigel, der links und rechts über den Sitz quoll, sagte nichts. Shepherd klopfte auf den Platz neben ihm. »Und das« – er deutete auf den zweiten Mann, der nicht ganz so von sich überzeugt wirkte und einen kackbraunen

Mantel trug –, »das ist Mr Anderson. Er ist etwas freundlicher als Nigel.«
Anderson blinzelte Paul hinter seinen dicken Brillengläsern an. »Wer ist das?« Ein weicher irischer Akzent, kein bisschen freundlicher.
Shepherd beugte sich vor und rief dem Fahrer zu: »Weiter geht's, Ray.«
Als das Taxi losfuhr, fingen sie an zu quatschen. Shepherd und Anderson unterhielten sich über ein festliches Dinner, bei dem sie neulich gewesen waren, und über einen abgehalfterten Fernseh-Comedian, der seine besten Zeiten hinter sich hatte.
»Absoluter Dreck.« Shepherd verzog das Gesicht. Schmutzige Witze mochte er offensichtlich ebenso wenig wie französisches Essen. »So flach, dass es auch der Dümmste kapiert.«
Er fragte Paul, ob er Familie habe. Das gehe ihn nichts an, meinte Paul, was Shepherd in Ordnung fand.
»Macht eh nur Probleme«, sagte Anderson.
Das Taxi schlängelte sich gekonnt durch den dichten Verkehr, während Kilburn in die wohlhabenderen Straßen von Brondesbury überging. Als sie nach Cricklewood kamen, wurden die Häuser wieder kleiner und rückten näher zusammen.
»Woher kennt ihr beiden euch?«, fragte Anderson.
Bevor Paul antworten konnte, bog das Taxi von der Hauptstraße ab, fuhr ein paar Minuten durch Seitenstraßen und gelangte schließlich auf eine von tiefen Spurrillen durchzogene Straße. Paul sah sich um. Sie fuhren jetzt wesentlich langsamer und näherten sich einem riesigen Gebäudekomplex, der sich dunkel vor einem Himmel abhob, an dem zum ersten Mal ein Anflug von Blau zu erkennen war. Er konnte die Graffiti und die Muster aus Rissen und Löchern in den Fensterscheiben sehen.
Das stillgelegte Wasserwerk in Dollis Hill.
Das Taxi hielt vor einem mit einer schweren Kette und einem

Vorhängeschloss gesicherten Tor. Ray stellte den Motor ab und griff nach der Zeitung auf dem Beifahrersitz. Nigel ließ sich nichts anmerken, und Andersons Kopf sackte nach vorn, als sein Blick auf das Stanley-Messer in der Hand des Dicken fiel. Der Ire klang vor allem müde. »Ach, Kevin, muss das sein?«

Nigel war schon dabei, ein kleines quadratisches Brett unter Shepherds Sitz herauszuziehen. Shepherd rückte zur Seite, um Nigel Platz zu machen, als dieser Anderson packte und auf den Boden zerrte. Er riss seinen Arm zur Seite und fixierte den Handrücken des Iren mit seinem ganzen Gewicht. Dabei spreizte er seine Finger auf dem Brett.

»Fuck, Kevin, jemand hat dir Scheiße erzählt«, sagte Anderson.

Nigel drückte Andersons Gesicht noch fester auf den Boden und sah auf, alles war bereit.

»Zwei, drei Zentimeter sollten reichen«, sagte Shepherd.

Es blutete nicht stark, und das Geräusch wurde durch den Teppich erstickt. Danach beugte sich Shepherd nach unten und reichte Anderson ein Taschentuch für seine Hand. Er drückte es dagegen und zog langsam die Knie an.

»Mit diesem Finger greifst du in Zukunft nicht mehr in die Kasse«, sagte Shepherd. Er nahm die Beine zur Seite, um den Mann auf dem Boden nicht zu berühren, und sah zu Paul. »Als würde es ihm nicht schon gut genug gehen. In den letzten eineinhalb Jahren hat er sich drei neue Autos gekauft. Dummes Arschloch.«

»Die meisten wollen mehr, als sie haben«, sagte Paul. »Das ist nur natürlich.«

Shepherd dachte kurz darüber nach, bevor er auf seine Uhr sah. »Macht Ihnen doch nichts aus, von hier allein zurückzufahren, oder? Wir müssen weiter, bevor dieser Blödmann Rays ganzes Auto vollblutet.«

Paul vermutete, dass er in zwanzig Minuten bis zur Willesden Junction laufen konnte. Wenigstens regnete es nicht. Er wartete.

»Mr Hopwood, ich will ehrlich zu Ihnen sein«, sagte Shepherd. »Vieles verstehe ich noch nicht. Vieles, was *Sie* betrifft. Aber über ein, zwei Dinge bin ich mir ein bisschen klarer geworden. Darüber, was Sie wissen oder zu wissen *glauben*, zum Beispiel.«

»Verständlich.«

»Die Sache ist nämlich die. Ein paar Bullen kenn ich ziemlich gut, und es war verdammt interessant, Sie eben zu beobachten. Einige Bullen hätten es nämlich nicht ertragen, danebenzusitzen und zuzusehen, egal, was sie tun oder *angeblich* tun. Sie wären ausgetickt, hätten rumgebrüllt und drauflosverhaftet. Verstehen Sie, was ich meine?«

»Und wenn ich das getan hätte?«

Shepherd zuckte mit den Schultern. »Hätte genervt, wäre aber nicht wirklich ein Problem gewesen. Ich glaube nicht, dass Mr Anderson Anzeige erstattet. Nigel ist nicht besonders redselig, und Ray hält garantiert die Klappe.« Er beugte sich vor. »Ist doch so, Ray?«

Ray hielt die Klappe.

»Ein paar verplemperte Stunden auf dem Polizeirevier und ein paar Tage Papierkram für einen Idioten, der stattdessen draußen Selbstmordattentäter fangen könnte. Das wäre alles.«

Das konnte Paul nicht bestreiten.

»Und dann gibt es noch den Bullen, dem das am Arsch vorbeigeht, weil er ein ganz anderes Spiel spielt. Der sich beliebt machen will oder was weiß ich. Aber so was wie das führt immer zu einer Reaktion. Er sitzt nicht einfach da, als würde er Jamie Oliver beim Zerschneiden einer Scheißpastinake zusehen.« Zweimal schien Shepherd lächeln zu wollen, und zweimal erstarb das Lächeln in seinen Mundwinkeln. Er wirkte wie jemand, der einen Witz immer nur halb erkennt. Auf ein Nicken von Shepherd hin rutschte Nigel herüber, stieg aus dem Taxi und hielt Paul die Tür auf.

»Wir sollten uns wieder mal unterhalten«, meinte Shepherd.

»Wenn Sie möchten.«

»Unbedingt, denn so ganz blicke ich noch nicht durch. Aber das wird schon noch.« Er zog an seinem Krawattenknoten und zupfte etwas von seinem Revers. »*Sie* sind nämlich ein ganz anderer Fall, Paul. Sie haben dagesessen, sich *so etwas* angesehen … und keine Miene verzogen.«

VIER

Javine gab dem Baby gerade das Fläschchen, als Theo kam. Sie hatte den Kleinen auf dem linken Arm und hielt das Fläschchen so, dass er gut daran nuckeln konnte. Mit der freien Hand blätterte sie in einem Magazin.

Theo stand in der Tür und hielt die Tüte mit dem Essen hoch, das er auf dem Rückweg geholt hatte.

»Ich kann nicht, bis er fertig ist«, sagte Javine.

Theo trug die Tüte in die Küche, kam zurück, setzte sich neben seine Freundin und suchte auf dem Sofa nach der Fernbedienung für den Fernseher.

»War dein Tag okay?«

Er zappte durch die Kanäle. »Auf jeden Fall war das Wetter gut. Immerhin.«

Immerhin, wenn man acht Stunden lang an Häuserecken steht, Ausschau hält, hin und her rennt.

»Yeah, war nett heute.« Javine streichelte ihrem Sohn mit dem Fingerrücken über die Wange. »Ich war mit ihm im Park, hab mich mit Gemma getroffen.«

Theo nickte und sah dem Baby beim Nuckeln zu. »Der ist echt hungrig, Mann«
»Das Pulver ist nicht teuer«, sagte Javine.
»Ich weiß.«
»Gibt es in Großpackungen, so wie die Windeln.«
»Das hab ich nicht gemeint.« Theo wandte sich wieder dem Fernseher zu. »Es ist gut, verstehst du. Ein gutes Zeichen.«
Sie schauten sich fast eine ganze Folge *EastEnders* an, bis das Baby fertig war. Javine brachte den Kleinen ins Schlafzimmer, Theo stellte das Essen in die Mikrowelle und holte Teller und Besteck. Riesengarnelen und Krabbenchips, Dosenbier und Diet Coke. Während sie, den Teller auf dem Schoß, aßen, sahen sie sich auf Sky Plus noch eine Soap an, irgendwas mit Bauern im Norden. Theo konnte sich nicht darauf konzentrieren.
»Gemma meinte, ob wir nächste Woche nicht mal weggehen wollen«, sagte Javine. »In so einen neuen Club in Peckham. Sie sagt, ihr Bruder kriegt uns rein.«
»Yeah, okay.«
»Wirklich?«
»Hab ich doch gesagt.«
»Ich lass die Fläschchen im Kühlschrank.«
Theo schob seinen Reis auf dem Teller herum. »Vielleicht kann ich Mum fragen.«
Javine rümpfte die Nase und brummte was von »gut«, meinte aber das Gegenteil.
»Nur falls was Dringendes ansteht, okay?«
»Klar.« Javine ließ die Gabel auf den Teller fallen. »Aber ich glaube nicht, dass dich ein Abend umbringt, und ich fänd es gut, wenn wir uns deine Mum aufheben, bis wir sie wirklich brauchen.« Sie stand auf und sammelte die Teller ein. »Könnte ja sein, dass wir beide irgendwann mal wieder zusammen weggehen, oder nicht?«

»Hab's kapiert, alles easy, okay?« Er trank sein Bier. »Kein Grund, gleich so einen Stress zu machen.« Es war nicht easy, nicht wirklich. Aber was hätte er sonst sagen sollen? Das Baby war vor fast sechs Monaten gekommen, und ihm war klar, dass der Park und die Spielgruppe im Moment die Highlights in Javines Lebens waren. Gemma war die einzige Freundin, die sie gewonnen hatte, nachdem er sie hierhergebracht hatte. Und er wusste, wie viel sie zurückgelassen hatte.

Javine trug die Teller in die Küche. »Willst du Tee?«

Theo und seine Familie waren vor fünf Jahren von Lewisham nach Kent gezogen. Damals war Theo zwölf Jahre alt gewesen. Der alte Herr hatte seinen Job bei der U-Bahn gegen einen als Busfahrer eingetauscht, und sie waren mit Sack und Pack nach Chatham gezogen, in eine Wohnung mit einem extra Zimmer für Theos kleine Schwester, Angela, und besserer Luft für ihr Asthma. Alle waren glücklich. Es war nicht weit zum Meer, das der Alte gern mochte, und es gab Bingo und eine ordentliche Kneipe auf der anderen Straßenseite. Und auch wenn die Schule am Anfang Probleme machte, lebten sich Theo und seine Schwester relativ schnell ein.

Javine hatte er in einer der großen Malls kennengelernt. Sie und eine Freundin hatten gekichert, als er sich über einen Pooltisch zu ihnen gebeugt hatte. Später hatten sie draußen vor der Mall ein, zwei Joints geraucht und gequatscht, bis die Mall zumachte. Letzten Sommer dann, als Javine im dritten Monat schwanger war, hatten sie die Reise in die andere Richtung gemacht. Theos Großmutter väterlicherseits hatte sich geweigert, mit der Familie mitzuziehen, und als die sture alte Kuh einen Schlaganfall bekommen hatte, war niemand da gewesen, um sich um sie zu kümmern. Eben roch die Luft noch nach Salz, im nächsten Moment saßen sie wieder in demselben beschissenen Loch wie vor fünf Jahren.

Das Dümmste daran war, dass die Alte inzwischen wieder fit wie ein Turnschuh war. Sobald sie ihre Familie um sich versammelt hatte, war es mit ihr aufwärtsgegangen. Dafür wurde nun Theos alter Herr krank. Hustete im Wohnzimmer Blut und starb eines Nachmittags vor dem Pferderennen, während das Krankenhaus in Lewisham noch immer versuchte, ein Bett für ihn zu finden.

»Theo?«, rief Javine aus der Küche.

»Yeah, Tee klingt gut.«

Javine war nicht die Einzige, die ihre Freunde zurückließ, als sie nach Südlondon zogen. Theo dachte immer noch viel an Ransford und Kenny und an Craig und Waheed aus dem Fußballteam. Sie waren nach dem Umzug noch eine Weile in Kontakt geblieben, aber nach der Geburt des Babys schien alles auseinanderzubrechen. Seit er wieder mit Easy und den anderen zusammen war.

Er war aber nicht bei allem, was sie machten, dabei.

Das lag daran, dass er weg gewesen war, hatte Easy ihm erklärt. Deshalb hatte er seinen Platz in der Gruppe verloren. Deshalb hatte Easy eine bessere Position, obwohl Theo älter war. Pech, schlechtes Timing, wie immer man es nennen wollte.

Theos Handy klingelte auf dem Tisch. Javine rief aus der Küche: »Easy oder deine Mum.«

»Meinst du?«

»Wer sonst?«

Theo hatte Easy seit einer Woche oder so nicht gesehen, seit dem Nachmittag auf dem Golfplatz. Zumindest nicht mehr richtig. Er hatte ihn ein paarmal mit diesem kranken Audi A3 vorbeifahren sehen. Den hatte Easy ein Jahr in der Garage stehen gehabt. Er hatte die Scheißkarre jede Woche poliert, den Wunderbaum-Lufterfrischer ausgewechselt, das ganze Programm. Aber er war so schlau gewesen und hatte gewartet, bis

er nur noch ein Jahr unter dem Mindestalter war, bevor er sich hinter das Lenkrad gesetzt hatte.
Theo hatte nur den alten Mazda seines Vaters, aber die Scheißkiste war am Auseinanderfallen, und eine Reparatur lohnte nicht. Die Busverbindungen waren in Ordnung und die Läden um die Ecke.
Er brauchte nicht wirklich ein Auto.
Aber dieser Audi war schon ein krasses Teil.
Javine streckte den Kopf durch den Türspalt und warf ihm einen Kuss zu. »Ich wette ein Pfund, dass das deine bessere Hälfte ist.«
Theo warf seine leere Bierdose nach ihr und nahm das Handy. Er sah auf das Display. »Kannst mir das Pfund schon mal rüberschieben.«
Nach dem Gespräch mit seiner Mutter griff er nach seiner Jacke und sagte, in ein paar Stunden sei er wieder da und Javine solle aufbleiben. Er kniff ihr in den Po und gab ihr einen Abschiedskuss.
»Das wird langsam lächerlich«, sagte sie.
»Ich kann ihre Gefühle nicht verletzen, Mann.«
»Wird aber Zeit. Du bekommst schon einen Bauch.«
Theo drehte sich zur Seite und betrachtete sich in dem Spiegel an der Tür. »Das sind Muskeln«, sagte er und rieb sich über den Bauch. »Und der aufgerollte Schwanz.«
Javine grinste und meinte, sie versuche aufzubleiben, aber sie fühle sich kaputt. Bevor er die Tür hinter sich zuzog, sah Theo ihr nach, wie sie ins Schlafzimmer ging und leise mit dem Baby sprach. Dann lief er die Treppe hinunter zum ersten Stock und an drei Türen vorbei zur Wohnung seiner Mutter, um zum zweiten Mal zu Abend zu essen.

Sie saßen in einem kleinen, vollen Pub hinter dem Kricketplatz. Sie redeten gegen den Lärm der Glücksspielautomaten und einer auf Stadionsongs der Achtziger spezialisierten Musikbox an. Und gegen das hochgestochene Gebrüll von ein paar Businesstypen aus der City, die am Nebentisch saßen.
»Um die Ecke ist ein guter Inder«, sagte Paul.
»Solange es dort Korma oder so was gibt.« Helen lächelte die kleine blonde Frau ihr gegenüber an. »Wenn es zu scharf ist, kommt das Baby hier ein paar Wochen zu früh.«
Ihre Freundin lachte. »Ich hab gehört, wenn dir die Fruchtblase bei Marks & Spencer platzt, bekommst du einen Geschenkkorb.«
»So ein Quatsch«, sagte Paul.
»Vielleicht bekommst du beim Inder einen Jahresvorrat an Papadam.«
Der Mann neben ihr grinste. »Ich steh nicht so auf indisches Essen.«
»Mir ist es egal«, sagte Helen.
»Entscheidet ihr das«, sagte Paul. »Ich hol noch was zu trinken.«
Eigentlich hatte er nur ein schnelles Glas vor dem Essen trinken wollen, aber inzwischen war Paul bei seinem dritten Bier in zwanzig Minuten angekommen. Seine Stimme war lauter als nötig.
»Wenn wir jetzt nicht gehen, bekommen wir vielleicht keinen Tisch mehr«, sagte Helen.
Paul ignorierte sie und trank sein Glas leer.
Helen sah zu ihrer Freundin, die nur mit den Schultern zuckte. Helen und Katie hatten dieselbe Schule besucht, und die zwei Paare – Helen, Paul, Katie und ihr Freund Graham – trafen sich alle paar Monate zum Essen. Paul mochte Katie, zumindest sagte er das, aber der Freund ging ihnen allen dreien nach einiger Zeit auf die Nerven.

»In der Zeitung steht, sie haben oben in Glasgow vielleicht einen Serienmörder gefasst«, sagte Graham.
Paul stöhnte in sein Glas.
»Ach, fang nicht damit an«, sagte Katie.
Kichernd griff Helen nach ihrem Glas Wasser. So begann es meistens.
»Übler Bursche, wie man hört.«
»Gibt wenig nette«, sagte Paul.
Graham rutschte auf seinem Stuhl nach vorn und beugte sich zu Paul rüber. »Ich weiß, du hattest noch nie mit einem Serienkiller zu tun, aber mit normalen Mördern schon, oder? Was ist denn mit dem letzte Woche in Essex, der total ausgetickt ist und seine Mutter aufgeschlitzt hat? Hast du mit dem zu tun?« Er wartete. »Aber *gehört* hast du doch sicher was? Berichte gelesen oder so.«
Paul schaute ihn nur an. »Warum fährst du auf diesen Kram eigentlich so ab?«
»Ich fahr doch nicht …«
»Du hast doch 'ne Latte in der Hose.«
Graham schluckte. Ein, zwei Sekunden sah es so aus, als sei der Abend früher zu Ende als erwartet, aber dann schaltete sich Katie ein. »Falls er eine hat, könntest du ihm bitte, bitte noch ein paar heiße Details erzählen? Wir können alle Hilfe brauchen, und das ist eine ganze Ecke billiger als Viagra.«
Graham errötete und beugte sich zu ihr. »Ich finde das interessant, das ist alles.«
Paul stand auf, nahm die leeren Gläser und wartete auf Grahams Reaktion. »Noch eine Runde?«
Niemand widersprach. Doch als Paul sich hinter dem Tisch vorzwängte, warf ihm Helen einen Blick zu, der so viel hieß wie: Halt dich zurück.
Seine Antwort war ein dickes, fettes Leck-mich-Grinsen.

Paul bestellte an der Theke und ging zur Toilette. An den Pissoirs stand ein Mann, Paul wartete, bis er weg war. Dann holte er sein Handy heraus und gab eine Nummer ein, klemmte das Handy zwischen Schulter und Ohr, während er pinkelte.
Der Mann am anderen Ende meldete sich mit einem Knurren, als hätte Paul ihn aufgeweckt.
»Ich bin's.«
»Was willst du, Paul?«
»Kann ich morgen bei dir vorbeischauen?«
Eine Pause. In der Ferne Maschinenlärm.
»Warum nicht.«
»Gegen zwei?«
»Ich hab gerade Handwerker hier. Hast du einen Stift?«
»Kann ich mir merken«, sagte Paul.
»Wo bist du? Klingt wie eine Toilette.«
»Sag's mir einfach.«
Paul prägte sich die Adresse ein. »Hast du darüber nachgedacht, was ich gesagt habe?«
»Ich hab darüber *nachgedacht*, ja.«
»Ich brauche es.«
»Wir reden morgen …«
Paul seufzte und zog sich den Reißverschluss zu.
»Bring was zu essen mit, ja? Was Nettes.«
Paul drehte sich in dem Moment um, in dem Graham hereinkam. Er sah, dass Graham das Handy nicht entgangen war. Darum hielt er es hoch, bevor er es wieder einsteckte. »Hab die Restaurants hier in der Gegend gecheckt«, sagte er.
Graham nickte nur und ging in eine Kabine.
Paul betrachtete sich im Spiegel, während er auf den Seifenspender drückte und die Hände unter den Wasserhahn hielt. Bevor er zurück ins Pub ging, spritzte er sich kaltes Wasser ins Gesicht.

Theo schaffte nur eine halbe Portion des scharf gewürzten Shepherd's Pie aus Süßkartoffeln und eine Handvoll grüne Bohnen.

»Schmeckt es dir nicht?«, fragte seine Mutter.

»Es ist gut, ich hab nur keinen Hunger.«

Hannah Shirley ging um den Tisch und sammelte ihren leeren Teller und den ihrer Tochter ein. »Deinen Teller lass ich stehen, vielleicht magst du später noch was.«

»Danke, Mum.« Theo blinzelte seiner Schwester zu. »Es schmeckt echt gut.«

»Und, wie geht's meinem Prachtjungen?«

»Mir geht's gut.«

Seine Mutter schüttelte den Kopf. Ihr altes Spiel. »*Du* bist viel zu groß und hässlich. Ich rede von meinem Enkelsohn.«

Theo sog Luft durch die Zähne und schüttelte den Kopf, als sei er verärgert. »Yeah, dem geht's auch gut.«

»Nur gut?«

»Es geht ihm großartig.«

»Angela hat heute in der Schule etwas für ihn gezeichnet. Hol doch schnell, was du gemalt hast.«

Theos Schwester zog die Augenbrauen hoch und bewegte sich erst, als ihre Mutter sie zum zweiten Mal aufforderte.

»Wie geht es ihr?«, fragte Theo.

Seine Mutter setzte sich auf die Sessellehne und putzte ihre Brille mit dem Ärmel. »Gut«, sagte sie. »Besser.«

Angela hatte es hier in der Schule schwerer als in Kent. Sie lag ein, zwei Jahre hinter dem normalen Entwicklungsstand einer Zehnjährigen zurück. Aber sie waren froh, dass ihr Asthma nicht schlechter geworden war.

»Sie hat ein echtes künstlerisches Talent«, sagte Theos Mum.

Wie aufs Stichwort kam Angela zurück und legte eine Zeichnung vor Theo auf den Tisch. Ein blauer Himmel, ein Meer voller Fische und ein Baby, das in die Luft geworfen wurde.

»Sind das ich und Javine?«, fragte Theo.
»Das kannst du über sein Bettchen hängen«, sagte Angela.
Seine Mutter setzte die Brille wieder auf und kam herüber, um sich die Zeichnung anzusehen. »Ein *echtes* Talent«, sagte sie.
Theos Handy klingelte, und er erreichte es kurz vor seiner Schwester.
»Yeah?«
»Halt dir morgen Abend frei«, sagte Easy.
»Könnte schwierig werden, Mann. Halle Berry wollte vorbeikommen.« Angela schnitt eine Grimasse, und Theo grinste. »Sie liegt mir seit Wochen in den Ohren …«
»Ich hol dich um neun ab, okay?«
»Ich weiß nicht.«
»Du kannst fahren, wenn du willst. Ich hab gesehen, wie du meine Karre angestarrt hast, Alter.«
»Was gibt's denn? Wohin fahren wir?«
»Geht nur um einen Gefallen.«
Angela starrte Theo noch immer unverwandt an. »Ich muss noch mal drüber nachdenken. Ich ruf dich zurück.«
»Ich tu *dir* einen Gefallen, T, hast du verstanden? Ist nur eine kleine Sache, dauert nur ein paar Stunden.«
Theo stand auf und ging in die andere Ecke des Zimmers. Er senkte seine Stimme. »Was für eine Sache? Warum ziehst du immer diese geheimnisvolle Nummer ab, Alter?« Er sah sich um, seine Mutter ging in die Küche. Er wusste, dass sie es nicht tat, damit er in Ruhe telefonieren konnte. Sie wollte nichts davon wissen, sie wollte noch *nie* etwas davon wissen.
»Um neun dann«, sagte Easy.

»Was für ein Arschloch«, sagte Paul. Er warf seine Jacke in Richtung Rückenlehne eines Küchenstuhls, verfehlte sie aber.

Dann öffnete er den Kühlschrank und starrte hinein, als wisse er nicht, was er suche. »Ein Riesen-, *Riesen*arschloch.«
Helen rannte zur Toilette, sie hatte das Gefühl, jeden Moment zu platzen. Und während sie sich erleichterte, redete sie mit ihm durch die offene Tür.
»Du hast mich heute zum Lachen gebracht, Hopwood«, sagte sie.
Paul machte den Kühlschrank zu und verließ die Küche. Er stand am anderen Ende des Flurs und grinste Helen auf der Toilette an. »Was?«
»Wie du Graham verarscht hast.«
»War nicht schwierig.«
Sie stand auf und spülte. »Wie du gesagt hast, du wärst wahrscheinlich noch nie so nah an einem Serienkiller dran gewesen wie während eurer Unterhaltung. Und als Katie dann losgeprustet hat, hätte ich mir fast in die Hose gepisst.«
Sie hatten sich darauf geeinigt, zu einem Italiener zu gehen, und obwohl der Abend anfangs etwas seltsam gelaufen war, wurde es später noch ziemlich lustig. Helen hatte sich so gut amüsiert wie schon lange nicht mehr, und sie hatte das Gefühl, Paul auch. Er war betrunken, keine Frage, aber das hielt sie für ein gutes Zeichen. Sie konnte sich nicht daran erinnern, wann er sich das letzte Mal hatte gehen lassen. Auf der Rückfahrt hatte er im Auto gesungen.
Er lehnte sich gegen die Wand und fing an zu kichern. Sagte noch einmal »Arschloch«, und Helen musste lachen.
Sie schob ihn in die Küche und schenkte zwei große Gläser Wasser ein. Als sie die Flasche wieder zuschraubte, legte er die Arme um ihre Taille, und sie spürte seinen Schwanz.
»Hallo«, sagte sie. Er summte in ihren Nacken.
Im Bett versuchten sie eine Stellung zu finden, die für sie beide funktionierte. Aber sie war zu dick, und er war zu betrunken

und zu ungeduldig. Er fing an zu fluchen und mit der Hand auf die Matratze zu schlagen.

Sie nahm seinen Schwanz in die Hand und bat ihn, sich zu beruhigen. »Lass mich das machen«, sagte sie und streichelte ihn fester, als er zu stöhnen anfing; schneller, bis er ihre Hand plötzlich wegstieß und ins Bad schwankte.

Helen warf sich einen Morgenmantel über und lief ihm hinterher. Sie stand in der Tür und sah ihm zu, wie er vor der Toilettenschüssel kauerte. Näher durfte sie ihm nicht kommen, so gut kannte sie ihn. Als er sich übergeben hatte, sah er sie an. Er zog die Knie an die Brust und legte eine Hand schützend um seine Genitalien. Er wandte den Blick nicht ab, als er sich wieder über die Schüssel beugte und weiterkotzte.

FÜNF

»Sie haben Ihr Ziel erreicht.«

Paul hielt hinter einem Container, nahm das Navi von der Windschutzscheibe und schob es in das Handschuhfach. »Arrogante Zicke.«

Das Pub lag an der Straße, die von Charlton Park zum Woolwich Dockyard führte, im tiefsten, düsteren Südosten Londons. Der Fluss zog sich in Bögen nach Norden. Wahrscheinlich konnte man vom Dach aus das Themse-Sperrwerk sehen und dahinter den Millennium Dome, der aussah wie ein Wok auf Beinen. Eine Seite des Gebäudes war eingerüstet, die Fenster von innen weiß gekalkt, an der Tür hing ein Schild mit der Aufschrift: »WEGEN RENOVIERUNG GESCHLOSSEN«.

Paul klopfte mit dem Autoschlüssel gegen das Fenster. Am Ende der Straße war eine Schule, er hörte den Lärm vom Schulhof. Die Kinder kreischten wie Möwen.

»Können Sie nicht lesen?«
Paul presste das Gesicht gegen die Scheibe. »Ich bin verabredet.«
Es wurde wärmer, er zog seine Lederjacke aus und legte sie über den Arm, als der Riegel zurückgeschoben wurde.
Drinnen hing Staub in der Luft, tanzte um die Elektrokabel, die von den Querbalken hingen. Paul spürte ihn auf den Handrücken, schmeckte ihn, wenn er sprach. »Wie läuft's denn so, Clive?«
Der riesige Schwarze, der die Tür aufgemacht hatte, nickte und hob eine Klappe am Ende des Bartresens. Er passte kaum durch die Lücke im Tresen, stellte sich seitwärts und zwängte sich hindurch. »Kann ich Ihnen etwas anbieten, Mr Hopwood?«
»Funktionieren denn die Pumpen schon wieder?«
Clive schüttelte lachend den Kopf. »Wir haben ein paar Dosen hier. Limo und Cola und so, für die Handwerker.«
Paul zeigte ihm die Plastiktüte. »Ich hab was mitgebracht.« Er ging zum Tresen und schob die Abdeckplane zur Seite. Die Bar war auf Hochglanz poliert, aber das Holz war nicht massiv. Ein halbes Dutzend altmodischer Heizkörper lehnte an einer Wand und wartete darauf, angeschlossen zu werden. Laminatplatten wollten verlegt werden, und neben Gipssäcken und Stuckrosetten standen mehrere Kartons mit Fliesen. »Ich weiß, Sie haben in den letzten Jahren schon alles Mögliche für ihn gemacht, Clive, aber jetzt setzt er Sie als Barmann ein?«
»Ich halte hier nur die Augen offen«, sagte Clive. »Wie immer.«
Ein Mann kam durch die offene Tür am anderen Ende des Raumes und trocknete sich die Hände mit Toilettenpapier. Er war etwas kleiner als der Durchschnitt, hatte dunkle Augen und noch dunklere Haare, die sich oben bereits lichteten, hinten aber noch lang und lockig waren. Dem Gesicht nach zu urtei-

len war er Anfang fünfzig, seine Kleidung machte aber einen anderen Eindruck: ein rauchblauer Pulli mit V-Ausschnitt über einem bunt gemusterten Hemd, dazu Designerjeans und Turnschuhe.

»Was essen wir denn, Paul?«

Paul hob die Tüte. »Ich hab bei deinem Fischhändler in Greenwich gehalten.«

Der Mann nickte erfreut und bat Clive, ihm einen Lumpen herüberzuwerfen. An einem Tapeziertisch, über dem eine Plastikplane lag, standen ein paar schäbige Stühle. Er wischte mit dem Lumpen den Staub weg und setzte sich auf einen der Stühle. Er sah zu, wie Paul ein Baguette aus der Tüte zog, wie er frische, in Zeitungspapier gewickelte Garnelen und große Becher mit Muscheln und Schnecken auftischte. Der Mann schickte Clive los, um Pfeffer, Essig und was man sonst noch brauchte zu holen, und lachte, als er die Smoothies sah, die Paul herausgeholt hatte. »›Innocent‹ – unschuldig? Willst du mich verarschen?«

Sie aßen mit den Fingern. Die Schalen schnippten sie auf den Tisch, und die Garnelen tunkten sie in Mayonnaise. Paul hörte zu, als sein Gastgeber ihm erzählte, was es Neues gab.

»Ich will Kneipen wie diese wieder so herrichten, wie sie waren. So weit sich das machen lässt. Messingreling entlang der Theke, Lampen im viktorianischen Stil – in der Richtung. Hinten ein netter italienischer Biergarten.«

»Ein altmodisches Pub mit einem italienischen Garten?«

Der Mann ignorierte ihn. »Diese Kneipen haben schon vor Jahren ihre Seele verloren, als sie von Restaurantketten aufgekauft wurden. Wenn du mich fragst, haben die Leute genug von Lärm und grässlichem Essen und davon, dass es überall gleich ist. Von Wichserkneipen mit belgischem Bier, Paddy MacFuckerty's Themenpubs und der ganzen Scheiße.« Er leckte seine Fingerspitzen ab und breitete die Arme aus. »*Das hier* wird ein richtiges altes Pub. Eine Stammkneipe. Ich hab dir am Telefon gesagt, ich würde was renovieren. Aber hier geht es nicht nur ums Renovieren und Lampenaufhängen und solche Details. Es geht darum, Flagge zu zeigen. Es geht um den alten … wie nennt man das?«

»Gemeinschaftsgeist?«

Er deutete mit dem Finger auf ihn. »Exakt. Und um ehrlich zu sein, bringt es außerdem anständig Kohle. Eine Handvoll solcher Kneipen ein, zwei Monate renovieren und zurück an die Brauerei verhökern. Da kann nichts schiefgehen.«

»Aber machst du noch die Wohnungen? Hattest du nicht einen Vertrag, den Block in Deptford zu renovieren?«

»Ja, doch, ist viel los im Moment.« Er lehnte sich auf seinem Stuhl zurück und sah sich um. »Musste noch ein paar Elektriker, Schreiner und Maler einstellen.«

»Und … die anderen Geschäfte?«

Der Mann rieb sich die Hände an der Jeans ab. »Mensch, Paul, seit wann reden wir denn darüber?«

»War nur eine Frage, Kumpel.«

Der Mann griff nach seinem Smoothie und hielt ihn an sein Gesicht, mit dem Etikett Richtung Paul. Er grinste. »Solange die Schuld nicht bewiesen ist, Paul. Du kennst das ja.«

Paul wischte die Schalen und Überreste der Garnelen vom Tisch in die Plastiktüte und steckte die leeren Smoothie-Flaschen dazu. »Du hast gesagt, du denkst darüber nach«, sagte er. »Worum ich dich gebeten habe.«

»Hab ich getan.«

»Und was hast du für mich?«

Clive hing hinten an der Theke herum. Der Mann bat ihn, den Abfall wegzubringen und sich zu beschäftigen.

»Das wird dir nicht gefallen, Paul.«

»Was ist das Problem? Ich dachte, es würde dir nichts ausma-

chen, ein paar Namen rauszurücken. Du liebst diese Mistkerle ja nicht gerade.«
»Das hat nichts mit Liebe zu tun, sondern mit Ehre.«
»Ist das dein Ernst?«
»Du bittest mich, Leute zu verpfeifen.« Er hob die Hand, als Paul protestieren wollte. »Darauf läuft's letztlich hinaus.«
»Es ist ein Gefallen«, sagte Paul.
»So funktioniert das nicht zwischen uns.« Die Frage stand ihm ins Gesicht geschrieben, noch bevor er sie formulierte: »Oder etwa doch?«
Paul lehnte sich zurück und holte tief Luft. »Und was Kleineres? Ein paar kleine Tipps und Hinweise?«
»Dafür gilt das Gleiche.«
»Ich muss meinen Chefs *irgendwas* liefern, Mann, damit sie das Gefühl haben, ich arbeite noch.«
»Bei solchen Sachen gibt es keine Abstufungen.«
»Okay, ich habe verstanden.«
»Man kann nicht ein *bisschen* verpfeifen, genauso wenig, wie man ein bisschen schwanger sein kann. Aber ein Arsch, ja, ein bisschen ein Arsch kann man sein.« Er wartete, bis Paul aufsah. »Tut mir leid, aber so ist es nun mal.«
Paul nickte, aber er hörte nicht mehr zu. Ihm war klar, dass er nicht bekam, was er wollte. Und plötzlich dachte er an Helen und fragte sich, wo sie heute wohl war.
Die Tür zur Straße sprang auf, und ein Kid marschierte herein, um die sechzehn und ziemlich weggetreten. Der Junge blickte sich verwirrt um.
»Bekommt man hier was zu trinken oder was?«
Der Mann am Tisch drehte sich in Richtung Hinterzimmer, aber Clive war bereits auf dem Weg zur Tür, schüttelte den Kopf und schwenkte die Arme. »Tut mir leid, Kumpel, aber die Kneipe ist noch nicht offen.«

Der Junge brüllte was, von wegen die Tür sei doch offen, und fragte, ob er die Toilette benutzen könne, um dann, als man ihn vor die Tür schob, wilde Drohungen auszustoßen.

Clive schob den Riegel vor und wandte sich an seinen Boss. »Mein Fehler. Ich hab nicht zugesperrt, nachdem Mr Hopwood reinkam.«

Die Antwort auf diese Entschuldigung ging im lauten Klirren einer Fensterscheibe unter. Ein Stein flog in den Raum, die Stühle quietschten über den Boden. Clive bewegte sich für einen Mann seiner Statur schnell: Er war schon zur Tür hinaus, bevor der Stein gegen den Tresen knallte.

Paul stand auf und trat an die Tür, um zuzusehen. Clive hatte den Jungen, der zwischen den geparkten Autos abtauchen wollte, an der Jacke gepackt.

Der Mann am Tisch nahm eine Scherbe von der Abdeckplane. »Tja, was soll man machen?«

Paul beobachtete Clive, der den Jungen gegen die Mauer drückte, sein Gesicht gegen den grauen Stein presste und ihm etwas ins Ohr flüsterte.

»Tut mir leid, Paul.« Der Mann stand vom Tisch auf und strich seinen Pulli glatt. »Ich bin so, wie ich bin.« Er machte ein paar Schritte auf ihn zu. »*Du* kannst auch anders. Du kannst den Leuten weismachen, du wärst jemand anders. Du hast diese Gabe. Ich nicht.«

Auf der anderen Straßenseite zwang Clive den Jungen langsam in die Knie. Drückte seinen Kopf gegen die Wand, während sein Gesicht Zentimeter für Zentimeter über den Stein schürfte.

Paul sah den roten Fleck aus zehn Metern Entfernung.

»Nächstes Mal geht das Essen auf mich.« Der Mann trat zu Paul in die Tür. »Wie wär's mit Dim Sum, oben Richtung Westen? Ich weiß, dass du die gerne isst.«

Paul sagte, das klinge gut, und deutete mit einem Kopfnicken auf die Straße. »Ich fürchte, du verlierst gerade einen möglichen Stammkunden, Frank.«

Als Paul ging, saß der Steinewerfer auf dem Bürgersteig und spuckte stöhnend Blut, während er seinen Mund abtastete. Er sah, wie Paul seinen Wagen aufschloss, stand auf und fragte ihn, ob er ihn ins Krankenhaus fahren könne.

Paul warf seine Jacke in den Wagen. »Ich hab gesehen, was passiert ist«, sagte er. »Deine Scheißbeine funktionieren noch.«

SECHS Helen lief im Pyjama und im Morgenmantel herum, seit sie vom Gesundheitszentrum zurück war. Sie war von Zimmer zu Zimmer gewatschelt, hatte aufgeräumt und sogar damit begonnen, die Küchenschränke sauber zu machen, hatte es dann aber wieder sein lassen. Sie entschied, dass es sie glücklicher machte, ihr eigenes Körpergewicht in Kartoffelchips und Milchschokolade zu vertilgen und die körperliche Betätigung auf das Drücken der Fernbedienung zu beschränken.

Sie schaute ein wenig *Deal or No Deal*, verlor jedoch das Interesse, als die Kisten mit dem großen Geld geöffnet wurden, und dachte über den Arztbesuch an diesem Nachmittag nach.

Offenbar lief alles nach Plan …

Der Kopf steckte noch nicht im Geburtskanal, aber das konnte ab der sechsunddreißigsten Schwangerschaftswoche jeden Moment so weit sein, also bestand hier kein Grund zur Beunruhigung. Das Gewicht des Babys lag absolut im grünen Bereich. Gut. Ihr Blutdruck sei in Ordnung, hatte er gesagt. Gut gemacht. Sie nickte, als der Arzt ihre Werte herunterratterte, und fragte sich, wie es wohl um *seine* Werte bestellt war. Er sah etwas rot aus im Gesicht, und die Frage drängte sich auf, ob er ein Fläsch-

chen in seiner Schreibtischschublade versteckt hatte. Die Lunge des Babys sei inzwischen beinahe voll entwickelt, sagte er und atmete tief durch, als wolle er ihr demonstrieren, wozu Lungen nützlich waren. Und das schlaue kleine Kerlchen bräuchte jetzt nicht mehr in einen Brutkasten. Ab jetzt würde er im Mutterleib nur noch herumliegen und an Gewicht zulegen.
Helen holte sich noch eine Scheibe Käsetoast von dem Tablett neben ihr. Dazu konnte sie doch gut beitragen. Es verlief also alles *wunderbar*, doch dann fragte sie der Arzt, wie es *ihr* ginge. Sie sah ihm an, dass diese Frage schon oft genug Tränen ausgelöst hatte und dass er ihre Tränen auf die Hormone zurückführte. Er bot ihr ein Papiertaschentuch an und fragte, ob sie mit jemandem sprechen wolle. Sie schüttelte den Kopf und putzte sich die Nase. Wie er wohl reagieren würde, wenn sie sagte: »Ich glaube nicht, dass Sie ein Gespräch mit meinem Freund arrangieren könnten, oder? Da gäbe es einiges zu besprechen …«
Helen zappte durch die Kanäle, ohne etwas zu finden, was sie wirklich interessierte. Wenn Paul heimkam, würde sie ihm sagen, dass sie sich die dreißig Pfund fürs Satellitenfernsehen ruhig sparen konnten.
Sie fegte die Krümel von ihrem Pyjamaoberteil und merkte, dass es nass war. Sie wischte sich mit dem Ärmel über das Gesicht, weil sie nicht aufstehen und Taschentücher holen wollte. Sie hatte keine Ahnung, wann oder von wo Paul nach Hause kommen würde. Und das war inzwischen eher die Regel als die Ausnahme.
Mehr konnte ihr der Arzt nicht sagen.
Alles in bester Ordnung, bis auf eine Sache.

Für die Fahrt nach Norden brauchten sie fast eine Stunde, und davon konnte Theo nur eine Minute schneller als sechzig Stundenkilometer fahren. Aber die Basslautsprecher, die Easy hinten im Audi eingebaut hatte, die Ledersitze und die grünen LED-Anzeigen am Armaturenbrett waren super.

Kurz hinter Highgate Village fuhren sie an einem großen Haus vorbei, das von der Straße zurückgesetzt an einem See lag. Sie wendeten und fuhren zurück, um dann zwei Straßen entfernt zu parken.

Theo machte die Musik leiser. »Die Hütte hat *Säulen*, Alter.«

»Yeah, und eine verdammte Alarmanlage«, sagte Easy. »Hast du das blinkende Ding da oben nicht gesehen?« Er zog einen Zettel aus der Tasche und studierte ihn kopfschüttelnd. »Wir gehen einfach rein und wieder raus, Alter, das dauert nicht mehr als fünf Minuten. Alles cool. Wir brauchen keine Safes und Antiquitäten und so 'n Schrott.« Er zeigte auf eine andere Adresse auf der Liste. »Versuchen wir's mit der hier in Southgate.«

Als Theo zurück auf die North Circular fuhr, erklärte Easy, wie es funktionierte. Er erzählte ihm von seinem Freund, der bei der Gepäckabfertigung am Luton Airport arbeitete und sich dabei mal eine Kamera, mal einen MP3-Player oder so besorgte. Easys Freund notierte die Adressen der aufgegebenen Gepäckstücke und gab sie für ein bisschen Cash und die eine oder andere kleine Aufmerksamkeit an Easy weiter.

»Und alle sind glücklich«, sagte Easy.

»Weiß Wave davon?«

Easy hob den Kopf und starrte ihn an. »Was soll die Frage?«

Wave. Der Boss der Gang. Hatte natürlich einiges zu verantworten, wovon nur wenig ans Licht kam. Aber in den Sozialbausiedlungen und in einem Teil von Lewisham war es Wave, der die Fragen stellte.

Wave, »Welle«, hieß er wegen seiner Haare: dem Afro, der irgendwie von der einen Seite seines Kopfes auf die andere fiel. Er selbst erklärte seinen Spitznamen anders: *»So eine Welle kann ziemlichen Spaß machen. Da kann man drauf reiten, sich tra-*

gen lassen, verstehst du? Manchmal kann so ein Ding aber auch so riesig werden wie ein Tsunami oder so 'ne Scheiße. Die macht dann alles nieder, wenn du nicht aufpasst.«

»Was soll die Scheißfrage?«

»Meine ja nur.«

»Das hier ist *meine* Sache.«

»Klar, kein Problem«, sagte Theo.

»Wave hat genug, worüber er sich den Kopf zerbrechen muss«, sagte Easy. »Genug Scheiße am Dampfen, falls du's vergessen hast.«

Theo schüttelte den Kopf, nein, hatte er nicht.

Auf einer leeren Straße in Finchley konnte er endlich Gas geben. Er dachte daran, wie ihm Easy vor ein paar Wochen alles erklärt hatte, nachdem er aus Chatham hierhergezogen war. Sie saßen in einem Kentucky Fried Chicken, mit einer Cola und ein paar Nuggets, und Easy zeichnete ihm seine Welt auf eine Serviette.

Drei Dreiecke, eines über dem anderen.

»Das hier ist so was wie der oberste Vertrieb.« Easy stach auf das oberste Dreieck ein. »Import, Schmuggel, solche Sachen. Echtes Geld, das meiste davon geht an Weiße, wenn du mich fragst.« Er zog eine Linie zum mittleren Dreieck. »Das hier ist die Lagerhaltung und Produktion. Hier wird das Zeug ausgepackt und geschnitten. Von Typen in weißen Mänteln und so, die das Milch- und Koffeinpulver und so reinrühren.«

»Und Abführmittel, oder?«

»Ja genau. Sich die Birne vollknallen und gleichzeitig in die Hose scheißen.« Langsam zog er den Stift zum unteren Dreieck und kreiste es ein. Er umkreiste es so oft, dass der Stift die Serviette durchbohrte. »Hier sind *wir*, das ist der entscheidende Teil, verstanden, T? Hier unten sind die Späher, etwas weiter oben die Botenjungen und die Verkäufer, die den ganzen Tag

von der Straße ins Haus und zurück laufen, mit dem Geld und den Päckchen … Und hier oben, an der Spitze des Dreiecks, sind die Männer mit der Kohle und dem Stoff, kapiert?«
Theo drehte die Serviette zu sich und starrte auf die Dreiecke.
»Und jetzt kommt das Schöne«, sagte Easy. »Jeder kann aufsteigen.« Er machte eine Handbewegung, die das unterstrich. »Jeder, verstehst du? Innerhalb des Dreiecks und von jedem Scheißdreieck ins nächste.« Er zog die Serviette zurück und deutete auf einen Punkt der Zeichnung. »Und genau hier, etwas unter der Spitze des untersten Dreiecks, da bin ich, kapiert? Ich bin die Nummer zwei, aber das ist nicht das Ende.«
Theo nickte, obwohl er seine Zweifel hatte.
»An der Spitze steht Wave. Dem geht's saugut, keine Frage, aber da oben gibt's auch ganz schön Druck, Alter.« Easy trank seine Cola aus und lehnte sich zurück. Er begann, die Serviette in kleine Stücke zu reißen. »Jede Menge Druck von oben und jede Menge Druck von unten …«
Sie zogen die gleiche Vorbeifahrnummer bei einer Doppelhaushälfte in Southgate ab, und Easy wies Theo an, am Ende der Straße zu parken. Es gab Straßenlaternen, aber keinen Hinweis auf eine Alarmanlage.
»Easy-peasy«, sagte Easy.
Er ging zum Kofferraum und holte einen leeren Koffer heraus. Als Theo ihn fragte, wofür er den brauchte, bepisste sich Easy vor Lachen. »Na ja, so ein Koffer ist praktisch, um Sachen zu transportieren, oder? Und *ihre* Koffer sind gerade auf Mallorca oder Lanzarote oder weiß der Geier, wo, so wie sie.« Er schnalzte mit der Zunge und grinste. »Und du willst hier das Brain sein …«
Kaum waren sie im Haus, packte Easy den DVD-Spieler ein. Er befahl Theo, das Erdgeschoss zu filzen, während er den Rest des Hauses durchsuchte.

Theo wusste, dass niemand zu Hause war, trotzdem war er nervös, als Easy so losklotzte. Er schlich in der Küche und im Wohnzimmer herum, sah sich einen Stapel Zeitschriften durch, der auf dem Couchtisch lag. Unter die Treppe war ein kleines Büro eingebaut worden. Auf dem Schreibtisch standen ein Monitor und eine Tastatur, der Tower befand sich neben dem Tisch. Mit der Spitze seines Handschuhs bewegte Theo die Maus, ein Bild erschien auf dem Monitor: Eine Frau und drei Kinder lachten aus einem Swimmingpool heraus in die Kamera, hinter ihnen schwamm eine bunte Luftmatratze.
Ein früherer Urlaub.
Easy kam die Treppe runter, und Theo trat vom Schreibtisch zurück. Er sah auf den Koffer, den Easy mit zwei Händen trug. »Was gefunden?«
»Noch einen DVD-Spieler im Kinderzimmer und ein Digitalradio.« Easy klopfte auf den Koffer. »Und einen nagelneuen iPod, originalverpackt, Alter.« Er nickte Theo zu. »Und du?«
Theo deutete auf den Computer und zuckte mit den Schultern. »Nichts Tragbares, Mann. Ich denke, wir sind fertig.«
Easy sah sich um und nickte, bevor er sich zu Theo beugte. »Ich hab oben auf das Bett gepinkelt.«
Theo trat einen Schritt zurück und verzog das Gesicht. »Das ist echt krank, Alter.«
Easy grinste. »Quatsch, Alter. Scheiße, was denkst du denn von mir?« Er hob den Koffer hoch. »Muss dich wohl ›Toy‹ nennen, T. Wenn du dich so leicht aufziehen lässt wie ein Spielzeug.«

Helen wachte auf, als der Schlüssel im Türschloss umgedreht wurde, und hörte, wie Paul in die Wohnung kam. Wie er hustete und sich räusperte, sich stöhnend aufs Sofa fallen ließ, um die Schuhe auszuziehen. Sie hörte ihn in die Küche gehen. Die Kü-

chenschranktür quietschte, er suchte etwas zu essen. Wenn sie Glück hatte, schlief sie wieder, bis er ins Bett kam.
Ein paar Minuten später war er im Schlafzimmer. Sie drehte sich nicht zu ihm, wusste, dass er sich so leise wie möglich auszog, um sie nicht aufzuwecken, dass er sacht die Armbanduhr auf den Nachttisch legte. Sie roch Knoblauch, als er sich neben sie legte. Er war also essen gewesen.
Wahrscheinlich mit Leuten von der Arbeit.
Sie fragte sich nicht das erste Mal, ob er eine Affäre hatte. Und sie dachte noch immer darüber nach, als sie an seinem Atem hörte, dass er eingeschlafen war.
Wie immer plagte sie ein Gedanke mehr als die Fragen »Wer?« und »Wo?«. Mehr noch als »Wie konntest du nur?«.
Ein Gedanke.
Welches Recht hatte sie, sich zu beklagen?

Theo spürte die Geldscheine in seiner Tasche, als er sich setzte. Er griff nach hinten, zog die Scheine heraus und legte sie auf den Couchtisch. Zweihundert Pfund in Zehner- und Zwanzigernoten hatte Easy ihm zugesteckt, als er ihn absetzte. Bevor er seine Faust gegen die von Theo drückte und um den Wagen herum zur Fahrerseite ging.
»Wofür ist das denn?«
»Für deine Hilfe«, sagte Easy.
»Ich hab doch nichts getan.«
Es war viel zu viel. So viel würde Easy nie und nimmer für das bekommen, was sie aus dem Haus mitgenommen hatten. Wahrscheinlich wollte er nur angeben.
Trotzdem …
»So viel Cash kriegst du, wenn du aufsteigst«, sagte Easy.
»Und wie soll das gehen?«
»Ich rede mit Wave, das geht schon klar.«

»So einfach?«

»Du musst nur im Dreieck nach oben rutschen, T.« Easy ließ seine Hand in der Luft nach oben steigen. »Mehr Zeit im Haus verbringen und die anderen laufen lassen. Noch ein paar Trips mit mir machen. Fun *und* Kohle, was willst du mehr?«

Theo überlegte kurz, ob er Javine aufwecken und ihr das Geld zeigen sollte, aber er wusste, dass das eine blöde Idee war. Sie war wie seine Mum: Sie wollte nichts wissen. Auch gut, aber gegen das Geld hatte sie nichts einzuwenden. Sie würde darüber nachdenken, welche Schuhe sie sich dafür kaufen könnte, während sie den Kopf schüttelte und ihm sagte, sie wolle nicht wissen, woher er das Geld habe.

Aber von irgendwoher musste er es ja haben, oder?

Ihm waren die Kids nicht entgangen, die hinter den Garagen standen und große Augen machten, als der Audi abdüste.

Er schob das Geld zur Seite und legte die Füße auf den Tisch, lauschte den Geräuschen auf der Straße – den Rhythmen der lauten Stimmen, die vom Beton widerhallten – und versuchte, nicht an das Foto auf dem Computermonitor zu denken.

SIEBEN

Paul hatte vor sieben das Haus verlassen, um dem Berufsverkehr in Brixton und Kennington zu entgehen, aber er war nicht der Einzige, der das Büro gern für ein, zwei Stunden für sich gehabt hätte. Als er ankam, saßen bereits ein paar Frühaufsteher mit verkniffenen Montagsvisagen herum. Sie sahen genauso angepisst aus wie immer.

Fröhlich waren Bullen eigentlich nur in Vorabendserien oder wenn sie bei Musikfestivals zu lange in Graswolken rumstehen mussten.

Die Gespräche bei Kaffee und der ersten Kippe im Hof kamen immer wieder auf dasselbe Thema zurück: auf die Tatsache, dass sich Paul in letzter Zeit äußerst rargemacht hatte.
»Wem bist du denn in den Arsch gekrochen, du Glückspilz?«, war noch der freundlichste Kommentar. »Warum sollen wir hier sitzen und uns den Arsch aufreißen, während du fauler Sack dir einen schönen Tag machst?«, war schon typischer.
Paul ließ sich wie immer nichts anmerken und schwieg. Er wusste, dass sie Besseres zu tun hatten, als sich darüber Gedanken zu machen, was er den lieben langen Tag so trieb. Er nickte und plauderte mit, wenn es sich nicht vermeiden ließ, trank seinen Kaffee und trat seine Kippe aus, damit sie weitermachen konnten.
Am späten Vormittag sah sein Schreibtisch wieder einigermaßen aufgeräumt auf, allerdings lagen noch einige fette Ordner mit Scheiße, um die er sich kümmern musste, in seiner Tischablage und auf seinem Computer. Er hatte ein Dutzend E-Mails rausgeschickt, den Papierkram wegen der Anfragen zu den Handydaten erledigt und einige Überwachungsprotokolle eingegeben, wegen denen ihm mehrere Einheiten im Nacken saßen. Es war schon schwierig genug, den ganzen Papierkram zu schaffen, wenn man seiner Arbeit *wie erwartet* nachkam …
»Gehen wir später was essen?«
Paul sah auf, als Detective Sergeant Gary Kelly einen Aktenordner beiseiteschob und sich gegen den Schreibtisch lehnte. »Ich hoffe, du willst nicht in die Kantine.«
»Ich dachte an den Chinesen an der Waterloo Station«, sagte Kelly. »Da gibt's mittags All-you-can-eat.«
»Klingt gut.«
»Ich meine, natürlich nur, wenn du dann noch *hier* bist.« Kelly war untersetzt und rotblond. Und er lachte so breit, dass kaum Platz für den Rest seines Gesichts blieb. Als Paul ihn kennenge-

lernt hatte, war er sich nicht sicher gewesen, ob sie ihn wegen seines irischen Namens »Knolle« nannten oder wegen seines Kartoffelgesichts. »Ich weiß, du bist *wahnsinnig* beschäftigt.«

»Yeah, sorry, Kumpel. Tausend Sachen, die erledigt werden müssen. Du kennst das ja.«

Kelly beugte sich zu ihm vor und senkte die Stimme. »Nein, um ehrlich zu sein, kenn ich das nicht.« Er deutete mit einem Kopfnicken auf die Computer. »Ich kann verstehen, dass du nicht willst, dass alle Bescheid wissen, was du so treibst. Aber wir beide kennen uns schon ewig.«

Paul lachte. »Da gibt's kein großes Geheimnis, ich schwör's.«

»Dann kannst du's mir ja sagen.«

»Ich erzähl's dir beim Essen, okay?«

Kelly nickte zufrieden.

»Ist nichts Dramatisches.«

So gewann Paul ein paar Stunden, um sich etwas einfallen zu lassen. Ein vermasselter alter Fall, der ihm nun Schwierigkeiten machte; irgendein Gemurkse, aus dem er heil herauszukommen versuchte; vielleicht ein paar persönliche Probleme, mit denen er sich rumschlug.

Kelly war ein guter Freund, und das bedeutete, man konnte ihn problemlos verscheißern.

»Wie geht's der Dame des Hauses?«

»Gut«, sagte Paul und wandte sich wieder seinem Bildschirm zu. »Sie ist dick, aber es geht ihr gut.«

»Bist du noch aufgeregt, oder machst du dir schon in die Hose?« Kelly hatte zwei Kinder und eine Frau, die gerade wieder schwanger war. »Im Ernst, es ist harte Arbeit, aber du wirst es lieben. Versprochen.«

Ein guter Freund, aber es gab einiges, das Paul ihm nicht erzählt hatte.

»Übrigens hätte ich noch gerne fünfzehn Pfund von dir.«

»Wofür das denn?«
Kelly streckte die Hand aus. »Es gibt eine Abschiedsfeier für Bob Barker, Freitag in einer Woche.«
Paul kramte in seiner Brieftasche nach den Scheinen. »Und wo?«
»Steht noch nicht fest.« Kelly steckte das Geld ein. »Wär praktischer, wenn's hier wär, aber ein paar seiner Buddys vom Flying Squad, mit denen er früher zusammengearbeitet hat, hätten es lieber auf der anderen Seite der Themse. Ich sag dir Bescheid.«
Paul sah an ihm vorbei. Detective Inspector Martin Bescott kam auf ihn zu, öffnete den Mund und tat überrascht, ihn zu sehen.
»Ach ja, der will mit dir reden«, sagte Kelly.
Der Detective Inspector war sicher ein härterer Brocken als Kelly, aber auch damit würde er fertig werden. Er stand auf, ging um seinen Schreibtisch herum und grinste. »Eine Entschuldigung von meiner Mum bringt wahrscheinlich nichts, oder?«
Fünfzehn Kröten ärmer und jetzt auch noch zehn harte Minuten mit dem Chef. Trotzdem, die gute Laune würde ihm das heute nicht verderben.
Nicht nach dem, was Kevin Shepherd ihm angeboten hatte.
Shepherd hatte vor ein paar Tagen angerufen und nur Blödsinn geredet, als wären sie alte Freunde oder so; hatte ihn in ein neues italienisches Restaurant eingeladen, einen Laden, »wo sie wissen, wie man Kartoffeln macht«, und wo es keine »scheißfranzösischen Soßen« gab.
So lief es meistens: ein Essen, ein paar Flaschen guter Wein, vielleicht ein Tag auf der Rennbahn oder ein Abend in einem Club oder einem Casino, und *immer* zahlten sie. »*Nein, nein, lass mal stecken, Kumpel … sei nicht albern, Kumpel, das geht auf mich.*« Nichts wechselte den Besitzer. Nicht am Anfang.

Es wurde nur mit gebührendem Abstand geklärt, wie es laufen würde.
Das Taxi hatte ihn am gleichen Ort abgeholt wie das letzte Mal. Ray, redselig wie zuvor, gab wieder auf dem ganzen Weg nach Shoreditch Marcel Marceau. Und durchbohrte Paul mit einem gefährlichen Blick, als sich dieser beim Aussteigen für die nette Unterhaltung bedankte.
Shepherd wartete an einem Tisch in einer hinteren Ecke des Restaurants. Er tippte eine SMS und trank aus einem großen Glas Rotwein. Er war sehr entspannt oder gab jedenfalls überzeugend vor, es zu sein. »Das wird dir gefallen, Paul.« Er reichte ihm die Speisekarte und schenkte sich Wein nach. »Ich wusste sofort, als wir uns kennenlernten, dass du einen Sinn für solche Restaurants hast. Andererseits schmeckt uns auch ein Spiegelei mit Pommes an einer Imbissbude, wenn jemand anderes zahlt, oder? Liegt in der menschlichen Natur.«
Paul genoss das Waldpilzrisotto und die Linguine mit Muscheln. Shepherd bemängelte, dass seine Pasta nicht al dente war, und lächelte den Kellner traurig an, dann zwinkerte er Paul zu, während sein Teller im Eiltempo in die Küche gebracht wurde. Er reagierte angemessen dankbar, als eine neue Portion kam und Kaffee und Tiramisu aufs Haus gingen. Paul versuchte, möglichst beeindruckt zu wirken, während er dachte, dass Shepherd ein noch größeres Arschloch war, als er anfangs geglaubt hatte.
Sie sprachen über Shepherds Haus im Languedoc und das umgebaute Lagerhaus in den Docklands; die Autos, die er fuhr, und die, die er als Geldanlage hütete. Shepherd versuchte, Paul auszuhorchen, etwas über ihn zu erfahren, wogegen Paul nichts einzuwenden hatte.
Er erzählte ihm von seiner Wohnung in Tulse Hill, von seiner Freundin und dem Baby, das in ein paar Wochen kommen

sollte. Shepherd schien sich wirklich zu freuen und hob sein Glas. Scherzte darüber, dass sich nun alles ändern würde, die Kneipentouren, das Sexleben und nicht zuletzt die Finanzen. Ab jetzt hätte Paul am Ende des Monats wesentlich weniger Geld auf seinem Konto.

Die letzte Bemerkung ließen sie einige Zeit im Raum stehen.

Natürlich redeten sie nicht über Geldwäsche oder Karussellbetrug, tauschten sich nicht über Stanley-Messer und Mitarbeiterführung aus. Sie plauderten. Mehr war nicht drin in dieser höchst labilen Phase ihrer Beziehung. Jedenfalls, bis sie draußen waren auf der Straße und auf das Taxi warteten.

»Dieser ganze Kram, über den Sie so gut Bescheid wissen«, sagte Shepherd. Er hatte sich eine dicke Zigarre angezündet, mit der er herumfuchtelte, während er sprach. »Meine angeblichen Geschäfte mit Rumänen und was weiß ich wem. Das ist *Expertenwissen*, oder?«

Paul sah ihn an. »Ja, das stimmt.« Er spielte mit dem Gedanken, sich genauso schwammig auszudrücken, wie es Shepherd anscheinend gefiel. Ihm etwas von »unabhängig gewonnenen Erkenntnissen« zu erzählen. Am Ende ging es ihm aber doch am Arsch vorbei. »Im Augenblick bin nur ich der Experte.«

Sehr wichtig, dieses Detail.

Shepherd blies den Rauch aus dem Mundwinkel. »Ich arbeite mit einer Reihe von Polizisten zusammen, mit einigen von oben und einigen von unten. Sie sind alle auf die eine oder andere Weise Experten.«

»Klingt so, als bräuchten Sie keinen mehr«, sagte Paul.

Shepherd schüttelte den Kopf. »Man wäre blöd, wenn man sein Netzwerk nicht ausbauen würde, sobald sich die Gelegenheit dazu bietet. Denn jeder bringt was anderes mit. Ein anderes Fachwissen.«

»Experten sind in der Regel nicht billig.«

»Man bekommt, wofür man bezahlt, Paul.«
Das Taxi fuhr vor, und Shepherd öffnete ihm die Tür. Paul bedankte sich für den netten Abend und nickte Ray zu. »Sagen Sie ihm doch bitte, er soll mir nicht wieder ein Ohr abkauen. Dieses ständige Gequatsche beginnt mir auf die Eier zu gehen.«
»Sie sind ein Scherzkeks, schön.« Shepherd warf seine Zigarre in den Rinnstein. Die Haut um seinen Mund war weiß. »Bin mir allerdings nicht sicher, wie witzig Ray das findet. So ein Arschloch hat ihm nämlich vor ein paar Jahren die Zunge mit einer Gartenschere herausgeschnitten.«
Paul sah zu Ray, der sich ihm zuwandte. »Gott …«
»Na ja, Lachen ist ja nicht *ganz* so problematisch wie Quatschen.«
»Tut mir leid.« Paul öffnete den Mund und schloss ihn wieder. »Ich wollte nicht …«
Beinahe hätte Ray die Szene verpatzt, doch er drehte sich gerade noch rechtzeitig weg, bevor sein Gesicht alles verriet. Der Witz machte ihm immer wieder einen Höllenspaß.
»Da hab ich Sie ja schön drangekriegt«, sagte Shepherd. »Sie hätten sich sehen sollen.«
Paul schlug sich auf die Brust und hustete einen Lacher heraus. »Gott sei Dank.«
»Ihr Scheißgesichtsausdruck …«
Paul vermutete, dass er die Erleichterung ziemlich überzeugend hinbekam. Ebenso gut wie den Schock und die Leichtgläubigkeit. Er war gut darin, Typen wie Shepherd glauben zu machen, sie hätten die Oberhand, selbst bevor sie Geld rausrückten. Fünf Minuten später saß Paul auf der Rückbank des Wagens und war auf dem Weg ins West End. Er fand, dass der Abend gut gelaufen war. Und wusste, dass Kevin Shepherd das genauso sah.

ACHT Mindestens ein Kreuzworträtsel und ein paar Sudokus schienen gerade in Arbeit zu sein. Mehrere Rätselhefte lagen aufgeschlagen auf dem kleinen Tisch neben dem Sofa, dazu ein Wörterbuch, der *Daily Express* und zwei mit Lesezeichen versehene Taschenbuchthriller. Helen freute sich, dass ihr Vater sich beschäftigte, obwohl ein Teil von ihr den Verdacht hegte, dass er alles so arrangiert hatte, nachdem er erfahren hatte, dass sie vorbeischauen wollte.

Er kam mit einem Tablett aus der Küche und brachte zwei Tassen Tee und einen Teller Muffins, die er am Vormittag gebacken hatte.

»Mit Datteln und Pecannüssen«, sagte er. »In der Gefriertruhe habe ich noch welche mit Cranberries, falls du die lieber magst.«

Sie fing an zu essen. »Die sind himmlisch, Dad.«

»Die sind ganz einfach«, sagte er.

Ob alles nur Show war oder nicht, Helen freute sich, dass er auf sich achtgab. Sie aß ihren Muffin auf und nahm sich einen zweiten. Darin ist er besser als ich, dachte sie.

Ihr Vater war vor fünf Jahren mit seiner zweiten Frau nach Sydenham gezogen, fünf Jahre nachdem Helens Mutter gestorben war. Robert Weeks war verständlicherweise am Boden zerstört, als ihm der Brustkrebs seine Sandkastenliebe nahm, bevor sie fünfzig Jahre alt wurde. Und als er dann anscheinend ein zweites Mal sein Glück fand, überwog in dem Gefühlswirrwarr seiner beiden Töchter letztlich die Freude. Die Ehe hatte achtzehn Monate gehalten.

Niemand wusste genau, warum Ehefrau Nummer zwei ihre Koffer so schnell wieder gepackt hatte, und ihr Vater wollte nicht darüber sprechen. Helen und Jenny waren der Meinung, dass es wahrscheinlich nicht gerade einfach war, mit ihm zu leben, und beließen es dabei. Andererseits waren sie überrascht, wie schnell er sich erholte. Er war mit zweiundsechzig Jahren in Frühpension gegangen und lebte von dem bisschen, das er angespart hatte. Er trat in Vereine ein, legte sich mit jungenhafter Begeisterung Hobbys zu, und jetzt, am Höhepunkt seiner Verjüngung, sah es so aus, als sei da wieder eine Frau aufgetaucht. Helen und Jenny kicherten bei dem Gedanken immer noch wie Schulmädchen – obwohl es Monate her war, dass ihnen ihr alter Herr von der »netten Dame von gegenüber« erzählt hatte, die »mich manchmal ihren Parkplatz benutzen lässt«.

Die kleine Straße war sauber und ordentlich, in den Vorgärten stand eine kleine Armee von Terrakottatöpfen, und die Parkplätze wurden so eifrig bewacht wie Kinder. An den meisten Fenstern klebten Sticker der Neighbourhood Watch, die wachsame Nachbarn signalisierten. Helens Vater war aktives Mitglied in dieser Organisation. Dort hatte er Jenny zufolge auch seine neue Freundin kennengelernt. Wahrscheinlich hatte bei ihrer Annäherung ein Muffin keine unwesentliche Rolle gespielt.

»Nimm dir ein paar mit«, meinte ihr Vater. »Du kannst sie einfrieren und dann einfach dreißig Sekunden in die Mikrowelle tun. Für Paul zum Frühstück.«

Helen brummte zustimmend. War eigentlich eine nette Idee.

»Jenny hat letztes Mal, als sie hier war, auch welche mitgenommen. Gibt sie den Kindern in die Schule mit.«

Natürlich tut sie das, dachte Helen.

»Sie war letzte Woche hier. Hat sie mit dir darüber gesprochen?«

»Hat sie sich wieder das Maul zerrissen?«

»Was meinst du?«

»Über Paul?«

»Warum sollte sie?«

»Ach, vergiss es.«
Er schaute verwirrt in seinen Tee. »Sie weiß doch, wie gern ich den Buschen mag«, sagte er. »Ich meine, *vielleicht* denkt sie genauso wie ich, dass Paul dich längst hätte heiraten sollen, aber ich bin ein alter Sack, der sich besser nicht einmischt.« Er schüttelte den Kopf. »Nein, ich wüsste nicht, warum sie das tun sollte.«
»Würde sie ja auch nicht«, sagte Helen. »Tut mir leid, ich bin einfach …«
Nein, das würde sie nicht. Das Lotterleben ihrer großen Schwester und deren labiler besserer Hälfte war seit Monaten gegenüber anderen ein absolutes Tabuthema, und Jenny war zu klug, um sich nicht daran zu halten. Helen war schnell gereizt und konnte ganz schön unangenehm werden. Das war schon so, bevor die Hormone ins Spiel kamen.
»Sie macht sich Sorgen«, fuhr ihr Vater fort. »Aber das ist nur verständlich.«
Wenn sie es rational betrachtete, fand Helen das auch. Meistens war ihr bewusst, dass Jenny nur das tat, was Schwestern eben tun, dass sie, egal, was passierte, auf ihrer Seite war. Manchmal aber war Jennys wahre Meinung offensichtlich: wenn sie zum Beispiel am Ende eines Telefongesprächs zweideutig seufzte oder Helen seltsam ansah, während sie mitfühlend nickte und sich wieder der Vorbereitung des Abendessens widmete.
Helen war eine dämliche Schlampe, die sich ins gemachte Nest hätte setzen können und stattdessen im entscheidenden Moment alles vermasselt hatte. Dagegen ließ sich schwer etwas einwenden, zumal Helen es genauso sah.
Sie war jähzornig und hatte einen üblen Hang zur Selbstzerstörung.
»Alles in Ordnung, Hel?«

Sie holte tief Luft. Sie spürte den Schweiß auf ihrem Rücken und wie ihr immer wärmer wurde. »Kann ich ein Fenster aufmachen? Hier drinnen ist es brütend heiß.«
»Die meisten Fenster hier gehen nicht richtig auf«, sagte ihr Vater und erhob sich. »Ich mache eine Tür auf.«
Die Katze ihres Vaters, ein ständig haarender schwarz-weißer Kater, stolzierte unter dem Fenster vorbei und zeigte Helen seinen Hintern.
»Hast du dich mit Paul gestritten?« Er legte im Vorbeigehen die Hand auf ihre Rückenlehne und zog sie zurück, als Helen sich umdrehte und ihn vorwurfsvoll anblitzte. »Ich hab doch gesagt, Jenny hat nichts erzählt.« Er setzte sich und begann die Bücher und Zeitschriften auf dem Tisch zu ordnen, obwohl sie bereits in Reih und Glied lagen. »Du hast ihn einfach eine Weile nicht mehr erwähnt, das ist alles. Und ich hab schon lange nicht mehr mit ihm gesprochen.«
»Er steckt bis über beide Ohren in Arbeit.«
»Das hab ich nicht gemeint.« Er lehnte sich zurück. »Wenn ich anrufe, und er geht ran, dann quatschen wir normalerweise kurz. Über Kricket oder was im Fernsehen so läuft. Jetzt gibt er das Telefon so schnell es geht an dich weiter. Das ist irgendwie … eigenartig.«
»Er hat *wirklich* viel zu tun. Nicht einmal für mich hat er noch Zeit.«
Das sollte witzig rüberkommen, aber irgendetwas hatte sie verraten. Ihr Vater nickte verständnisvoll. »Warte, bis er das Baby sieht«, sagte er. »Das verändert einen, wenn man zum ersten Mal sein eigen Fleisch und Blut sieht. Das verändert alles.«
Helen hievte sich hoch. »Der kleine Mistkerl drückt auf die Blase«, sagte sie. »Mach doch noch einen Tee.«
»Neben dem Waschbecken ist noch was von der Flüssigseife, die du so magst …«

Im Badezimmer klappte Helen die Klobrille herunter und setzte sich ein paar Minuten hin. Wartete darauf, dass sich das Flattern im Magen legte, kämpfte gegen den Drang an, sich gehen zu lassen und einzuknicken. In letzter Zeit war sie definitiv zu nah am Wasser gebaut. Sie war es so leid.

Als sie zurück in die Küche kam, reichte ihr ihr Vater eine Plastiktüte mit gefrorenen Muffins, und sie sagte, sie hoffe, die Frau gegenüber sei sich klar darüber, was für ein verdammtes Glück sie hatte. Er errötete, aber schien sich zu freuen.

»Ehrlich gesagt bin ich mir nicht sicher, ob sie wirklich interessiert ist.«

»Klar ist sie interessiert«, sagte Helen. »Sonst würde sie dich doch nie und nimmer ihren Parkplatz benutzen lassen.«

»Mag sein.«

»Davon bin ich überzeugt.« Sie saß da, rührte in ihrem Tee und betrachtete ihn. Dabei dachte sie darüber nach, was sie eben gesagt hatte – und liebte ihren Vater ein kleines bisschen mehr, weil er ihren albernen Witz nicht verstanden hatte.

Snooker war genauso wenig Easys Spiel wie Golf. Poolbillard dagegen fand er ganz okay, es war schneller und einfacher. Er spielte hinten in der Halle ein paar Runden mit SnapZ und Mikey, um die Zeit totzuschlagen, bis Wave mit seinem Geschäftstermin fertig war.

Mit Mikey und SnapZ hing Easy nach Theo am meisten rum. Auch wenn keiner von beiden bei *Mastermind* gewinnen würde. SnapZ redete nur von Musik und bildete sich ein, er sei eine Art Schlagzeuger. Er trommelte ständig irgendwelche Rhythmen auf Tischen, hampelte herum und jaulte, wenn er nach Easys Meinung besser die Klappe halten sollte.

»Wie soll ich mich auf meinen Stoß konzentrieren, Alter?« Easy erhob sich vom Tisch und breitete die Arme aus. »Ständig zuckst du rum und schnippst mit deinen Scheißfingern wie ein Geisteskranker.«

SnapZ zog die Nase hoch und trat einen Schritt zurück. Dabei schob er die Daumen in die Taschen seiner Baggy-Levi's.

Mikey lachte, sagte »Geisteskranker« und lachte wieder. Er hatte eine hohe Stimme und lispelte leicht. Er war der Größte von ihnen, und weil er so groß war, fiel nicht gleich auf, wie viel Gewicht er mit sich herumtrug. Doch bei dieser Hitze ließ sich nicht einmal durch ein weites T-Shirt verbergen, was Easy »ein nettes Paar Titten« nannte. Easy und SnapZ schlichen sich gerne von hinten an und grapschten danach. Und auch wenn Mikey ihnen meist lachend auf die Hände schlug, konnte Easy sich nicht vorstellen, dass er das besonders lustig fand.

Easy beugte sich nach unten, um zu zielen. Er schoss daneben und sagte: »Du hast mich abgelenkt.«

Mikey und SnapZ lachten.

Der Cue-Up-Snooker-Club lag zwischen einem Reisebüro und einem Klempnerladen an der Einkaufsstraße hinter dem Busbahnhof von Lewisham. Zweiundzwanzig große Tische im ersten Stock und ein kleiner Loungebereich im zweiten, wo sich auch die Büros und Lagerräume befanden. An einem Ende, bei der Treppe, gab es eine Bar, die ein halbes Dutzend Pooltische von den Spielautomaten und Video-Ballergeräten trennte. Theoretisch konnte man hier auch etwas essen und trinken, aber die Bedienung war unzuverlässig und mürrisch.

Abends war hier einiges los, aber an einem Mittwochmittag ging es ruhig zu. An vier Tischen wurde gespielt. Neben den paar Snooker- oder Poolspielern waren nur noch eine Putzfrau und die Hackfresse hinter der Bar da. Und ein alter Knacker, der den ganzen Tag hier rumhing, Zigaretten schnorrte, Toast mit brauner Soße verdrückte und mit dem Geld, das er beim Essen gespart hatte, die Spielautomaten fütterte.

Easy musste zehn Mäuse an SnapZ blechen, als er eine schwarze Kugel versaute, gewann sie aber von Mikey zurück, der jeden Stoß so hart spielte, als wolle er die Kugeln pulverisieren. Während er sich um den Tisch bewegte, ließ Easy die Treppe nicht aus den Augen. Er wartete auf Wave.
Mitten im Spiel mit SnapZ hörte er Waves Stimme. Tief und schnell, wie eine Dancehall-Bass-Linie. Er drückte seinen Queue Mikey in die Hand und sagte ihm, er solle für ihn spielen.
Wave kam die Treppe herunter. Er sprach mit einem Weißen in einem schicken grauen Anzug. Als der Typ sich zu ihm beugte und ihm etwas ins Ohr flüsterte, nickte er. Er schüttelte dem Weißen die Hand und sah ihm nach, als er zum Ausgang lief. Der Typ ist ein oder zwei Dreiecke über mir, dachte Easy. Es war genau so, wie er es Theo erklärt hatte: Da oben floss eine Menge Geld in die Taschen der Weißen.
Easy sah zu, wie Wave an die Bar schlenderte. Asif schloss sich ihm an, ein riesiger Pakistani, den Easy und seine Kumpel *As If* nannten. Er hing seit ein paar Monaten mit Wave rum. Während Wave und der Weiße sich unterhalten und verabschiedet hatten, hatte er ein paar Meter entfernt gewartet.
Wave kaufte zwei Flaschen Stella, eine für sich und eine für seinen Schatten, und ging zu einem leeren Pooltable am anderen Ende der Halle.
Easy wartete ein paar Minuten, bevor er selbst zwei Flaschen kaufte und ihm folgte. Lässig und voller Selbstüberzeugung bahnte er sich einen Weg zwischen den Tischen hindurch und wippte dabei mit dem Kopf, als denke er an einen Song.
Während Asif zum Stoß ansetzte, stellte Easy eine Flasche neben die, die Wave schon auf den Tisch gestellt hatte. »Hab dir noch eine geholt«, sagte er.
Wave nickte und sah zu, wie Asif die rote Kugel verfehlte. Als er dran war, schoss er ebenfalls daneben.

»Wer gewinnt?«, fragte Easy.

»Wir spielen seit zwei Minuten, Alter«, sagte Wave. »Hat noch keiner was eingelocht.«

Als Wave mit einem Stoß beschäftigt war, kam Asif zu ihm und musterte Easy vom Scheitel bis zur Sohle. Easy trug heute Rot und Weiß, dasselbe Cap wie immer und hatte nicht vor, sich von Asif bewerten zu lassen. Er sah Asif an, als steige ihm ein übler Geruch in die Nase, und breitete die Arme aus. »Is was?« Asif sagte nichts. »Schau *dich* lieber an mit deinen billigen Scheißklamotten. Waren wohl im Discounter im Angebot.« Asif zuckte mit den Schultern und wandte sich wieder dem Tisch zu.

Sie spielten weiter, Easy sagte ein paarmal »Pech gehabt, Mann« und »Nice«, als Wave eine Rote versenkte, die direkt am Loch lag. Er sog Luft durch die Zähne, als eine rosa Kugel krachend in einer Tasche verschwand.

»Was willst du?«, fragte Wave schließlich.

»Du kennst doch meinen Kumpel T.« Wave zögerte. »Er schiebt Wache, macht Botengänge und so für uns.«

»So ein dürrer Typ mit Milchbart?«

Easy nickte. »Der ist definitiv reif für eine Beförderung.«

»Meinst du.« Wave stellte sein Bier ab und wandte sich wieder seinem Spiel zu.

»Garantiert.« Easys Augen blieben an dem Holzdreieck hängen, das am Tisch baumelte. »Der ist in Ordnung, Alter, verstehst du? Kommt auf keine dummen Ideen und zickt nicht rum. Er arbeitet hart, und er ist clever, richtig clever.«

»Ich überleg's mir.«

»Klar.« Easy wippte auf den Fußballen. »Ich meine, der passt sich schnell an, wenn's sein muss, macht keine Probleme.«

»Ich habe *gesagt* …«

»Ich leg für ihn die Hand ins Feuer, Alter.«

Wave sah ihn über die Schulter an. »Das hätte ich gern schriftlich.«
Easy schluckte. Er versuchte, es mit einem Witz abzutun. »Bist du high oder was?«
Wave drehte sich um und fixierte die Kugel. »Schreib das auf, damit ich es mir in Ruhe durchlesen kann, wenn ich die Zeit dafür hab. Wenn man überlegt, jemanden zu befördern, muss man das ordentlich machen, sich *Referenzen* besorgen, kapiert?«
»Ja, kein Problem«, sagte Easy.
»Und ich kann dir damit die Fresse polieren, wenn dein Freund Scheiße baut.«
»Wird nicht passieren, Alter.«
Am anderen Ende des Saals hörte man Mikey brüllen und SnapZ lachen. Wave forderte Easy auf, zu ihnen zu gehen und dafür zu sorgen, dass seine Freunde keinen Lärm machten. Als er gehen wollte, sah Easy, wie Asif die Brauen hochzog. Ein Blick, der ihm gar nicht gefiel. Bei der nächsten Gelegenheit würde er dem Dreckspaki so richtig eine reinhauen.
Auf dem Weg zurück zu den anderen zermarterte er sich das Hirn.
Er stand hinter Theo, ganz klar, aber er machte das nicht nur für ihn, nicht wirklich. Es ging ihm dabei genauso um sich selbst. Er wollte, dass die Leute kapierten, dass er weiterdachte, dass man sich auf ihn verlassen konnte, dass er in der Lage war, seine Leute richtig einzuschätzen. Dass er wusste, wem man vertrauen konnte und wer eine Ratte war. Wave musste *sein* Potenzial sehen als jemand, der Sachen im Griff hatte. *Er* sollte derjenige sein, der aufstieg
Jetzt hatte er sein Maul aufgerissen und musste eine »Beurteilung« oder so was schreiben. *Und ich kann dir damit die Fresse polieren, wenn dein Freund Scheiße baut …*

Das hätte *definitiv* besser laufen können.
Er brüllte Mikey und SnapZ an, bevor er die Mitte des Saals erreicht hatte.

NEUN Babys wollten immer was, fand Theo. Es sei denn, sie schliefen – was sie nie taten, wenn sie es sollten. Sie brüllten, und man gab ihnen zu essen. Sie brüllten, und man wechselte die Windel. Manchmal brüllten sie auch nur, um zu nerven, zumindest kam es ihm so vor …
Und dann sahen einen diese schlauen kleinen Kerlchen an, oder man roch an ihrem Kopf, und alles war nur noch halb so wild.
Javine war um fünf Uhr gegangen. Er hatte den Kleinen nun seit drei Stunden und fühlte sich, als hätte er einen Marathon hinter sich. Er wollte Herr der Lage bleiben und zwischendurch aufräumen, damit Javine kein Chaos vorfand, wenn sie zurückkam. Damit es keinen Krach gab. Er wollte es auf keinen Fall vermasseln und machte genau das, was Javine ihm sehr detailliert aufgeschrieben hatte.
Checke auf deinem Handrücken, ob die Milch okay ist.
Nimm Watte und warmes Wasser – die Feuchttücher sind schlecht für seinen Ausschlag.
Und zieh ihm die Pampers nicht wieder verkehrt rum an, Blödmann!!!
Es war noch nicht mal acht, und er war total kaputt. Und er hatte keine Ahnung, wann Javine zurückkommen würde. Er hatte sie fragen wollen, als sie sich fertig machte, es sich dann aber anders überlegt, um sie nicht unter Druck zu setzen. Er hatte es geschafft, ein paar Minuten vor dem Fernseher zu schla-

fen und den Kleinen dabei in der Wippe zu parken, aber das war nicht lange gut gegangen.
Ihm das Fläschchen zu geben hatte eigentlich Spaß gemacht. Theo hatte es gefallen, wie der Kleine nuckelte und schmatzte und wie sich die kleinen Fingerchen am Kragen von Theos T-Shirt festkrallten. Auch die Bäuerchen-Nummer war witzig gewesen, zumindest der Anfang. Er hatte laut gelacht, als der Rülpser kam, und gesagt: »Yeah, nur raus damit, Alter.« Als er aber die milchige Babyspucke auf seinem Lieblingsshirt entdeckt hatte, war ihm das Lachen vergangen.
Leg ein Tuch unter beim Bäuerchenmachen.
Fünf Minuten nachdem er den Kleinen hingelegt hatte, klingelte es an der Tür.
Leg ihn auf den Bauch und massier ihm den Rücken.
Er braucht seinen Drachen, und schalte sein Mobile an.
Vielleicht will er ein paar Minuten deinen Finger halten.
Theo sprang auf und hechtete zur Tür, um dort zu sein, bevor es erneut klingelte. Aber der Kleine fing an zu brüllen, bevor er die Klinke erreicht hatte.
Als er fünf Minuten später mit dem schreienden Baby im Arm ins Wohnzimmer zurückkam, hatte Easy es sich mit einer Dose Bier vor dem Fernseher bequem gemacht und sah Men & Motors. Er nickte in Richtung Fernseher. »Danach kommt irgendein Scheiß mit Stripperinnen.« Er sah auf und beobachtete, wie Theo dem Baby über den Rücken strich und es beruhigte. »Das ist unglaublich, Alter, dass du diese Kacke machen musst.«
Theo zuckte mit den Schultern. »Javine kommt nie raus.«
»Und ein Babysitter?«
»Kostet fünf Pfund die Stunde.«
»Du solltest weggehen können, wenn dir danach ist, Alter.« Easy lehnte sich zurück und schüttelte den Kopf. »Das gehört dazu. Deine Leute checken, ein paar Geschäfte machen.«

»Kann ich mir nicht leisten.«
»Du brauchst mehr Kohle, das steht fest«, sagte Easy. »Du musst dir was anderes suchen, kapiert?«
»Vielleicht sollte ich babysitten.«
Dem Kleinen schien es an seiner Schulter zu gefallen, also setzte sich Theo neben Easy und griff nach einem Bier. Easy beugte sich rüber und streichelte den Arm des Babys.
»Wie heißt er denn?«
Theo sah ihn an. »Du weißt doch, wie er heißt.«
»Ich kann mir nicht *alles* merken.«
»Er heißt Benjamin«, sagte Theo. »Benjamin Steadman Shirley.« Benjamin nach Javines Vater und Steadman nach seinem. Shirley, obwohl er und Javine nicht verheiratet waren.
Easy nickte. »Nettes Baby, Alter.«
»Yeah.« Easy hatte es gesagt, als spreche er über die Features eines neuen Handys oder die Bildqualität eines Flachbildfernsehers.
Sie sahen eine Weile fern und redeten über dies und das, bis Easy aufs Geschäft zu sprechen kam. Er brachte Theo zum Lachen und ließ ihn über einen der Botenjungen ablästern. »Der braucht fünf Minuten, um das Geld dahin zu bringen, wo es hinmuss. Zwei Minuten müssten locker reichen. Als hätte er ein Holzbein, Mann, ich schwör's dir.« Dann erzählte er Theo vom Treffen mit Wave am Anfang der Woche. Wie gut es gelaufen war. »Er hält es für eine gute Idee, du weißt schon, das, worüber wir gesprochen haben.«
»Über was haben wir denn gesprochen?«
»Dass du ein bisschen nach oben rutschst. Was meinst du?«
»Was hat er genau gesagt?«
»Hab ich doch schon gesagt. Wenn *ich* es für eine gute Idee halte, hält *er* es für eine gute Idee. Ich hab ihm gesagt, dass man dir trauen kann, dass du dir den Arsch aufreißt und so weiter.«

»Na dann Prost, Alter.« Theo strich seinem Sohn über den Kopf und sah den Stripperinnen auf Men & Motors bei der Arbeit zu. »Wie viel mehr, schätzt du, mach ich dann die Woche?«

Easy zerdrückte seine leere Bierdose und griff nach einer neuen. »Mehr, und darauf kommt's ja an, oder? Der Rest ist doch Kleinscheiß, Mann. Erst mal muss die Sache an sich funktionieren, kapiert?« Er griff in seine Hosentasche und zog einen Zettel heraus. Er zeigte Theo, was er über ihn geschrieben hatte, die Beurteilung, die Wave wollte. Während Theo sie las, rutschte Easy unruhig hin und her, als handle es sich um einen Liebesbrief.

Theo merkte, wie unangenehm die Situation seinem Freund war, und warf ihm eine Kusshand zu. »Du bist süß.«

»Fuck you.«

Theo hielt es für besser, nicht zu erwähnen, dass man den Wisch kaum lesen konnte und er mit Fehlern gespickt war. Wahrscheinlich war Wave das ohnehin egal. Er gab ihm das Blatt zurück. »Nein, echt jetzt, ich weiß das wirklich zu schätzen.«

»Lass mich bloß nicht hängen, Alter«, sagte Easy.

»Du weißt, dass das nicht passiert. Hast es doch selbst hier geschrieben.«

»Du musst beweisen, was du draufhast, kapiert? Besteh einfach die Prüfung, okay?«

Theo lachte. »Und was soll das sein? Ein geheimer Schwur und so 'n Scheiß? Eine Initiation oder so was?«

»Du musst einfach beweisen, dass du einen Zahn zulegen kannst, das ist alles.«

»Wollt ihr mir etwa den Kopf in die Kloschüssel halten und die Spülung drücken, so wie in der Schule?«

»Wir kriegen das schon hin. Das machst du mit links, Alter. Du willst das doch, T? Du bist doch dabei, oder?«

Theo entging nicht, wie aufgeregt Easy war. Er war schlau genug, zu wissen, warum. So nah sie sich auch standen, Theo

würde wohl später einen Preis dafür zahlen müssen. Vielleicht würde Easy ihn um den einen oder anderen Gefallen bitten oder einen kleinen Teil von Theos Extraeinnahmen haben wollen. Das wäre kein Problem. Theo wusste, wie so was lief, Freund hin oder her. Das hier passierte nur, weil Easy ein gutes Wort für ihn eingelegt hatte.
Gegen einen kleinen Preis war nichts einzuwenden.
Er saß da und überlegte, wie es wohl wäre, in so einer Karre herumzufahren und von den Kids hinter den Garagen bewundert zu werden, Kohle zu haben, um Javine glücklich zu machen und ein bisschen rumzuprotzen. Genug für sich selbst zu haben und noch was für Benjamin zurückzulegen. Und vielleicht auch für Angela.
Was zum Verpulvern und was zum Sparen.
Auch Easy saß da und sah Theo und sein Baby an und überlegte, wohin sie in jener Nacht mit dem Auto fahren und welche Knarre sie benutzen würden.

Die Wohnung war leer, als Paul zurückkam. Er war gerade dabei, Helens Handynummer zu wählen, als ihm einfiel, dass sie bei ihrer Schwester zum Essen eingeladen war. Er schob eine Pizza in den Ofen und sah sich die Nachrichten an, während er aß. Er öffnete die Tür auf den lächerlich kleinen Balkon, legte die Beine auf das Geländer und zündete sich eine Zigarette an. Es war ein warmer Abend, und er konnte die Minze riechen, die Helen in einen Topf gepflanzt hatte. Und den Jasmin, der sich weigerte, das Holzspalier hinaufzuklettern.
Da Frank ihn offenbar hängen ließ, war es eine Riesenerleichterung, dass die Sache mit Shepherd allem Anschein nach klappen würde. Jetzt konnte er ein bisschen entspannen und es sich leisten, mehr Zeit auf das zu verwenden, wofür er offiziell bezahlt wurde. Nicht dass der sich abzeichnende Deal mit Shep-

herd ihn davon abhielt, weiterhin Augen und Ohren offen zu halten. Es gab genug Geschäftsleute, die Berater suchten. Die Geschäfte machen wollten mit Leuten wie ihm.
Bullen, denen man den einen oder anderen Gefallen tun konnte.
Ein Gedanke führte zum nächsten, und seine Stimmung schlug schneller um, als es dauerte, die Zigarette auszudrücken.
Die. Fotze. Auszulöschen.
Den einen oder anderen Gefallen …
Er hatte das Arschloch gesehen, das es Helen ein paarmal besorgt hatte. Den Mistkerl beobachtet. Er hatte sogar seine Adresse herausgefunden und war bei ihm vorbeigefahren, hatte vor seinem Haus geparkt und gewartet, bis er herausgekommen und in seine blöde Fordfickkarre gestiegen war. Paul hatte lange auf das Auto gestarrt, hatte mit dem Gedanken gespielt, auf das Arschloch loszurasen, ihn plattzumachen und seine Überreste auf der Rückbank abzuladen. Hätte irgendwie Klasse gehabt.
Es hatte auch noch dunklere Momente gegeben, in denen er richtig ins Detail gegangen war und kaltblütig überlegt hatte, wie er es tun konnte, ohne erwischt zu werden. Wahrscheinlich wäre er damit auch durchgekommen, wenn er vorsichtig gewesen wäre. Und selbst wenn nicht, hätte der eine oder andere Bulle vielleicht weggesehen.
Er hatte nichts getan, natürlich nicht. Hatte versucht, die Wunde zu vergessen, und sie eitern lassen. Und er hatte Helen bei jeder Gelegenheit gequält.
Sie kam gegen elf nach Hause, er hatte die Tür nie aus den Augen verloren. Einige Gläser Wein hatten die Wut gedämpft, die aufgeflammt war, als er hier draußen bei den Pflanzenkübeln saß. Aber sie glühte noch immer in ihm.
»Wie geht's Jenny?«

Helen hatte ihre Jacke noch nicht ausgezogen. »Gut. Sie lässt dich grüßen.«
»Bullshit.«
Sie ließ den Kopf sinken und ging direkt ins Schlafzimmer. Als sie wieder herauskam, sagte sie: »Ich bin müde. Ich hab da jetzt wirklich keine Lust drauf, Paul.«
Er sah zu, wie sie in die Küche schlurfte, sich mit den Händen durchs Haar fuhr, und hörte sich sagen: »Tut mir leid.« Hörte sie sagen, es sei schon in Ordnung. Sie könnten ja morgen streiten, wenn er dann noch wolle. Er wusste, dass er das nicht tat.
Sie setzte sich neben ihn und fragte, wie sein Tag gewesen sei. Er erzählte ihr einen Witz, mit dem Gary Kelly alle genervt hatte, und sie lachte. Und als sie zusammen fernsahen, war das Schweigen zwischen ihnen so erträglich wie schon lange nicht mehr.
Er dachte an den Morgen, als sie ihm von dem Baby erzählt hatte. Und wie es danach gewesen war. Wie sie sich über das dumme Grinsen des jeweils anderen bepisst hatten. Er drehte sich zu ihr und wollte sie daran erinnern, aber sie war eingeschlafen, hatte den Kopf zurückgelegt und den Mund geöffnet. Er legte ihr die Hand auf den Bauch und ließ sie dort, bis ihm selbst die Augen zufielen und sie auf das Sofakissen hinunterglitt.
Ein paar Stunden später wachte er mit dem schalen Geschmack von Wein und Zigaretten im Mund auf und rüttelte sie sanft wach.

ZEHN Helen packte ihn, als er auf dem Weg ins Bad war. »Der frühe Vogel fängt den Wurm!«
Paul grinste, aber nur kurz. Er hatte verschlafen und sollte schon vor zehn Minuten das Haus verlassen haben.

»Ich hab dir einen Tee gemacht«, sagte Helen. »Und deine Krispies stehen schon auf dem Tisch, also keine Panik.«
Sie war bereits seit einer Stunde wach, hatte geduscht, sich angezogen und die Reste vom gestrigen Take-away weggeräumt. Sie hatten Indisch bestellt, waren lange aufgeblieben und hatten über Gott und die Welt geredet. Paul hatte über die Arbeit gejammert, die ihn auffraß, und Helen gefragt, was sie davon hielt, wenn er in drei Monaten die Inspector-Prüfung machte. Er wehrte sich auch nicht dagegen, über eine neue Wohnung und Krippenplatzanmeldungen zu sprechen. Und nach ein paar Drinks hatte er die Gitarre aus dem Schrank geholt. Er hatte *Wonderwall* und *Champagne Supernova* gespielt, und als sie von oben ein Klopfen gehört hatten, hatte er nur gerufen: »Gefällt's euch?«
Helen vermutete, dass es trotz seines Gejammers bei der Arbeit besser lief als in den letzten Wochen. Gut möglich, dass ihm der Stress dort mehr zugesetzt hatte, als sie dachte. Vielleicht sogar mehr als die Sache mit ihr.
Als Paul ins Wohnzimmer kam und sich setzte, brachte sie ihm den Tee. Sie lehnte sich an den Tisch und sah mit ihm ein paar Minuten Frühstücksfernsehen: eine Vorschau auf die kommende Fußballsaison, die in weniger als zwei Wochen begann, Reisenachrichten und eine vielversprechend klingende Wettervorhersage.
»Ich geh heute Abend zu Katie und Graham«, sagte Helen. »Sie haben gefragt, ob du mitkommst.« Paul sah auf. »Beruhig dich, war nur ein Scherz. Ich hab ihnen gesagt, dass du zu der Abschiedsparty eines Kollegen musst. Erleichtert?«
Den Mund voll Krispies, grinste Paul. Helen war klar, dass ein weiterer Abend mit Graham für Paul ungefähr so reizvoll war, wie an einem Seminar für Kriminalitätsprävention teilzunehmen oder sich gleich eine Nadel ins Auge zu stechen. Sie konnte

es ihm nicht verdenken. Sie selbst hatte nur zugesagt, weil sie wusste, dass Paul weg war, und weil sie nicht allein zu Hause hocken wollte. Ob Katie sie deshalb eingeladen hatte? Helen hatte erzählt, dass Paul nicht da sein würde, bevor ihre Freundin sie eingeladen hatte.

Sie ging in die Küche. »Wahrscheinlich bin ich fix und alle, wenn ich wieder nach Hause komme.« Sie hatte nicht vor, besonders lange wegzubleiben, aber Katie wohnte oben in Seven Sisters, und die Fahrt zurück würde eine Weile dauern.

»Ich schlafe bei Gary«, rief Paul.

»Oh, okay. Also dann bis morgen früh.«

»Wird wohl eher Nachmittag. Die Frau des Hauses ist weg, und Gary hat wohl noch ein paar Jungssachen geplant.«

»Mehr will ich, glaub ich, gar nicht wissen.«

»Ich ruf dich an.«

»Ist schon in Ordnung. Amüsier dich.«

»Du auch.«

»Aber amüsier dich nicht *zu* sehr, Hopwood …«

Helen hatte nicht gehört, wie Paul in den Flur gegangen war, um seine Jacke zu holen, hatte nicht mitbekommen, dass er sich verabschiedet hatte. Als sie aus der Küche kam, stellte sie überrascht fest, dass er nicht mehr da war. Und zuckte zusammen, als die Tür ins Schloss fiel.

In den letzten Tagen hatte sich Theo beim Schmierestehen mit Ollie abgewechselt, einem weißen Jungen mit Dreads, der ein paar echt geile Sprüche draufhatte. Er stand an einer Ecke der Lewisham High Street, in der Nähe des Glockenturms, und hielt die Augen offen, während Ollie mit zehn Scheinen zur Wohnung zurückrannte, um Stoff zu holen. Auf dem Straßenmarkt, der sich bis hoch zur St. Saviour's Church zog, war einiges los, und die Jungs in Blau waren gut beschäftigt, was nicht schaden konnte. Die Polizeiwache hier war eine der größten in ganz London und lag direkt gegenüber. Während er wartete, starrte Theo auf die ein paar Meter entfernte beleuchtete Plakatwand der Bushaltestelle. Zwei fröhliche Bullen – ein Fettsack und eine gut aussehende Frau – sprachen in ein Funkgerät, und darunter in riesigen Lettern das kühne Versprechen: SICHTBAR SICHERER.

Dreißig Meter entfernt stand ein Teenager im Eingang eines Geschäfts und starrte auf die Fernsehgeräte. Er konnte Ollies Rückkehr noch weniger erwarten als Theo.

Es dauerte nur ein paar Minuten. »Schneller als jeder verfickte Kurierdienst«, pflegte Easy seinen Kunden zu sagen.

Theo behielt den Kunden im Auge, auch wenn dieser wohl kaum verschwinden würde. Er trat wie immer tänzelnd von einem Fuß auf den anderen und rieb sich die Hände, seine Wangen waren ganz eingefallen von dem ständigen Pfeiferauchen. Der rauchte mehr, als er aß. Vor sechs Monaten hätte er Theo leidgetan, aber das war vorbei. Jetzt brauchte er noch mehr von diesen traurigen Typen, die seine Telefonnummer weitergaben, bei ihm einkauften und ihm Geld brachten.

Er wartete noch immer auf den Abschluss des Deals, als der Audi an einer Querstraße auf der anderen Seite hielt. Easy stieg aus und rief ihn zu sich.

»Wir müssen uns später treffen«, sagte er.

Theo sah über die Schulter und hielt nach Ollie Ausschau. »Yeah, meinetwegen«

»Die Sache läuft, *kapiert?* Wave will es heute Nacht durchziehen.«

»Scheiße, ich hab gedacht, das dauert noch.«

»Es läuft heute, Alter, also mach dich bereit, ja? T …?«

»Ich bin bereit, Mann«, sagte Theo. »Kein Problem.«

Easy grinste und klatschte mit der Hand auf das Autodach. Er

wollte nicht, dass sein Freund etwas in seinen Augen las, was dort nicht stehen sollte. Theo sah wieder über die Schulter, als ginge es ihm nur ums Wacheschieben, ums Geschäft.
Plötzlich entdeckte Easy etwas, das an einen Baumstamm auf der anderen Straßenseite geheftet war, und ging hinüber. Theo folgte ihm, sah seinem Freund dabei zu, wie er den Zettel las und sein Handy rausholte.
Theo überflog den Text, der eine Telefonnummer und eine Beschreibung enthielt. Dazu das Foto eines vermissten Hundes, seine Augen weiß vom Blitz. Als Kind hatte er selbst einen Hund gehabt, einen Mischling, der wie eine Ratte aussah und bei Weitem nicht so süß war wie der hier.
»Sie haben Ihren Hund verloren, ja?« Easy sprach ins Handy und sah dabei zu Theo. »Ich glaub, ich hab ihn gefunden.« Er nickte. »Halten Sie die Klappe. Für fünf Riesen können Sie ihn wiederhaben. Oder ich bring den Scheißköter um.« Er lauschte und zog eine Grimasse, bevor er auflegte. »Sie haben ihn schon gefunden.«
»Hat das schon mal funktioniert?«, fragte Theo.
»Ein Mal, aber die verdammte Schlampe hat mich auf fünfhundert runtergehandelt.« Angeekelt schüttelte er den Kopf. »Von wegen die Engländer lieben Tiere.«

»Müssen wir uns später noch Reden anhören?«
»Ja, das übliche Programm, nehm ich an«, sagte Kelly. »Bob beschimpft uns als Weicheier und beschwert sich über die schäbige Uhr oder den lausigen Flachmann oder was immer wir ihm schenken.«
»Ich freu mich schon drauf«, sagte Paul. Er schob die Gabel durch die beinahe essbare Cottage-Pie-Masse aus Kartoffelbrei und Hack und überlegte, dass er sich morgen früher als geplant von Kelly verabschieden wollte, damit er mit Helen noch etwas

unternehmen konnte. Es wäre nett, wieder mal aus London rauszukommen. Sie waren ein paarmal nach Brighton gefahren, einmal hatten sie ab Victoria Station den Zug genommen, und hatten immer eine gute Zeit gehabt.

Das Handy in seiner Tasche vibrierte.

Andererseits musste man wegen des Wochenendverkehrs früh starten, damit es sich lohnte, und er glaubte nicht, dass er dafür fit genug sein würde.

Er nahm den Anruf an, nachdem er den Tisch verlassen hatte.

»Wollte nur wissen, wie die Dinge stehen«, sagte Shepherd.

»Gut.«

»Ich hab ein, zwei Tage nichts mehr von Ihnen gehört, wollte nur sichergehen.«

Paul ging hinaus in den Gang und studierte die Plakate am Schwarzen Brett, während er zuhörte. Shepherd wirkte aufgeregt. Er wollte sich anscheinend vergewissern, dass ihre Abmachung noch galt, dass Paul bestimmte Dinge für sich behalten hatte. Paul sagte, er brauche sich keine Sorgen zu machen, es sei nur schwierig, zu reden, und er riefe ihn morgen an, um ein Treffen auszumachen.

Shepherd lachte. »Ich bin ein wenig beunruhigt, das verstehen Sie doch.«

Paul ging zurück in die Kantine. An dem Tag, an dem er Typen wie Kevin Shepherd verstand, war es endgültig Zeit, den ganzen Kram hinzuschmeißen und sich selbst eine Abschiedsrede zu schreiben. Er fing Kellys Blick auf und gab ihm ein Zeichen, bevor er für sie beide Kaffee holte.

Ein Parkhaus, egal, wie viele Etagen es hatte, kam nicht infrage, fand Easy. Zu viele Kameras. Gab ohnehin schon zu viele, die ihn und alle anderen rund um die Uhr videoüberwachten. Das gehörte zu den ersten Dingen, die sie den Frischlingen beibrachten: wie man die Ware übergab, ohne dass es auf dem Video zu sehen war, selbst wenn man direkt unter der Kamera stand. Entscheidend war, wie man die Kapuze aufhatte und in welchem Winkel zur Kamera man stand. Nach einer Weile ging es ihnen in Fleisch und Blut über, als müssten sie nur mal pinkeln.

Sie nahmen die Bahn rüber nach Catford und fanden hinter der unbenutzten Hunderennbahn eine Seitenstraße ohne erkennbare Videoüberwachung. Easy und SnapZ standen auf der einen Seite der Straße, Mikey auf der anderen.

Sie mussten kaum länger als zehn Minuten warten.

Der Junge mit der Sporttasche schien aus dem Fitnessstudio oder vom Training zu kommen. Er löste die Zentralverriegelung, und als er zum Kofferraum ging, um seine Tasche hineinzulegen, stand SnapZ vor ihm und fragte ihn nach der Zeit. Dahinter stand Mikey mit dem Messer, und Easy übernahm den Sprechpart.

»Wir wollen nur den Autoschlüssel, also mach keine Dummheiten, hast du mich verstanden?«

Der Schock wich schnell der Resignation, und der Junge gab ihnen den Schlüssel.

»Sehr freundlich«, sagte Easy.

Der Junge schüttelte den Kopf. »Das ist ein Scheiß-*Chevy-Cavalier*, Mann. Der bringt doch nichts.«

»Halt die Klappe, oder ich stech zu«, sagte Mikey.

Easy grinste. »Die Brieftasche hätt ich noch gern und dieses schicke Handy, wenn wir gerade dabei sind.«

Nachdem er bekommen hatte, was er verlangte, schlenderte Easy langsam auf die Beifahrerseite und überließ SnapZ den Fahrersitz. Sie würden zu einem von Waves Schuppen fahren, die Kennzeichen auswechseln und sich eine Weile nicht blicken lassen. Bis es Zeit war, Wave und den Star der Show abzuholen.

SnapZ drehte den Schlüssel herum.
»Easy-peasy«, sagte Easy.
Mikey nahm die Sporttasche des Jungen aus dem Kofferraum und warf sie auf den Bürgersteig, bevor er auf der Rückbank Platz nahm. Der Junge hob die Tasche auf und schleuderte sie fluchend gegen eine Wand.
Er fluchte noch immer, als der Cavalier wegfuhr.

Helen hielt an der Old Kent Road, um eine Flasche Rotwein zu kaufen, von der sie wusste, dass Katie sie mochte. In den Minuten, die sie an der Kasse warten musste, tat es ihr um das Geld dafür leid. Plötzlich hatte sie eine Stinkwut, dass Katie sie womöglich nur aus Mitleid einlud, und hätte sie angerufen, um ihr zu sagen, wie sehr *sie ihr* leidtat, weil sie diesen Freak als Freund hatte und weil sie noch die gleiche erbärmliche Geltungssucht hatte wie damals in der Schule.
Als sie ins Auto stieg, hatte sie sich wieder beruhigt und bekam Schuldgefühle. Sosehr sie sich die Entbindung herbeiwünschte, sie würde es vermissen, ihre Stimmungsschwankungen und Gefühlsausbrüche auf die Schwangerschaft schieben zu können.
Es begann zu regnen, als sie durch Borough fuhr, und zu schütten, als sie die London Bridge erreichte.
Hoffentlich verzog sich Graham nach dem Essen schnell auf den Dachboden, oder wo auch immer er seine kleinen Viecher quälte, damit sie und Katie in Ruhe lästern konnten. Noch netter wär's natürlich, wenn sie was trinken könnte. Vor zwei Tagen hatte sie erfahren, dass der Kopf des Babys im Geburtskanal steckte, und es wäre schon schön, mit einem Gläschen darauf anzustoßen. Das Leben ohne Alkohol würde sie garantiert nicht vermissen, wenn der Braten aus dem Ofen war. Ganz im Gegenteil, wenn es nach ihr ginge, könnten sie ihr ein Glas in die Hand drücken, sobald sie die Nabelschnur durchtrennt hatten.

Sie fuhr nach Norden, Richtung Dalston und Hackney, und fragte sich, ob man Wein bei den Geburtsvorbereitungen erwähnen durfte oder ob einem die Hebamme dann sofort das Jugendamt auf den Hals hetzen würde.
Sie fragte sich, mit wem sie diese erste Flasche trinken würde.

Paul ließ den Blick durch den Raum schweifen. Er hasste jeden Einzelnen hier. Ein paar Gläser früher hatte er sie alle geliebt, und die Wahrscheinlichkeit, dass dies nach ein paar weiteren Gläsern wieder der Fall sein würde, war durchaus vorhanden. Bier hatte bei ihm fatale Wirkungen: Es verwandelte ihn im Nu vom Weichei zum Ekelpaket, das Mühe hatte, in zusammenhängenden Sätzen zu reden, und ständig auf die Toilette musste.
Der Kollege, den sie verabschiedeten, hatte seine Rede gehalten, und bis auf die Tatsache, dass er statt einer Armbanduhr oder eines Flachmanns ein Barometer als Abschiedsgeschenk bekommen hatte, war alles ziemlich so gelaufen, wie Gary Kelly es vorhergesagt hatte. Paul hatte genauso begeistert gejohlt und geklatscht wie die anderen. Als er jetzt die Menge schicker Anzüge in diesem schäbigen Raum sah und beobachtete, wie die Leute zu laut lachten und die hundert Pfund schweren Alkoholvorräte an der Bar wegsoffen, wurde ihm etwas klar.
Obwohl er betrunken war, wusste er, dass er mehr wollte.
Niemals würde er diesen Scheiß mitmachen, wenn er mal an der Reihe war. Er würde verschwinden, bevor jemand einen Raum über einem Pub mietete und für irgend so einen Scheiß vom Juwelier sammelte. Da würde er schon über alle Berge sein und es sich gut gehen lassen.
Er fing Gary Kellys Blick drüben an der Bar auf und rollte mit den Augen. Kelly war ein anständiger Bulle, aber es war nicht schwierig, ihn sich in zwanzig Jahren an Bob Barkers Stelle vorzustellen. Gut zu sein reichte nicht, nicht mal, wenn man

dazu noch ehrgeizig war. Man musste Mumm haben und eine gewisse Leck-mich-am-Arsch-Einstellung.
Und man musste lügen können, ohne mit der Wimper zu zucken.

Theo saß mit einem Karton Chicken Wings und einer ungeöffneten Zeitung vor sich auf einem Fensterplatz im Chicken Cottage an der High Street, so wie man ihm gesagt hatte. Er sah auf die Uhr. Es war nach Mitternacht, die Zeit, um die er sich laut Easy bereithalten sollte. Ob die Sache abgeblasen worden war? Vielleicht hatte Wave seine Meinung geändert, oder ein Geschäft war dazwischengekommen.
Vielleicht war alles auch nur ein Bluff.
Vielleicht ging es bei dem Test darum, ob er auftauchte. Er fragte sich, ob Easy und die anderen ihn jetzt beobachteten und sich halb kranklachten, weil er wie ein Idiot am Fenster saß. Und sich fast in die Hose machte.
Er griff nach einem Chicken Wing, aber der war schon kalt, also legte er ihn zurück in den Karton. Draußen wurden die Regenschirme eingesteckt, der Schauer war vorüber. Den ganzen Abend über hatte es immer wieder mal geregnet, aber es war trotzdem noch warm, und er hatte keine Jacke dabei, auch wenn Javine in der Tür gestanden hatte und wollte, dass er sie mitnahm.
Sie hatte ihn angesehen, als wollte sie sagen *Was immer du vorhast, ich hoffe, es ist es wert.* Oder vielleicht hatte der Blick auch nur so viel bedeutet wie *Ich liebe dich, bis später*, und er bildete sich alles andere nur ein, weil es das war, was *er* insgeheim dachte.
Er hatte keine Ahnung.
Sein Kopf fühlte sich an wie Wackelpudding. Er nickte im Rhythmus zur Musik aus dem Lautsprecher über ihm, Salsa

oder so was, und versuchte, ruhig zu bleiben und sich vorzustellen, wie die nächsten Stunden ablaufen würden. Er drückte seine Stirn gegen die kühle Fensterscheibe und bildete sich ein, er würde sein Handy herausziehen und wählen. Und dann zu Easy sagen, er sei mit seiner jetzigen Position zufrieden. Er wolle härter arbeiten und länger, brauche aber keine fremde Hilfe, um weiterzukommen.

Er öffnete die Augen, als er eine Hupe hörte, und starrte durch das beschlagene Fenster raus auf die Scheinwerfer. Er konnte das Auto nicht richtig erkennen und brauchte einen Moment, bis er merkte, dass es Easy war, der ihn wie ein Idiot von der Rückbank angrinste, neben ihm Mikey und SnapZ. Wave saß hinter dem Lenkrad und tätschelte einladend den Beifahrersitz, bevor er etwas zu den Jungs hinter ihm sagte.

Etwas, worüber sie alle lachten.

Theo nickte und stand auf, nahm noch einen Schluck aus seiner Wasserflasche. Auf dem Weg nach draußen steckte er eine Handvoll Servietten ein. Er schwitzte jetzt schon.

Kalte Luft schlug ihm entgegen, als er mit Kelly auf die Straße torkelte. Er atmete tief durch, blies die Backen auf und blinzelte.

»Gut«, sagte Kelly. »Suchen wir uns einen Club oder was?«

Paul warf einen Blick auf die Uhr. »Machst du Witze?«

Kelly nickte in Richtung gegenüberliegende Straßenseite. Abgedunkelte Fenster und ein schummriges Neonschild, dessen Aufschrift nur mit Mühe als »MASSAGE« zu entziffern war. »Wir könnten da rübergehen. Ein bisschen entspannen.«

»Ich will ins Bett«, sagte Paul.

Sie schauten eine halbe Minute schweigend dem Verkehr zu. Es war windig, und Kelly hatte Mühe, sich eine Zigarette anzuzünden. Er trat in einen Hauseingang und stellte seinen Jackenkragen auf, um genug Schutz zu haben.

»Sollen wir uns ein Taxi suchen?«, fragte Paul.
»Viel Glück dabei.« Sie sahen ein paar vorbeifahrenden Autos hinterher. »Oben an der Hauptstraße finden wir bestimmt eins – aber nur von der zwielichtigen Sorte. Al Jazeera Minicabs, du weißt schon …«
Paul hatte das Gefühl, sich jeden Moment übergeben zu müssen. Er schloss kurz die Augen und wartete, bis es vorbei war.
»Scheiße …«
»Wir machen es uns bei mir noch gemütlich«, sagte Kelly.
Paul verzog das Gesicht. »Bist du jetzt vom anderen Ufer?«
»Träum weiter.«
»Aber du bist sicher, dass Sue nichts dagegen hat?«
»Hab dir doch gesagt, dass sie weg ist. Wir können ausschlafen und dann im Café gegenüber frühstücken.«
Klang gut, fand Paul. Auf alle Fälle besser, als wenn Helen auf Zehenspitzen um ihn herumschlich. »Ich hab gesagt, ich ruf zu Hause an.«
»Ja, mach das mal besser.« Kelly warf seine Kippe weg und fing an, *Under My Thumb* zu singen, während Paul in seiner Jacke nach dem Handy kramte.
Paul murmelte »Fuck off«, gab die Nummer ein und wartete. Er landete in Helens Mailbox und hinterließ eine Nachricht.
Kelly fing an loszulaufen, streckte die Arme aus und sang. Paul steckte das Handy weg und folgte ihm. Wo er sich an den Text erinnern konnte, sang er mit. Sie torkelten lallend den Bürgersteig entlang, Richtung Ampel wie Mick Jagger an einem seiner schlechteren Tage.

Es war der Sport – im weitesten Sinne –, der Helen rettete. Zu Grahams merkwürdigen Interessen zählte nämlich auch eine Vorliebe für Liveübertragungen von Dartsturnieren. So hatten Katie und sie den Großteil des Abends für sich.

Sie saßen in dem neu angebauten Teil des Wohnzimmers und sprachen über alte Zeiten. Über Lehrer und fast vergessene Klassenkameraden, kicherten und lästerten wie damals mit dreizehn. Meistens kamen sie früher oder später auf die gemeinsame Schulzeit zu sprechen, und Helen schwelgte gerne in der Erinnerung an Tage, als sie kaum Verantwortung übernehmen musste und sich ihre Sorgen auf Mathetests und Make-up beschränkten.

Das schien eine Ewigkeit zurückzuliegen.

Erst als Katie davon sprach, eine zweite Flasche Wein aufzumachen, sah Helen auf die Uhr und war entsetzt. Es war beinahe Viertel vor zwei, und sie brauchte selbst um diese Zeit mindestens eine Stunde, um von Seven Sisters nach Hause zu kommen.

Es war immer einiges los, wenn die Clubs und Bars sich leerten. So was wie freie Fahrt hatte man in der Nacht von Freitag auf Samstag nie.

Sie hörte ihr Handy klingeln, als sie am Stamford Hill Estate vorbeifuhr. Es steckte in ihrer Handtasche, aber hier konnte sie nirgends halten, also ließ sie den Anrufer auf die Mailbox sprechen. Um diese Zeit konnte es nur Paul sein. Nach den Geräuschen aus der Tasche zu urteilen, hatte er eine Nachricht hinterlassen. Wahrscheinlich so was wie *Wollte nur anrufen, um dir Gute Nacht zu sagen. Hoffentlich hat Graham nicht zu sehr genervt.*

Die Welle von Zuneigung, die Helen erfasste, verschwand schnell im Sog ihrer ständig vorhandenen Schuldgefühle. Als sie an einer Ampel bremste, dachte sie an Katies Bemerkung während einer der ruhigeren Phasen des Abends. »Du hast schon damals immer gewusst, was du willst. Dein Plan stand fest. Kinder, Mann, Karriere, das ganze Programm. Daran hattest du nicht den geringsten Zweifel, und alle wussten, dass du genau

das auch bekommen würdest. Weil du immer so ein verdammtes Glück mit allem hattest.«
Helen zuckte zusammen, als der Fahrer hinter ihr hupte, weil die Ampel bereits umgesprungen war. Sie hob entschuldigend die Hand und fuhr los. Sie dachte an den Gesichtsausdruck ihrer Freundin und an das Lied, das im Hintergrund gelaufen war. Und wie sie kurz davor gewesen war, sich ein Glas zu genehmigen.
Beim Abbiegen in die Stoke Newington High Street schaltete sie das Radio ein. Sie fragte sich, wann Paul morgen wohl käme. Sie freute sich darauf, ihm von Graham und seinem Dartsfetisch zu erzählen.
Das fand er sicher lustig.

Es hat aufgehört zu regnen, aber die Straße ist noch feucht und glänzt unter dem Licht der Scheinwerfer. Hier, auf einer der wahrscheinlich miesesten Straßen Londons, hält sich der Verkehr in Grenzen.
Es ist bereits Morgen, genau genommen ein paar Stunden nach Mitternacht. Aber für die paar Leute, die unterwegs nach Hause sind, sich zur Arbeit schleppen oder ihren wie auch immer gearteten Geschäften nachgehen, fühlt es sich an wie mitten in der Nacht.
Stockfinstere Nacht.
Wave ließ sich Zeit, fuhr langsam und gemütlich in Richtung Norden, hielt sogar mal an, als sie über die London Bridge drüber waren, um sich einen Burger und was zu trinken zu kaufen. Parkte an einer Grünfläche, als wollte er ein Familienpicknick veranstalten. Er wischte sich den Ketchup vom Mund, während Theo neben ihm saß, mit Easy, Mikey und SnapZ Witze riss und versuchte, das Zittern in seinem linken Bein unter Kontrolle zu bringen.

Kurz bevor Wave den Wagen wieder anließ, griff er rüber, um das Handschuhfach zu öffnen, und forderte Theo auf, hineinzufassen.
Es war ein .38-Revolver mit kurzem Lauf, nicht zu schwer, makellos. Sein Griff war mit rotem Klebeband umwickelt. Theo wog ihn in der Hand, als handelte es sich um keine große Sache. Es war nicht das erste Mal, dass er eine Waffe hielt, aber das erste Mal, dass es sich wie eine anfühlte.
Von der Rückbank ertönte ein Freudenschrei. »Steht dir, T!«, rief Easy.
SnapZ klopfte einen Trommelwirbel auf Theos Rückenlehne.
Wave fädelte den Cavalier wieder in den Verkehr ein und sagte: »Jetzt wird's ernst.«
Sie fuhren durch die City, an der Liverpool Street Station vorbei und waren um Viertel nach zwei an der Kingsland Road. Wave bog kurz vor dem Kanal links ab und umrundete ein paarmal den Block.
Mikey steckte den Kopf zwischen den Vordersitzen durch. »Ziehen wir das jetzt durch oder nicht?«
»Wenn ich so weit bin«, sagte Wave.
Mikey rückte sein Cap zurecht und lehnte sich wieder zurück, quetschte seinen Oberkörper zwischen Easy und SnapZ. »Klingt gut, Alter«, sagte er.
Theo atmete tief und langsam durch. Er legte den Revolver zwischen seine Beine auf den Sitz und wischte seine Hände unbemerkt an der Jeans ab. Als er wieder nach dem Revolver griff, fühlte sich das Klebeband immer noch warm und feucht an.
Es fing wieder an zu regnen. Wave schaltete die Scheibenwischer ein. An einem der Wischer fehlte der Gummi, und Theo beugte sich vor, um durch die leuchtend roten Schlieren aus Wasser und Rücklichtern etwas erkennen zu können.
»So, Star Boy, sind wir auch schön aufgeregt?«, sagte Wave.

Theo nickte und wurde in seinen Sitz zurückgedrückt, als Wave plötzlich auf das Gaspedal trat und über eine Kreuzung raste, bevor er wieder langsamer wurde. Seine Augen waren auf die Straße vor ihm gerichtet, auf den entgegenkommenden Verkehr. Wieder Gejohle von der Rückbank, Gestampfe auf den Gummimatten. Easy beugte sich vor. »Bist du bereit, T?«

Wave griff hinter das Lenkrad und schaltete die Scheinwerfer aus.

»Ich glaub, unser *Theodore* macht sich gerade in die Hose«, sagte SnapZ.

Theo blinzelte, sah Javines Blick vor sich. Er atmete noch mal tief durch, erinnerte sich an den Geruch von Benjamin Steadmans kleinem Kopf …

Easy beugte sich nah an Theos Ohr. »Easy-peasy.«

Theo nickte.

Easy gab ihm einen Klaps auf den Arm und beugte sich noch weiter vor, um über den Revolverlauf zu streichen. Er lächelte ein klein wenig zu breit, und etwas in seiner Stimme ließ Theo frösteln.

»Du kennst ja die *Etikette* …«

Teil zwei

STRICH-MÄNNCHEN

ELF

Der Detective Inspector war ein wenig gesprächiger als sonst, vermutlich, um unangenehme Pausen zu vermeiden. Wenn er sprach, hatte er meist seinen Schreibtisch fest im Blick oder, wenn er sich zurücklehnte, die Zimmerdecke. Augenkontakt versuchte er zu vermeiden, aber das konnte man ihm nicht vorwerfen.

»Sie waren sicher selbst schon mal in einer Lage wie ich jetzt«, sagte er.

»Ich hatte schon mal mit Menschen zu tun, die um einiges schlechter dran waren als ich, wenn Sie das meinen.«

»Dann wissen Sie, wie das ist.«

»Mein Beileid.«

»Das habe ich nicht gemeint«, sagte der Detective und errötete. »Nur … Sie wissen ja, es ist nicht einfach, mit Angehörigen über einen Fall zu sprechen.«

»Wir waren nicht verheiratet.«

»Trotzdem … es gibt gute Gründe, warum wir das normalerweise nicht machen. Ihnen ist bestimmt klar, dass wir gar nicht hier wären, wenn Sie nicht zu uns gehörten.«

Das Büro des Detectives, das er ganz offensichtlich mit jemandem teilte, befand sich im dritten Stock des Becke House, dem Hauptquartier der Area West Murder Squad. Er hatte versichert, dass der Detective Chief Inspector selbst mit ihr gesprochen hätte, säße er nicht gerade im Pressebüro, um eine öffentliche Erklärung vorzubereiten. In den Lokalblättern war zwar eine

Meldung über einen tödlichen Verkehrsunfall erschienen, aber nun sollten sämtliche Details – der Name des Opfers, das zweite Auto, die Schießerei – veröffentlicht werden. Man hoffte, somit etwas Bewegung in den Fall zu bringen. Und dass sich vielleicht jemand mit Informationen an sie wandte.

»Sie bitten jetzt schon die Öffentlichkeit um Hilfe?«

Der Gesichtsausdruck des DI war Antwort genug. Seit dem Vorfall waren erst zwei Tage vergangen, und schon waren die Ermittlungen gegen die Wand gefahren. »Ich muss Ihnen nichts vormachen«, sagte er, »ein paar von den Leuten knallen dich schon ab, wenn du sie nur schief anschaust. Mit uns zu reden steht nicht gerade auf ihrer Prioritätenliste.«

»Ja, ich weiß, wie das läuft.«

Es war ein strahlender Montagnachmittag, und im Büro wurde es allmählich unangenehm heiß. Die Sonne erhitzte die Lehnen der Plastikstühle und brannte auf ihren Gesichtern. Sie fiel durch die Fenster auf die cremeweißen Wände und die Pinnwände aus Kork, die schon lange zu einem schmutzigen, marmorierten Beige ausgeblichen waren.

Der DI sah ihr kurz in die Augen, bevor er wieder auf seinen Schreibtisch starrte. »Wann kommt das Baby?«

»Ich bin ungefähr in der siebenunddreißigsten Woche«, sagte Helen. »Also jederzeit.«

Der DI sah auf, nickte und ließ den Blick erneut zu der Akte auf seinem Tisch schweifen. »Tut mir leid«, brummte er. Das hatte er bereits öfter gesagt.

»Es tut Ihnen leid, dass mein Lebensgefährte tot ist?«, fragte Helen. »Oder dass mein Baby vaterlos zur Welt kommt?«

Es waren erst zwei Tage vergangen …

Zwei Tage, seit Paul Hopwood von einem Auto überfahren wurde, als er an einer Bushaltestelle in der Kingsland Road in Hackney stand.

Helen entging die Verlegenheit des DI nicht, und sie bereute ihren scharfen Ton. Er hatte ja recht, sie wusste, in welcher Situation er sich befand, und als sie sagte, dass sie oft genug mit Leuten zu tun gehabt hatte, die schlimmer dran waren als sie, war das keine leere Floskel gewesen. Als Detective Constable in der Child Protection Unit hatte Helen Weeks mit Leuten zu tun, deren Kinder von Menschen missbraucht worden waren, die sie geliebt und denen sie vertraut hatten. Und sie wusste, wie schwer es war, Fragen stellen zu müssen. Ein Blick auf den Mann gegenüber genügte, und ihr war klar, wie sehr er sich danach sehnte, dieses Büro zu verlassen. Er war Mitte vierzig, kräftig und hatte dunkle Haare, die auf einer Seite etwas grauer waren als auf der anderen. Sein Lächeln war verständlicherweise nervös, aber durchaus herzlich. Dennoch hatte sie das Gefühl, dass das nicht typisch für ihn war, sondern dass er zu den Leuten gehörte, die man nicht gern zum Feind hatte.

»Wissen Sie schon, was es wird?«, fragte er. »Junge oder Mädchen?«

Sie schüttelte den Kopf.

»Haben Sie einen Namen?«

»Nein.«

Seinen Namen hatte sie vergessen, kurz nachdem er sich vorgestellt hatte. Er war nur eine Silbe lang, das wusste sie noch. Das passierte ihr in den letzten Tagen ständig. Nichts blieb hängen. Ganz gewöhnliche Wörter klangen unsinnig, und ihre Gedanken schweiften mitten im Gespräch ab.

Ihr Kopf war zu sehr damit beschäftigt, Bilder zu generieren: Blut und Glasscherben auf einem Bürgersteig; sie selbst mit einem Kleinkind an der Hand vor einem Grab.

»Ich dachte, das sei so eine Großstadtlegende«, sagte sie. »Diese Scheinwerfersache.«

»Ich glaube, das *war* es auch …« Sein Handy klingelte. Er nahm den Anruf entgegen, sah auf das Display und murmelte schon wieder »Tut mir leid«, bevor er auflegte und das Handy in die Jackentasche steckte. »Ich glaube, es kommt aus Amerika und wurde übers Internet dann auch hier bekannt.«

Helen hatte das erste Mal vor ein paar Jahren davon gehört, Man warnte die Leute, nachts in bestimmten Gegenden nicht aufzublenden, wenn einem ein Auto ohne Licht entgegenkam. Gangs wählten mit diesem grausamen Spiel ihre »Opfer« aus – das Auto, auf das derjenige schießen musste, der in die Gang aufgenommen werden wollte. Wahrscheinlich nur ein Mythos, aber erschreckend plausibel angesichts der Verwahrlosung dieser Gegenden. Jetzt war klar, dass zumindest eine Gang diese Mutprobe wählte, um ihre Nachkommen zu testen.

»Anscheinend ändern sie diese Initiationsriten, wenn sie ihnen langweilig werden«, sagte der DI, »oder zu einfach erscheinen. Vor ein oder zwei Jahren mussten die Neuen jemandem Ammoniak ins Gesicht spritzen. Das war besonders bei Mädchen beliebt, weil sie das Zeug gut in der Handtasche verstecken konnten.«

»Also kommt die Gang aus Nordlondon?«, fragte Helen.

»Nicht unbedingt. Das Auto wurde in Catford gestohlen ...« Er brach ab, als das Handy sich in seiner Jackentasche bemerkbar machte. Der Anrufer hinterließ eine Nachricht. »Dass die Schießerei auf dieser Seite der Themse stattfand, könnte auch auf Gebietsstreitigkeiten hindeuten. Vielleicht wollten sie jemanden wissen lassen, dass sie da waren.«

»Wenn es ein Revierkampf war, müssen Sie doch die beteiligten Gangs kennen.«

»Bislang ist uns von einem Revierkampf noch nichts zu Ohren gekommen. Ich will nur sagen, dass wir im Moment nur Vermutungen haben.«

»Aber Sie wissen, mit wem Sie reden müssen?«

»Natürlich arbeiten wir mit der Drugs Task Force zusammen. Sie geben ihr Bestes, aber es gibt fast zweihundert Gangs in London, und wie gesagt …«

»Die sind nicht gerade gesprächig«, sagte Helen. »Ich weiß.« Sie überlegte kurz. »Gibt's was Neues aus der Forensik?«

»Als wir den Chevrolet Cavalier fanden, war er ausgebrannt. Das wird uns vermutlich nicht weiterbringen. Der BMW wird noch untersucht.«

»Wo?«

Der DI hatte die Frage nicht gehört oder nicht hören wollen. »Den vorläufigen Bericht haben wir bereits, aber auf die ballistische Auswertung warten wir noch.« Er sah sie an. »Wir machen da wirklich Druck, Helen.«

Sie nickte. Natürlich taten sie das. Das war immer so, wenn ein Kollege betroffen war. Aber aus seiner Pause schloss sie, dass sie sich keine großen Erkenntnisse davon erwarteten. Mit Sicherheit nichts, was sie nicht schon wussten. An Augenzeugen herrschte kein Mangel. Der Vorfall ließ sich genau rekonstruieren: von dem Augenblick, als der BMW aufblendete, über die Schüsse, die aus dem Cavalier abgefeuert wurden, bis zu dem Moment, als der BMW auf den Bürgersteig raste und in die Bushaltestelle krachte. Sie hatten Uhrzeiten, Kennzeichen, ein paar vage Beschreibungen.

Nur die Verantwortlichen hatten sie nicht, ansonsten war der Fall wasserdicht.

»Was ist mit den anderen Leuten an der Bushaltestelle?«, fragte Helen.

»Nun, DS Kelly, den Sie ja kennen, soviel ich weiß, kam mit ein paar Schnittwunden und Prellungen davon. Genauso der zweite Mann. Herumfliegende Glassplitter …«

»Und die Frau in dem Wagen?«

Hatte sie am Schluss die Augen geschlossen? Als sie ihn umfuhr?

Riss sie die Arme hoch, um sich zu schützen, oder sah sie Pauls Gesicht, als er über ihre Motorhaube flog?
»Ihr geht es so weit ganz gut, denke ich. Schlüsselbeinbruch. Das Gesicht ist grün und blau.«
»Kann ich die Adresse haben?«
»Wie bitte?«
»Ich würde gern mit ihr sprechen.«
Verwirrt lehnte er sich zurück. »Warum?«
Das konnte sie nicht sofort beantworten. Die Sonne auf ihrem Gesicht und ihrem Hals war kaum noch zu ertragen. Sie rieb sich über den Bauch. »Was soll ich denn tun? Ich hab das Gefühl ... ich dreh durch, verstehen Sie? Und ich will nicht einfach zu Hause sitzen und überlegen, ob ich Paul beerdigen kann, bevor das Baby kommt. Ich muss ... irgendetwas tun. Egal was.«
Er räusperte sich. »Ist im Moment jemand bei Ihnen, der sich um Sie kümmert?«
»Die Wohnung ist verdammt klein. Mein Dad und meine Schwester schauen ständig vorbei, aber ehrlich gesagt fühle ich mich wohler, wenn ich meine Ruhe habe.«
»Was ist mit Pauls Eltern?«
»Sie sind in einem Hotel. Ich glaub, das ist ihnen lieber ...«
»Haben Sie sich wegen der Beerdigung entschieden?«
Es sprudelte aus ihr heraus, bevor sie nachdenken konnte. »Ja, es sollte auf jeden Fall eine geben. Das ist sicher besser so, finden Sie nicht auch? Sonst stinkt er nur alles voll.« Wieder errötete der DI, doch diesmal war es an Helen, sich zu entschuldigen.
»Ist schon gut.«
»Als ob die Stimmungsschwankungen nicht schon *davor* schlimm genug gewesen wären.«
»Ich meinte, haben Sie darüber nachgedacht, ob Sie eine offizielle Polizeibestattung möchten?«

»Nicht wirklich. Noch nicht.« Sie *hatte* darüber nachgedacht und war zu dem Schluss gekommen, dass sie, sosehr sie eine Beerdigung ohne großes Tamtam vorziehen würde, die Entscheidung darüber Pauls Eltern überlassen sollte. Wahrscheinlich wären ihnen, wenn es so weit war, die Reden und Fahnen und Sargträger mit weißen Handschuhen lieber.

Wenn es so weit war.

Die gerichtliche Untersuchung von Pauls Tod war eröffnet und – wie üblich in diesen Fällen – sofort ausgesetzt worden. Sie würde wiederaufgenommen, sobald die Polizeiermittlungen abgeschlossen waren. Wann immer das sein würde. »Wir reden mit dem Gerichtsmediziner und versuchen, die Leiche … *Paul* … möglichst schnell freizugeben«, sagte er. »Ein paar Wochen kann es aber noch dauern.« Es klopfte an der Tür, und ein Kopf erschien im Türspalt. »Was ist, Dave?«

Der Mann sah schnell zu Helen, bevor er sich an den DI wandte. »Die Besprechung hat vor fünf Minuten angefangen …«

Der DI nickte, und der Mann zog die Tür wieder zu. »Tut mir leid, ich muss los.« Helen wollte aufstehen, aber er hob die Hand, stand selbst auf und ging um den Schreibtisch herum. »Ich bin mindestens fünfzehn Minuten weg«, sagte er. »Wahrscheinlich länger.« Er sah auf das blaue Buch, das mitten auf seinem Schreibtisch lag. »Die Aussagen, Berichte und so weiter sind natürlich im System, aber vielleicht geht es Ihnen ähnlich, ich mache mir immer gerne auch eine Menge Notizen.« Helen sagte nichts. »Ich brauche es jetzt nicht«, meinte er. »Ich lass es einfach hier auf dem Schreibtisch liegen und weiß, dass ich Ihnen nicht sagen muss, dass Sie nicht darin lesen sollten, während ich weg bin.« Er ging zur Tür.

»Ich verstehe«, sagte Helen.

Nachdem der DI gegangen war, blieb sie ein, zwei Minuten ruhig sitzen. Sie fühlte sich etwas außer Atem. Dann trat sie hinaus auf den Gang, wo sie einen Wasserspender gesehen hatte. Sie trank drei Pappbecher voll, bevor sie zurück in das Büro des DI ging und sein Notizbuch aufschlug.

Sein Name stand oben auf der ersten Seite. Helen fand, er passte zu ihm. Sie konnte sich gut vorstellen, dass er unangenehm und schwer abzuschütteln sein konnte.

Sie blätterte in den perforierten Seiten, bis sie auf die Überschrift »HOPWOOD: 1. AUGUST« stieß. Der Name war dick unterstrichen, und das Blatt war am Rand voller Kritzeleien, Häuser und Sterne. Sie zog einen Stift aus ihrer Handtasche, schnappte sich ein Blatt Papier vom Schreibtisch und begann zu schreiben.

ZWÖLF

Hundert, hundertfünfzig Pfund mehr die Woche.
Die Aussicht, den ganzen Tag vor dem Fernseher zu hocken.
Einen Schlüssel.
Eine Knarre …

Das hatte ihm, so wie's für Theo aussah, der »Aufstieg« in Easys Dreieck gebracht.

Er hatte noch etwas gewonnen, das sich aber nicht so eindeutig festmachen ließ und eher unheimlich war. Die anderen in der Gang nannten es »Respekt«, obwohl das ein Wort war, auf dem herumgetreten wurde wie auf einer leeren Zigarettenschachtel. Er konnte nicht behaupten, dass ihm die Blicke und das Nicken unangenehm waren, warum auch? Er bekam Respekt von Leuten, die da waren, wo *er* jetzt war, und von denen, die noch dahin wollten. Ob irgendjemand von ihnen wusste, wie sehr er sich in jener Nacht in die Hose gemacht hatte? Sich *noch immer* in die Hose machte? Wahrscheinlich ahnten es einige, ihre

Blicke verrieten, dass sie wussten, wie er sich fühlte, dass sie das Gefühl in gewissem Maße *teilten*.
Das Erschreckendste aber war, dass er nun einer Erwartung gerecht werden musste.
»Du guckst dir diese Scheiße an, Alter?«
Theo schüttelte den Kopf.
Mikey zwängte sich neben ihn auf das zerrissene Zweiersofa mit dem Plastikbezug und griff nach der Fernbedienung. Theo starrte auf den Bildschirm, sah zu, wie die Kanäle alle paar Sekunden wechselten: eine Frau in einem leeren Haus; Leute auf Laufbändern; Autos, Cowboys, Poker; ein Idiot, der fischte.
Der Ton war leise gestellt, weil sie hören mussten, ob jemand kam.
Nachdem er alle Kanäle zweimal durchgezappt hatte, entschied sich Mikey für eine Folge *Diagnose: Mord*. Er lehnte sich zurück. »Das ist der alte Knacker aus *Chitty Chitty Bang Bang*, Mann. Scheiße, sieht der Typ *alt* aus …«
Die Wohnung, für die Theo einen Schlüssel bekommen hatte, befand sich am Ende des Gangs im dritten Stock des niedrigen kackbraunen Wohnblocks gegenüber. Hier hatte Theo die letzten Tage mit Mikey oder SnapZ oder einem der anderen Jungs abgehangen, um auf die Ware und die Kohle aufzupassen.
Außer dem Plasmabildschirm und einer PS3 gab es nicht viel in der Wohnung. Ein paar Möbel im Wohnzimmer, die nicht zusammenpassten. Das Notwendigste in der Küche, Besteck, Wasserkocher, Mikrowelle, ein paar Teller und Tassen in dem Schrank, in dem der Stoff lagerte, in Frischhaltefolie gewickelt und in Tupperdosen verstaut.
Im Schlafzimmer stand eigentlich nur ein Bett, auf dessen blanker Matratze ein Schlafsack lag. Und alte Zeitungen stapelten sich neben einer Lampe in der Ecke. Die Metallbox mit dem Geld war unter einer losen Diele versteckt. Es war Theos Auf-

gabe, nach jedem Geschäft die Scheine in die Box zu stecken, wo sie blieben, bis Asif sie in Waves Auftrag am Ende des Tages abholte.

»Die Ware und das Bare«, hatte Easy gesagt. »Jetzt hast du *Verantwortung*, T.«

Theo hatte nun mehr als genug Zeit, um rumzusitzen und besser in Grand Theft Auto zu werden, mit Mikey – oder wer gerade da war – Scheiße zu labern oder Javine anzurufen, wenn ihm danach war.

Zu viel Zeit zum Nachdenken.

»Derselbe Typ war doch auch in *Mary Poppins*«, sagte Mikey. »Dem muss die Kohle doch aus'm Arsch kommen, Mann. Warum macht der so 'ne Scheiße?«

Sterben sollte niemand.

Zwei Schüsse auf den *Kofferraum des Wagens*. Das war der Deal; niemanden verletzen und weg, Job erledigt. Gott, aber was machte diese blöde Kuh? Bekam Panik und riss das Steuer herum, als ob sie getroffen worden wäre oder so. Schlitterte auf dem verdammten Bürgersteig in diese Leute und verursachte so viel Leid.

Fuck. Fuck. Fuck.

»Keine große Sache«, hatte Easy gesagt, aber er hatte nicht abgedrückt, richtig?

Theo wusste über den Mann an der Bushaltestelle nicht mehr, als in der Zeitung gestanden und was *London Tonight* gebracht hatte, ein dreißig Sekunden langer Bericht, Bilder von dem BMW, der abgeschleppt wurde. Er wusste nicht, wie der Mann hieß, ob er verheiratet war, Kinder hatte, nichts. Aber er wusste, dass er noch am Leben sein sollte und dass die Bullen nun, da er es nicht mehr war, viel genauer hinsehen würden.

Auch die Gang nahm die Sache ernster, nahm *Theo* ernster. Dieses ständige Nicken und diese Blicke, als sei er viel weiter nach

oben geklettert als geplant. Als sei er vom Straßenjungen zu einem der großen Player aufgestiegen.
Er merkte, dass Mikey aufstand, nach der Pistole auf dem Sofatisch griff und sagte: »Taub oder was?«
Er hatte nicht gehört, dass jemand an der Tür war.
Er griff ebenfalls nach seiner Waffe – nicht die, die er vor drei Tagen benutzt hatte, die war von Wave längst entsorgt worden – und ging zur Tür, gegen deren Metallverstärkung schon wieder gehämmert wurde. Er sah auf den Monitor an der Wand, auf das Bild, das die draußen vor der Tür montierte Kamera zeigte. Ollie schaute hoch in die Kamera und beugte sich zur Sprechanlage. »Verdammt, macht schon.« Er hielt ein paar Zwanzig-Pfund-Noten in die Kamera. »Der Typ will zwei, Mann. Braucht sie pronto, kapiert?«
Theo starrte auf das Bild. Ollies Dreadlocks wirkten in dem körnigen Schwarz-Weiß-Bild beinahe silbern. Theos Knarre lag heiß und schwer auf seinem Unterarm.
»Scheiße, lass ihn rein, Alter«, sagte Mikey.
Theo schob die Riegel zurück, öffnete die Tür, und Ollie platzte ins Zimmer.

Helen legte eines von Pauls alten Queen-Alben auf, während sie putzte, machte die Musik laut und sang mit. Sie verrückte die leichteren Möbelstücke, um darunter staubsaugen zu können, und putzte alle Fenster und Spiegel mit Essig. Sie leerte den Kühlschrank und wischte ihn aus, sie wischte die Wände und die Küchenschränke ab. Sie wäre auch in die Knie gegangen, um den Boden sauber zu machen, aber ihr Bauch war schon zu groß.
Als sie fertig war, lief ihr der Schweiß runter. Sie setzte sich vor den Fernseher, bis es dunkel wurde. Sie spürte, wie sich das Baby bewegte, und versuchte zu weinen.

Nicht dass sie nicht *gewusst* hätte, dass die Tränen oft als Letztes kamen. Sie hatte oft gesehen, wie Menschen auf Schicksalsschläge reagierten und wie unterschiedlich sie schon die Nachricht an sich aufnahmen. Manche schrien, lachten oder schlugen fluchend um sich. Oft schwiegen sie nur und machten zu, zumindest anderen gegenüber. So war es bei ihr gewesen: Sie hatte sich im Bett aufgesetzt und nach dem Lichtschalter getastet, als Samstag früh um halb fünf das Telefon geklingelt hatte.

Als sie zuhörte, spürte sie, wie in ihrem Innern geräuschlos ein Schalter ausgeschaltet wurde. Natürlich würden die Tränen irgendwann kommen, andererseits war es vielleicht auch eine Form der Trauer, Dinge zu putzen, die bereits sauber waren, und dabei so lange zu scheuern und zu schrubben, bis die Hände wund wurden. Es war schon merkwürdig, da hatte sie die letzten Monate so oft wie ein Kind geheult, und jetzt kam keine einzige Träne, obwohl sie so sehr wollte.

Als hätte sie all ihre Tränen verschwendet.

Jenny hatte ihr gestern einen Topf Suppe vorbeigebracht – sie war zu allem Überfluss auch noch eine fabelhafte Köchin –, und nachdem Helen gegessen und abgespült hatte, hatte sie sich hingesetzt und sich die Plastiktüte vorgenommen, die sie aus der Polizeistation mitgebracht hatte.

Pauls persönliche Sachen: der Anzug und das Hemd, die die Gerichtsmedizin nicht mehr brauchte; Schuhe, Socken, Unterwäsche, die Aktentasche und der Schirm, die Brieftasche, der Autoschlüssel und das Handy. Sie breitete alles fein säuberlich auf dem Tisch aus, legte das Hemd zusammen, um die Blutflecken im Nackenbereich des Kragens nicht sehen zu müssen, und versuchte, ein paar Entscheidungen zu treffen.

Sie wollte den Anzug reinigen lassen und in die Kleidersammlung geben. Sie musste so bald wie möglich Pauls Klamotten aussortieren und sich überlegen, was er tragen sollte, wenn es so weit war. Seinen blauen Anzug und ein weißes Hemd. Oder seine Dienstuniform, wenn die anderen das besser fanden. Sie würde morgen den Autoschlüssel nehmen und rüber nach Kennington fahren.

Pauls Auto holen.

Darüber nachdenken, ob sie es nicht vielleicht verkaufen sollte.

Das Handy hatte sich selbst ausgeschaltet. Sie holte das Ladegerät, das auf Pauls Bettseite eingesteckt war, und lud den Akku auf. Der letzte Anruf war der gewesen, den sie nach dem Abend bei Katie auf der Fahrt nach Hause von ihm bekommen hatte, etwa eine Stunde vor dem Unfall.

Sie hatte sich die Nachricht seitdem zwanzig- oder dreißigmal angehört.

»Ich bin's. Sind auf dem Weg zu Gary … versuchen, ein Taxi oder einen Nachtbus oder was zu kriegen.« Im Hintergrund sang jemand. Und brüllte dann etwas. »Halt die Klappe. Tut mir leid … Kelly führt sich auf wie ein Idiot. Bis morgen Nachmittag, okay?« Wieder lautes Gebrüll, und dann lachten beide. »Wahrscheinlich wird's doch eher Abend …«

Sie wusste genau, welches Gesicht er machte, als er das sagte.

Sie blinzelte und sah sein Gesicht vor sich, blass und leer, auf dem weißen Tuch in der Leichenhalle. Sie hatten ihm die Haare gekämmt. Seine Mutter war ihm mit den Fingern durch die Haare gefahren und hatte gesagt, dass er es immer gehasst hatte, wenn er zu ordentlich aussah.

Ihr Blick fiel auf das Umschlagsymbol in der oberen Ecke des Handydisplays. Eine ungelesene Textnachricht. Sie öffnete sie.

Eine Nachricht von »Frank«, die am Tag zuvor eingegangen war. *Nächste Woche zum Chinesen? F.*

Pauls Mutter und Vater hatten darüber gesprochen, eine Todesanzeige in die Zeitung zu setzen, hatten sich aber nicht entscheiden können, in welche. Sie hatten ein paar Leute angerufen und darum gebeten, die Nachricht weiterzugeben. Wahrscheinlich wusste Pauls engerer Freundeskreis nun also Bescheid. Sie hatte trotzdem daran gedacht, sein Adressbuch durchzusehen und die Kontakte darin zu benachrichtigen – vielleicht gab es ein paar alte Freunde, mit denen er schon länger keinen Kontakt mehr hatte oder die Helen nicht kannte. Damit konnte sie genauso gut jetzt anfangen.

Sie wählte die Nummer.

»Paul?« Eine ruhige Stimme, Londoner Akzent.

»Sprech ich mit Frank?«

»Wer ist da?«

»Tut mir leid … hier ist Helen. Ich bin Pauls Lebensgefährtin.« Eine kurze Pause entstand. Helen wollte gerade weitersprechen.

»Ich weiß, wer Sie sind.«

Sie stutzte. Jetzt fiel es ihr noch schwerer, zu sagen, was sie zu sagen hatte, als ohnehin schon. »Hören Sie, es tut mir leid, Sie zu stören … aber ich wollte, dass Sie wissen, dass Paul am Wochenende gestorben ist.«

»Fuck off.«

Er sagte es reflexartig, sachlich, aber trotzdem störte sie diese abweisende Reaktion. »Es tut mir wirklich leid.« Sie wartete, hörte ihm ein paar Sekunden beim Atmen zu, bis sie sich sicher war, dass er nichts mehr sagen würde. »Ich sah Ihre Nachricht auf Pauls Handy, deswegen …«

»Wie ist er gestorben?«

»Es war ein Autounfall.«

»Wo? Was für ein Unfall?«

»Ich möchte nicht …«

»Saß Paul am Steuer?«

»Nein, er wurde … überfahren.« Sie sah zu Pauls Sachen auf dem Tisch. Auch auf einem Schuh war ein Blutfleck. »Okay, wie gesagt, ich hab Ihre Nachricht gesehen und wollte nur …«

»Entschuldigen Sie meinen Ausdruck eben.«
»Schon in Ordnung.«
»Nein. Es ist unverzeihlich.«
Er klang schon fast melodramatisch, und Helen fragte sich, wie sie sich wohl in seinen Ohren anhörte. Ruhig? Oder sogar *kalt?*
»Hören Sie, ich weiß, dass Sie Frank heißen, aber nicht, wie Ihr Nachname lautet.«
»Linnell«, sagte er.
»Okay.«
Er wiederholte seinen Namen. »Die Betonung liegt auf der zweiten Silbe.« Sie beugte sich vor, um einen Stift und einen Zettel aus ihrer Handtasche zu holen. »Es steht noch kein Datum fest – für die Beerdigung, mein ich –, aber wenn Sie mir Ihre Adresse sagen, kann ich Ihnen Bescheid geben, wenn es so weit ist.« Sie wartete wieder und dachte schon, er hätte aufgelegt. Dann hörte sie ihn husten und ein paarmal schniefen. »Also wenn Sie …«
»Ich ruf Sie an«, sagte er.
Und dann war die Leitung tot.

DREIZEHN

Auf der Rückfahrt von Kennington konnte sie ihn im Auto riechen, seine Zigaretten und seinen Schweiß. Anscheinend hatte er häufiger im Auto geraucht, als er zugegeben hatte. Sie merkte, wie sie wütend auf ihn wurde. Im Fußraum des Beifahrersitzes lagen leere Dosen, Kit-Kat-Verpackungen und Zettel. »Und dein Auto ist ein verdammter Saustall«, sagte sie.
Die Polizeiwache hatte sie so schnell wie möglich wieder verlassen wollen, hatte nur kurz ihren Dienstausweis am Empfang gezeigt und war mit gesenktem Kopf in die Parkgarage gerannt.

Sie hatte es fast geschafft und schon die Autotür hinter sich geschlossen, als der Aufsicht habende Beamte auf sie zugelaufen kam. Sie hatte ihn ein paarmal im Pub gesehen, er schien ganz okay zu sein. In jedem Polizeirevier gab es einen wie ihn, außen hart wie ein alter Stiefel und innen weich wie Scheiße.

»Helen, warte ...«

Sie kurbelte das Fenster herunter.

»Ich wollte dir nur sagen, wie leid uns das alles tut. Herr im Himmel«, er kratzte an irgendwas auf dem Autodach, »ich konnte es gar nicht fassen.«

»Danke.« Sein Name fiel ihr nicht ein. Harry? Henry?

»Dass er durch so einen lächerlichen Zufall ... nicht wahr?«

»Ja.« Nicht dass es *viel* weniger lächerlich gewesen wäre, von einem Betrunkenen erstochen oder in der U-Bahn in die Luft gejagt zu werden.

»Hör mal, die Jungs haben eine kleine Sammlung gestartet ...«

Sie nickte. Natürlich. Bei einer Hochzeit gab es Fish and Chips, tote Bullen bekamen eine Kollekte. Sie hatte keine Ahnung, was sie sagen sollte, also sagte sie nur »Danke« und ließ den Motor an.

Der Sergeant hatte ihr zugesehen, wie sie aus der Parklücke gefahren war, und ihr hinterhergewinkt, als sie das Parkhaus verlassen hatte.

Die Metropolitan Police besaß links und rechts der Themse mehrere Autowerkstätten. Eine davon war in Hammersmith und lag hinter einem blauen Metalltor verborgen in einer Seitenstraße der Fulham Palace Road. Helen stellte den Wagen ab und ging in die Hauptwerkstatt. Es war warm, und die Tore standen offen. Ein paar Männer arbeiteten an den Fahrzeugen im Hof – an zwei ausgemusterten Polizei-Saabs und einem Mercedes, bei dem die Beifahrertür eingedrückt war –, während drinnen drei Männer um einen Tisch standen und einen

Motor begutachteten, als wollten sie die Schriftrollen vom Toten Meer entziffern.
Hier ging es zu wie in jeder anderen Autowerkstatt, außer dass es vielleicht etwas sauberer war und keine Kalender mit nackten Frauen herumhingen. Es gab Hebebühnen und Gruben, Werkbänke und jede Menge Werkzeug. An einer Wand waren Gasflaschen und Schneidewerkzeug aufgereiht, und an der anderen befand sich eine Treppe, die nach Helens Vermutung zu den Büros und den Ingenieurlabors mit der Hightech-Ausrüstung für die kniffligeren Arbeiten führte.
Sie zeigte einem der Männer, der mit dem Mercedes beschäftigt waren, ihren Dienstausweis und nannte ihm den Namen des Crime Scene Managers, den sie suchte. Er deutete auf die Gruppe, die den Motor untersuchte, und Helen ging zu einem großen, kräftigen Typen, der einen blauen Overall und ein schmutziges Basecap trug.
Wieder zeigte sie ihren Dienstausweis. »Ich würde gerne den silbernen BMW sehen«, sagte sie. »Es geht um den Hopwood-Fall.«
Roger Deering war der zuständige CSM, dessen Namen sie neben der Adresse der Werkstatt und einigen anderen Details aus dem Notizbuch des DI abgeschrieben hatte. Er führte sie hinüber zu drei mit Planen abgedeckten Fahrzeugen. Am mittleren Auto blieb er stehen und schlug die Plane zurück. »Da wären wir …«
Helen ging langsam um den BMW herum. Sie war sich bewusst, dass Deering sie beobachtete. Die Vorderfront des Wagens war zerbeult, die Motorhaube eingedellt. Es ließ sich unmöglich sagen, was davon die Mauer verursacht hatte, gegen die der Wagen am Ende geprallt war, und was Paul.
»Kann ich Ihnen irgendwie behilflich sein?«, fragte Deering.
Die Windschutzscheibe war zersplittert und nach innen ge-

wölbt. Sie bog sich in das Wageninnere wie ein Netz aus Glas. Blut war nicht zu sehen.
»Im Grunde bin ich mit dem Wagen fertig«, sagte er. »Vielleicht bringt es mehr, mit unserem Kollisionsexperten zu sprechen.«
Bei einem Unfall mit Todesfolge, dessen Ursache unklar war, übernahm der CSM die Rolle, die normalerweise der Leiter der Spurensicherung hatte. Wie viele Leute von der Spurensicherung auch, war der CSM kein Polizeibeamter, weshalb er vor Gericht nicht aussagen konnte. Er war für die forensische Ermittlung verantwortlich, sammelte Proben, Fingerabdrücke und Farbspuren und arbeitete, wann immer es nötig war, mit anderen Experten zusammen. War dies erledigt, übernahm ein Kollisionsexperte – normalerweise ein Verkehrspolizist mit einer Spezialausbildung – den Fall und versuchte, den Unfall zu rekonstruieren. Anschließend wurde das Fahrzeug zerlegt, um die Bremsen und die Lenkung zu untersuchen und das ausgeschlachtete Auto seine Geschichte erzählen zu lassen.
Eine Art Autopsie.
Helen ging zur hinteren Tür und öffnete sie. Der Rücksitz fehlte, und die Fußmatten waren entfernt worden. Auf dem Boden lagen noch immer Glassplitter von dem Seitenfenster, das durch die Schüsse zu Bruch gegangen war.
»Wir haben eine Kugel aus dem Radlauf gepult und eine aus der Hintertür.«
Helen zuckte zusammen. Sie hatte nicht gemerkt, dass Deering ihr gefolgt war. Sie drehte sich zu ihm um.
»Sie sind bei den Ballistikern«, fuhr er fort. »Also heißt es abwarten und Tee trinken. Wenn Sie mich fragen, waren es Achtunddreißiger.«
»Nicht dass sie die Waffe je finden werden«, meinte Helen.
»Stimmt.« Er nickte und lachte merkwürdig, als unterdrücke er ein Husten.

Sie merkte, dass sie sich gegen das Auto gelehnt hatte, um dem Blick des CSM auszuweichen. Es kam ihr beinahe so vor, als mustere er sie.

»Lassen Sie uns eine Tasse Tee trinken gehen«, sagte er.

Er führte sie hinauf in sein kleines Büro. Die Aktenschränke schienen noch aus der Zeit vor dem Krieg zu stammen, und die zwei Computer waren von einer grauen Dreckschicht überzogen. Helen saß in einem unbequemen Stuhl an der Wand, während Deering Tee holen ging. Kurze Zeit später kam er mit zwei Tassen Tee und einer offenen Packung Kekse zurück. Sie nahm sich einen Keks, und er trug einen zweiten Stuhl herüber.

»Sie sind seine Freundin, oder?«, sagte er. »Von dem Kerl, der überfahren wurde.«

Sie sah mit vollem Mund zu ihm hoch.

Sein Blick auf ihren Bauch beantwortete ihre unausgesprochene Frage. »Irgendjemand hat gesagt, seine Lebensgefährtin sei guter Hoffnung.«

Sie schmunzelte über diesen Ausdruck, den sie bisher nur von ihrer Großmutter gehört hatte. Plötzlich glaubte sie die Andeutung eines nordöstlichen Akzents zu hören. Er vernuschelte die letzte Silbe von »Hoffnung«.

»Haben Sie gesehen, was Sie sehen wollten?«, fragte er.

»Ich wollte nur das Auto der Frau sehen.« Sie zuckte mit den Schultern, als sei es das Normalste der Welt. Er nickte, als sähe er das genauso. Dennoch fragte sie sich, was er dachte. »Haben Sie etwas gefunden?«

»Nichts, was ich nicht erwartet hatte. Die Kugeln, natürlich, ein wenig Blut von Mrs Ruston auf dem Fahrersitz.« Er sah sie über den Rand seiner Tasse hinweg an. »Sie fuhr den Wagen.«

Helen nickte. Auch diesen Namen kannte sie aus dem Notizbuch.

»Ich glaube nicht, dass der Airbag aufging, bevor der Wagen

gegen die Mauer fuhr. Denn sie hat sich beim … ersten Aufprall die Nase gebrochen.«
»Als sie Paul überfuhr.«
»Korrekt.«
Helen trank von ihrem Tee, und Deering tat das Gleiche.
»Ich hab noch nicht alles aufgeschrieben«, sagte er. »Ich hab's nicht so mit dem Papierkram, um ehrlich zu sein.«
»Geht uns doch allen so.«
»Stimmt.«
Zehn, fünfzehn Sekunden saßen sie da und schwiegen. Deering nahm das Cap ab, und Helen sah, dass er auf dem Kopf so gut wie kahl war. Sie war überrascht, denn an den Seiten hatte er mehr als genug Haare, und er war nicht älter als vierzig. Er trank aus und sagte: »Irgendwie ist das hier ein bisschen komisch.«
»Warum?«
»Es ist, als ob Sie glauben, ich könnte Ihnen was sagen. Etwas, das Ihnen hilft, sich besser zu fühlen. In Wahrheit weiß ich nicht mal, wie schnell das Auto gefahren ist.«
»Deshalb bin ich nicht gekommen.«
»Wie gesagt, es ist besser, Sie reden mit dem Kollisionsexperten.«
»Es ist schon in Ordnung, ehrlich.«
Es ging ihr nicht nur darum, die Situation für ihn erträglicher zu machen. Sie wusste, was er meinte, aber es gab Dinge, die sie wirklich *nicht* wissen wollte.
Sie hatte den Obduktionsbericht nicht gelesen und hatte das auch nicht vor. Sie wusste nicht, ob Paul sofort tot gewesen war. Sie wusste nur, dass er nicht mehr am Leben war, als er im Krankenhaus eingetroffen war. Dass er bereits eine Weile tot gewesen war, als sie den Anruf erhalten hatte. Das war genug.
Wie er litt, wie er kämpfte, was seine letzten Worte waren: Diese Art von Wissen konnte doch niemandem helfen. Andererseits

würde sie vielleicht später alles wissen wollen. Auf jeden Fall hatte sie wirklich nicht das Gefühl, alles so zu machen, wie man das von ihr erwartete. Zumindest nicht in der konventionellen Reihenfolge. Und ganz bestimmt konnte sie nicht erklären, warum sie das Auto sehen wollte.

Warum sie nicht zu Hause war und sich die Augen aus dem Kopf heulte.

Das Telefon klingelte, und obwohl Deering ein paar Sekunden lang nicht darauf reagierte, wurde er merklich unruhig. Er fuhr mit dem Daumen und dem Zeigefinger den Rand seiner Kappe entlang. »Ich mache jetzt besser weiter«, sagte er. Der DI hatte mehr oder weniger das Gleiche gesagt. Anscheinend waren hochschwangere Witwen keine allzu angenehme Gesellschaft.

»Ich auch.«

»Haben Sie eine Karte oder so was?«

Sie reichte ihm eine Visitenkarte, und er brachte sie wieder nach unten. Auf dem Weg nach draußen deutete sie auf die zwei demolierten Saabs. »Was ist denn mit denen passiert?«

»Die haben ein paar zugedröhnte Teenager durch halb Essex verfolgt«, sagte Deering. »Der Fahrer hat's nicht überlebt. Ein junger Polizist mit kleinen Kindern zu Hause.«

Als Helen in Pauls Wagen stieg, fragte sie sich, wo sie wohl die ganzen weißen Handschuhe für all die Sargträger aufbewahrten.

Easy kam ins Lager und verkündete, er habe Lunch mitgebracht. Theo warf einen Blick in die Tüte und verzog das Gesicht.

»Fuck you, Jamie Oliver«, sagte Easy. »Das ist Qualität, Mann, echtes Fleisch, ja? Ich bring doch keinen Dönerschrott. Das Zeug besteht doch nur Schweineschnauze und Mägen und so 'ner Scheiße.«

Sie ließen Mikey auf dem Sofa liegen und gingen in die Küche,

um zu essen. Easy trug einen roten Jogginganzug und ein paar neue Ketten, richtig schwere Dinger, die Theo gefielen. Er beschloss, sich nächste Woche selbst welche zuzulegen.
»Mach das, Alter«, sagte Easy. »Warum reißt du dir sonst hier den Arsch auf? Ich bring dich zu meinem Bekannten und sorg dafür, dass du einen guten Preis kriegst.«
Als sie fertig gegessen hatten, räumte Theo die Teller und das Papier weg und schaltete den Wasserkocher ein. Easy blieb am Tisch sitzen und drehte sich einen Joint.
»Bist du absolut sicher, dass Wave die Knarre entsorgt hat?«, fragte Theo.
Easy ließ die Zunge über das Papier gleiten. »Was für 'ne Scheiße meinst du?«
»Was denkst du denn?«
»Immer noch die Sache mit der Bushaltestelle?«
»Fuck, Alter, hast du nicht mitgekriegt, wie viele Bullen hier neuerdings unterwegs sind?«
Easy zuckte mit den Schultern und zündete sich die Tüte an.
»Glaubst du, das ist ein Zufall?«
»Komm mal runter, T. Immer schön cool bleiben.« Easy öffnete den Mund weit, um den stechenden Rauch aufsteigen zu lassen. »Es stellt doch keiner Fragen.«
»Krieg ich auch was ab?«, rief Mikey aus dem Zimmer nebenan.
Easy gab den Joint an Theo weiter, der dankbar daran zog. Alles, was ihn entspannte, war gut. Er hatte seit drei Nächten schlecht geschlafen, und die Müdigkeit machte ihn reizbar. Er stritt ständig grundlos mit Javine, brüllte den Kleinen an, was einfach nur bescheuert war und noch mehr Krach auslöste. Menschenmengen brachten ihn aus der Fassung, er hatte Probleme, sich zu konzentrieren, über das Geschäft nachzudenken.
»Also, wegen der Knarre ...?«

»Wave hat gesagt, das ist erledigt. Er hat sie gefunden, er hat sie wieder verloren, Ende der Geschichte.«
Sie wussten beide, dass Wave Cousins hatte, zwölf- und dreizehnjährige Jungs, und wer bis drei zählen konnte, wusste, dass er bei ihnen Waffen versteckte. Das war nicht unüblich. Bei Kids ... *wirklichen* Kids, suchten sie nicht nach Knarren. Und falls doch, wanderten sie nicht fünf Jahre hinter Gitter. Typen wie Wave wären nicht da, wo sie waren, wenn sie nicht jede Lücke zu nutzen wüssten und reibungslos arbeiteten. »Ich will ja nur nicht, dass ein Zehnjähriger das Ding gegen eine Tüte Süßigkeiten weiterreicht«, sagte Theo.
Easy lachte und schnappte sich wieder den Joint. »Die Knarre ist verschwunden, T, hab ich dir doch gesagt. Du musst mir vertrauen, Mann.«
Theo starrte ihn an. Das war noch so was, was sich seit der Fahrt nach Hackney verändert hatte. Er hatte nicht vergessen, wie Easy in jener Nacht zu ihm gewesen war. Seine Blicke und sein Gelächter von der Rückbank, das Gewitzel mit Wave und SnapZ, die Sticheleien und abfälligen Bemerkungen. Easy hatte etwas ... Hartes und Grausames gehabt. Theo hatte ihn schon so erlebt, bei anderen, wenn er so sein musste. Er wusste, dass Easy ekelhaft sein konnte. Aber ihm gegenüber hatte er sich noch nie so verhalten.
Er hatte ihn deshalb zur Rede gestellt, sobald sie zurück gewesen waren. Easy und die anderen waren high gewesen, während Theo nur darauf gewartet hatte, dass das Adrenalin abgeebbt war. Für ihn war diese Nacht eine Achterbahnfahrt gewesen, die nicht geendet hatte.
Easy hatte gelacht und gesagt: »Ist nur blödes Gequatsche, Alter. Wir haben doch nur versucht, dich auf Touren zu bringen, kapiert? Du bist und bleibst mein Star Boy, T.«
Jetzt musterte ihn Easy über den Tisch hinweg durch eine

Rauchwolke. Ein Grinsen machte sich auf seinem Gesicht breit, so langsam, wie ein Stinktier seinen Angreifer abwehrt. »Es gibt da was, wofür ich dich brauche«, sagte er.
»Was?«
»Ein bisschen Fundraising, nichts Großes.«
Theo breitete die Arme aus. »Ich muss mich aber jetzt hierum kümmern, Alter.«
»Das macht dann jemand anderes.«
Theo nahm sich, was von dem Joint noch übrig war.
»Wave bekommt von allem seinen Anteil, der hat also nichts dagegen«, sagte Easy. »SnapZ kümmert sich eine Weile ums Geschäft, und du kommst mit mir. Nächste Woche kannst du dir dann drei von diesen fetten Ketten kaufen.«
»Worum geht's denn?«
Jetzt war es da, das breite Killergrinsen. »Die Sache ist das *reinste* Kinderspiel.« Er streckte eine Hand nach Theo aus. »Und alles, was ich brauche, ist ein Junge wie du mit einem freundlichen, *unschuldigen* Gesicht.«
Theo lehnte sich zurück und balancierte seinen Stuhl auf zwei Stuhlbeinen. Das hörte sich nach gequirlter Scheiße an. Und selbst wenn nicht, sein unschuldiges Gesicht war alles, was er noch hatte.
»Wegen der Details ruf ich dich noch an«, sagte Easy.
Sie drehten sich um, als jemand gegen die Tür hämmerte, und sahen, wie Mikey aufsprang. Ein leises Gespräch an der Gegensprechanlage, und ein paar Sekunden später kam SnapZ in die Küche, nickte und grinste und warf die aktuelle Ausgabe des *Standard* auf den Tisch.
Theo las die Schlagzeile, ihm wurde speiübel.
SnapZ hielt es nicht für nötig, die Kopfhörer abzunehmen. Der Beat hörte sich an, als schwirre eine wütende Wespe durch die Küche. Er trommelte mit den Zeigefingern auf die Zeitung

und deutete dann mit beiden auf Theo. »Jetzt bist du ein echter *Player*, T«, sagte er. »Ein *großer* Gangsta, Alter.« Er nahm den Stummel, der von dem Joint übrig war, aus Theos Mund, zog daran und stieß den Rauch aus. Mit einem Kopfnicken deutete er auf die Zeitung und sagte viel lauter als nötig: »Jetzt bist du ein Bullenkiller …«

VIERZEHN

Frank Linnell versuchte so oft es ging, mittags zu Hause zu essen. Er freute sich auf ein, zwei Stunden Pause und die Gelegenheit, sich etwas zu entspannen. Clive überwachte in dieser Zeit die Arbeit im Pub.

Auf dem Heimweg hatte er sich eine Zeitung besorgt.

Er saß in seinem Büro im Erdgeschoss und hatte die ganze Geschichte zweimal durchgelesen: den Aufmacher auf der Titelseite und den ausführlichen Bericht drei Seiten weiter, den Kasten mit der Reaktion des Commissioners und dem Aufruf, sich mit Hinweisen an die Polizei zu wenden, schließlich den Kommentar, in dem die schockierende Vergeudung eines Menschenlebens verdammt und die Forderung erhoben wurde, endlich entschlossener gegen die Drogengangs vorzugehen.

Gestern Abend, als Pauls Freundin anrief, hatte er ein paar Tränen verdrückt. Jetzt kamen sie erneut. Er genehmigte sich noch einen Drink, bevor er die Geschichte ein drittes Mal las. Schob alles beiseite, damit er klar denken konnte.

Durch die offene Tür sah er seine Schwester die Treppe herunter- und in die Küche gleiten. Er rief, er sei in einer Minute fertig, und wandte sich wieder der Zeitung zu.

Es gab nur noch sie beide, seit seine Mutter vor achtzehn Monaten im Souterrain, das er in eine Einliegerwohnung hatte umbauen lassen, gestorben war. Nur ihn und Laura, die in dem großen Haus in Blackheath herumgeisterten, aber Frank war zufrieden. Er wusste, was die Leute für dummes Zeug über seine häuslichen Verhältnisse verbreiteten – natürlich hinter seinem Rücken, immer hinter seinem Rücken –, aber die Meinung der anderen war ihm schon lange egal, und es gefiel ihm so, wie es war.

Bevor sie gestorben war, hatte seine Mutter ihn gedrängt, die Souterrainwohnung zu renovieren und zu vermieten. Doch er war auf das Geld nicht angewiesen und wollte keine fremden Leute im Haus. Es gab nur ein russisches Mädchen, das das Haus sauber machte, wenn er nicht da war, und eine Frau namens Betty, die jeden Montag kam, um für die Woche vorzukochen und den Gefrierschrank mit Pies, Eintöpfen, Nudelgerichten und Früchtecrumbles zu füllen.

Nicht gerade gut für sein Gewicht, aber was soll's.

Er *brauchte* nicht noch jemanden um sich herum, Gesellschaft hatte er schließlich genug. Es gab immer ein paar Jungs, die vorbeikamen, um Geschäftliches oder was auch immer zu besprechen, und wenn es etwas Ernstes zu regeln gab, zog Clive schon mal für ein paar Wochen hier ein. Aber auch wenn es ruhig war, genügte ein Anruf, um in Gesellschaft zu trinken oder fernzusehen. Was immer die Leute dachten oder sagten, ihm gefiel es so. Und wie Frank es Clive und jedem, der es hören wollte, erklärte, er war »viel zu alt und hässlich, um daran noch was zu ändern«.

Er schaltete den CD-Player ein – irgendetwas von Elgar, das er mochte – und starrte auf die Titelseite. »POLIZEIBEAMTER OPFER EINES BANDENKRIEGS. AUFBLENDLICHT FÜHRT ZU TRAGÖDIE.«

Darunter war ein Foto der Bushaltestelle abgebildet, an der sich das Unglück ereignet hatte. Das Haltestellenschild war eingedellt, und im Rinnstein lagen die Glassplitter aufgehäuft wie Crushed Ice. Die Absperrung war zu sehen, und ein gelbes Schild stand auf der Straße, das vor der Unfallstelle warnte. In dem ausführlichen Artikel wurde der Tathergang mittels einfacher Zeichnungen erklärt, was an einen Comic erinnerte: Ein Strichmännchen zielte mit einer Waffe aus dem Seitenfenster von Auto A, eine gezackte Linie verdeutlichte den Aufprall, als Auto B die Beine eines zweiten Strichmännchens auf dem Bürgersteig traf.

Jetzt verstand er, warum Pauls Freundin sich so vage über den »Unfall« geäußert hatte. Die Arme. Sie klang nett, fand er. Nicht dass er sich Paul mit einer Frau hätte vorstellen können, die *nicht* nett war.

Er hörte noch ein paar Minuten Musik; schloss die Augen und dachte darüber nach, wie er am besten vorging, wie sich die Sache am effektivsten regeln ließ. Er dachte über Strichmännchen auf Knien nach, die um ihr Leben bettelten, um kurze Zeit darauf mit einem Loch im Kopf in einer feuchten Grube zu landen.

Dann ging er in die Küche und überlegte, ob er sich eine Lasagne auftauen sollte, wenn noch eine da war.

»Werden sie ihn wegen Mordes anklagen? Wenn sie ihn fassen?«

»Sie werden es *probieren*, wahrscheinlich wird es aber auf Totschlag hinauslaufen.«

»Ich weiß immer noch nicht genau, was der Unterschied ist.«

»Aber sie werden ihn nicht kriegen«, sagte Helen.

Sie hatte sich mit Jenny in einem Pizza Express in Waterloo verabredet, und Jenny wollte über Pauls Fall reden, über die Details und Herausforderungen der Ermittlungen. Vielleicht dachte sie, dass es Helen leichter fiele, über Arbeitsdinge zu sprechen, als über andere Dinge.

»Ich bin mir sicher, die tun, was sie können«, sagte Jenny.
Helen studierte die Speisekarte und entschied sich für eine American Hot mit einer Extraportion Jalapeños und einem weich gekochten Ei. Dann fiel ihr die Salmonellengefahr ein. Ein Ei war vielleicht doch nicht so eine gute Idee. Es war tatsächlich etwas einfacher, über die Ermittlungen nachzudenken, als darüber, welchen Sarg sie für Paul auswählen sollte. Allerdings nicht viel. Es gab kaum Fortschritte, daher konnte Helen ohnehin nicht viel dazu sagen. Und Jenny hatte kaum Ahnung von Polizeiarbeit, was das Gespräch auf Oberflächliches beschränkte.
Diesmal fiel es Helen noch mehr auf, wie wenig sich ihre Schwester für ihre Arbeit interessierte. Wahrscheinlich fand Jenny das, was Helen tat, irgendwie geschmacklos. Als ob die elenden Geschichten von Missbrauch und gestörten Beziehungen ihre eigene perfekte Familie beschmutzen könnten, das Bild, das sie davon im Kopf hatte.
»Kommst du klar?«, fragte Jenny.
Nicht dass es Helen fremd gewesen wäre, Dinge zu verleugnen oder zu verdrängen. Sie setzte das Lächeln auf, das sie in den letzten paar Tagen irgendwie aus dem Hut gezaubert hatte wie ein weißes Kaninchen auf Drogen. »Geht so.«
»Und das Baby?«
»Das ist fertig gebacken, nehme ich an.« Helen tätschelte sich den Bauch. »Im Grunde ein wahres Gottesgeschenk. Es grübelt sich schlechter, wenn einem ständig übel ist oder man dauernd pinkeln muss.« Aus dem Tätscheln war ein sanftes Reiben geworden. »Außerdem muss ich noch an jemand anderen denken, weißt du?«
»Das ist vielleicht nicht der beste Zeitpunkt, aber ich wollte dich fragen, ob du schon darüber nachgedacht hast, wen du jetzt bei der Geburt dabeihaben willst.« Jenny spielte mit ihrer Serviette. »Ich meine, jetzt kann ja offensichtlich …«

»Es gibt im Moment genug anderes zu regeln.«
»Ich weiß, aber es kann jeden Augenblick losgehen, Hel.«
»Eine scharfe Pizza könnte schon reichen.«
»Ich meine es *ernst*. Ich hab schon gedacht … du weißt schon, wegen dem Schock.«
»Ja, es hat schon ein paarmal gezogen«, sagte Helen. Sie erinnerte sich an die Panik, die das Gefühl der Taubheit überlagert hatte, als sie in den frühen Morgenstunden nach dem Telefonanruf zu Hause gesessen und auf Jenny gewartet hatte, die mit ihr ins Leichenschauhaus gefahren war. »Auf alle Fälle kann ich ihm später eine gute Geschichte erzählen.«
»*Ihm?*«
Helen legte wieder ihre Hand an den Bauch. »Ich glaube schon.« Es war seltsam. In den letzten paar Tagen war es ein *Er* geworden.
»Du musst dir darüber Gedanken machen.«
Helen versprach, dass sie das tun würde, und gab der Bedienung ein Zeichen. »Ich wollte dich noch was fragen. Glaubst du, Tim will mal vorbeikommen und schauen, ob er was von Pauls Klamotten haben will?«
Jenny griff nach dem Wasser auf dem Tisch.
»Bevor ich alles weggebe.« Jennys Mann war ein gutes Stück kräftiger als Paul, aber Helen vermutete, dass ihm ein paar der Hemden und Jacken passen könnten.
»Okay …«
Helen merkte, dass Jenny verwirrt und verlegen war. »Paul hatte ein paar schicke Sachen, ob du's glaubst oder nicht«, sagte sie. »Ich weiß, meistens sah er total verlottert aus …« Sie verstummte, als die Bedienung die Bestellung aufnehmen wollte und sie die Erleichterung auf dem Gesicht ihrer Schwester sah. Sie bestellten, und Helen fing an, Jenny den Unterschied zwischen Mord und Totschlag zu erklären.

Frank saß am Küchentisch und aß, während Laura an der Anrichte lehnte und langsam ein Knäckebrot mit Käse aß. Nach ein paar Minuten fragte sie ihn, was los sei, und er ging ins Büro, um die Zeitung zu holen.

Er legte sie vor sie und deutete auf die Schlagzeile. »Das ist Paul«, sagte er. *»Paul.«*

Sie überflog die Titelseite. »Mein Gott, Frank, das tut mir leid …«

Er setzte sich zurück an den Tisch, griff nach der Gabel und sah ihr dabei zu, wie sie den Artikel las. Sie war seine Halbschwester, wenn man genau sein wollte, aber diese Unterscheidung hatte Frank nie interessiert. Sie standen sich schon immer sehr nahe, aber noch nie war ihre Beziehung so eng gewesen wie jetzt, wo Laura keinen Kontakt mehr zu ihrer eigenen Mutter hatte und niemand wusste, ob der gemeinsame Vater tot war oder noch lebte.

Laura war das Einzige an Familie, das Frank geblieben war und das er wohl je haben würde, aber sie reichte ihm. Sie war dreiundzwanzig, dreißig Jahre jünger als er, und so … *empfindsam.* Das war das Wort, das sie nach längerem Überlegen am besten beschrieb. Sie war schön, das *war offensichtlich*, und viel klüger als er – musste sie wohl von ihrer Mutter haben –, aber definitiv ein wenig dünnhäutig.

Sie brauchte jemanden, der ein Auge auf sie hatte, ob es ihr gefiel oder nicht.

Als Laura den Artikel gelesen hatte und den Kopf hob, sah sie blass aus. Sie hatte die langen Haare zurückgebunden und hielt sie mit etwas zusammen, das wie Essstäbchen aussah. »Das ist entsetzlich.« Ihre Stimme war hoch und leise, sie sprach ohne Akzent. »Ich weiß nicht, was ich dazu sagen soll. Es ist einfach nur … *böse.*« In ihren Augen standen Tränen, und sie machte keine Anstalten, sie wegzuwischen.

»Es ist nicht *böse*«, widersprach Frank. »Denn gegen das Böse kann man nichts tun.«
»Gegen *das hier* kannst du auch nichts tun.«
»Warten wir es ab.«
»Du kannst Paul nicht zurückbringen.«
Frank trat zu ihr. Er sah hinunter auf die Zeitung, auf die Schwarz-Weiß-Zeichnungen. »Das kann man nicht einfach so hinnehmen«, sagte er. *»Unmöglich.«*
»Du solltest dir das alles erst mal eine Weile durch den Kopf gehen lassen«, sagte sie.
»Paul war auch dein Freund.«
»Ich weiß.«
»Du weißt doch noch, wie ich ihn kennengelernt habe, oder?«
Sie nickte. »Bitte mach keine Dummheiten.«
Er wusste noch nicht, was er tun würde. Nicht im Detail. Natürlich würde er Clive anrufen – das machte er immer als Erstes –, und sie würden die Köpfe zusammenstecken und einen Aktionsplan entwickeln, so wie immer.
»Versprich es mir«, sagte Laura.
Frank griff nach der Zeitung und warf sie in den Mülleimer. Er stellte sich weitere Strichmännchen vor mit großen, runden, vor Überraschung weit aufgerissenen Mündern. Mit Zickzacklinien durch die geraden Striche ihrer Arme und Beine und dicken roten Streifen über den Kästen ihrer kleinen Schwarz-Weiß-Welt.
Er trug seinen Teller zum Geschirrspüler, öffnete die Klappe und beugte sich hinunter.
»Mach dir keine Sorgen.«

FÜNFZEHN Abgesehen von den paar Minuten, in denen sie die Reste von Jennys Suppe aß, hatte Helen das Gefühl, den ganzen Abend am Telefon verbracht zu haben. Sie war kaum durch die Tür, da rief Jenny an. Dann wollte Caroline, Pauls Mutter, wissen, ob schon feststehe, wann die Leiche freigegeben werde. Und ihr Vater rief an, um ihr zu sagen, dass bei ihm jederzeit ein Bett für sie bereitstehe.

Obwohl sie dankbar war, dass sich so viele Menschen um ihr Wohlergehen sorgten, hatte sie den Stecker des Telefons herausgezogen. Sie hatte ihn aber fast sofort wieder reingesteckt, weil Jenny und Katie womöglich hysterisch genug waren, die Polizei zu rufen, aus Angst, sie könnte eine Dummheit begehen.

Außerdem hatte sie geträumt, dass Paul angerufen hatte.

Sie war sich nicht sicher, *wann* sie es geträumt hatte, ob sie noch halb wach war oder schon schlief, aber der Sinneseindruck war unglaublich intensiv gewesen. Die Freude, als sie das Telefon abgenommen und seine Stimme gehört hatte.

»Die Wahrscheinlichkeit muss eins zu einer Million sein, dass jemand an dieser Bushaltestelle denselben Namen hat wie ich. Aber schön, dass es alle so mitgenommen hat. Ach ja, wie geht's dem Baby?«

Sie wusste, solche Gedanken waren nicht ungewöhnlich. Das Gefühl, der Verstorbene könne jeden Moment durch die Tür kommen, als wäre nichts gewesen. Es war wohl irgendwo zwischen Verleugnung und Gebet anzusiedeln, vermutete Helen und war erleichtert, dass wenigstens ein Teil ihrer Gefühle normal war.

Aber die Tränen kamen noch immer nicht.

Sie war in die Tiefgarage hinuntergegangen und hatte Pauls Auto ausgeräumt, hatte alles aus dem Innenraum und dem Kofferraum in zwei Plastiktüten gestopft. Sie kam gerade durch die

Wohnungstür, als das Telefon schon wieder klingelte. Sie holte tief Luft, bevor sie abhob.

»Helen? Hier ist Gary.«

Sie hatte Schuldgefühle, weil sie noch nicht mit Gary Kelly gesprochen hatte, nachdem es passiert war. Natürlich war es bescheuert, irgendjemandem Vorwürfe zu machen, außer diesem Abschaum, der geschossen hatte. Aber das hatte ihr nicht geholfen, war kein Bollwerk gewesen gegen die Flut der irrationalen Gedanken, die über sie hereingebrochen war.

Wenn die dumme Kuh in dem Auto nur nicht in Panik geraten wäre.

Wenn Paul nur weniger getrunken hätte, um schneller zu reagieren.

Wenn sie nur nicht zurück zu Garys Wohnung gewollt hätten.

Sie fragte ihn, wie es ihm gehe, und er erzählte ihr, langsam würde es besser. Dass er sich eher aus Mitgefühl als aus medizinischen Gründen hatte beurlauben lassen und nächste Woche wieder anfangen würde. Er erkundigte sich, wie es ihr gehe, und fing, bevor sie antworten konnte, zu weinen an.

Jeder weint, nur ich nicht, dachte Helen.

»Es ist meine Schuld«, sagte er.

»Ist es nicht.«

»Ich hab ihn gebeten zu bleiben, weil ich nicht allein heimfahren wollte. Ich hätte bestimmt schneller reagiert, wenn ich nicht so scheißbetrunken gewesen wäre.«

»Paul war auch scheißbetrunken«, sagte Helen. »Das war nicht zu überhören, als er anrief. Er klang glücklich, Gary, okay?«

»Er hat mich weggeschubst, hast du das gewusst?«

»Ja.« Man hatte Helen erzählt, was ein Zeuge, der auch an der Bushaltestelle gewesen war, ausgesagt hatte. Die zwei Männer hätten dicht nebeneinandergestanden, und der Mann, der bei dem Unfall ums Leben gekommen war, hätte seinen Freund kurz vor dem Zusammenprall mit dem Auto weggestoßen. Helen hörte zu, wie Pauls Freund schluchzte, und konnte nicht anders – sie wünschte, es hätte ihn erwischt.

Als Kelly aufhörte zu weinen, sprachen sie über das, was konkret anstand. Sie fragte ihn, ob er bei der Beerdigung eine Rede halten wolle, und er sagte, er fühle sich geehrt. Sie erzählte ihm von der Sammelaktion der Kollegen und dass sie beschlossen hatte, das Geld einer Wohltätigkeitsorganisation der Polizei zu spenden. Kelly sagte, dass er sich darum kümmern werde.

»Wann immer du was brauchst«, sagte er, »ruf mich an. Du hast doch alle meine Nummern, oder? Meld dich einfach, wenn dir noch was einfällt. Egal wann.«

Helen bedankte sich. »Ach, eine Frage habe ich noch. Sagt dir der Name Frank Linnell was?«

Das gestrige Telefongespräch war ihr den ganzen Tag nicht aus dem Kopf gegangen. Sie war jedes Mal angespannt, wenn sie daran dachte, und verstand nicht, warum. Sie hatte keine Ahnung, wer Linnell war oder woher er Paul kannte. Aber ein Freund und Arbeitskollege wie Gary Kelly wusste vielleicht mehr darüber. Denn sie war ihm in den letzten Wochen vor seinem Tod weder noch gewesen, so viel war klar.

»Warum fragst du mich wegen Frank Linnell?«

Etwas in Kellys Stimme gefiel ihr nicht, und die Lüge kam ihr leicht über die Lippen. »Du weißt doch, wie das ist, plötzlich geht dir ein Name nicht mehr aus dem Kopf, und du hast keine Ahnung, wo du ihn aufgeschnappt hast.«

»Wahrscheinlich ist es besser, wenn er in deinem Kopf bleibt«, sagte Kelly. »Frank Linnell ist nicht unbedingt jemand, mit dem man zu tun haben möchte.«

»Jetzt will ich es aber *erst recht* wissen.«

Kelly war zwar nie bei einer Einheit für organisiertes Verbrechen gewesen, wusste aber genug, um Helen in aller Kürze eine

Einführung zu geben: über die Gegend Südostlondons, die Linnells Organisation kontrollierte; die Anklagen, die wieder fallen gelassen worden waren; die Methoden, mit denen sich Linnell Verträge für seine Baufirmen verschaffte. »Nicht gerade der netteste Kerl der Welt, weißt du?«

»Okay, danke …«

»Dann arbeitest du im Augenblick also undercover für die Kollegen von der Organised Crime Unit?« Er lachte. »Verdammt gute Tarnung.«

»Was ist eine verdammt gute Tarnung?«

»Die Sache mit der Schwangerschaft. Also, ich bin darauf reingefallen.«

Helen stimmte in sein Lachen ein, obwohl es ihr schwerfiel. »Ach, ist nur ein Name, den irgendwer mal erwähnt hat, denk ich. Kann eigentlich nur Paul gewesen sein. Aber er hatte doch mit so was nie zu tun, oder?«

»Nicht, soweit ich weiß. Aber um ehrlich zu sein, hatte ich in den letzten Monaten nicht die leiseste Ahnung, *was* Paul vorhatte.«

»Wie bitte?«

»Er war einfach ein wenig … zerstreut, glaube ich. Muss wohl mit dem Baby und all dem zu tun gehabt haben.«

»Was meinst du mit ›was er vorhatte‹?«

Kelly wollte nicht recht mit der Sprache herausrücken, aber Helen ließ nicht locker, bis er ihr erzählte, dass Paul in letzter Zeit viel unterwegs gewesen war und nur ausweichend antwortete, wenn man ihn danach fragte. Er hätte irgendwas von einem alten Fall gesagt, der ihm schwer im Magen lag. Helen merkte an Kellys Stimme, dass er kein Wort davon geglaubt hatte.

»Da hast du ganz sicher recht«, sagte Helen. »Wahrscheinlich war er einfach nur zerstreut.«

»Paul war keiner, der sich gerne in die Karten schauen ließ«,

sagte Kelly. »Was ja auch okay ist. Ich glaub einfach, er hatte gerade etwas mehr um die Ohren als wir anderen, das ist alles.«
Danach gab es nicht mehr viel zu sagen, und sie legten auf.
Helen ging ins Bad. Sie duschte und setzte sich, um sich die Beine zu rasieren. Sie versuchte, bei einem von Pauls REM-Alben mitzusingen, während sie sich fürs Bett fertig machte, aber sie verstand den Text nur schlecht. Vierzig Minuten später war die CD zu Ende. Sie saß immer noch in T-Shirt und Pyjamahose auf der Bettkante und überlegte, was genau Paul wohl um die Ohren gehabt hatte.
Und welche Rolle Frank Linnell dabei spielte.

Frank war allein und sah in der Küche fern, als Clive kam. Laura hatte er seit ein paar Stunden nicht mehr gesehen. Er nahm Clive die Jacke ab und führte ihn durch den langen Gang, der von der Eingangshalle abzweigte. Sie gingen am Fitnessraum vorbei, den Frank vor einem Jahr hatte einrichten lassen, und hinaus in den Wintergarten.
Er saß abends gerne mit einem Glas Wein und einem Buch oder einem Kreuzworträtsel hier. Oder mit Laura, wenn sie da war. Dann erzählte er von seinem Tag und bat sie manchmal um ein paar Tipps für seine Renovierungsarbeiten. Für so was hatte sie ein Händchen, aber sie sagte immer, sie wolle nicht alles über seine Geschäfte wissen.
»Schwer zu glauben«, sagte Clive. »Was alles passiert.«
»Allerdings«, erwiderte Frank.
Frank hatte Clive nichts von Pauls Tod erzählt, als er durch Helen das erste Mal davon erfahren hatte. Er fand es besser, die Sache für sich zu behalten, und wahrscheinlich hätte er das auch getan, wäre da nicht dieser Zeitungsartikel gewesen. Die *Art und Weise*, wie Paul gestorben war, hatte alles verändert.
Sie standen Seite an Seite und schauten hinaus in den Garten.

Alle fünfzig Meter wurde der Weg durch eine Laterne beleuchtet, und auch in den meisten Blumenbeeten stand eine Lampe und warf ihr orangefarbenes Licht auf die Bäume. Ein breiter Streifen aus kleineren Lichtern zog sich am Zaun und am großen Schuppen in der Ecke entlang.

»Ich musste an den Nachmittag denken, als er im Pub war«, sagte Clive. »Und der Junge reinkam, weißt du noch?«

»Klar weiß ich das noch. Warum?«

»Keine Ahnung. Man denkt einfach an das letzte Mal, an dem man jemanden gesehen hat, oder? Wie er war und so.«

Frank hatte viel über diesen Nachmittag nachgedacht, seitdem er von Pauls Tod gehört hatte. Sie hatten sich nicht gestritten, nicht direkt. Dennoch war Paul unzufrieden gewesen. Frank wusste, dass es richtig gewesen war, seine Bitte abzulehnen. Trotzdem wünschte er sich, es wäre anders gelaufen.

»Und wie gehen wir jetzt vor?«

»Ich habe meine Fühler ausgestreckt, nachdem du angerufen hast. Alle, mit denen ich gesprochen habe, hören sich um. Ich denke, das lässt sich klären.«

»Haben wir Namen?«

»Wie schon in der Zeitung stand, weiß man nicht einmal, ob es sich um eine Gang aus dem Norden oder dem Süden handelt.«

»Das dürfte kein Problem darstellen.«

Clive nickte. »Ein Fall für das Ausschlussverfahren.«

»Ich möchte, dass du dich voll darauf konzentrierst.«

»Keine Sorge, ich weiß, wie wichtig das ist.«

»Die Pubs laufen uns nicht davon«, sagte Frank. »Es ist kein Beinbruch, wenn wir ein, zwei Tage später fertig werden.«

»Wenn alles glattgeht, können wir uns morgen die Ersten vornehmen.«

»Gut, das machen wir gleich morgens.«

Etwa eine halbe Minute fiel kein Wort. Durch den Gang waren Stimmen aus dem Fernseher in der Küche zu hören.

»Hast du die Füchse in letzter Zeit wieder mal gesehen?«, fragte Clive.

Frank nickte. Er hatte die zwei Füchse nicht aus den Augen gelassen, die in seinen Garten gekommen waren und jetzt vermutlich unter seinem Schuppen lebten. Er erzählte Clive, dass sie sich nun nicht einmal mehr durch die Bewegungsmelder aus der Ruhe bringen ließen, die den Rasen jedes Mal in grelles Licht tauchten, wenn sie darüberliefen.

»Ich saß neulich Abend eine halbe Stunde hier und hab ihnen zugesehen«, sagte er. »Der freche Mistkerl kam bis dorthin.« Er deutete in den Garten. »Pinkelte an einen der Töpfe da.«

»Schön.« Clive lachte.

Frank dachte an den Moment, als der letzte Fuchs wieder in den Sträuchern verschwunden war und kurz darauf die Lichter ausgegangen waren und der Garten wieder in fast völlige Dunkelheit getaucht worden war. Er stellte sich die jungen Männer in dem Auto vor, diese Tiere, wie sie in der Dunkelheit herumkurvten und darauf warteten, dass ein Blödmann in bester Absicht aufblendete.

Wie er zu Laura gesagt hatte: Das konnte man unmöglich hinnehmen.

»Soll ich noch bleiben?«, fragte Clive.

Frank schüttelte den Kopf. »Du sollst telefonieren gehen. Ein paar von den Leuten, die über die Sache Bescheid wissen, kriechen gerade erst aus den Federn.«

Kurz nachdem Clive sich verabschiedet hatte, ging im Garten das Flutlicht an. Frank sah hinaus, konnte aber nichts entdecken. Manchmal war nichts zu sehen. Manchmal war es nur eine Spinne, die über einen Sensor kroch. Trotzdem wartete Frank und schaute hinaus.

Theo war länger als normal in der Wohnung geblieben. Als einer der Asiaten für die Abendschicht gekommen war, war er ins Schlafzimmer gewechselt und eine Stunde oder länger zwischen Schlafzimmer und Toilette hin- und hergelaufen, bis es draußen dunkler und ruhiger geworden war und bis das Zittern und der Durchfall aufgehört hatten.
Er zog die Kapuze über den Kopf und lief rasch die Lee High Road hinunter zur Dirty-South-Bar. Bevor er nach Kent gezogen war, hatte sie noch Rose of Lee, geheißen, eine nette kleine Musikkneipe, die während seiner Abwesenheit renoviert worden war. Ein paar der Livebands waren nicht gerade der Hammer, aber meistens legte ein DJ ordentliche Breakbeats oder Grime auf, und man konnte Typen aus der Gang treffen, die hier auf dem Heimweg noch kurz abhingen und einen letzten Drink kippten oder, falls sie nachts etwas geplant hatten, hier ihre Tour begannen.
Das hier war *ihre* Stammkneipe, auch wenn immer mal wieder ein Idiot von den Ghetto Boys oder ein Flachwichser von Kidbrooke, der Sozialbausiedlung, reinkam, als *wüsste* er es nicht besser, und Stress machte. Damit musste man immer rechnen.
Theo saß auf einem der alten, abgenutzten Sofas am Eingang. Neben ihm Ollie und ein vierzehnjähriges Mädchen namens Gospel, das ebenfalls Bote war und das Ollie unbedingt ficken wollte. Sie redeten kaum, starrten die meiste Zeit rüber auf den großen Fernsehbildschirm oder zum Pooltisch. Nach ein paar Drinks brachen sie auf und gingen zu Ollie, wo sie etwas rauchten. Als die Ersten einschliefen, wusste Theo, dass es Zeit war, nach Hause zu gehen.
Er lief durch das Viertel zu seiner Wohnung.
Als er bei den Kids an der Garage vorbeikam, schob eins das Kinn vor und sagte: »Alles okay, T?« Die anderen nickten ihm zu, Theo nickte zurück und lief weiter, hörte ihr Flüstern hin-

ter sich. In der Ferne ertönten Sirenen, und in seinem Innern wälzte sich etwas hin und her. *Jetzt bist du ein echter Player, T. Jetzt bist du ein Bullenkiller.*

Easy hatte nicht viel gesagt, nachdem SnapZ reingekommen war. Er war von der Neuigkeit total begeistert gewesen. Aber Theo sah, dass sogar *er* etwas nervös wurde. SnapZ und Mikey bekamen es wahrscheinlich nicht mit, aber Theo kannte Easy gut genug, um zu merken, dass er etwas überspielen und den Ball flach halten wollte. Er hatte sich dauernd über die Zähne geleckt und auf die Uhr geschaut, zur Zeitung hinübergesehen.

Fuck, wenn es schon *Easy* zu schaffen machte …

Theo stieg die Steintreppe hinauf in den dritten Stock. Seine Schritte hallten im Treppenhaus, das Metall des Geländers war kalt.

»Gott!«

Auf dem Treppenabsatz stieß er beinahe mit jemandem zusammen, der nach unten wollte. Sie traten jeder einen Schritt zurück, und Theo erkannte den alten Mann, der zwei Türen neben der Wohnung seiner Mutter wohnte. Er senkte die Faust und zog sich die Kapuze tiefer ins Gesicht.

»Theodore. Hast du mir einen Scheißschreck eingejagt.«

Theo brummte eine Entschuldigung und sah, dass der Alte seinen Müll runterbrachte. Die Tüten sahen im Halbdunkel fast wie Flügel aus, was Theo mindestens ebenso erschreckt hatte.

»Soll ich die runtertragen?«

Der alte Mann ließ sich nicht zweimal bitten und schlurfte die Treppen wieder hinauf. Er sagte, Theo mache seiner Mutter alle Ehre.

Auf dem Weg nach unten fluchte Theo leise vor sich hin. Normalerweise machte er einen großen Bogen um die Abfallcontainer. Nichts hasste er so sehr wie ihren Geruch und das

Geräusch, wenn hinter ihnen etwas vorbeihuschte. Aber der arme alte Bastard hatte ausgesehen, als hätte er Steine in den Tüten.

Drei Meter vor den Tonnen blieb Theo stehen und warf die Säcke hinein. Der zweite schepperte noch im Innern des Containers, da hatte Theo bereits kehrtgemacht und sprintete die Treppe nach oben, nahm zwei Stufen auf einmal. Vor seiner Wohnungstür hielt er inne und umfasste die Schlüssel fest, damit sie keinen Lärm machten. Er lehnte sich gegen die Tür und lauschte. Das Schreien des Kleinen hörte sich durch die Gipskartonplatte heiser an.

Dafür hatte er jetzt keinen Nerv.

Er griff nach dem anderen Schlüsselbund und lief zwei Stockwerke runter. Seine Mutter und seine Schwester waren natürlich schon längst im Bett. Und das hieß, er musste mit niemandem reden und nicht so tun, als wäre alles in bester Ordnung. Einen auf fröhlich machen, während er sich fühlte, als wache er noch aus einem Traum auf.

Als stehe ihm das Schlimmste noch bevor.

Er öffnete die Tür zur Wohnung seiner Mutter und ging hinein, ohne Licht zu machen. Er ließ sich aufs Sofa fallen, legte den Kopf zurück und schloss die Augen.

Helen hatte fast nicht geschlafen. Ein-, zweimal wäre sie beinahe eingedöst, obwohl ihr bewusst gewesen war, dass sie das Licht nicht ausgemacht und das Telefonklingeln ignoriert hatte, aber sie war nie wirklich abgetaucht. Schließlich hatte sie aufgegeben.

Es war fast drei Uhr morgens. Sie kochte sich einen Tee, schaltete das Radio ein und hörte zu, wie andere Schlaflose sich mit einem wütenden Moderator stritten. Sie schnappte sich die Plastiktüten mit den Sachen aus Pauls Auto und leerte sie auf

dem Teppich aus. Warf die Dosen weg, die Schokoriegelhüllen und die Zigarettenschachteln und sah den Rest durch. Sonnenbrille, Navi, diverse Kassetten und CDs, Straßenkarten und Werkzeug aus dem Kofferraum, eine Handvoll Zettel.
Ich glaub, er hatte gerade etwas mehr um die Ohren als wir anderen, das ist alles. Sie legte die Zettel sorgfältig einzeln auf den Tisch, ordnete sie dann in Gruppen: Benzin- und Supermarktquittungen, Parkscheine, Notizzettel mit Namen und Telefonnummern.
Dann fiel ihr ein, dass das Telefon geklingelt hatte, während es ihr nicht vergönnt gewesen war, einzuschlafen. Sie hörte den Anrufbeantworter ab.
»Ich hoffe, ich störe Sie nicht, ich wollte nur sagen, dass ich mich gefreut habe, Sie heute kennenzulernen.« Sie erkannte den nordöstlichen Akzent. »Sorry … hier ist Roger Deering. Das hätte ich sagen sollen. Egal, ich ruf eigentlich nur an, um Ihnen zu sagen, wenn Sie irgendwas brauchen … rufen Sie mich gerne an. Falls Ihnen die Decke auf den Kopf fällt oder so. Ich bin mir sicher, das ist nicht einfach … Auch wenn Sie nur jemanden zum Quatschen brauchen.«
Er hinterließ seine Nummer, sagte, sie könne ihn jederzeit anrufen, und »Gott segne Sie«.
Helen ging zurück zum Tisch. Anscheinend war ihr Eindruck von dem Crime Scene Manager im Großen und Ganzen richtig – er war ein anständiger Kerl –, aber gleichzeitig erkannte sie, dass ihre Menschenkenntnis genauso unter den Umständen litt wie sie selbst. Sie hatte Deering nett gefunden, dann ein bisschen unheimlich, dann wieder nett, und das alles in den ersten fünf Minuten ihres Treffens.
Sie trank den Tee aus und schaute auf die Papiere vor sich, rückte sie zurecht, ließ den Blick darüberschweifen und dachte an das, was Gary Kelly gesagt hatte.

Daran, was er zum Schluss über die Sache mit Frank Linnell gesagt hatte …

Er war einfach ein wenig … zerstreut.

Dass Paul sich zurückzog, nicht im Büro war, wenn er es hätte sein sollen; nicht sagte, was er genau machte. Auf merkwürdige Weise fühlte sie sich erleichtert, dass sie nicht die Einzige war, die mit seinem Schweigen bestraft worden war.

Die angelogen worden war.

… in den letzten Monaten hatte ich nicht die leiseste Ahnung, was Paul vorhatte. Ja, sie waren einander nicht mehr so nah gewesen, nachdem Paul das mit ihrer Affäre herausgefunden hatte. Seitdem hatte die Frage zwischen ihnen gestanden, wer der Vater des Babys war. Aber wenn sie ehrlich war, hatte Helen gespürt, dass es um mehr ging als nur um Wut und Eifersucht. Jetzt brauchte sie sich nichts mehr vorzumachen.

Offensichtlich hatte ihr Paul einiges verschwiegen. Nicht, weil er ihr nicht alles sagen wollte, sondern weil er ihr nicht alles sagen konnte.

Im Radio sprach eine Frau über die globale Erwärmung, und der Moderator warf die Frage auf, ob es sich dabei nicht nur um eine gigantische Verschwörungstheorie handelte. Helen überlegte, ob sie sich morgen früh nicht sofort ans Telefon hängen und die Nummern anrufen sollte, die Paul notiert hatte.

Hi, das klingt vielleicht etwas merkwürdig, aber mein Freund wurde gerade getötet, und ich weiß, ich sollte mich jetzt eigentlich um andere Dinge kümmern, aber Ihre Nummer stand auf einem Notizzettel in seinem Auto … und, nun ja, ich bin nun mal ein neugieriges Miststück …

Ihr fiel auf, dass zwei Parkscheine vom selben Parkhaus in der Brewer Street in Soho stammten. Sie legte die Quittungen nebeneinander und überlegte, was Paul im West End gemacht haben könnte.

An einem Freitagnachmittag und an einem Freitagabend in der Woche darauf. Vierzehn Tage vor seinem Tod.
Sie holte ihren Terminkalender und checkte die Einträge. Sie erinnerte sich, dass der zweite Freitag der Abend gewesen war, an dem Paul sehr spät nach Hause gekommen war und nach Knoblauch gestunken hatte. Dass sie bereits im Bett gelegen und so getan hatte, als schlafe sie schon. Dabei hatte sie sich gefragt, ob er sich wohl mit einer anderen traf, und sich eingeredet, dass er wahrscheinlich nur mit Kollegen zusammen gewesen war.
Vor vielen Jahren, als sie noch grün hinter den Ohren war, hatte sie sich mit einem alten Suffkopf von der Murder Squad getroffen, der schon zu viele Dienstjahre auf dem Buckel gehabt hatte. Nach ein paar Gläsern hatte er angefangen, über die harte Realität und die *Merkwürdigkeiten* der Arbeit mit Mordfällen zu sprechen.
Helen hatte es nie vergessen.
»Die Sache ist die, wir treffen diese Leute erst, wenn sie tot sind, wenn die armen Teufel erschossen oder erstochen oder sonst was wurden. Wir wissen nicht mal genau, wie sie ausgesehen haben. Wissen nicht, wie sie geschaut, sich bewegt, geredet haben, wie sie *gewesen* sind. Manchmal finden wir dann eine Menge Scheiße über sie heraus, weil wir jeden Stein umdrehen. Wir erfahren, wie sie *wirklich* waren, auch wenn wir gar nicht danach suchen. Und die Leute, mit denen sie zusammen waren, erfahren das manchmal auch erst dann.«
Helen griff nach den zwei Parkhausquittungen und trug sie zu dem Tisch im Flur. Sie legte sie nebeneinander hin, für morgen früh. Dann schaltete sie das Radio aus und ging zurück ins Schlafzimmer.
Zehn Minuten später lag sie im Dunkeln und sagte: »Was ist das für ein Scheißspiel, Hopwood?«

SECHZEHN Das Videoüberwachungszentrum, das den Großteil des West End abdeckte, befand sich über dem Trocadero, einem Einkaufs- und Event-Zentrum zwischen Coventry Street und Shaftesbury Avenue. Während die Leute ihr Geld für Ballerspiele und »I ♥ London«-T-Shirts rauswarfen oder für andere Vergnügungen, die an der Oxford Street, in Soho und am Leicester Square geboten wurden, beobachtete eine private, vom Westminster Council bezahlte Sicherheitsfirma ihre Bewegungen und zeichnete sie für die Nachwelt auf.

Und verwendete sie gegebenenfalls als Beweismittel.

Nach ihrem Besuch auf der Toilette zeigte Helen ihren Dienstausweis am Empfang und trug in ein Formular ein, aus welchem Zeitraum und von welchem Ort sie die Aufzeichnungen wünschte. Sie kannte das Prozedere und wusste, in etwa fünfzehn Minuten wäre alles bereit. Ein paar Zeitschriften lagen aus, um sich die Wartezeit zu vertreiben. An den Wänden hingen Drucke von Kandinsky.

Es war ein strahlender Donnerstagvormittag. Sie trat ans Fenster, um die Sonne zu genießen, während sie über den Piccadilly Circus auf die Baumwipfel des Green Park blickte, die in der Ferne gerade noch zu erkennen waren.

»DC Weeks?«

Die Frau, die aus dem Lift trat und Helens Namen rief, war wahrscheinlich jünger, als sie aussah. Zumindest hoffte Helen für die Frau und für alle, die sie kannten, dass sie nicht so übellaunig war, wie sie aussah. Sie hievte sich aus dem Sofa.

Meist war es ihr unangenehm, wie die Menschen auf ihre Schwangerschaft reagierten – sie anfassten oder sie mit ungebetenen Ratschlägen und gönnerhaften Kommentaren traktierten. Andererseits fand sie es irgendwie verstörend, dass jemand so offensichtlich unbeeindruckt war und sie behandelte, als würde sie mit ihrem Bauch … angeben.

Sie lächelte und versuchte, nicht vorschnell zu urteilen. Sie traf jeden Tag Menschen, die keine Kinder bekommen konnten oder ihre Kinder verloren hatten, als Babys oder später – durch Drogen, Missbrauch oder Gewalt. Es gab genug Leute, für die ihr dicker Bauch alles andere als schön war.

»Etwas mehr Zeit wär nett gewesen.«

Gott, war das eine mürrische Kuh …

Sie fuhren schweigend in den obersten Stock, und Helen wurde in den Vorführraum geführt. Der Teppichboden und die Wandverkleidung schluckten den Großteil des Lärms, und die Dame sprach etwas lauter. »Geben Sie mir Bescheid, und ich lasse das erste Band laufen.«

Sie sagten noch immer »Band«, obwohl die Aufnahmen längst auf Festplatten gespeichert wurden, die Kapazitäten für viele Tausend Stunden Material hatten. Was bedeutete, dass die Aufnahmen monatelang gespeichert wurden und es in manchen Fällen Jahre dauerte, bis sie gelöscht wurden.

Helen nickte, und die Frau begann auf ihre Tastatur einzuklopfen.

Es gab drei große Bildschirme, auf denen die Aufnahmen der drei Kameras zu sehen waren, die dem von Helen angegebenen Ort am nächsten waren. Eine Kamera befand sich direkt über der Einfahrtsrampe zur Parkgarage, und die musste Pauls Einfahrt kurz vor der Szenerie, die jetzt zu sehen war, aufgenommen haben.

Freitag, 11. Juli, 13 Uhr 12.

Sie schaute gebannt auf den Monitor mit dem besten Blickwinkel: eine Kamera auf der anderen Seite der Brewer Street. Sie würde nicht lange warten müssen. Auf dem Parkschein stand die exakte Zeit, und ein, zwei Minuten später war Paul sicherlich auf der Straße aufgetaucht.

Sie setzte sich anders hin und schaute nach unten. Als sie wieder aufblickte, war er da. Er trat durch eine graue Tür neben dem Haupteingang, orientierte sich kurz, bevor er losging.

Helen war leicht schwindlig. Sie sah sich um, ob hier irgendwo eine Flasche Wasser stand. Darum bitten wollte sie auf keinen Fall.

»Ganz koscher sieht der ja nicht aus«, sagte die Frau.

Am 11. Juli regnete es um 13 Uhr 15 heftig. Wasser rann in breiten Streifen über das körnige Schwarz-Weiß-Bild. Helen konnte Pauls Gesichtsausdruck nicht erkennen, aber sie sah ihn in seinem blauen Anzug dastehen und sich dann in das scheußliche Wetter stürzen. Gegen die Bemerkung der Frau ließ sich schlecht was einwenden.

Sie hatte Aufnahmen von mehreren anderen Überwachungskameras in der Gegend angefordert, um von Kamera zu Kamera zu verfolgen, wo Paul anschließend hinging. Wie sich herausstellte, war das nicht nötig.

Ein schwarzes Taxi fuhr vor, und Paul trat darauf zu. Die Tür ging auf, Paul wechselte ein paar Sätze mit dem Fahrgast auf dem Rücksitz, bevor er einstieg. Das Taxi fuhr schnell davon. Auf dem Bildschirm ganz rechts konnte Helen das Auto aus einem anderen Blickwinkel sehen. Es fuhr direkt auf die Kamera zu, daran vorbei und verschwand aus dem Blickfeld.

»Das reicht mir«, sagte sie. »Lassen Sie bitte das nächste laufen.«

Sie zog ein Pfefferminzbonbon aus ihrer Tasche, während die Frau die nächsten Aufnahmen raussuchte. Helen presste ihre Hand gegen die Brust und sah, wie sie zitterte.

Es war schon schwer genug gewesen, Pauls Stimme auf dem Handy zu hören, aber ihn hier zu sehen war ein noch härterer Schlag. Das lag vermutlich an der Stille und der Bildqualität der Aufnahmen – das grieselige Bild mit seinen vielen Schatten, die schlechte Auflösung –, es war, als betrachte man ein vergangenes Leben, das unbemerkt in die Gegenwart schwappte. Sie sah zu der Frau, ihre Finger flogen über die Tastatur. Wahrscheinlich überlegte sie gerade, was sie zu Mittag essen, wo sie ihren Urlaub verbringen und ob sie sich die Schuhe kaufen sollte, auf die sie seit Wochen ein Auge geworfen hatte.

Und nebenbei beschwor sie auf Anfrage einen Geist herauf.

»Da hätten wir's …«

Freitag, 18. Juli, 19 Uhr 33.

Wieder kam Paul durch die graue Tür und wartete, sah auf seine Uhr und lief auf dem Bürgersteig auf und ab.

»Derselbe Typ«, sagte die Frau.

»Derselbe.«

»Ist das der, hinter dem Sie her sind?«

Er stand in der für ihn typischen albernen Haltung da: ein Fuß über den anderen geschlagen. Helen sah zu, wie er an seinen Ärmeln zupfte, sich kurz im Schaufenster betrachtete und umdrehte, als er das Taxi anhalten hörte. Helen hatte es sofort gesehen.

»Muss ganz schön Kohle haben, wenn er ständig Taxi fährt.«

»Könnten Sie noch einmal den Schluss des ersten Bandes abspielen?«, bat Helen. »Ich bräuchte ein Standbild von dem Taxi.«

Als beide Bilder auf den Bildschirmen nebeneinanderstanden und Helen alles noch einmal überprüft hatte, notierte sie sich die Buchstaben und Ziffern. Beide Male dasselbe Kennzeichen, dasselbe Taxi.

Aber beim zweiten Mal saß kein anderer Fahrgast im Taxi. Entweder es war vorbestellt oder geschickt worden.

»Haben Sie, was Sie wollten?«

Helen steckte den Stift und den Zettel in ihre Handtasche, zog den Reißverschluss zu und dachte: Einiges zu tun heute Nachmittag …

Zwischen Clive und dem Mann am Ende des Tresens war ein Platz frei. Clive bestellte sich eine Limo und sagte mit einem Nicken: »Und für ihn, was immer er will.«

Als der Mann sah, wer ihn einlud, bat er um einen Tee … und ein Bier.

»Möchtest du was essen?«, fragte Clive.

»Einen Toast mit brauner Soße.«

»Geht auf mich. Bestell ruhig, was du willst.«

»*Das* ist ja, was ich will.«

Clive griff nach seiner Limonade. »Nur zu.«

»Das ist echt gut und gesund. Hat alles, was der Mensch braucht.«

»Wie bitte?«

»Brot. Obst. Es ist eine Soße auf Obstbasis.«

Die Frau hinter dem Tresen sah Clive an und zog eine Augenbraue hoch, bevor sie sich umwandte. Sie schien dieses Geschwafel nicht zum ersten Mal zu hören.

»Lass dir aber nicht zu viel Zeit, Jacky«, sagte Clive. »Wir haben nicht den ganzen Tag.«

Jacky Snooks hatte natürlich auch einen richtigen Namen, aber der war während der fünfundzwanzig Jahre, in denen er praktisch zum Einrichtungsbestandteil des Cue Up geworden war, in Vergessenheit geraten. Es hieß, er sei früher ein sehr guter Snookerspieler gewesen. Es sei sogar von einer Profikarriere die Rede gewesen, bis ein Kerl, den er einmal zu oft abgezogen hatte, ein paar Kugeln in eine Tüte steckte und sie Snooks über den Hinterkopf zog, als dieser gerade eine schwarze Kugel anpeilte.

Gegen das Augenproblem, mit dem er sich seither herumschlug, hatte eine Brille geholfen. Gegen das Zucken im rechten Arm half nichts. Nun war er derjenige, der abgezogen wurde, während er den ganzen Tag die Spielautomaten fütterte. Und

obwohl er wahrscheinlich nach wie vor die meisten Kunden auch mit der linken Hand besiegen könnte, hatte er einen einfacheren Weg gefunden, an Geld zu kommen. Heute war sein Blick wieder zielgerichtet und scharf.
Clive verschwand, sobald er seine Limo ausgetrunken hatte. Er sah sich nicht um, er wusste, dass Jacky Snooks ihm folgte. Draußen legte Clive einen Zahn zu, und Snooks hielt Abstand, verlor den Riesenkerl aber nicht aus den Augen, während er den Rest seines Toasts aß und aus der Haupteinkaufsgegend hinaus Richtung Brookmill Park lief.
Das Auto parkte in einer Seitenstraße. Frank stieg aus, als er Clive kommen sah. Die beiden standen Seite an Seite und warteten darauf, dass die schmächtige, watschelnde Gestalt um die Ecke bog.
Die letzten Meter lief Jacky Snooks schneller, dann streckte er die Hand aus und sagte: »Ich bin nicht mehr ganz so schnell, wie ich mal war, Mr Linnell.«
Frank wandte sich zu Clive. »Haben wir eine Serviette oder so was im Auto?« Er verzog das Gesicht. »Sieht aus, als hätte er die Finger in seinem Arsch gehabt.«

Die Child Protection Unit, von der Helen zurzeit beurlaubt war, befand sich in einem kleinen Büro der Polizeiwache Streatham. Auch das Team war klein: ein Detective Inspector, ein paar Sergeants, vier Detective Constables und zwei Computer.
Helen freute sich sehr, beinahe alle Kollegen anzutreffen.
Das einzig unbekannte Gesicht gehörte einer Frau am Computer neben der Tür, wahrscheinlich ihre Schwangerschaftsvertretung. Die Frau stand auf, zögerte kurz, als wisse sie nicht recht, was sie zuerst tun sollte – zum Baby gratulieren oder ihr Beileid bekunden. Helen half ihr über die Verlegenheit hinweg, indem sie ihrem Blick auswich und einfach weiterging, quer durch das

Büro und in die offenen Arme von Detective Sergeant Andrew Korn.

Er drückte sie fest an sich, rieb ihr über den Rücken und sprach beruhigend auf sie ein, obwohl Helen keinen Ton von sich gab.

Schließlich ergriff Helen das Wort. »Es ist okay.«

Korn trat zurück und sah sie an. Er war stämmig, hatte ein jugendliches Gesicht und war ein paar Jahre jünger als sie. »Was, zum Teufel, machst du hier?«, fragte er.

»Ich wollte euch alle sehen«, sagte sie. »Und, du weißt schon, mich auf andere Gedanken bringen.«

Korn nickte, und sofort fühlte Helen sich schuldig, obwohl es nur eine halbe Lüge war.

Sie merkte, dass sie sich in den letzten Tagen mehr oder weniger ständig schuldig fühlte. Dass das ihre Form der Trauer war und sich auch wie Wut und Angst anfühlte. Die Art von Angst, bei der man sich in die Hose macht.

Korn zog ein paar Stühle heran.

»Schön, dich zu sehen.«

Ein Blick, ein kurzes Winken, ein paar Worte. Helen begrüßte jedes Mitglied ihres Teams. Danach, als ihre Vertretung Tee holte, ließ sie sich erzählen, was sich inzwischen hier getan hatte, auch wenn Korn fand, sie hätte im Augenblick genug andere Probleme.

Der Crown Prosecution Service hatte immer noch nicht entschieden, ob die Beweise für eine Anklage gegen den Vater dreier Kinder ausreichten, da nur eines der Kinder Spuren von Missbrauch aufwies. Seine Freundin hatte ihnen eine neue Version ihrer Geschichte erzählt und weigerte sich plötzlich, gegen den Mann auszusagen. Die Verletzungen ihres Sohnes seien selbst verschuldet, so wie ihre eigenen auch. »Bist du dir sicher, dass du das vermisst?«, fragte Korn.

Es war die normale Geschichte von Frustration und aussichtslosen Fällen, die Helen inzwischen sehr gut kannte. Sie sprachen über einen Fall, an dem sie gearbeitet hatte und der kurz vor dem Abschluss stand. Wie so häufig klammerten sie sich an ihre Erfolge, für die sie stets hart kämpfen mussten und die die Mühe immer wert waren.

»Ich wäre morgen wieder hier«, sagte Helen, »wenn ich nicht diesen Bauch mit mir rumschleppen müsste.«

»Hast du jemanden, der dir hilft?«, fragte Korn.

»Mir geht's okay, Andy. Ehrlich.«

Korn wurde von der Frage eines Mitarbeiters abgelenkt, und während er in seinen Unterlagen blätterte, ging Helen zu einem unbenutzten Computer und loggte sich ein.

»Ich hab hier Unmengen von Sachen, die abgetippt werden müssen …«

Helen blickte auf und sah sich DS Diane Sealey gegenüber, die breit grinsend hinter ihrem Computer saß.

»Das ist nett, Di.«

»Du weißt schon, wenn du unbedingt was tun willst …«

»Ich check nur ein paar E-Mails, und dann sehe ich zu, dass ich hier wegkomme«, sagte Helen, »und mal mit dem Chef rede, vielleicht komme ich aus dem Schwangerschaftsurlaub auch gar nicht mehr zurück.«

Sealey lachte.

Sobald sie sich in das Polizeicomputersystem eingeloggt hatte, zog Helen den Zettel aus ihrer Tasche und gab das Kennzeichen ein.

»Wir denken alle an dich«, sagte Sealey.

Helen nickte und sagte, das wisse sie. Sie sah wieder auf den Bildschirm, der die Ergebnisse ihre Suche anzeigte. Sie beugte sich über den Tisch, um sich einen Stift zu schnappen. Es gab jede Menge zu notieren.

Frank hatte eigentlich im Auto reden wollen, aber es war zu heiß, und er legte Wert darauf, bei jeder sich bietenden Gelegenheit zu Fuß zu laufen. Laura hatte ihm erklärt, das sei gut für sein Herz.

»Schön, zur Abwechslung mal draußen zu sein«, sagte Jacky Snooks.

Als die Docklands gebaut wurden, hatte man beim Brookmill Park keine Kosten und Mühen gescheut. Es gab Ziergärten und großes naturbelassenes Areal. Der Pfad entlang dem Ravensbourne River war Teil eines längeren Wegs, der von Creekside im Süden der Themse bis nach Eastbourne an der Küste führte.

Sie setzten sich auf eine Bank an einem der Teiche, Frank und Clive nahmen Snooks in die Mitte. Am Rand des Gewässers schwammen Teppiche aus braunen Fadenalgen. Dicht über der Wasseroberfläche tanzten Schmetterlinge über den Köpfen der Sumpfhühner und Kanadagänse.

»Es geht um Drogen, klare Sache.« Snooks schlug sich mit der Hand auf den Schenkel. »Ich hab ein, zwei Gespräche mitbekommen und weiß genau, was die Kerle meinten.«

»Koks? Crack? Was?«, fragte Clive.

»Macht keinen Unterschied«, warf Frank ein.

Er war nicht überrascht – es lief meistens auf Drogen hinaus. Aber er wollte sichergehen. Falls die Gang, deren Mitglieder im Cue Up herumhingen, die Gang war, die er suchte, dann wollte er wissen, mit was für einem Biest er es zu tun hatte. Einige dieser Banden waren nur brutale Händler, Postleitzahlengangs, die sich wegen Gebietsansprüchen bekämpften. Andere waren nicht mehr als überdimensionale Rappergruppen. Es gab sogar ein paar Gangs – aber wirklich nur ein paar –, die aus der klaren Ablehnung von Gewalt heraus entstanden waren

Frank hatte das Gefühl, dass er nach einer ganz anderen Art von

Gang suchte, einer, deren obere Einheiten eine hoch entwickelte und eindeutige Geschäftsethik hatten.
Was sie verkauften, war egal. Die einfache Tatsache, *dass* sie etwas verkauften, sagte genug. Frank wusste, dass Geschäftsleute verdammt viel gefährlicher sein konnten als normale Gangster.
»Können wir ein paar Namen haben, Jacky?«
»Die haben nur Spitznamen, verstehst du?«
»Das geht in Ordnung.«
Snooks brauchte ein paar Sekunden, bevor er ein halbes Dutzend Namen herunterratterte, die Clive mitschrieb. Frank machte Druck, wollte Beschreibungen, genaue Zeiten, wann wer in den Club kam, wo diese Typen sich sonst aufhalten könnten – alles, was Jacky über die Hierarchie der Gang in Erfahrung gebracht hatte.
Snooks tat, was er konnte.
»Ist dir in den letzten Tagen was Besonderes aufgefallen?«
»Ich versteh Sie nicht ganz, Mr Linnell.«
Clive beugte sich zu ihm. »Verdammte Scheiße, dann *konzentrier dich*, Jacky.«
»Änderungen im Verhalten«, erklärte Frank. »Eine andere Atmosphäre, eine andere Stimmung. Man kann es riechen.« Er konnte nicht genau sagen, wie sich eine solche Veränderung zeigte, aber Frank war klar, dass sich in der Gang, die für Pauls Tod verantwortlich war, etwas geändert haben musste. Sie hatten einen Polizisten auf dem Gewissen, und so clever würden sie dann doch sein, um zu wissen, was das für sie bedeuten konnte. Wer auch immer die Fäden zog, konnte noch so oft »Business as usual« deklarieren, in nächster Zeit würde nichts mehr so sein wie zuvor.
Frank hatte das selbst schon erlebt und Clive auch. Beide wussten, ein gebrannter Mann hatte keine ruhige Minute mehr.
Snooks brummte und nickte, als sei ihm soeben etwas eingefal-

len. »Jetzt, da Sie es erwähnen – mir ist schon aufgefallen, dass ein, zwei von ihnen ein bisschen merkwürdig waren. Ja, wenn ich es mir recht überlege …«

»Fang bloß nicht an, mir zu erzählen, was ich deiner Meinung nach hören will.« Franks Unmut war überraschend und erschreckend, selbst für Snooks, der Franks Wut nicht zum ersten Mal zu spüren bekam. Frank stand auf und lief ans Wasser, dabei wurde er wieder leiser. »Verarsch mich bloß nicht.«

Clive legte Snooks eine fleischige Hand auf die Schulter und sagte: »Hör mal, ich würde das gerne hinter mich bringen. Ich möchte zurück ins Auto und irgendwo, wo's nett ist, schön zu Mittag essen und ein Glas Wein trinken. Aber wenn du nicht aufhörst, uns wie Idioten zu behandeln, gehe ich mit dir rüber zu den Bäumen dort und stecke dir deinen Kopf so weit in den Arsch, dass du nicht mehr weißt, wie dir geschieht. Alles klar, Jacky?«

Frank setzte sich wieder und lehnte sich zurück.

»Also, ich weiß nicht, ob ihr das meint«, sagte Snooks. »Aber viele von denen haben sich in letzter Zeit kaum blicken lassen.« Er sah von Clive zu Frank, um zu sehen, wie er sich machte. »In der Regel kommen jeden Tag ein paar vorbei, spielen Pool, reißen Witze und so. Aber in den letzten Tagen war weniger los.«

»Und vorher?«

»Vor was?«

»Ist dir vor einer Woche oder so auch etwas aufgefallen? Hattest du das Gefühl, dass die eine größere Sache planen?«

Snooks dachte nach und erzählte Frank von dem Treffen, das oben im Club stattgefunden hatte, von dem jungen Schwarzen mit der bescheuerten Frisur, seinem fetten pakistanischen Kumpel und dem weißen Typen in dem schicken Anzug.

Frank sah zu Clive, der mit den Schultern zuckte und Notizen machte.

Als sie im Auto saßen, sah Frank Jacky Snooks nach, der zurückeilte und nun genug Geld in den Taschen hatte, um sich ein halbes Jahr lang Tee und Toast zu kaufen. Wahrscheinlich war er nicht viel älter als vierzig, wirkte aber eher so alt wie Frank. Typen wie ihn gab es viele in ihrer Welt.

Frank beobachtete den mageren Kerl in der schmuddeligen Jacke und der Discounterjeans. Er wusste, dass sie letztlich gar nicht so verschieden waren, oder zumindest am Anfang nicht, bevor sie unterschiedliche Wege eingeschlagen hatten, als die Zukunft in kurzen Momenten der Gewalt oder brillanter Einfälle entschieden wurde. Zwischen ihm und Typen wie Jacky Snooks gab es keinen großen Unterschied. Er war etwas verzweifelter gewesen, das war alles, und vielleicht nicht ganz so ängstlich.

Der Unterschied war nicht groß.

Helen wachte auf und sah auf den Wecker: 3:18 Uhr. Sie griff unter die Bettdecke und spürte die Feuchtigkeit zwischen ihren Beinen.

Sie wartete unten auf das Taxi und schimpfte dabei laut auf Paul. Gleichzeitig überlegte sie, ob sie Jenny anrufen sollte oder ihren Vater. Sie schwitzte, hielt eine randvolle Plastiktüte mit ihrem Waschbeutel und der Kleidung zum Wechseln in der Hand.

Im Krankenhaus sagte man ihr, alles sei normal.

»Das sind nur ein paar Tropfen Fruchtwasser«, sagten sie, »dem Baby geht es gut. Kein Grund, sich Sorgen zu machen. Es kommt noch nicht. Es ist vollkommen glücklich, wo es ist, okay?«

Die Schwester riet ihr, nach Hause zu gehen und die Beine hochzulegen. Sich zu entspannen, während sie sich vom Vater des Kindes bis zur Geburt bedienen ließ.

Alles ist in bester Ordnung.

SIEBZEHN Manchmal hatte Theo morgens bei seiner Mutter vorbeigeschaut, um zu sehen, ob alles in Ordnung war, und um ein Schinkensandwich zu essen, falls er nicht noch vom doppelten Abendessen satt gewesen war. Er hatte Angela dann zur Bushaltestelle oder bei schönem Wetter bis zur Schule gebracht.

Theo verließ die Wohnung immer noch zur selben Zeit, aber bei seiner Mutter hatte er seit letztem Freitag nicht mehr vorbeigeschaut. Er frühstückte jetzt allein in einem schäbigen Imbiss, las Zeitung und ließ sich irgendeine Scheiße durch den Kopf gehen – zum Beispiel, wie es für Benjamin wäre, ohne Vater aufzuwachsen.

Und wie es wäre, darüber im Gefängnis nachzudenken.

Zwanzig Zigaretten vom Kiosk nebenan, ein dicker Stapel Zeitungen und der Blick vom Zeitungsverkäufer waren die Höhepunkte des Tages. Der Alte sagte nie was, nannte nur den Preis. Aber man sah ihm an, dass er das seltsam fand. Jungs wie Theo lasen normalerweise keine Zeitung, geschweige denn ein halbes Dutzend, und schon gar nicht die großformatigen ohne Fotos von nackten Frauen. Er grinste, wenn er das Geld nahm, als wäre das eine gute Sache. Als zollte er Theo *Anerkennung.* Oder vielleicht freute er sich auch nur über das Geld.

Im Imbiss nahm Theo einen Bissen von seinem Sandwich und überflog zuerst die Titelseiten, so wie jeden Morgen, seit es passiert war.

Die Polizei stellte fünfzig weitere Polizisten für die Jagd nach dem »Scheinwerfermörder« ab.

Der Commissioner versprach, den für den Tod seines Kollegen Verantwortlichen zu finden, und forderte jeden auf, der ihn decke oder Informationen habe, sich zu melden.

Der Mörder sei skrupellos und feige und glaube, dass ihm Waffen Respekt verschafften. Wahrscheinlich handle es sich um einen

Teenager oder ein Kind. Zumindest vermuteten das die Experten auf dem Gebiet der boomenden Londoner Bandenszene und Waffenkultur.
Theo sah Easy nicht hereinkommen, drehte sich aber schnell zu ihm um, als er seine Stimme hinter sich hörte.
»Willst du noch was, T? Einen *Latte* oder so 'n Scheiß? Oder ein Croissant vielleicht zu deiner Morgenlektüre?«
»Ich brauche nichts«, sagte Theo.
Easy holte sich einen Tee und schnappte sich, als er zurückkam, den *Daily Star* vom Nebentisch. Er legte ihn vor Theo auf den Tisch und deutete auf das Model im Bikini, das die Titelseite füllte. »*So* fängt man den Tag an, Kumpel. Das macht dich munter und scharf auf die Kunden da draußen!«
Theo sammelte seine Zeitungen ein.
Easy nickte und beugte sich vor. Er senkte die Stimme, ganz der nette, ernsthafte Gesprächspartner. »Ich versteh schon, was hier läuft, T, aber du hast keinen Grund, dich deshalb verrückt zu machen, ich schwör's dir. Die Gang steht hinter dir. Hundert Prozent.«
»Aber die Polizei brennt darauf, den Verantwortlichen zu finden.«
Easy schüttelte den Kopf, als interessiere ihn das nicht.
»Wirklich, lies das hier mal.«
»*Scheiß* auf die Polizei.« Easy sah sich um, als suche er etwas, das er anspucken konnte. »Die wissen nicht mal, wo sie anfangen sollen zu suchen. Die Bullen sind Loser. Echt jetzt, T.«
Theo nickte und schob den Stapel Zeitungen zur Seite. Easy lehnte sich zurück, und da war es wieder. Das Grinsen.
Thema beendet.
»Das mit heute Abend steht?«
»Was steht?«
»Ich brauch immer noch ein unschuldiges Gesicht.«

»Scheiße.« Den Job, den Easy vor ein paar Tagen erwähnt hatte, hatte Theo ganz vergessen. »Ich hab in den letzten Tagen Javine und den Kleinen kaum gesehen, Mann«, sagte er. »Ich reiß mir hier den Arsch auf, weißt du?«

Er arbeitete länger, so viel stimmte. Verbrachte so viel Zeit wie möglich weg von der Familie, um denjenigen aus dem Weg zu gehen, denen er am Herzen lag.

Easy ließ das kalt. »Du *musst* so was jetzt machen, Alter. Das Letzte, was du jetzt brauchst, ist hier rumzusitzen und dich von dieser Scheiße verrückt machen zu lassen. Außerdem sind Jobs wie der heute Abend der Grund, warum du dieser Kuh ins Auto geschossen hast, oder nicht?«

Der Grund ...

Es ging um Geld, vermutete Theo, oder Respekt, wie die großen Zeitungen schrieben. Wenn er andererseits an den Moment zurückdachte, in dem er abgedrückt hatte, dann kam es ihm vor, als habe er es deshalb getan, weil Easy und die anderen rumbrüllten und sich über ihn lustig machten. Er sagte zu Easy, die Frage sei bescheuert, weil er gar nicht wisse, was sie heute Abend vorhätten. »Das wird ein Klacks«, sagte Easy. »Ich schwör's.« Er stand auf, steckte den *Star* ein und versprach, Theo später wegen der Details anzurufen.

Theo aß sein Sandwich auf und ging raus, um eine zu rauchen. Er nahm eine Zeitung mit und stand auf dem Bürgersteig, sah auf das Foto von Paul Hopwood vor sich. Vierunddreißig Jahre alt. Ein werdender Vater. Er starrte auf das Bild, bis der weiche Aschewurm auf die Zeitung fiel und er ihn abschütteln musste. Noch mehr Scheiße, die ihm jetzt durch den Kopf ging.

Die gesamte Abfolge der Gedanken und Ideen, die ihm durch den Kopf schossen, dauerte nur ein paar Sekunden, aber Helen genoss es, Ray Jacksons Mienenspiel zu beobachten. Sie versuchte, die Ausdrücke zu interpretieren, die über sein Gesicht jagten, als er das Taxi aus der Einfahrt und auf die Straße manövrierte.

Die Verwirrung, dass ihn eine Frau vor der eigenen Haustür herbeiwinkte. Das kurze Dilemma, als er ihren Bauch sah. Das »Sorry, Kleines, da kann ich nichts machen«-Schulterzucken, als er seine Entscheidung traf und aufs Gaspedal trat, weil er unbedingt ordentlich frühstücken wollte, bevor er sich mit Fahrgästen – und vor allem mit verrückten Weibern – herumplagte. Die Wut und die Resignation, als sie mit dem Dienstausweis fuchtelte, er bremste und an den Straßenrand fuhr.

Helen trat ans Fenster und wartete, bis es nach unten gekurbelt war. »Stellen Sie bitte den Motor ab, Ray, und setzen Sie sich auf die Rückbank. Da können wir uns besser unterhalten.«

Das Auto stand in einer netten kleinen Seitenstraße in North Acton, umgeben von Reihenhäusern aus den Zwanzigerjahren mit blühenden Bäumen davor. So nett aneinandergereiht wie die Satellitenschüsseln. Jackson tat, wie ihm geheißen, und hielt Helen die Tür auf. Sie bedankte sich, und er sagte, das sei schon in Ordnung, aber könnten sie nicht verdammt noch mal einen Gang zulegen, schließlich müsse er sich seinen Lebensunterhalt verdienen. Woraufhin sie sagte, sie wolle ihn nicht lange aufhalten. »Am Freitag, den 18., hatten Sie einen Fahrgast, einen Polizisten, und am Freitag davor auch.«

»Welchen?«, fragte Jackson.

»Wie bitte?«

Jackson ließ sich Zeit. »An welchem Freitag?«

»Sie hören mir nicht zu, Ray. *An beiden.* Zuerst nachmittags, dann an einem Abend.«

»Haben Sie eigentlich eine Vorstellung davon, wie viele Gäste ich pro Woche fahre?«

»Sie haben ihn am Parkhaus in der Brewer Street abgeholt.«

Jackson war in seinen Fünfzigern und kräftig. Hätte Helen nicht schon vorher gewusst, dass ihm ein bisschen Gewalt nichts ausmachte, wäre ihr das spätestens bei seinem Anblick klar geworden.
»Ich brauche nicht mit Ihnen zu reden. Ich hab nichts getan. Also steigen Sie jetzt bitte aus meinem Taxi.«
»Ich bin noch nicht fertig«, sagte Helen.
»Tut mir leid, meine Liebe, aber ich.« Er schaute aus dem Fenster. »Sollten Sie nicht zu Hause sitzen und Söckchen stricken?«
Helen schluckte. »Der Polizeibeamte, von dem ich spreche, wurde vor einer Woche getötet.« Sie wartete kurz. »Also sollten Sie lieber doch mit mir reden, es sei denn, Sie möchten, dass wir in der nächsten Zeit an Ihnen kleben wie Scheiße am Bettlaken. Jeder hat Dreck am Stecken, Ray, und Sie mehr als andere. Daher wäre es wohl einfacher, das jetzt gleich hinter uns zu bringen, finden Sie nicht auch?«
Das war natürlich alles Unsinn. Es gab keinen Grund, warum irgendein Polizist, der in Pauls Todesfall ermittelte, sich für eine Taxifahrt interessieren sollte, die vierzehn Tage zuvor stattgefunden hatte. Helen hoffte, dass Jackson das nicht wissen konnte, und damit lag sie richtig.
Er fluchte eine Weile, bevor er sich sammelte oder sich im Kopf zurechtlegte, wie viel er sagen wollte. Dann spuckte er es aus. Er erzählte Helen von einem bestimmten Kunden, den er manchmal fuhr. Ein angesehener Geschäftsmann, für den er neben seinem normalen Geschäft exklusiv arbeitete.
»Klingt nach einer lukrativen Sache«, sagte Helen. »Zahlt er bar auf die Hand?« Sie grinste, als sie sein Gesicht sah. »Keine Angst, ich arbeite nicht fürs Finanzamt.«
Jackson nickte. »Viele Taxifahrer machen das. Die Nachfrage ist da. Wir sind billiger als ein normaler Limousinenservice, und wir verfahren uns nicht.«

»Und dieser Geschäftsmann weiß, wer sein Taxifahrer ist?« Helen wartete, aber Jackson reagierte nicht. »Ich meine, wenn er weiß, warum Sie in Parkhurst und Belmarsh eingesessen haben, und sich *trotzdem* von Ihnen durch die Gegend chauffieren lässt, stellt sich mir die Frage, wie ›respektabel‹ dieser Geschäftsmann eigentlich ist. Ich kann mir nicht vorstellen, dass unser allseits geschätzter Sir Alan Sugar Sie engagieren würde, oder wie sehen Sie das, Ray?«

»Das liegt alles schon eine Weile zurück.«

»Wohin haben Sie die beiden gefahren? Ihren Boss und den Polizeibeamten?«

Jackson sagte, er könne sich nicht erinnern, wohin er an jenem Freitagnachmittag gefahren sei und ob die beiden Fahrgäste gemeinsam ausgestiegen seien. An dem anderen Freitag hätte er sie zu einem Restaurant in Shoreditch gefahren, zu einem Italiener. Den Namen des Lokals wisse er nicht mehr.

»Wissen Sie, worüber gesprochen wurde?«

»Ich war nicht eingeladen.«

»Im Taxi?«

»Ich hör nie zu.«

Was Helen sehr bezweifelte, aber sie sah ein, dass sie nicht viel mehr aus ihm herausbekommen würde. Als sie ihr Notizbuch in die Tasche steckte, fiel ihr der verblasste Fleck neben ihren Füßen auf dem Teppich auf.

»Was ist denn das, Ray?« Ihr Ton machte klar, dass sie die Antwort bereits kannte.

Jackson lächelte. »Der Bulle ist bestimmt nicht in meinem Taxi gestorben.«

Helen sagte nichts und dachte an den Zustand ihrer Bettlaken und an die zwei Stunden, die sie mitten in der Nacht im Krankenhaus verbracht hatte. Sie griff nach unten und kratzte mit dem Fingernagel an dem Fleck.

»So ein Idiot hatte Nasenbluten«, sagte Jackson. »Reicht Ihnen das?«
»Kann ziemlich übel sein …«
Er öffnete die Tür und stieg aus, wartete darauf, dass sie es ihm gleichtat.
»Mein Auto steht am Ende der Straße«, sagte sie.
Jackson hielt ihr die Tür auf. »Dann haben Sie es ja nicht weit.«

Ollie und Gospel arbeiteten seit Mittag an einer Ecke am Lee-Bridge-Ende des Einkaufszentrums. Es begann dunkel zu werden, und nach Ollies Rechnung hatten sie in den letzten acht Stunden um die zweihundert Pfund gemacht. Zweihundertdreißig, wenn Gospel mit den drei Päckchen zurückkam, auf die ihr neuer Kunde wartete.
Zahlen, über die sich Wave freuen würde.
Ollie sah hinüber zu dem kleinen weißen Typen in dem Hauseingang auf der anderen Straßenseite. Er war etwas älter, als ihre Kunden normalerweise waren, und nicht ganz so nervös. Er erwiderte Ollies Blick, als wolle er ihn etwas fragen. Ollie hob die Hand und spreizte die Finger.
Fünf Minuten noch …
Es war zehn Minuten her, vielleicht auch länger, seit Gospel mit dem Geld des Typen zur Wohnung geeilt war. Sie war eine der Schnellsten und verschwendete keine Zeit mit Gelaber, wenn sie das Geld übergab. Ollie fragte sich schon, ob es wohl ein Problem gab, als sein Handy klingelte.
Er erkannte Gospels Nummer auf dem Display. »Scheiße, wo steckst du?«
Die Stimme des Mannes war sehr tief und sehr ruhig. »Deine Freundin hat zu tun, verstanden? Also halt die Klappe und hör mir zu.«
Ollie lauschte der Anweisung, wohin er gehen sollte, und zwar

möglichst schnell und ohne dabei mit jemandem zu reden. Er war schon in Bewegung, allerdings in keine bestimmte Richtung. Er rannte nur verzweifelt auf und ab, konnte keinen klaren Gedanken fassen und spürte, wie ihm am ganzen Körper der Schweiß ausbrach.

»Das ist ein Riesenfehler, Mann.«

Er ließ beinah das Handy fallen, als er Gospel kreischen hörte.

»Zwing mich nicht, das noch mal zu machen«, sagte der Mann.

Ollie sah hinüber auf die andere Straßenseite. Sein Kunde war verschwunden. Als er vom Straßenrand zurücktrat, stand der Mann plötzlich neben ihm. Er lehnte sich an seine Schulter, sodass Ollie spüren konnte, was er in der Tasche hatte.

»Ich denke, du solltest tun, was man dir sagt.«

Von Acton fuhr Helen die Uxbridge Road hinunter, parkte in einer Seitenstraße und nahm einen Bus ins Stadtzentrum. Sie wollte nicht eine Stunde mit der Parkplatzsuche zubringen und sah die Welt gern vom Topdeck des Doppelstockbusses aus vorbeiziehen. Es war ein heißer Tag, und die Straßen waren voller Menschen. Sie brauchte fünfzehn Minuten, um vom Marble Arch zu John Lewis zu laufen, und als sie dort war, wurde ihr wegen der Gerüche in der Parfümabteilung so übel, dass sie fürchtete, sich jeden Moment übergeben zu müssen.

Sobald es ihr etwas besser ging, schlenderte sie langsam durch die Babyabteilungen von Lewis und mehreren anderen großen Kaufhäusern. Dabei fiel ihr ein, dass das Bettchen, das sie vor sechs Monaten gekauft hatten, noch immer nicht aufgebaut war und dass das Kinderzimmer noch gestrichen werden musste. Sie kaufte Strampelanzüge für das Baby, obwohl sie bereits mehr als genug hatte, und Plastikteller, -tasse und -besteck, die sie frühestens in sechs Monaten brauchte.

Sie schleppte sich schwitzend von Geschäft zu Geschäft, bis sie sich selbst riechen konnte.
Helen war selbst in ihren besten Zeiten keine Shopping-Freundin gewesen, ihre Devise lautete schon immer: Rein in den Laden, kaufen und weg. Jenny hatte immer darüber gelacht. Sie fand es seltsam, dass eine Frau nicht gern einkaufen ging und dass die Shopping-Gene nicht gleichmäßig zwischen ihnen verteilt worden waren.
Heute aber bummelte Helen stundenlang durch die Läden, strich über Babykleidung und nahm winzige Schuhe in die Hände. Sie wollte einfach eine Weile nur an das Baby denken. An *sich* und das Baby.
Um fünf Uhr, als sie wieder zu Hause in Tulse Hill war, fühlte sie sich wie nach einem Marathon. Sie hörte sich die üblichen Verdächtigen auf ihrem Anrufbeantworter an: ihr Dad und Jenny; außerdem gab es wieder einen Anruf von Roger Deering und einen von Pauls Mutter, die ihr sagte, sie wisse, dass wegen des Beerdigungstermins noch keine Entscheidung gefallen sei, aber dass sie wirklich gerne über die Musik während des Gottesdienstes mit ihr reden würde. Zwei weitere Anrufer hatten keine Nachricht hinterlassen.
Helen legte sich aufs Sofa und überlegte, wen sie als Erstes zurückrufen sollte. Als sie drei Stunden später die Augen aufschlug, war das Zimmer dunkel. Ihr erster Gedanke galt Paul, der in Ray Jacksons Taxi an einen Ort gefahren war, an den er besser nicht gefahren wäre. Sie dachte an das Blut auf der Matte und das Blut auf dem Bürgersteig.
Und sie schämte sich.
Es war eine Woche her, noch nicht mal eine Woche, und schon begann er zu verschwinden – zumindest der Paul, den sie zu kennen *geglaubt* hatte. Und das lag nicht daran, dass ihr Gedächtnis sie trog oder ihre Wahrnehmung durch den Kummer

getrübt war. Es war ihre eigene Schuld. Sie war neugieriger gewesen, als gut für sie gewesen wäre. Als für *irgendjemanden* gut gewesen wäre.

Vielleicht sollte sie aufhören und alles vergessen, was sie herausgefunden hatte. Schließlich hatte sie nur Vermutungen, was Paul vorgehabt haben könnte, *wissen* tat sie gar nichts. Und spielte das alles überhaupt noch eine Rolle, jetzt, da er tot war? Was für eine Frage. Das war noch so was, worin sich Helen von ihrer Schwester unterschied. Sie konnte nie den Kopf in den Sand stecken.

Helen schaltete das Licht ein und zog die Vorhänge zu, kochte sich eine Tasse Tee und schrieb eine Liste.

- Bettchen zusammenbauen. Dad fragen. Zimmer streichen?
- Musik. Kirchenlieder? Etwas Modernes. Vielleicht REM.
- Mit Frank Linnell und Kevin Shepherd sprechen?

Es klingelte an der Tür, und Helen zuckte zusammen. Sie brauchte zweieinhalb Minuten, um an die Gegensprechanlage zu kommen. Als sie die Anlage betätigte und fragte, wer da sei, war keiner mehr da.

Ollie war schnell am Loampit Vale entlanggelaufen, dabei war ihm der Mann, der sich als Kunde ausgegeben hatte, in ein paar Metern Abstand gefolgt. Er war abgebogen, wie man ihm gesagt hatte, und sah den wartenden Mercedes im Eingang zu Tesco. Gospel kauerte, die Knie bis zur Brust angezogen, auf dem Beifahrersitz. Ein großer schwarzer Typ hatte sich neben sie hinter das Lenkrad gequetscht. Ollie wurde angewiesen, sich nach hinten zu dem älteren Mann setzen. Dann fuhren sie los, und Gospel brüllte sich den Teufel aus dem Leib, als das Auto um den Block und auf die Hauptverkehrsstraße fuhr.

Etwa zehn Minuten lang ging es nur Richtung Norden.
Als der Mercedes durch Seitenstraßen nahe der Themse fuhr, kannte Ollie seine Mitfahrer bereits ziemlich gut. Sie parkten hinter einer Baustelle am Deptford Creek, wo noble Eigentumswohnungen entstanden. Das Licht der Canary Wharf leuchtete über das Wasser zu ihnen herüber, und die Spitze des Gherkin-Towers ragte links aus dem Nebel. Durch das Autofenster konnte Ollie den maroden Holzpier erkennen, der ins Wasser ragte, und eine Reihe längst verlassener Torpedoboote, in denen seit vielen Jahren Hausbesetzer wohnten. Das schmutzig grüne Wasser war nirgends so tief wie hier. Es war die einzige Stelle im Fluss, an der Flugzeugträger wenden konnten – er hatte das mal im Fernsehen gesehen –, und wahrscheinlich war es auch der sicherste Ort, um etwas für immer verschwinden zu lassen.
Inzwischen hatte der Kerl hinten neben Ollie eine Knarre auf dem Knie liegen, aber das Sagen hatte ganz klar der Riese vorn bei Gospel.
»Die Sache ist nicht kompliziert«, erklärte er. »Wir brauchen nur eine Bestätigung, mehr nicht.«
Gospel spuckte dem Riesen auf die Brust und riss den Kopf herum, zu Ollie. »Halt bloß die Fresse.« Als sie sich wieder umdrehte, schlug ihr der Riese ins Gesicht und starrte dann auf den Speichel auf seinem Hemd.
Es dauerte ein paar Sekunden, bevor das Mädchen stöhnte und stammelte, bevor es die Hände vor den Mund hielt, um das Blut aufzufangen.
»Das dauert keine Minute«, sagte der Riese zu Ollie. »Aber ihr habt genug Zeit, um zu überlegen, ob ihr blöd sein wollt oder nicht.« Er kramte in seiner Tasche nach einem Taschentuch und verlangte von seinem Kollegen auf dem Rücksitz ein weiteres. Der ältere Typ reichte ihm sein eigenes. Der Riese gab es Gos-

pel und nahm das andere, um zuerst den Speichel auf seinem Hemd abzutupfen und dann das Blut, das auf den Sitz getropft war.

Er sah zu Gospel und seufzte. »Wie alt bist du?«

»Sie ist vierzehn«, sagte Ollie. »Bitte ...«

»Halt deine Scheißfresse«, schrie Gospel und nahm dazu die Hände vom Mund.

»Ihr solltet in der Schule sein«, sagte der Mann. »Alle beide.« Er beugte sich zu ihr, als wolle er ihr über den Kopf streichen, packte sie stattdessen bei den Haaren und knallte ihren Kopf gegen das Seitenfenster.

Ollie schrie entsetzt auf und trommelte mit den Fäusten gegen den Beifahrersitz. Er spürte die Knarre an den Rippen und merkte erst, als er sich zurücklehnte, dass er weinte. »Gott ...«

Gospel riss die Augen auf, sie atmete schwer.

Der Riese wandte sich zu Ollie um und sagte: »Es geht ihr gut.«

»Sag nichts«, stieß Gospel hervor.

Der Typ verdrehte die Augen und sah Ollie an. »Wenn ihr mit der Sache, über die wir hier reden, nichts zu tun habt, braucht ihr nichts zu befürchten. Versprochen. Wir wollen nur sichergehen, dass wir auf der richtigen Spur sind.«

Ollie schwankte vor und zurück, zog an seinen Dreadlocks. Es war nicht einfach, sich zu konzentrieren, wenn man genug damit zu tun hatte, sich nicht direkt hier im Auto in die Hose zu scheißen.

»War es eure Gang?«

Die Knarre schien jeden Moment seine Haut zu durchbrechen, zwischen seine Rippen zu stoßen.

Der Riese drehte sich ächzend um und legte den Arm um die Kopfstütze. »Pass bloß auf, dass ich mit meinem Freund da hinten nicht den Platz tausche«, sagte er. »Der ist nicht so nett zu jungen Mädchen wie ich.«

Der Alte lachte und warf Gospel einen Kuss zu.
Danach gab es noch etwas mehr Blut, aber nicht viel mehr, und als die Männer alles wussten, was sie wissen wollten, forderten sie Ollie und Gospel auf, aus dem Auto zu steigen. Und die schmutzigen Taschentücher mitzunehmen.
Ollie wollte gerade die Tür öffnen, da zog ihn der Alte zurück. »Du bist *weiß*, Scheiße noch mal, und du hast die Haare eines Schwarzen. Was soll die Kacke, du Fotze?«
Der Alte setzte sich nach vorn. Als sie wegfuhren, schnallte er sich an und warf im Rückspiegel einen letzten Blick auf die beiden Teenager. Er sah, wie der Junge zu Boden sank und das Mädchen ihn mit Fäusten und Füßen bearbeitete.
»Die Welt ist verrückt geworden, Clive.«
»Das brauchst du mir nicht zu erzählen, Billy«, sagte Clive.

ACHTZEHN

»Wo hast du den Anzug her?«
»Aus dem Secondhandshop«, sagte Easy.
»Der stinkt, Mann.«
Der Verkehr floss zäh dahin. Sie fuhren über die Vauxhall Bridge zu einer Adresse in Paddington. Easy saß am Steuer des Audis, Theo neben ihm auf dem Beifahrersitz. Mikey war hinten und blätterte durch die Anzeigen des *Loot*-Magazins.
»Ich hatte keine Zeit, ihn reinigen zu lassen, okay?« Easy sah zu ihm. »Er sieht okay aus, das ist die Hauptsache. Ein schicker Anzug und dieses nette, unschuldige Gesicht.«
Theo hatte keinen Anzug, aber er besaß ein paar gute Jacken, Designersachen, und auf alle Fälle besser als dieses schlecht sitzende, stinkende Ding, in dem er jetzt steckte. Aber er wollte die Wohnung nicht so schick angezogen verlassen, um sich Javines

Fragen zu ersparen. Easy hatte gesagt, es sei egal, er kümmere sich darum. Er hatte den Anzug besorgt, und Theo hatte sich im Auto umgezogen.

»Ich find die Scheißanzeige nicht«, meldete sich Mikey von hinten.

»Such weiter«, sagte Easy. »In der letzten Rubrik, nach den Wohnwagen. Ich hab die eingekreist, die wir heute erledigen können.«

Mikey blätterte und las vor: »›Dunkles Verlangen. Kurvige dunkle Prinzessin.‹ Kurvig heißt fett, oder?«

»Ja«, sagte Easy. »Die hat wahrscheinlich noch größere Titten als du.« Mikey zeigte ihm im Rückspiegel den Mittelfinger. Easy zuckte mit den Schultern und beschleunigte, als die Ampel auf Gelb schaltete. »Hör mal, solange die Schlampe genug Kohle macht, ist es mir egal, wie fett sie ist.«

Fünfundzwanzig Minuten später hielten sie am Ende einer Straße zwischen dem St. Mary's Hospital und dem Bahnhof. Theo überprüfte die Wohnungsnummer, und Easy sprach alles noch einmal mit ihm durch.

»Zehn Minuten müssten reichen«, sagte er. »Nur um sicherzugehen, dass sie schön ruhig und entspannt ist.«

»*Er* ist doch immer der Nervöse«, sagte Mikey. Er beugte sich vor und boxte Theo in die Schulter. »Wenn er's bis ins Schlafzimmer schaffen würde, wäre sein Schwanz wahrscheinlich so schlapp wie ein toter Regenwurm.«

Theo stieg aus dem Auto und lief, ohne sich umzublicken, zur Wohnungstür. Die Straße war beleuchtet, und er fragte sich, wie viele Leute sein Gesicht sehen könnten, wenn sie jetzt aus dem Fenster blickten.

Die Frau, die ihm die Tür öffnete, war nicht ganz so massig, wie Mikey vorhergesagt hatte, aber durchaus dick. Sie war in den Vierzigern und dunkler als Theo. Vermutlich Nigeriane-

rin, kräftig geschminkt, und ihre Haare sahen arg nach Perücke aus. Doch das Lächeln war freundlich und wirkte nicht aufgesetzt.
Er konnte sich schon vorstellen, dass ein Mann, der es nicht auf ihr Geld abgesehen hatte, sie sexy finden würde.
»Ich bin Carlton«, sagte er. »Ich habe vorher angerufen und einen Termin ausgemacht.« Es war Easy gewesen, der angerufen und sich den Namen ausgedacht hatte, wie er Theo mit großem Vergnügen berichtet hatte.
Die im Erdgeschoss gelegene Wohnung war klein. Ein Wohnzimmer mit einer Kochnische und ein kleiner Flur, der vermutlich zu einem Schlafzimmer und einem Bad führte. Sie war sauber und modern eingerichtet. Über dem dunkelbraunen Ledersofa hing eine Reihe afrikanischer Masken. Es gab Holzschalen mit glatten Steinen und einen Perlenvorhang, der das Wohnzimmer vom Rest der Wohnung trennte.
»Willst du was zu trinken, Schätzchen? Es gibt Wein und Bier oder Coke.«
»Kann ich ein Bier haben?«
»Was immer du willst.«
Sie reichte Theo eine warme Flasche und hob den Perlenvorhang zur Seite. »Sollen wir nach hinten gehen?«
Theo setzte sich und deutete auf die Flasche. »Ich trink zuerst die hier aus.«
»Es ist *deine* Zeit«, sagte sie. »Wo wir gerade davon reden …«
Easy hatte am Telefon hundert Pfund vereinbart, für eine Stunde mit allen Basics. Theo gab ihr das Geld und sah, wie sie es in eine kleine Holztruhe an der Wand steckte.
Sie gab ihm eine laminierte Karte. »Falls du Sonderwünsche hast.«
Theo studierte die Übersicht, als hätte er eine Speisekarte vor sich, während sie den Part der hilfreichen Kellnerin spielte und

ihn fragte, ob sie ihm etwas erklären solle. Es gab schon den einen oder anderen Ausdruck, den er nicht ganz verstand, aber so genau wollte er es gar nicht wissen.

»Wie alt bist du?«, fragte sie.

Theo sah keinen Grund zu lügen.

»Ich hab einen Jungen in deinem Alter«, sagte sie. »Und ein Mädchen, die ist zwei Jahre jünger. Sie ist noch in der Schule, und er geht nächstes Jahr an die Uni.«

»Okay.«

»Wir kommen über die Runden«, sagte sie. »Uns geht's ganz gut.« Sie grinste und nahm ihre Brüste in die Hände, spielte mit ihnen. Ihr schwarzer BH schimmerte durch den hauchdünnen Morgenmantel. »Dank denen hier.«

Theo war noch keine fünf Minuten in der Wohnung. »Ich muss raus, ich brauch noch Zigaretten«, sagte er.

»Ich hab welche hier.« Sie zog ein Päckchen aus ihrer Handtasche.

»Nein. Ich brauch Silk Cut. Ich lauf nur schnell über die Straße.«

Sie zuckte mit den Schultern. »Deine Sache. Aber die Uhr läuft …«

Theo ging hinaus in den schmalen Gang und öffnete die Wohnungstür. Als er fünfzehn Sekunden später wieder zurückkam, folgten ihm Mikey und Easy.

Beide trugen eine schwarze Sturmmütze und eine Waffe.

»Bleiben Sie ruhig«, sagte Theo.

»Keinen *Scheiß*ton.« Easy schob ihn zur Seite, stürzte sich auf die Frau und hielt ihr die Waffe an die Schläfe.

Mit weit aufgerissenen Augen stolperte sie rückwärts an die Wand und sank zu Boden.

»Wo ist die Kohle?«

Theo zeigte es ihm und trat zurück, als Easy das Geld aus der Kiste nahm. »Das hier sind etwa tausend Pfund«, sagte Easy.

»Ich wette, die hat noch mehr unter ihrem Bett oder sonst wo versteckt.«
»Ich hab nicht mehr«, sagte die Frau.
»Seht zu, dass sie die Fresse hält.« Easy nickte Mikey zu und verschwand durch den Perlenvorhang. Mikey holte eine dicke Rolle schwarzes Klebeband aus der Plastiktüte, die er dabeihatte, und zog die Frau hoch.
Theo sah den Ausdruck auf Mikeys Gesicht. »Fessel sie, mehr nicht«, sagte er.
Er folgte Easy ins Schlafzimmer und sah zu, wie er die Schubladen ausräumte und die Matratze umdrehte. Auf dem Fensterbrett standen brennende Kerzen und neben dem Bett eine kleine Schale mit Kondomen.
»Was soll das?«
»Hast du die Kohle gesehen, Alter?«
»Warum bei Frauen wie ihr?«
Easy grinste. Er zeigte zu gern, wie genial er war. »Weil Frauen wie sie sich eher selten bei der Polizei ausheulen. So einfach ist das.«
»Dazu müssen wir doch nicht zu dritt anrücken, Alter.«
»Vorsicht hat noch nie geschadet, T.« Easy öffnete eine Schublade und räumte lässig die Unterwäsche raus. »Einige von diesen Schlampen haben Hausmädchen und so 'n Scheiß. Filipinas und Thais. Die können manchmal Kung-Fu oder so.«
»Aber du hast eine *Knarre*«, sagte Theo.
Easy schnitt eine Grimasse, als verstünde er nur Bahnhof, und machte weiter Kleinholz aus dem Zimmer.
Als sie zurück ins Wohnzimmer kamen, saß Mikey neben der Frau auf dem Sofa. Er hatte ihr die Hände und Füße zusammengebunden und das dicke schwarze Klebeband um den Kopf und die Schultern geklebt. Unter der Nase war etwas Haut zu sehen, damit sie atmen konnte. Auch ihre Augen hatte er freigelassen.

Theo hätte zu gern gewusst, ob Mikey ihr die Augen nur deshalb nicht zugeklebt hatte, weil er ihre Reaktionen sehen wollte.
Mikey winkte Theo zu sich und gab ihm sein Handy. »Mach ein Foto«, sagte er. »Das können wir den anderen zeigen.«
Easy ließ sich auf den freien Platz neben der Frau auf dem Sofa fallen und drückte sich dicht an sie.
»Komm schon, Alter«, sagte Mikey. »Mach ein paar Fotos.«
Theo hob das Handy und wählte einen Bildausschnitt.
»Bitte lächeln«, sagte Mikey. Die Frau stöhnte hinter dem Klebeband. Easy fand das lustig. Mikey legte einen Arm um die Frau, grinste in die Kamera und legte seine fetten Hände auf ihre Brüste. »Lächle wenigstens mit den Augen«, sagte er.
Theo drückte auf den Auslöser und warf das Handy zurück zu Mikey.

Die nächste Adresse, die Easy eingekreist hatte, war zehn Minuten entfernt, in Bayswater. Eine Domina, die sich Vixen nannte und nur zu gern einem nervösen Jungen, der etwas Disziplin nötig hatte, sein Geld abnahm.
Fünfzehn Minuten nachdem sie die Tür geöffnet hatte, saß sie an einen Stuhl gefesselt im Schlafzimmer und hatte Mühe, durch die Maske aus schwarzem Klebeband zu atmen.
Theo sah Mikey bei der Arbeit zu. Diesmal ging er gröber vor, wie Easy auch. Sie waren wütend, weil sie kein Geld mehr fanden.
»*Jetzt* dominiert die Schlampe niemanden mehr«, zischte Mikey, als er fertig war.
»Ich hab gedacht, es gibt genug perverse Schweine, die auf Peitschen und so was stehen und sich wie kleine Babys anziehen«, sagte Easy.
»Vielleicht macht sie's ihnen zu billig.« Mikey beugte sich hinunter und schlug der Frau leicht ins Gesicht. Gegen das Klebeband klang der Schlag dumpf und nass.

»Wir sollten gehen«, sagte Theo.

Mikey schlenderte in die Küche, als hätten sie alle Zeit der Welt.

»Entspann dich, T«, sagte Easy.

»Ich bin entspannt. Ich weiß nur nicht, warum wir hier noch rumhängen, das ist alles. Was ist, wenn sie noch einen Termin hat?«

»Wir haben für eine Stunde bezahlt«, sagte Easy.

»Hier gibt's aber nichts mehr zu holen.«

Easy ging durchs Schlafzimmer, als mache ihm das alles riesigen Spaß, griff nach den Sexspielzeugen und schnitt Grimassen. »Schau dir den Kram hier an. Bei der Hälfte weiß ich nicht mal, wozu man das benutzt, Alter.« Er griff nach einer Bondagemaske aus schwarzem Latex.

»Komm schon, E, lass das.«

»Die stinkt, Alter.« Easy ging zum Stuhl, auf dem die Frau saß, und sagte: »Schnapp.«

Mikey kam mit einem kleinen Messer aus der Küche. Er kniete sich neben den Stuhl und hob die Hand.

»Wozu ist das denn?«, fragte Theo.

»Ich helfe ihr beim Atmen«, sagte Mikey. »Hörst du nicht, wie die arme Schlampe schnauft und keucht?« Er hielt die Messerspitze ans Klebeband über ihrem Mundbereich. »Mach lieber schön weit auf, wenn du nicht aufgeschlitzt werden willst.«

Die Frau heulte hinter dem Klebeband auf, was ein bisschen wie eine elektrische Sirene klang.

Theo machte einen Schritt nach vorn, doch Easy hob die Hand, und Theo sah zu, wie Mikey ein Loch in das Klebeband schnitt. Ein roter Tropfen bildete sich und lief über das Tape auf den Hals der Frau.

»Scheiße«, sagte Theo, »du hast sie geschnitten.«

»Ach was.« Mikey stand auf. »Der fehlt nichts. Siehst du?« Er wischte sich mit der Hand über den Mund und machte seine Jeans auf. »Das ist perfekt.«
Die Frau hörte nicht auf zu heulen und auf dem Stuhl hin und her zu schwanken.
»Fuck, was *machst* du?«, brüllte Theo.
Mikey ignorierte ihn und sagte grinsend zu Easy: »Du solltest es mit der Maske auf machen.«
Theo sagte: »Ich geh zum Auto.« Easy rief ihm noch etwas nach, aber Theo verstand es nicht, es war zu laut in seinem Kopf, dazu das Heulen der Frau. Er verließ schnell die Wohnung und lief die Straße hinunter.
Zehn Minuten später kamen Easy und Mikey heraus. Theo beobachtete sie im Rückspiegel, wie sie auf dem Bürgersteig dahinschlenderten, als machten sie einen Abendspaziergang. Beide grinsten breit, als sie in den Wagen stiegen.
Theo sah sie an.
»Wir haben *nichts* gemacht«, sagte Easy. Er ließ den Motor an. »Was denkst du denn?«
Theo dachte eine Menge, aber das behielt er für sich. Easy und Mikey quatschten genug für drei, über das Geld und den Nervenkitzel und die fetten Tüten, die sie sich gleich zu Hause reinziehen würden.
Nach fünfzehn Minuten, als sie den Fluss überquert hatten, fragte Theo: »Warum tragt ihr eigentlich die ganze Zeit diese dämlichen Sturmmützen?«
Mikey beugte sich von der Rückbank vor. »Eine extrem bescheuerte Frage.«
»Was meinst du, Alter?«, fragte Easy.
»Na ja, wenn die Sache schiefläuft, kann nur mein Gesicht identifiziert werden kann.«
Mein unschuldiges Gesicht …

»Nicht zu ändern. Macht ja keinen Sinn, wenn sie von uns *allen* wissen, wie wir aussehen.«
»*Ich* weiß, wie ihr ausseht«, sagte Theo.
Der Audi wurde langsamer und hielt an der Ampel. Theo zwang sich zu einem Lächeln und einem freundlicheren Ton, damit sie merkten, dass es ein Joke gewesen war. »Vielleicht solltet ihr das später berücksichtigen, wenn ihr die Kohle aufteilt.« Er wandte sich an Mikey. »Verstanden, Bruder?«
Er sah zu Easy.
Sie schienen es beide nicht wirklich witzig zu finden.

NEUNZEHN Ein paar Straßen weiter gab es einen türkischen Laden, der lange geöffnet hatte. Helen freute sich immer über die Gespräche mit dem grauhaarigen türkischen Besitzer und seiner Frau. Heute war es etwas schwierig gewesen, weil sie die Gelegenheit nutzte, ihnen von Pauls Tod zu erzählen. Sie reagierten wunderbar, fragten, ob sie ihr irgendwie helfen könnten, und Helen merkte, dass der Besitzer kurz zögerte, ihre Einkäufe abzukassieren.
Mit Brot, Milch und mehreren Packungen Cheese-and-Onion-Chips in der Tüte schleppte sie sich den Tulse Hill hinauf. Der Abend war warm, aber Wind kam auf. Der Verkehr von und nach South Circular brauste in der Dunkelheit an ihr vorüber, als sie nach Hause ging – vorbei an den seltsamen Reihenhäusern aus den Dreißigerjahren, deren nachgemachte Tudor-Balken und Kieselrauputz sie schon immer bizarr gefunden hatte; vorbei an Wohnblöcken, die mehr oder weniger aussahen wie ihrer: Baldwin House, Saunders House, Hart House, vier oder fünf Stockwerke, in jedem nur vorstellbaren Braunton gestri-

chen, damals wohl ein Traum; vorbei am Eingang von Silwell Hall, einem Herrenhaus aus dem neunzehnten Jahrhundert, das nun die St. Martin-in-the-Fields High School for Girls beherbergte. Die verzierten Säulen und das Kuppeldach gab es schon wesentlich länger als die Schule selbst, dennoch hatte sie die beiden anderen Oberschulen des Viertels überdauert, die in den Fünfzigern gebaut worden waren, darunter auch jene, die Londons ehemaliger Bürgermeister Ken Livingstone besucht hatte.

Helen bog ab und kramte in ihrer Handtasche nach dem Schlüssel. Dabei dachte sie über Schulen nach. Es gab wenige annehmbare in den Gegenden, die für sie finanziell infrage kamen, vielleicht sollte sie aus London rausziehen. Als sie ihren Wohnblock erreichte, stieg auf der anderen Straßenseite ein Mann aus dem Auto und kam auf sie zu. Er war groß, hatte schulterlange blonde Haare, war gut angezogen – aber trotzdem …

Sie sah seinen Blick und umfasste ihren Schlüssel etwas fester. Er war das einzig Waffenartige, was sie bei sich hatte. Der Mann kam näher, und sie war unglaublich dankbar, dass sich die automatische Sicherheitsbeleuchtung einschaltete, als sie der Haustür näher kam.

Die letzten Schritte ging sie so schnell wie möglich. Sie hörte den Mann hinter sich, hörte das Wechselgeld in seinen Taschen klimpern. Sie streckte die Hand in Richtung Türschloss aus, und er trat dicht hinter sie, als wohne er ebenfalls hier und warte nur darauf, dass sie die Tür für sie beide öffnete.

»Sie sind die Freundin.«

»Wie bitte?«

»Als Ray Sie beschrieb, wusste ich es sofort. Wer Sie sind und dass Sie auf eigene Faust mit ihm sprachen.« Er lächelte. »Dass das nicht ganz … offiziell war.«

Helen sah ihn an, überlegte, wer *er* war.

Kevin Shepherd steckte die Hände in die Hosentaschen und trat einen Schritt zurück, als wolle er sie genau betrachten.
»Was wollen Sie von mir?«, fragte sie.
»Sie müssen verstehen, Ray ist nicht gerade der Hellste«, sagte er. »Der sieht einen Dienstausweis und denkt gleich alles Mögliche. Na ja, das geht den meisten so, nicht wahr? Aber ich weiß, was Paul passiert ist, und es liegt auf der Hand, dass der zuständige Ermittler nicht nach Typen wie mir sucht.«
Helen wartete. Er war offensichtlich noch nicht fertig.
»Sondern wohl eher nach jemandem, der etwas jünger ist. Etwas *schwärzer*. Und selbst wenn Ihr Freund nicht einfach nur Pech gehabt hätte und zur falschen Zeit am falschen Ort gewesen wäre ... selbst wenn er an einem Kopfschuss gestorben wäre, glaube ich nicht, dass die jemanden wie Sie auf Mördersuche schicken würden. Seien Sie mir bitte nicht böse.«
Helen zuckte mit den Schultern.
»Und schon gar nicht allein.«
»Also?«
»Also wollen Sie wahrscheinlich nur herausfinden, warum Paul sich mit mir herumgetrieben hat. Weil Sie denken, wir beide hätten normalerweise nicht viel gemeinsam.«
»Und, sagen Sie es mir?«
»Ich sage Ihnen, dass Sie die Sache besser auf sich beruhen lassen.« Er sprach mit Nachdruck, Drohungen wurden oft mit Nachdruck ausgesprochen.
»Für wen wäre das besser?«
Er streckte das Kinn vor. »Mein Gott, schauen Sie sich an. Sie sollten an die Zukunft denken und daran, wie Sie am besten damit zurechtkommen, und sich ein hübsches schwarzes Umstandskleid zulegen.« Er wurde noch nachdrücklicher. »Warum wühlen Sie in der Scheiße und stellen Fragen, deren Antworten Ihnen womöglich nicht gefallen?«

Dasselbe hatte Helen sich auch schon gefragt. Jetzt stand der Mann vor ihr, der die Antworten kannte und darauf zu brennen schien, sie ihr mitzuteilen.

»Gut, danke für die Warnung.«

»Das ist keine Warnung.«

»Was auch immer.« Sie starrte ihn an. Sie wollte in ihre Wohnung, aber nicht, bevor er sich umdrehte und verschwand. Plötzlich ging das Licht aus. Sie hatten sich zwei Minuten praktisch nicht bewegt, und das Zeitlimit war abgelaufen. »Zeit zu gehen«, sagte sie.

Eine Armlänge entfernt seufzte Shepherd im Dunkeln, als fühle er sich in die Ecke gedrängt und habe keine Wahl, als preiszugeben, was er viel lieber für sich behalten hätte.

»Wenn es Ihnen hilft, dann sagen Sie sich einfach, dass er etwas mehr Geld brauchte, wegen des Kindes und allem. Dass er es für Sie getan hat.«

»Ich glaube Ihnen nicht.«

»Ach, kommen Sie, er ist nicht der erste Bulle, mit dem ich Geschäfte gemacht habe. Sie wollen mir erzählen, Sie kennen keinen, der drei Kilo Koks findet und nur zwei abliefert? Niemanden, der sich nicht selbst schon mal bedient hat?«

Helen spürte, wie ihr der Schweiß ausbrach. Der Schlüssel fühlte sich warm und feucht an in ihrer Hand. »Haben Sie Paul je Geld gegeben?«

»Dazu kam es leider nie, aber wir haben uns darüber unterhalten. Er hätte gut was verdient, das können Sie mir glauben. Sie hätten sich jede Menge schöne Babysachen kaufen können.«

»Verpiss dich!«, sagte sie.

»Was für eine Ausdrucksweise …«

Sie sagte es noch einmal, und nach ein paar Sekunden tat Shepherd, wozu sie ihn aufgefordert hatte. Die Sicherheitsbeleuchtung ging wieder an, und Helen sah zu, wie er über die Straße zu seinem Auto lief. Das Wechselgeld klimperte, als er in seiner Tasche nach dem Schlüssel kramte. Sie hörte, wie er die Musik aufdrehte, kaum dass der Zündschlüssel steckte, und sah gerade noch, wie er sich nach ihr umsah, bevor das Licht im Wagen ausging und er wegfuhr.

Schneller als nötig.

Danach brauchte sie etwas länger als sonst, um ins Haus zu gelangen. Wie betrunken stand sie an der Tür und fummelte zitternd mit dem Schlüssel am Schlüsselloch herum, während sie versuchte, sich zu beruhigen.

Mikey hatte schon während der Sache mit Easy und Theo überlegt, ob er nicht Linzi besuchen sollte. Und jetzt, da er von ihrer Wohnung weg- und nach Hause ging, fragte er sich, warum ihn diese Jobs so geil machten.

Linzi war keine echte Nutte. Sie nahm nur von ein paar Jungs, die sie am liebsten mochte, Geld. Man konnte sie wirklich nicht mit diesen dreckigen Schlampen vergleichen, die sie vorhin besucht hatten. Sie war süß und wusste, was ihm gefiel. Wenn er nackt war, sagte sie, er sehe gut aus und dass sie gern was zum Festhalten hatte. Und hinterher, wenn sie eine Tüte rauchten, hatte sie immer ein paar gute Geschichten auf Lager. Lustige Scheiße über den winzigen Schwanz von SnapZ oder Asifs Heulkrampf, als sie ihm einmal einen runterholte.

Das war unbezahlbar …

Er wollte nicht länger darüber nachdenken, warum er zu ihr gegangen war. Letztlich hätte er einen Teil des heute verdienten Geldes nicht besser ausgeben können. Sie hatten es bei Easy geteilt und waren dann noch auf ein paar Drinks ins Dirty South gegangen, hatten sich zu den anderen Zugedröhnten gesellt. Eine Stunde lang hatte er an der Bar herumgehangen, den an-

deren die Fotos auf seinem Handy gezeigt und den reichen Macker raushängen lassen.
Bis er nur noch mehr Lust darauf hatte, bei Linzi vorbeizuschauen.
Jetzt hatte er Hunger …
Es waren nur fünf Minuten bis zu seinem Block, aber er wollte nicht riskieren, seine Mum aufzuwecken und sich anbrüllen zu lassen, wenn er in der Küche herumkramte. Also ging er rüber auf die Hauptstraße und besorgte sich was von einem Kebabschuppen, der noch offen hatte.
Er bog um die Ecke und sah den alten Mann, der ihm entgegenkam. Sah, wie er aufblickte und den Blick schnell wieder abwandte. Er machte den Leuten Angst, das wusste er. Mikey zog sich die Kapuze ins Gesicht und ließ eine Schulter sinken, um noch ein bisschen gefährlicher zu wirken. Der Alte sollte sich ruhig vor Angst in die Hose pissen.
Noch ein letztes bisschen Action, bevor er sich aufs Ohr haute.
Er ging an dem Mann vorbei, rempelte ihn leicht mit der Schulter an, damit der alte Idiot dachte, dass er jetzt dran sei. Weil er die Kapuze so tief ins Gesicht gezogen hatte, entging Mikey die Reaktion des Alten. Er bekam nicht mit, dass dieser nach zwei, drei Metern stehen blieb und in seine Jackentasche griff.
Mikey verstand erst, was passierte, als er seinen Namen hörte und sich umdrehte. Eine Sekunde bevor der Alte die Waffe hob und ihm ins Gesicht schoss.
Noch während Mikey zu Boden fiel, drehte sich der alte Mann um und verschwand, die Hände in den Taschen. Dabei murmelte er etwas davon, dass die Welt verrückt geworden sei.

Javine roch wunderbar. Ihr Nacken nach Kakaobutter, ihre Haare nach etwas Süßem und Zitrone. Er drückte sich an sie, streichelte ihren Rücken und ihren Hintern, während sie ihm die Zunge in den Mund schob. Trotzdem wurde sein Schwanz in ihrer Hand nicht hart.

Sie hörte auf, ihn zu küssen, und flüsterte: »Willst du nicht?«

»Ich bin müde.«

»Du kommst mir aber nicht müde vor.«

Er zog sich zurück und drehte sich auf die Seite. »Und wie *komm* ich dir vor?«

Unten auf der Straße heulte ein Motor auf, laute Stimmen waren zu hören.

»Als ob du auf Streit aus wärst.« Sie hob das Kissen, das hinter ihr lag. »Als ob du lieber streiten würdest.«

»Du redest einen solchen Müll.«

»Es ist schon fast eine Woche her.«

Er atmete langsam aus. »Ich arbeite einfach mehr, okay?«

»Ich weiß …«

»Freust du dich nicht, dass wir mehr Geld haben?«

»Klar freu ich mich.«

»Dann lass mich in Ruhe.«

Javine sagte nichts mehr. Und bald war ihr Schweigen lauter als der Lärm draußen. Theo war erleichtert, als nebenan ein Wimmern zu hören war und sie den Kopf zur Seite drehte und die Bettdecke zurückschlug.

Er hatte das Dirty South vor den anderen verlassen, froh, sie ihren Triumph allein feiern zu lassen. Eigentlich hatte er gedacht, er sei leise genug gewesen, aber als er sich ausgezogen hatte, hatte Javine sich umgedreht und im Dunkeln seinen Namen gerufen.

Sie hatte ihn gefragt, wie sein Abend gewesen war.

Er hatte Easys Wohnung mit vierhundert Pfund verlassen. Sie hatten aber mindestens eineinhalbtausend gemacht. Vielleicht war es ja wirklich so, vielleicht nahm sich Easy etwas dafür, dass er ihm eine Stufe nach oben geholfen hatte. Vielleicht fand Easy auch, dass Theo keinen vollen Anteil verdient hatte. Er hatte keine Ahnung, wie viel Mikey bekommen hatte, und wollte ihn dort auch nicht fragen. Aber morgen würde er es herausfinden. Er würde Easy fragen, was da lief.

Er lag im Bett und versuchte, sich aufs Geld zu konzentrieren, nur an die Kohle zu denken und daran, was man sich damit kaufen konnte. Das war einfacher, als darüber nachzudenken, wie er an die Kohle gekommen war und was er getan hatte, um überhaupt in diese Situation zu kommen.

Außerdem sind Jobs wie dieser der Grund, warum du dieser Kuh ins Auto geschossen hast, oder nicht? Wenn er eine Woche zurückdachte, kam es ihm vor, als habe er Höhenangst gehabt und wäre trotzdem gesprungen, weil das der einfachste Weg war, keine Angst mehr zu haben.

Heb das Ding hoch, Alter. Zeig ihr, was du hast.

Was sie bekommt.

Mach schon.

Er hatte noch immer das Gefühl, sie könnten jeden Moment hereinplatzen, egal, wie oft Easy über die Gang und deren Loyalität sprach. Theo erstarrte jedes Mal, wenn er eine Polizeisirene hörte oder wenn eine Tür zuknallte.

Javine kam zurück ins Bett, rutschte zu ihm und sagte: »Es geht ihm gut.«

»Schön …«

Sie legte ihren Kopf auf seine Brust und die Hand auf seinen Bauch; begann, ihn zu küssen, und ließ den Kopf nach unten gleiten. Theo schloss die Augen und zwang sich, steif zu werden. Zwang sich, das Bild von dem Messer und dem Schlitz zu vergessen, von dem blutverschmierten schwarzen Klebeband.

Er hatte die Reste vom Hühnchen auf einem Papierteller nach draußen in den Garten gestellt und zugesehen, wie der Fuchs vor einer Stunde über den Rasen gelaufen kam. Einen Meter vor dem Fressen hatte er sich misstrauisch hingesetzt. Dann war er um den Teller herumgegangen und hatte noch mal ein paar Minuten gewartet, bevor er die geschenkte Mahlzeit verschlungen hatte.
Vorsicht ist die Mutter der Porzellankiste, dachte Frank.
Jetzt war es bis auf den Schein der Lampen in den Beeten wieder dunkel im Garten, und Frank machte es sich mit einem Zeitungskreuzworträtsel und einem Glas Wein gemütlich. Am liebsten mochte er kryptische Rätsel, bei denen er die Zeit stoppte. Aber bei diesem kam er absolut nicht weiter.
Kurz zuvor hatte Clive angerufen und ihm vom Stand der Pub-Renovierung und von einem Bauleiter erzählt, der Schwierigkeiten bei einer Baustelle im Westen machte. Und von der Sache in Lewisham.
Clive war ein guter Mann, und die Leute, die er beschäftigte, waren ebenfalls gut. Er hatte alles im Griff.
Frank sah von der Zeitung auf, als Laura hereinkam. Sie trug Jeans und T-Shirt, ihre Haare waren nass, als sei sie gerade aus der Dusche gestiegen.
»Du hast den Fuchs verpasst«, sagte er.
»Ich hab ihn von oben gesehen.« Sie ging zum Fenster und lehnte sich dagegen. Sie musterte ihn, als warte sie darauf, dass er von etwas anderem sprach. Doch er wandte sich nach ein paar Sekunden wieder seinem Rätsel zu.
Als er sie weinen hörte, sah er wieder auf. »Was ist los?«
»Was hast du getan?«
Er nahm die Brille ab. »Das weißt du doch, warum fragst du? Du willst die Details doch gar nicht wissen, oder?« Sie wusste immer Bescheid. Es gab nichts, was er vor ihr geheim halten

konnte. Schon als er ihr die Zeitungsberichte zeigte, wusste er, dass es zu diesem Gespräch kommen würde.
Sie hob den Arm und drückte den Ärmel ihres T-Shirts gegen ihr Gesicht. »Ist es jetzt vorbei?«
Die Zeitung fiel zwischen seine Füße. »Noch lange nicht.«
»Aber es ändert doch nichts an dem, was geschehen ist.«
»Ich weiß.«
»Es hilft Paul nicht.«
»Vielleicht hilft es mir«, sagte Frank. »Du weißt doch, wie ich bin, ich kann ihn nicht im Stich lassen.« Sie fing wieder an zu weinen. »Du bist die *Einzige*, die mich wirklich kennt.«
Sie nickte und bewegte sich in seine Richtung.
Hinter ihr im Garten wurden die Bewegungsmelder aktiviert, aber Frank ließ die Augen nicht von ihr. Sie kam zu ihm, beugte sich herunter und küsste ihn auf die Wange. Und das war wichtiger als alles andere.

Die Jungs, die bei den Garagen herumhingen, waren als Erste bei Mikey. Sie hatten den Schuss gehört und sofort gewusst, dass das kein Feuerwerk und keine Autofehlzündung gewesen war. Die meisten Leute in der Sozialbausiedlung kannten den Unterschied ebenfalls, und es waren bereits mehrere Polizeiautos unterwegs, aber das wussten die Jungs nicht.
Sie standen um den Toten herum. Sie waren zu fünft und sahen auf ihn hinunter. Sie schauten sich ihn von allen Seiten an, neugierig, wie Zehn-, Elfjährige nun mal sind.
Zwei von ihnen hatten noch nie einen Toten aus der Nähe gesehen.
Einer sagte was über die Ketten und dass sie Mikey wahrscheinlich nicht fehlen würden. Und ein anderer überlegte, wo seine Geldbörse wohl steckte. Aber der Junge, auf den sie alle hörten, der, den Wave unter seine Fittiche genommen hatte, sagte, sie

sollten das dumme Gequatsche lassen und etwas Respekt zeigen.
Dass man sich so hier nicht verhielt.
Dann hörten sie die Polizeisirenen und Leute rufen. Bevor der letzte Junge verschwand, schob er die Spitze seines Turnschuhs in die Blutlache, die sich unter Mikeys Kopf ausbreitete und in den Rinnstein lief.
»Igitt«, sagte er.

Teil drei

WÖLFE UND LEOPARDEN

ZWANZIG

»Ich weiß, eigentlich soll man diese Dinger nicht mögen«, sagte Deering. »Es ist angesagt, über sie herzuziehen, weil sie sich wie die Pest verbreiten oder was weiß ich. Aber mir schmeckt einfach der Kaffee.« Wieder dieses komische, abgewürgte Lachen. »Mir schmeckt der Kaffee *wirklich* …«

Er war seltsam, keine Frage, aber nicht so ein Spinner, wie Helen nach den Nachrichten auf dem Anrufbeantworter gedacht hatte. Vielleicht war das mit dem »Gott segne Sie« einfach ein Tick, und selbst wenn es keiner war, sah es nicht so aus, als wolle er sie dazu überreden, Jesus in ihr Leben zu lassen.

Helen trank einen Becher Tee. »Mir schmeckt der Kaffee auch«, sagte sie. »Aber das Baby ist nicht so wild darauf. Es fängt dann an, wie irre zu strampeln.«

Deering hatte diesen Morgen angerufen, nachdem Helen den Großteil eines äußerst unangenehmen Freitags und Samstags damit verbracht hatte, sich mit Leuten herumzustreiten: mit Pauls Mutter, die sich weigerte, auch nur über »Rockmusik« bei der Beerdigung zu reden; mit Jenny, die gesagt hatte, dass sie nichts von Pauls alten Klamotten brauchten, aber danke fürs Angebot; mit ihrem alten Herrn, der sich von ihren hilfreich gemeinten Bemerkungen gestört fühlte, als er sich abmühte, das Kinderbett zusammenzubauen. Deering hatte sie gefragt, ob sie Lust auf eine Tasse Kaffee hätte, und die Idee, mit einem mehr oder weniger Fremden über alles zu sprechen und ihm ihr Herz auszuschütten, hatte ihr gefallen.

Und es gab eine Menge loszuwerden.
Er hatte sie kurz nach zehn abgeholt und war mit ihr zum Starbucks an der U-Bahn-Station in Brixton gefahren. Es war nicht viel los, und Helen hatte sich für einen Tisch am Fenster entschieden, damit sie, wenn das Gespräch abflaute, die Leute auf der Straße beobachten konnte. Aus dem Kaffee war ein Brunch mit getoasteten Panini und Schokoladenbrownies geworden. Wobei Deering darauf bestand, sie einzuladen. Und als Helen merkte, dass es schon fast Mittag war, wurde ihr klar, dass sie beinahe zwei Stunden ohne Unterbrechung geredet hatten.
Dass *sie* geredet hatte.
»Ich glaube, man reagiert extremer auf andere Menschen«, sagte Deering, »wenn man jemanden verloren hat.« Er nestelte an einem Knopf seiner verblichenen Jeansjacke, die er über einem dunklen Poloshirt trug.
Helen war überrascht, wie viel jünger er außerhalb seines Arbeitsplatzes wirkte. Dabei versuchte er gar nicht, seinen frühzeitigen Haarschwund auf dem Oberkopf zu verbergen. Auch sein Akzent war stärker. Sie fragte sich, ob er ihn bei der Arbeit mit den Technikern und Polizisten unbewusst unterdrückte.
»Bei jeder guten Nachricht freut man sich wie ein König, und wenn irgendeine Kleinigkeit nervt, dreht man durch.«
Helen sagte, sie verstehe gut, was er meine. Genau so fühle sie sich. Allerdings habe es nicht gerade viele gute Nachrichten gegeben. Bestimmt nicht in den letzten Tagen.
Während der Auseinandersetzung mit Pauls Mutter hatte sie sich, so gut es ging, zusammengerissen und sich gesagt, dass diese Frau, mit der sie noch nie wirklich einer Meinung gewesen war, genauso am Boden zerstört war wie sie. Helen wusste nicht, ob Pauls Mutter über die Affäre Bescheid wusste, und sie würde sie ganz bestimmt nicht danach fragen. Der Streit mit ihrem Vater war nichts Neues gewesen, sie stritten sich ständig.

Er konnte es nicht ausstehen, wenn man ihm sagte, was er tun solle. Eine Eigenschaft, die er seinen beiden Töchtern vererbt hatte.
Aber die Auseinandersetzung mit Jenny war wirklich übel gewesen.
Helen hatte bei ihnen zu Mittag gegessen, Tim war mit einem Auge immer beim Fußball gewesen, und die Kinder hatten brav gespielt. Fast *zu* brav. Wahrscheinlich hatte man ihnen eingeschärft, nichts zu sagen oder zu tun, was Tante Helen aufregen könnte. Und keinesfalls Onkel Paul zu erwähnen.
Später in der Küche sagte Jenny, sie habe mit Tim gesprochen, und der habe ohnehin schon zu viele Klamotten. Sie müssten selbst mal ausmisten und einiges in die Kleidersammlung geben. Da platzte Helen der Kragen, und Jenny ging ganz ruhig zurück ins Wohnzimmer und bat die Kinder, oben zu spielen. Es war nicht gut gelaufen, und Helen hatte seither nicht mehr mit ihrer Schwester gesprochen.
Sie seufzte, aber sie konnte sich noch genau an den dringenden Wunsch erinnern, etwas nach ihrer Schwester zu werfen, einen dieser hübschen, teuren Teller auf die Granitarbeitsfläche in der Küche zu schmettern. »Ich bin doch nicht blöd und versuch jetzt so zu tun, als wäre nichts gewesen.«
»Genau das meine ich«, sagte Deering. »Man reagiert auf alles … verstärkt.«
»Am wütendsten bin ich auf Paul.«
»Ich weiß.«
»*Richtig* wütend.«
»Ihre Gefühle sind völlig durcheinander.«
Helen nickte und dachte: Noch immer keine Tränen. Das sagte sie dann auch.
»Auch das ist normal. Beziehungsweise in so einer Situation gibt es so was wie ein ›normal‹ nicht. Es gibt keine … Schablone für

Trauer, verstehen Sie?« Er fummelte wieder an seinem Knopf herum. »Ich hatte zum Beispiel eine totale Wut auf mich selbst.«

»Oh. Wer ist …«

»Meine Frau.« Deering lächelte. »Ein Gehirntumor. Vor achtzehn Monaten.«

Helen sah ihn an. Plötzlich ergaben seine Aufmerksamkeiten und seine Fürsorglichkeit einen Sinn. Sie öffnete den Mund, suchte nach den richtigen Worten, aber Deering ersparte ihr die Mühe.

»Sie litt schon immer unter Kopfschmerzen, hatte zwei-, dreimal die Woche schlimme Schmerzattacken.« Er wies auf eine Stelle über seinem rechten Ohr. »Wir dachten, es wären Migräneanfälle, und Sally war nicht eine von denen, die bei jedem Wehwehchen zum Arzt rennen. Als ich sie endlich so weit hatte, doch mal hinzugehen, hatte sie nur noch ein paar Monate zu leben.«

»Das tut mir leid.«

»Ich hätte mich durchsetzen sollen.«

»Seien Sie nicht albern.« Er zuckte mit den Schultern und beugte sich vor, schob die leeren Tassen an den Tischrand. Er steckte in jede einen schmutzigen Löffel und stellte sie so, dass die Henkel parallel ausgerichtet waren. »Und wie ging es Ihnen? Danach?«

Er schürzte die Lippen und atmete aus, als wisse er nicht, wo er anfangen sollte. »Ich musste einfach mit Leuten reden, die sie kannten. *Mit jedem*, der sie kannte. Ich wollte Dinge über sie hören, die ich nicht wusste. Geschichten, an die sich die Leute erinnerten. Ich glaube, ich wollte mir so was wie einen Vorrat zulegen. Einen Vorrat an Erinnerungen, auch wenn es nicht meine eigenen Erinnerungen waren, damit … sie mir nicht ausgehen.« Er lächelte. »Albern, ich weiß. Als ob Erinnerungen je ausgehen könnten.«

Helen erzählte, dass sie das auch machte. Er wartete, aber sie führte es nicht näher aus.

»Es ist immer gut, wenn man weiß, dass man nicht der einzige Spinner ist«, sagte er.

Was sie ihm nicht erzählte, war, dass sie nach etwas Bestimmtem suchte, den Mann richtig kennenlernen wollte, über den sie bereits alles zu wissen geglaubt hatte. Und dabei mehr herausgefunden hatte, als sie wollte. Und sie erzählte ihm natürlich auch nicht, mit *wem* sie gesprochen hatte. Nichts von ihren Gesprächen mit Frank Linnell und Kevin Shepherd. Und sie erzählte ihm nicht, mit wem sie heute noch sprechen wollte. Sie fürchtete, dass er das … *schräg* finden würde.

Was es wahrscheinlich auch war.

Als Helen immer öfter auf die Uhr sah, erklärte Deering, dass er auch gehen müsse. Er sagte ihr, er sei so gut wie fertig mit seinem Bericht, aber ein paar kleinere Widersprüche müsse er noch mit dem Kollisionsexperten ausbügeln.

»Was für Widersprüche?«

»Nichts Besonderes. Nur ein paar kleine Dinge im Untersuchungsablauf.«

»Darin war ich auch nie die Sorgfältigste«, sagte Helen.

»Sie wissen, Sie können mich jederzeit anrufen«, sagte Deering. »Wenn Sie jemanden zum Reden brauchen. Ich versteh das. Sie wissen ja jetzt, warum.«

»Danke.«

»Auch wenn Sie nur jemanden zum Anbrüllen brauchen.«

»Das könnte Ihnen noch leidtun«, sagte Helen.

Auf der Straße beobachtete sie die Leute beim Bummeln, wie sie bei dem schönen Wetter etwas tranken, während sie unterwegs waren zu einer Grillparty oder in ein Pub. Sie sah, wie sie plauderten und lachten, und hasste jeden Einzelnen von ihnen.

Wie Deering gesagt hatte. Extreme Gefühlsausschläge.
Sie stellte sich diese als etwas vor, was durch ihren Körper rauschte, und fragte sich, ob das Kind von diesem unnatürlichen Hormoncocktail etwas abbekam. Ob er durch die Nabelschnur wie mit einer Droge gefüttert wurde, bis er sich brüllend und rotgesichtig nach draußen kämpfte.

Javine war mit Benjamin zu einer Freundin gegangen, Theo hatte die Wohnung zu seiner Freude also für sich. Er wusste nicht, ob seine Mutter und Angela zu Hause waren, aber im Moment war er ohnehin lieber allein.
Es war ein heißer Tag, er lief in Boxershorts und Unterhemd durch die Wohnung, rauchte den Shit, den er noch hatte, und trank das kalte Bier aus dem Kühlschrank.
Er legte Musik auf, versuchte, sich hinzusetzen und zuzuhören, blätterte die Zeitung durch und ein altes Magazin, aber er konnte nicht länger als ein paar Minuten still sitzen. Er stellte die Musik lauter, damit er sie in allen Zimmern hören konnte, während er durch die Wohnung lief.

> »Wolves and Leopards
> Are trying to kill the sheep and the shepherds.
> Too much watch and peep,
> It's time the wolves dem leave the sheep …«

Theo hatte keine Ahnung, ob Dennis Brown noch lebte oder schon tot war, aber er liebte seine Stimme und das Gefühl, das sie ihm gab.
Als die uralte Anlage, die sie damals zu Hause gehabt hatten, den Geist aufgegeben hatte, hatte er einige der alten Reggae-Alben seines Vaters durch CDs ersetzt und sie ihm zu Weihnachten oder zum Geburtstag geschenkt. Später hatte er sie alle

geerbt. Ab und zu hörte er sich noch eine an: Burning Spear, Toots & the Maytals, die *Rocksteady Compilations,* Bob Marley natürlich.

Das war keine große Retro-Sache für ihn. Jede Menge Grime-DJs und Rapcrews versuchten, sich gegenseitig mit immer vertrackteren, krasseren Beats zu überbieten, und er ließ sich mit Begeisterung in diese Rhythmen hineinfallen und wollte sich wie alle anderen einfach nur gehen lassen. Aber diese alten Alben hatten etwas, das ihm das nachgemachte amerikanische Zeug nicht gab, das seine Kumpels hörten und das immer die gleichen Messages hatte: was für große Knarren sie hatten, wie prall die Ärsche ihrer Bitches waren und dieser ganze Scheiß.

Die alte Musik passte auch *echt* gut zu einer Tüte. Da hatte sein Dad recht gehabt.

Er legte sich aufs Bett, schloss die Augen und dachte darüber nach, wie alles schieflief, seit Mikey umgebracht worden war.

Die Polizeipräsenz im Viertel war so hoch wie noch nie. Die High Street war voll mit Vans und auffällig bewaffneten Streifenpolizisten. An jeder Straßenecke standen sie und starrten einen an. Theo war erleichtert, dass sie jetzt wenigstens nicht mehr nach ihm suchten.

Zumindest nicht alle von ihnen.

Er hatte sogar mit einigen geredet. Nicht dass er sich darum gerissen hätte, aber sie quatschten jeden an. Er hatte nicht viel gesagt, ihnen nur seinen Namen und seine Adresse genannt und behauptet, dass er keine Ahnung von der Sache habe. Nach ihren Blicken zu urteilen, hatten sie das an diesem Tag bereits hundertmal gehört.

Einer von ihnen, eine Frau, fragte: »*Wollt* ihr denn nicht, dass wir diese Scheißkerle erwischen?«

Theo wusste *genug*, natürlich tat er das. Zumindest hatte er seine Vermutungen.

Es gab immer Gangs, die sich aus geschäftlichen Gründen andere Gangs vornahmen, Gangs wie ihre. Wegen der Drogen und wegen des Geldes, das es zu holen gab. Meistens aber ging es um Gebietsstreitigkeiten, um das Markieren von Gebiets*grenzen*.
Easy hatte diese Grenzen überschritten, und Theo wusste es, weil er blöd genug gewesen war, dabei zu sein, als Easy in Häuser eingebrochen war und Huren ausgeraubt hatte. Sie hatten Mist gebaut, und Easy hatte gewusst, was er tat. Die Grenzen waren in der Regel klar markiert – ein bestimmtes Graffiti an einer Wand, ein Paar alte Turnschuhe, das über einer Telefonleitung hing –, und selbst wenn es keine Markierung gab, wussten die Leute Bescheid. Sie wussten, welche Pubs man besser mied und um welche Straßenzüge man lieber einen Bogen machte.
Aber Easy glaubte, er könnte hingehen, wo es ihm passte. Dieses dämliche Arschloch. Als hätte er eine Art Spezialvisum oder so. Und jetzt hatte er was wirklich Ernstes losgetreten.
Jetzt kam die Scheiße zurück, und zwar knüppeldick.
Die letzten Tage hatte Theo nicht viel von Easy gesehen, aber er spürte, dass sein Freund nervös war. Theo hatte keine Ahnung, ob die anderen aus der Gang es auch bemerkt hatten, aber ihm war es nicht verborgen geblieben. Auch Wave ließ sich nirgends blicken. Wahrscheinlich gab es Druck vom oberen Dreieck, wo man sich Sorgen machte, dass die Leute ihren Stoff jetzt bei einer anderen Crew kauften, deren Mitglieder nicht abgeknallt wurden.
Wolves and Leopards are trying to kill the sheep and the shepherds …
Er stand auf und ging zurück in die Küche, warf die leere Bierdose in den Müll und suchte im Kühlschrank nach etwas Essbarem.
Javine war sicher noch eine Weile weg. Sie war froh, wenn sie rauskam, und Theo hatte gerne mal wieder seine Ruhe. In den

letzten Tagen, seit Mikey, war es nicht einfach gewesen. Es war immer dasselbe, wenn jemand starb.
Es war nicht so, dass sie dann viel sagte. Sie sah ihn nur an. Hielt das Baby im Arm und sah ihn an, als wollte sie sagen: Denkst du *jetzt* endlich mal an uns? Und holst uns endlich aus dieser Scheiße raus?
Theo machte den Kühlschrank zu.
Wie sollte er das schaffen? Er verdiente nicht gerade die fette Kohle, und er musste sich auch um seine Mum und Angela kümmern. Das hatte er zwar nie versprochen, am Totenbett seines Vaters oder so, aber das war auch nicht nötig gewesen. Davon ging ohnehin jeder aus.
Der Song wurde ausgeblendet, und der nächste begann, Drum-and-Bass-Intro, darüber die Bläser. Er erinnerte sich daran, wie sein Vater bei diesen Songs mitsang, mit seiner heiseren, hohen Stimme. Und glaubte, er könnte noch immer den großen Lover Man geben, während er auf der Stelle hin und her schwang.
Als Kind war Theo sich wie ein Freak vorgekommen, weil er einen Dad hatte, der da gewesen war, aber jetzt ging es ihm wie allen anderen; zumindest wie den meisten aus der Gang. Nicht vorhandene Väter. Darauf ritten die Zeitungen immer herum, ebenso wie die Weißen an der Uni mit ihren Untersuchungen und Statistiken und dem ganzen Schwachsinn. Das war ihrer Meinung nach der Grund für die Probleme. Deswegen gerieten Typen wie Easy, Mikey und er selbst auf die schiefe Bahn. Ihnen war die Orientierung geraubt worden. Und zwar von Männern, die abgehauen oder ihnen weggenommen worden waren, vom Krebs oder von einer Kugel.
Auf dem Weg ins Wohnzimmer dachte er an das Kind des toten Bullen, das noch nicht geboren war. Wie es wohl damit umgehen würde? Das Kind, dem Theo den Vater genommen hatte.
Er stellte die Musik lauter und trat ans offene Fenster. Im Au-

genblick war es undenkbar, aber wenn Javines Wunsch für ihre und Benjamins Zukunft je Realität werden sollte, dann brauchte er Geld. Viel Geld.
Er musste raus aus der Wohnung. Vorbei an den Uniformträgern, vorbei an den Vans mit den abgedunkelten Scheiben. Er musste arbeiten.

Frank griff nach seinem Handy, um nachzusehen, ob er noch Empfang hatte. Er wollte Clives Anruf nicht verpassen. Der Ersatzfahrer, einer von Clives Jungs, kam in den Biergarten – oder das, was ein Biergarten werden sollte, wenn die Renovierung abgeschlossen war – und nahm seine Sonnenbrille ab.
»Was zu trinken, Frank?«
»Nein, danke.«
»Sicher?«
Frank hielt sich schützend die Hand vor die Augen. »Eine Limo oder so.«
Der Fahrer ging zurück ins Pub, und Frank wandte sich wieder seiner Sonntagszeitung zu, deren Seiten im Wind flatterten.
Der rückwärtige Teil des Pubs hatte immer Sonne, und Sonnenschirme würde es erst geben, wenn jemand den Laden kaufte. Aber dicht am Zaun hatte er noch ein schattiges Plätzchen gefunden. Es mussten noch ein paar Steinplatten verlegt und ein paar Topfpflanzen gekauft werden, doch im Großen und Ganzen war es bereits ein nettes Plätzchen für einen Sonntagvormittag. Und Frank war es wichtig, hier zu sein und einen Blick auf die Renovierungsarbeiten zu haben, während Clive sich woanders um dringendere Dinge kümmerte.
Die Zeitungen waren immer noch voll mit den Gang-Problemen, aber die Artikel blieben nur an der Oberfläche. Paul war aus den Schlagzeilen verschwunden. Sein Name wurde noch in dem einen oder anderen Kommentar erwähnt, doch nur bei-

läufig, als ein Todesfall, der symptomatisch war für ein größeres Problem, das durch den letzten Bandenmord deutlich geworden war, den Mord am sechzehnjährigen Michael Williamson in Lewisham vor zwei Tagen.

Clive hatte vorausgesagt, dass sie diese Schlussfolgerung ziehen würden. Sie machte Sinn, und sie machte ihr Leben einfach.

Er widmete sich dem Sportteil der *Mail*, als der Fahrer mit der Limo kam: einem großen Glas mit Eis und Zitrone. »Nächstes Mal ohne Zitrone«, sagte Frank. Der Kerl tat ihm leid, wie er in seinem schwarzen Anzug schwitzte. Aber die äußere Erscheinung war nun mal wichtig. Lässige Kleidung gab es bei ihm nicht. Was natürlich nicht für Frank selbst galt, der eine Badehose und Badelatschen trug und ein Hemd, das heißen Tagen vorbehalten war. Er nannte es sein Hawaiihemd, aber Laura fand, es sähe aus, als hätte sich jemand darauf erbrochen. »Kotzen die Leute viel in Hawaii?«, hatte sie ihn gefragt.

Frank las den Bericht über das Spiel von West Ham United. Es war eher ein Automatismus. Das Mittwochsspiel schaute er sich manchmal noch an und ein bisschen Golf, wofür er den Sky-Plus-Receiver vorprogrammierte.

Er trank einen Schluck und betrachtete die Titelseite des *Daily Mirror*: größtenteils nur Fotos. Sosehr er sich bemühte, er kapierte die Story nicht. Es fiel ihm schwer, sich bei dem Lärm, der aus dem Pub kam, zu konzentrieren. Dieses Hämmern und Bohren. Er war froh darüber, keine Frage. Er zahlte diesen Typen das Eineinhalbfache dafür, dass sie am Sonntag arbeiteten, und er war hier, um dafür zu sorgen, dass sie nicht auf ihren fetten Ärschen saßen und Tee tranken.

»Wenn man die einfach machen ließe«, hatte Clive gesagt, »dann müsste man den Zucker und die Schokokekse vom Lohn abziehen.«

Er fragte sich, ob er bei dem Lärm das Handy hören würde,

und zog es etwas näher zu sich. Er wollte den Anruf auf keinen Fall verpassen und stellte den Vibrationsmodus ein. Wenn er es schon nicht klingeln hörte, sah er vielleicht die Bewegung auf dem Tisch.

Er wandte sich wieder der Geschichte auf der Titelseite zu und erfuhr, dass es irgendeine Schlampe aus einer Realityshow mit dem Freund einer anderen Loserin trieb. Sie hatte sich im Bikini fotografieren lassen, damit alle sehen konnten, was ihr Lover an ihr fand. Frank war klar, dass es nur um die Auflage ging. Geschäft war Geschäft, trotzdem wurde ihm übel.

Die Klatschspalten …

Er leerte seine Limonade und suchte nach dem Kreuzworträtsel. Paul machte vielleicht keine Schlagzeilen mehr, aber es hob Franks Laune, dass er nun an Pauls Stelle welche machte.

EINUNDZWANZIG

SnapZ konnte sich nicht daran erinnern, was er geträumt hatte.

Sein Traum entglitt ihm, kaum dass er die Augen aufschlug, so wie das Gesicht eines geliebten Menschen, der ihm aus dem Rückfenster eines rasch beschleunigenden Autos winkt. Aber er war *schön* gewesen, so viel wusste er, er hatte sich innerlich ganz warm gefühlt und sich in seine Bettdecke gekuschelt, bis das Klopfen an der Tür wieder einsetzte. Dieser Lärm, der in seinen Traum geplatzt war und SnapZ rausgerissen hatte. Jedes Klopfen hallte durch die Wohnung wie ein Schuss.

Er sah auf den Wecker neben dem Bett. Es war noch nicht mal Mittag, und letzte Nacht war *ernsthaft* was los gewesen. Die meisten aus der Gang waren gestern auf Sauftour gewesen und hatten es Mikey zu Ehren richtig krachen lassen. Er war immer noch nicht richtig klar im Kopf und schmeckte noch die Drinks auf der Zunge und spürte das Kratzen vom Gras im Hals. Und er schmeckte noch das Mädchen, das im Parkhaus hinter dem Dirty South vor ihm auf die Knie gegangen war.

»Die Schlampe konnte es nicht abwarten, mir einen zu blasen«, erzählte er Easy danach. »Und die hatte *Tricks* drauf, Alter …«

Wer immer da draußen war, klopfte schon wieder und noch lauter. SnapZ schlug die Bettdecke zurück, schwang die Beine auf den Boden und atmete tief durch.

Scheiße, war sonntags auszuschlafen – oder an *jedem* Morgen auszuschlafen, an dem ihm danach war – nicht einer der Riesenvorteile seines Jobs? Flexible Arbeitszeiten. Deshalb war er zu Hause weggegangen und in eine eigene Wohnung gezogen. Früher hatte ihn seine Mutter um diese Zeit längst aus dem Bett geholt und ihn in bester Sonntagskluft zu Spiegelei und der ganzen Scheiße genötigt, während sie ihm befahl, seinen Tag nicht zu verschwenden.

Schon wieder klopfte es. Er klopfte nicht mit den Knöcheln, sondern hämmerte mit der Faust gegen die Tür, als wolle er sie zerlegen.

SnapZ begann zu fluchen, den Lärm zu übertönen und wurde schnell wieder leise. Es bestand immerhin die Möglichkeit, dass es Wave war. Oder vielleicht Easy.

Er brüllte, er sei in einer Minute da, schnappte sich seine Hose und die übrigen Klamotten, die er gestern über den Stuhl geworfen hatte. Nicht dass Easy über ihm stand oder in der Gang mehr zu sagen hatte. Und er hatte bestimmt keine Angst vor ihm, so war das nicht. Aber SnapZ hatte ihn oft genug mit Wave in einer dunklen Ecke Sachen besprechen sehen. Er wusste, Easy war *scharf*, und er würde schneller nach oben kommen als andere, wenn er nur weiterhin den richtigen Leuten in den Arsch kroch. Und es schadete nie, sich alle Möglichkeiten offenzuhalten. Es war immer besser, möglichst wenige Leute gegen sich aufzubringen. Und ein falsches Wort konnte dafür genügen, man brauchte nur jemanden falsch anzusehen, ihm auf die Füße zu treten oder ihn anzubrüllen, wenn man noch nicht ganz wach war.

Und eine Woche später, wenn man glaubte, alles wäre vergessen, hatte man ein Messer im Rücken stecken.

Auf dem Weg ins Wohnzimmer schlüpfte er in seine Jeans und zog sein Shirt über. Er holte die Knarre unter dem Sofakissen hervor und ging zur Tür. Schaute durch den Spion.

»Wer zum Teufel bist du denn?«

Er kannte den großen schwarzen Typ vor seiner Tür nicht, seinen Anblick aber schon. Der Typ hatte die Hände in den Taschen seines Kapuzenpullis vergraben, die Schultern nach vorn gekrümmt, die Lippen verzweifelt zusammengepresst. Dieses Bild sah er x-mal am Tag.

»Ich brauche Stoff.«

»Da kann ich dir nicht helfen.«

»Du bist doch SnapZ, oder?«

»Von wem hast du den Namen?«

»Von Ollie und Gospel. Komm schon, Mann ...«

»Das hier ist kein verfickter McDonald's, kapiert?«

»Zehn pro Stück, haben sie gesagt.«

SnapZ wartete. Er würde ein ernstes Wörtchen mit diesem weißen Jungen reden müssen, der ihm die Kunden an die Tür schickte, statt selbst in die Wohnung zu gehen, wie es sein Job war. Er würde dem kleinen Teiggesicht seine bekloppten Dreadlocks abschneiden und in den Arsch stecken.

»Ich geb dir fünfzehn, ich brauch dringend was, echt, Mann.«

Als ob es keiner von ihnen dringend bräuchte. Als ob jemals einer sagen würde: »Bloß keinen Stress, ich komm einfach nächste Woche noch mal vorbei und hol das Zeug ab.«

»Zeig mir deine Kohle.«
Der Typ kramte in seiner Tasche und zog ein verknittertes Bündel Scheine heraus, von dem er drei Zehner abzählte.
»Warte unten«, sagte SnapZ.
»Komm schon, nur zwei, mehr nicht.«
»Warte vor dem Wettbüro auf mich.« Mit der Provision von den zwanzig plus zehn reiner Profit begann der Tag nicht schlecht. Es war ohnehin Zeit, dass er sich selbst ein paar Stammkunden zulegte. Das machten alle, und Wave wollte nichts davon wissen, solange es nicht zu offensichtlich war und genug Geld in seine Kasse floss.
»Wie lange?«
»Zehn Minuten.«
»Scheiße.«
»Liegt an dir, Alter. Ich war noch nicht mal pissen.«
SnapZ sah dem Typen nach, als er sich langsam von der Tür entfernte und zur Treppe ging. Yeah, dafür lohnte es sich aufzustehen. Etwas von dem warmen Traumgefühl kam zurück, stieg langsam in seinem Bauch hoch.
Und noch eine gute Nachricht: In dem Aschenbecher auf dem Tisch lag ein halber Joint. Er angelte sich das Feuerzeug und zündete ihn an. Auf dem Weg ins Bad schnippte er mit den Fingern.

Es waren nur ein paar Sekunden, bevor jemand sprach, aber das reichte den beiden Frauen für einen ersten Eindruck.
Helen sah ein Gesicht, das wahrscheinlich schön gewesen wäre, wären da nicht die Stiche und die Blutergüsse gewesen, gelb-grün um die Augen, schon etwas blasser werdend, sodass die Augenringe hervortraten und noch etwas anderes, das dem Gesicht jede Spur von Wärme nahm. Als die Frau ein wenig nervös um die halb geöffnete Haustür herumgekommen

war, hatte Helen gesehen, dass ihr linker Arm in einer Schlinge lag. Der Verband wirkte mehr als nur ein bisschen schmuddelig.
Die Frau wusste offensichtlich, wer Helen war. Ihre Augen wurden groß und füllten sich mit Tränen, als ihr Blick von Helens Bauch nach oben wanderte. Doch der Ausdruck änderte sich, als Helen sich offiziell vorstellte. Als die Frau, die ihre Haustür wie einen Schutzschild benutzte, erfuhr, *was* sie war.
»Ich hätte wohl besser anrufen sollen«, sagte Helen.
Sarah Ruston zuckte mit den Schultern, als wüsste sie nicht, was sie darauf sagen sollte, und bat Helen hinein. Sie trat beiseite, sodass Helen die Haustür selbst hinter sich zuziehen musste, und holte ein Taschentuch aus ihrer Tasche, als sie sie ins Wohnzimmer führte.
Es war ein viktorianisches Haus mit einem Erker zur Straße und einem zum Garten hinaus im Norden von Clapham Common. Eine fantastische Lage in einer ruhigen, von Bäumen gesäumten Straße. Als sie eingetreten war, wurde der Neid, den Helen auf dem Weg vom Auto zum Haus verspürt hatte, noch ein wenig größer. Die Fliesen im Flur waren Originale, an den Wänden hingen gerahmte Bilder. In der Küche erspähte sie einen riesengroßen Edelstahlherd mit Abzugshaube, noch besser als der von Jenny. Das Wohnzimmer hatte Parkettboden, im leeren Kamin standen Kerzen. Es gab zwei tiefe, sehr pfleglich abgenutzt wirkende Ledersofas und an den Wänden noch mehr Kunst in Holzrahmen, dazu einen Plasmabildschirm und zwei schlanke schwarze Deckenfluter in den Ecken.
Davon, so ein Haus zu kaufen, hatten sie und Paul oft gesprochen und *geträumt*.
Als sie sich setzte, sagte Helen, wie schön das Haus sei. Ruston, die ihr gegenüber Platz nahm, lächelte, erwiderte aber nichts, rieb nur über das Leder des leeren Sessels neben ihr. Aus der

Küche war Musik zu hören, es klang nach Folk, und von oben kam noch mehr, noch lautere Musik.
»Zwei Polizisten, die zusammenleben. War das einfach?«
»Nicht immer«, sagte Helen. Sie wartete vergeblich auf eine Reaktion. »Hören Sie, ich wollte nur …«
Ruston wandte sich um, als Schritte auf der Treppe zu hören waren, und ließ die Tür nicht aus den Augen, bis ein Mann hereinkam. Er war um die vierzig, vielleicht zehn Jahre älter als Ruston. Groß, ein bisschen zu schwer. Sie stellte ihn als Patrick vor. Ehemann oder Freund? Helen wusste es nicht, so detailliert waren die Angaben im Notizbuch des Kollegen nicht gewesen. Sie wusste, dass Ruston in der Canary Wharf arbeitete, bei einer der großen Überseebanken.
Die Frage, was man dort verdiente, erübrigte sich.
Patrick kam herüber und gab Helen die Hand. Er war wie seine Partnerin lässig sonntäglich gekleidet – Designerjeans und ein T-Shirt. Wobei Ruston noch eine dünne schwarze Weste über ihrem Shirt trug. Nachdem Deering sie an ihrer Wohnung abgesetzt hatte, hatte Helen sich umgezogen. Sie trug das weiteste Sommerkleid, das sie hatte finden können. Dabei konnte sie nicht einmal sagen, warum sie sich fein angezogen hatte. Nun fühlte sie sich wie das aufgetakelte fette Mädchen, das zu früh zur schicken Sommerparty gekommen war.
»Helen ist Polizeibeamtin«, sagte Ruston.
Patricks Lächeln ging in ein Seufzen über. »Haben wir das nicht alles schon durch? Sarah hat mindestens zehn- oder zwanzigmal ausgesagt. Wäre nett, wenn sie zwischendurch Zeit für sich hätte, um … darüber hinwegzukommen, verstehen Sie?«
Helen starrte auf den Boden. Patrick trug chinesische Sandalen, und ihr fiel auf, wie behaart seine Zehen war.
»Der Polizist, der an der Bushaltestelle gestorben ist, war ihr Mann.«

Helen sah auf, korrigierte sie aber nicht. Sie sah, wie sich der Ausdruck auf Patricks Gesicht erneut änderte. Sah, wie die Räder in seinem Kopf arbeiteten und er gegen den Drang ankämpfte, die auf der Hand liegende Frage zu stellen: Warum sind Sie hier?

Helen war ihm für seine Zurückhaltung dankbar, für seine Unbeholfenheit. Beinahe so dankbar, wie er vermutlich Ruston war, als sie ihn fragte, ob er ihnen nicht einen Kaffee machen wollte. Er nahm die Bestellung entgegen – einen Kaffee, einen Tee –, und verließ den Raum, wobei er die Tür laut genug hinter sich zuzog, um Ruston leicht zusammenzucken zu lassen.

»Wie ich schon sagte, ich hätte anrufen sollen.«

»Ist schon okay«, sagte Ruston. »Ich versteh das.«

Helen nickte, das war nett von ihr. Sarah Ruston klang generell so, als verstünde sie fast alles. »Wann fangen Sie wieder an zu arbeiten?«

»Wohl Ende nächster Woche.«

»Das ist gut.«

»Ich bleib ein paar Tage länger zu Hause. Das Schlüsselbein ist so weit in Ordnung, aber ich möchte nicht, dass die Leute glauben, es sei schon Halloween.«

»Sie sehen gut aus.«

»Danke.«

Helen sah Ruston dabei zu, wie sie sich mit den Fingern durch die schulterlangen Haare fuhr. Vermutlich färbte sie sie alle drei, vier Wochen nach, aber jetzt war der Haaransatz zu erkennen. Das konnte man ihr kaum vorwerfen, nach allem, was sie durchgemacht hatte. Dann sah sie das angedeutete Lächeln, das ihr verriet, dass diese Frau andere Komplimente gewohnt war.

»Und wie geht es Ihnen?«

»Mir ging es schon besser.«

»Wann soll das Baby kommen?«
»Offiziell in ein paar Wochen, aber so was kann man nie genau sagen. Haben Sie Kinder?«
»Patrick hat welche. Aus einer früheren Beziehung …«
»Na ja«, Helen errötete, als sie ihren Bauch streichelte, »er könnte jetzt praktisch jeden Tag auf der Bildfläche erscheinen.«
»Sie wissen, dass es ein Junge ist?«
»Ist eher ein Gefühl.«
»Wie aufregend.«
»Mir macht es eher Angst. Jetzt noch mehr, verstehen Sie …«
Sie drehte sich weg und starrte auf das Bild über dem Kamin. Weil sie nicht wusste, was sie sagen sollte, fragte sie, woher es stammte, und Ruston erklärte ihr, sie und Patrick hätten es aus einem Thailandurlaub mitgebracht. »Da wollte ich immer mal hin«, sagte Helen. »Einmal wär ich fast mit einem Exfreund hingeflogen, aber …« Sie sprach den Satz nicht zu Ende, als ihr bewusst wurde, was sie da gesagt hatte.
Wie lange dauerte es, bis aus einem »toten Freund« ein »Exfreund« wurde?
»Möchten Sie über den Unfall reden?« Ruston beugte sich zu ihr und stützte sich dabei mit ihrem gesunden Arm auf dem Sofa ab. »Ich hab damit kein Problem. Ich habe viel darüber gesprochen.« Bevor Helen antworten konnte, ging die Tür auf, und Patrick kam mit den Getränken herein. Er verteilte sie und ging wieder. Als er weg war, lächelte Ruston und senkte verschwörerisch die Stimme. »Er gibt sich große Mühe. Er macht sich Sorgen, wissen Sie? Sie haben ihn ja vorhin gehört.«
»Das muss entsetzlich gewesen sein. Im Auto …«
Ruston nickte. Sie sah aus, als versetzte sie der Gedanke daran immer noch in Panik. »Es ging alles so unglaublich schnell. Ich weiß, das sagen alle, aber von einem Moment auf den anderen

war dieses Auto neben mir, und dann fielen auch schon die Schüsse. Das Nächste, an das ich mich erinnere, war, dass ich im Krankenwagen lag.«

Das war also ihre Erinnerung an den Vorfall, dachte Helen. Aber wenn man bedachte, mit wem Ruston hier ein Kaffeekränzchen veranstaltete, konnte man ihr ihre Selektivität kaum vorwerfen.

Dann krachte ich in diese Bushaltestelle, und ich seh es direkt vor mir, wie Ihr Freund über meine Motorhaube fliegt ...

»Es tut mir leid«, sagte Ruston. Sie schien wieder den Tränen nahe.

»Was wollten Sie in Hackney?«, fragte Helen.

Das hielt die Tränen in Schach. Ruston starrte Helen an, als habe sie einen Witz nicht verstanden. »Was hat das denn damit zu tun?«

Verlegen zwang sich Helen zu einem Lachen. »Das ist wohl der Bulle in mir. Routinefragen und solche Sachen.«

»Wollen Sie auch wissen, ob ich was getrunken hatte?«

»Es tut mir leid. Bitte seien Sie nicht ...«

»Ich hatte ein Glas Wein intus und war weit unter dem Limit. Das weiß ich ganz sicher, weil Ihre Kollegen netterweise im Krankenhaus eine Blutprobe nahmen.«

»Das ist eine Standardmaßnahme.«

»Ich war auf dem Heimweg von einem Freund«, sagte Ruston.

Helen nickte, noch immer verlegen, und stellte sich die Frage, die Rustons Lebensgefährte nicht ausgesprochen hatte. Warum, um alles in der Welt, saß sie hier und plauderte mit dieser Frau? Sie dachte an das, was Deering gesagt hatte. Wie es ihm geholfen hatte, mit Leuten zu reden, die mit seiner toten Frau zu tun gehabt hatten. Das traf sicher nicht auf Helen zu, aber sie konnte trotzdem nicht anders. Sie hätte unmöglich ahnen können, was sie über Paul herausfinden und welche Zweifel und Verdächtigungen das in ihr auslösen würde, aber *dieses* Gespräch machte die ganze Sache nicht besser, oder? Vielleicht ging es ja genau darum.

Bestrafte sie sich für das, was sie getan hatte?

»Dachten Sie, Sie würden mich hassen?«

Helen blinzelte. Es war, als hätte Ruston ihre Gedanken gelesen.

»Ich habe daran gedacht«, sagte sie, »dass so etwas passieren könnte, aber das wäre natürlich dumm. Es war Ihr Auto, das Paul überfuhr, aber es war nicht Ihre Schuld. Der Mann, der auf Sie geschossen hat, hat Paul umgebracht.« Ruston nickte, als sei sie dankbar. »Haben Sie ihn gesehen?«

»Wie ich schon sagte, es ging alles so verdammt schnell. Trotzdem hab ich Hunderte von Fotos durchgeschaut. Aus der Verbrecherkartei oder was auch immer. Nach einer Weile sahen die Typen alle gleich aus.« Ruston legte erschrocken die Hand an die Wange. »Gott, ich hab das nicht … rassistisch gemeint. Ich war müde und vollgepumpt mit Schmerzmitteln. Gott, ich bin *immer noch* vollgepumpt mit Schmerzmitteln.«

Helen winkte ab, und sie lachten. Die Sonne fiel durch die großen Fenster an beiden Seiten des Raumes und wurde von dem polierten Parkett zurückgeworfen. Die Musik aus der Küche und von oben war verstummt, und für einen kurzen Moment war es still.

Helen trank ihren Tee aus und sagte: »Er war sternhagelvoll.«

»Wer?«

»Sie sagten, Sie seien weit unter dem Limit gewesen, Paul ganz sicher nicht. Er war bei einem Abschiedsbesäufnis von einem Kollegen und hat sich den ganzen Abend volllaufen lassen. Wenn er nicht so betrunken gewesen wäre, hätte er vielleicht ausweichen können. Ich weiß es nicht.« Sie sah sich nach einem Platz um, wo sie ihre leere Tasse abstellen konnte. Schließlich beugte sie sich vor und stellte sie auf den Boden. »Wie auch immer …«

»War er ein guter Kerl?«

Helen dachte an die Affäre. An Pauls Gesicht, als er es herausgefunden hatte. An sein Gesicht vor acht Tagen, weißer als das Leichentuch im Leichenschauhaus. »Zu gut für mich«, sagte sie.

Ruston holte tief Luft, um explosionsartig loszuschluchzen. Sie versuchte verzweifelt, sich zu beruhigen, starrte auf ihre Füße und erklärte Helen, wie leid ihr das alles tue. Sie brachte die Worte nur mit Mühe heraus.

Helen griff in ihre Tasche und reichte ihr eine ungeöffnete Packung Papiertaschentücher. Dabei nickte sie beruhigend und spürte eine plötzliche Abneigung gegen diese Frau, die mehr unter Pauls Tod zu leiden schien als sie selbst.

In der Lagerwohnung liefen die Geschäfte träge, seit Theo eingetroffen war. Aber sie liefen schon die ganzen letzten Tage schlecht. Die Polizei auf der Straße reichte nicht – würde *nie* reichen –, um sie ganz zum Erliegen zu bringen, doch es gab immer ein paar Dealer, die einen Tick vorsichtiger waren, ein paar Kunden, die lieber woanders einkauften, wo mehr Kapuzenträger unterwegs waren als Menschen in Uniform.

Theo verfolgte halbherzig eine Sendung auf MTV, in der ein Rapstar, von dem er noch nie gehört hatte, mit seinem lila bezogenen Pooltisch angab. In der Küche war ein Kid namens Sugar Boy damit beschäftigt, ihnen Tee zu machen. Auf dem Couchtisch lag eine Knarre, neben Theos Handy und dem Notizbuch, in dem er die Geldeinnahmen und Warenausgänge notierte.

»Falls das Finanzamt die Buchhaltung überprüfen will«, hatte Wave gesagt.

Aus der Küche war lautes Fluchen zu hören, dann: »Scheiße, die Milch stinkt schon.«

»Ich brauch keine«, rief Theo.

Er wollte noch eine halbe Stunde bleiben und dann nachschauen, was seine Mutter machte. Dass sie ihn sehen wollte, wusste er, und auch, dass sie genug Sonntagsbraten gekocht hatte, um die halbe Siedlung satt zu kriegen. Eine Stunde oder so reichte, um ihr eine Freude zu machen. Auch wenn sie enttäuscht sein würde, dass Javine und der Kleine nicht mitkamen. Dafür würde er sich was anhören müssen.

Auf dem Weg zu seinem Block würde er an der Stelle vorbeikommen, an der Mikey umgebracht worden war. Eine Handvoll welke Blumensträuße lagen dort an der Mauer und im Rinnstein. Auf den meisten Trauerkarten war die Tinte verlaufen, man konnte die Beileidsbekundungen seiner Angehörigen und die Sprüche derjenigen, die ihn weniger gut kannten, nur schwer entziffern.

»RIP, Mikey. Du warst der Beste. Wir werden dich nie vergessen.«

Und so weiter.

Am Samstag hatte es eine kleine Trauerfeier gegeben, von der die Blumen stammten. Theo hatte keine mitgebracht. Blumen waren irgendwie nicht das Richtige für einen Typen, der das gemacht hatte, was Mikey mit der Nutte gemacht hatte. Aber er hatte Mikeys Mutter umarmt, gleich nachdem er seine eigene umarmt hatte. Dabei hatte er das Gefühl, sie würde ihm die Rippen zerquetschen, so fest hatte sich die Frau an ihn geklammert, während sie ihm mit heiserer Stimme irgendeine Scheiße ins Ohr geflüstert hatte.

Ein paar Leute hielten Reden, Jugendarbeiter und Gemeindevertreter oder so was, und Mikeys Mutter wurde ganz verlegen, als sich die Leute nach ihr umwandten. Aber sie selbst sagte nichts. Nichts von wegen, was für ein guter Junge Mikey gewesen wäre und dass er nie was mit Drogen oder so zu tun gehabt hätte. Theo kannte Mikeys Mum schon ewig, und sie war nicht blöd. Die machte sich selbst und anderen nichts vor. Wie seine eigene Mutter. Sie würden am Montag mit dem, wie hieß es noch, mit dem Wandgemälde anfangen.

Theo wusste nicht, wer es malen würde, aber sie hatten eine Mauer ausgesucht, in deren Nähe Mikey aufgewachsen war – und in deren Nähe man ihn auch erschossen hatte –, und wollten ihm mit einem gesprayten Bild ihren Tribut zollen. Wenn es fertig war, sollte jeder aus der Gang sein Tag hinterlassen. Damit allen klar war, dass sie zusammenhielten.

Sugar Boy kam aus der Küche und stellte eine Tasse vor Theo auf den Tisch. »Ich hab Puderzucker im Schrank gefunden.« Auf seinem Tee schwammen weiße Klümpchen.

Theo sagte: »Danke«, und zappte durch die Fernsehkanäle, während er Sugar Boy dabei zusah, wie er mit der Waffe spielte. Der Junge hatte schon den ganzen Vormittag daran herumgefummelt, als hätte er die Titten seiner Freundin in der Hand, und gesagt, dass die für Mikeys Tod zahlen sollten. Dabei hatte er Theo angesehen, als sollte dieser sich am besten darum kümmern. Als hätte Theo schließlich nicht umsonst diesen Ruf, so etwas zu können, weil du weißt schon …

»Den verfickten Arschlöchern sollte man mal zeigen, wer hier das Sagen hat, Alter«, sagte Sugar Boy. »Ihnen einen Denkzettel verpassen.«

Nur wusste eben keiner, wer genau diese verfickten Arschlöcher waren.

Im Fernsehen redete ein alter Knacker in einem schicken Anzug über ein lohnendes Geschäftsmodell, und Theo dachte, wenn er genug Geld beisammenhätte, könnte er ein solches Modell ebenso brauchen. Und dass es eine Schande war, dass er eine Sauklaue hatte und nicht einmal ein Strichmännchen zeichnen konnte.

Vielleicht wären professionelle Graffiti was für Typen wie Mikey.

ZWEIUNDZWANZIG Das Badezimmer in Sarah Rustons Haus war genauso geschmackvoll wie der Rest: Holz und Chrom, Flaschen aus Milchglas. Helen begutachtete alles, während sie auf der Toilette saß. Wie alles schimmerte und glänzte und gut roch. Und sie dachte wieder daran, umzuziehen. Sie *musste* umziehen.

In der Wohnung in Tulse Hill war Paul noch überall. Nicht dass sie ihn loswerden wollte – sie fühlte sich so schon schuldig genug –, aber sie war der Meinung, sie sollte umsetzen, was sie geplant hatten, beziehungsweise was Helen für sie beide geplant hatte.

Wenn sie dortbliebe, würde sie daran kaputtgehen und wäre nicht stark genug, ein Kind aufzuziehen. Sie legte die Arme um den Bauch, strich mit den Fingern darüber. »Wir müssen raus«, sagte sie ruhig. Sie blickte auf und sah für einen Moment, wie Paul sich vom Rasierspiegel wegdrehte. »Werd bloß nicht pampig, Hopwood, du kommst mit …«

Sie spülte und wusch sich die Hände, roch an den duftenden Seifen in der Holzschale auf dem Sims. Sie sah sich im Spiegel dabei zu, wie sie das Handtuch zusammenfaltete und sorgfältig zurück an den beheizten Handtuchhalter hängte. Mein Gott, sie konnte es kaum erwarten, wieder Jeans zu tragen, nicht mehr kurzatmig zu sein und nicht mehr alle paar Minuten pinkeln zu müssen. Und nicht mehr von Leuten im Vorbeigehen diese andere Art von Blick zu bekommen. Sie hasste es. Sie hasste es, der fette Trampel im hässlichen Kleid zu sein.

»Warum bist du nicht einfach losgezogen und hast jemanden gevögelt? Dann wären wir quitt gewesen. Ich hätte dir keinen Vorwurf machen können.«

Um ehrlich zu sein, hatte Helen keine Ahnung, *was* Paul vorgehabt hatte. Schon vor zwei Wochen war sie sich nicht sicher gewesen, und jetzt sah es so aus, als wüssten Kevin Shepherd und Frank Linnell und Gott weiß wer besser über alles Bescheid als sie. Der Gedanke an Shepherds Gesichtsausdruck vor ihrer Haustür ließ sie schaudern. Ebenso wie jener an Linnells Stimme am Telefon.

Ich weiß, wer Sie sind …

Nun wusste sie auch, wer er war. Oder *was* er war, und trotzdem wollte sie ihn treffen. Ungewissheit konnte einen ebenso erdrücken wie Schuldgefühle oder schlechte Erinnerungen.

Sie spuckte ins Waschbecken und spülte es aus, bevor sie das Badezimmer verließ.

Sarah Ruston wartete an der Haustür, als Helen die Treppe herunterkam, und Patrick kam kurz nach ihr herunter, um Helen hinauszubegleiten. Er hatte sich umgezogen und sah aus, als habe er gerade geduscht.

»Danke«, sagte Helen. Rustons Blick verriet, dass sie genauso wenig Ahnung hatte, wofür Helen sich bedankte, wie Helen selbst. »Und danke für den Tee.« Nach den beiden großen Tassen, die sie mit Deering getrunken hatte, hatte sie nun das Gefühl, in dem Zeug zu ertrinken.

»Keine Ursache«, sagte Patrick. »Ich möchte mich für meine Bemerkung vorhin entschuldigen. Es war nur … weil Sarah so viel mitgemacht hat, verstehen Sie?«

»Für *sie* ist es auch nicht gerade ein Sonntagsspaziergang«, sagte Ruston.

»Natürlich nicht. Ich war …«

»Ist schon gut«, sagte Helen.

Patrick nickte und schien zu überlegen, was er noch sagen könnte. »Untersuchen Sie den Fall tatsächlich selbst? Ich meine, ist das erlaubt?«

»Ich untersuche gar nichts.«

»Glauben Sie, die finden die Jungs in dem Auto irgendwann?«, fragte Ruston.

»Ich würde mein Geld nicht darauf verwetten.«
»Haben sie denn schon irgendwelche Anhaltspunkte?«
»Nicht dass ich wüsste.«
Ruston senkte den Kopf und öffnete die Haustür. Helen bedankte sich noch mal und trat rasch auf die Straße. Sie wollte hier weg, bevor wieder Tränen flossen. Patrick machte einen Schritt nach vorn und hob die Hand, als sei ihm gerade etwas eingefallen. Es war aber offensichtlich, dass er diese Frage von Anfang an stellen wollte. »*Falls* Sie mit den Beamten sprechen … die an dem Fall dran sind, könnten Sie uns dann vielleicht einen Gefallen tun?«
»Ich werde mich bemühen.«
»Es geht um den BMW. Ich müsste wissen, ob sie damit fertig sind. Ich meine, es ist ein Totalschaden, aber es sind jetzt zehn Tage oder so, und erst wenn wir den Wagen wiederhaben, können wir das mit der Versicherung klären.«
Acht Tage, dachte Helen. Es ist acht Tage her, dass Paul getötet wurde.
Sie sagte, sie würde sehen, was sie tun könne.

Es war einfach gewesen, reinzukommen und dem Jungen die Waffe abzunehmen. Überhaupt, SnapZ – was war denn das für ein Name?
Sobald er hörte, wie der Schlüssel umgedreht wurde, trat Clive, der im toten Winkel des Spions gewartet hatte, an die Tür und schob den Jungen zurück in die Wohnung. Clive hatte nur seine Arme ausgestreckt, hatte dem Jungen ordentlich gegen die Brust geboxt, und der Bursche war durch den schmalen Gang geflogen, als hätten ihn ein paar Tausend Volt getroffen.
Die Wohnung lag am Ende eines Hausflurs im zweiten Stock. Der ältere Mann, Billy, hatte am anderen Ende Wache geschoben und war schnell nachgekommen, als Clive die Wohnung

betreten hatte. Sie nahmen dem Jungen die Waffe aus seiner Lederjacke, während er sich auf dem Teppich wand.
»Ich hab hier keinen Stoff, Mann. Hier ist nichts, verdammt.«
Clive und Billy hoben SnapZ hoch und schleppten ihn in das kleine Wohnzimmer. Dort brach er auf dem Sofa zusammen. Als er aufblickte, sah er Billys Pistole vor seinem Gesicht, sah Clive, der zur Stereoanlage ging und auf PLAY drückte, auf das Einsetzen der Musik wartete und sie lauter stellte.
»Was ist das denn für ein Lärm?«, fragte Billy.
Clive zuckte mit den Schultern. »Hauptsache laut.«
»Ich hab auch kein Geld, ich schwör's«, rief SnapZ. »Nur das, was ich in den Taschen hab.«
»Wir brauchen kein Geld«, sagte Clive.
»Nimm es, Mann.« SnapZ griff hinter sich und begann, ohne die Pistole aus den Augen zu lassen, seine Geldbörse aus der Gesäßtasche herauszufummeln.
Billy schlug sie ihm aus der Hand und hielt ihm den Lauf der Pistole an die Stirn. »Hörst du schlecht?«
SnapZ wimmerte und schloss die Augen. Wartete auf das Ende. Clive hob die Börse auf. Er nahm die Geldscheine heraus und steckte sie ein. Dann warf er das leere Portemonnaie wieder auf den Boden. »Die Geschäfte scheinen ja gut zu laufen«, sagte er. Als SnapZ nicht antwortete, zuckte er nur mit den Schultern und nahm in dem Sessel gegenüber dem Sofa Platz. »Wir brauchen nur ein paar Informationen. Eine Adresse, mehr nicht. Okay?«
»Ich vertick das Zeug nur«, sagte SnapZ. Er zog die Beine auf das Sofa, um möglichst viel Abstand zwischen sich und Billy zu bringen. »Ich hab keine Ahnung, wie's weiter oben läuft. Ich kenn keine Namen oder so.«
»Wir haben die Namen«, sagte Clive. »Es geht nur um eine Bestätigung. Eine Art Doppelcheck.«

Er stellte seine Fragen, und SnapZ gab die Antworten, als habe sein letztes Stündlein geschlagen. Sein Gesicht verriet die blanke Angst, die in ihm aufstieg, als ihm klar wurde, worüber sie sprachen.

Über seine Rolle bei …

Clive bedankte sich und stand auf. Er ging zu ihm und schlug ihm mit der Faust ins Gesicht. »Das ist dafür, wie du mit mir gesprochen hast. Vorhin an der Tür.«

Billy sah dem Jungen zu, wie er versuchte, das Blut aufzufangen, und lachte. »Verfickter Burgerschuppen …«

»Bring ihn dort rein.« Clive deutete mit einem Nicken Richtung Schlafzimmer.

Billy zog SnapZ vom Sofa hoch und schubste ihn durchs Zimmer. Das Blut tropfte von seiner gebrochenen Nase auf den rotzgrünen Teppich. Nach ein paar unsicheren Schritten sprang SnapZ ins Badezimmer und versuchte verzweifelt, die Tür hinter sich zu schließen. Billy schüttelte den Kopf. Clive ging ruhig hinüber und stieß die Tür mit der Schulter auf.

»Das bringt dir doch nichts«, sagte er.

Billy trat an Clive vorbei und zog den Jungen heraus. Als dieser zu schreien anfing, versetzte er ihm mit der Pistole einen Hieb auf die Ohren. Ein paar Sekunden lang war nur leises Stöhnen zu hören und der Bass aus dem Wohnzimmer, wie ein rasender Herzschlag.

Clive nahm die Pistole, die auf dem Tisch lag. »Zu jung für so ein Spielzeug«, sagte Clive. »Zu jung, um ein Mann zu sein, wenn man es dir wegnimmt.«

Billy schubste SnapZ ins Schlafzimmer und auf das ungemachte Bett. SnapZ zog die Beine an und verbarg das Gesicht zwischen den Knien. Dabei schmierte er Blut auf seine Jeans.

»Leg dich hin«, sagte Billy. »Und dreh dich um.«

»Was *macht* ihr mit mir, Alter?«

Billy zog ihm die Pistole noch einmal über den Kopf. »Sei nicht so ekelerregend.«
Clive stand im Wohnzimmer und sah sich um. Die Wohnung war ein Dreckloch, das schlimmste Dreckloch, das er je gesehen hatte. Er verstand einfach nicht, warum diese Typen das Geld, das sie verdienten, nicht dazu benutzten, etwas aus sich zu machen. Warum sie in solchen Sauställen hausten.
Wie sie ihr Geld machten, war ihm egal. Da erlaubte er sich kein Urteil. Wie könnte er auch? Schließlich rauchte er am Ende des Tages selbst ganz gern einen Joint, um sich zu entspannen. Aber dass sie sich nicht ein wenig mehr am Riemen rissen, war eine Schande. Dass sie die Kohle, die sie machten, für goldene Ringe und Turnschuhe rauswarfen.
Sahen wie Rapstars aus und lebten wie Penner.
»Bringen wir das jetzt zu Ende, Kumpel, oder was?«
Clive drehte sich um und sah Billy durch die offene Tür im Schlafzimmer über das Bett gebeugt stehen. Der Junge lag mit dem Gesicht nach unten.
»Auf mich wartet nämlich ein Sonntagsbraten.«
Clive nickte. Er griff nach der Fernbedienung, um die Musik leiser zu stellen, und klappte sein Handy auf.

Theos Mutter trank sonntags zum Mittagessen immer ein Glas Wein. Sie wurde dann sentimental und sagte, dass Sonntag der Lieblingstag seines Vaters gewesen war und dass er immer gesagt hatte, Sonntag sei ein Tag für die Familie. Nach dem Essen wurde Karten gespielt.
Sie spielten Rommé, und Angela war begeistert, wie oft es ihr heute gelang, den großen Bruder zu schlagen. Jedes Mal, wenn sie nach einem gewonnenen Spiel ihre Karten auf den Tisch legte, hob sie die Arme und boxte in die Luft. Theo ließ sie normalerweise nur ein paar Spiele gewinnen, aber heute konnte er

sich nicht länger als ein paar Sekunden konzentrieren, dann schweiften seine Gedanken schon wieder ab. Angela und seine Mutter wurden schon sauer, weil er ständig Löcher in die Luft starrte und nicht reagierte, wenn er dran war.

Anschließend rauchte er eine Zigarette, während seine Mutter abräumte. Angela sprang durchs Zimmer und sang: »Champion!«

»Du hattest Glück, Mann. Du hast einfach die richtigen Karten bekommen.«

»Ich hab super gespielt.«

Sie saß zu seinen Füßen, und ihre Finger flogen über ihren Nintendo DS. Sie murmelte vor sich hin, während sie die Monster abschoss, Schätze einsammelte und wer weiß was tat. Er sah auf ihren Kopf hinunter. Seine Mutter hatte sie anders frisiert, die Zöpfe waren irgendwie anders geflochten.

»Wie läuft's in der Schule?«, fragte er.

»Okay.«

»Nur okay?«

Sie sah von ihrem Spiel auf. »Super.« Sie konzentrierte sich wieder auf ihr Spiel und kniff dabei die Lippen zusammen. Nach ein paar Sekunden sah sie erneut auf und seufzte tief, als hätte man sie gerade aus der Beschäftigung mit einem großen wissenschaftlichen Problem gerissen. »*Was?*«

»Schon gut … Spiel weiter.«

»Ich werd eh gleich von Aliens umgebracht«, sagte sie.

Natürlich wollte er nicht, dass seine Schwester in der Schule unglücklich war, aber da war noch immer die Idee, wegzuziehen. Mit der *ganzen* Familie wegzuziehen. Eine Idee, die zu einer Fantasie wurde, in die er sich immer mehr flüchtete. Deren Realisierung er aber vergessen konnte, wenn er dazu Angela dort rausreißen musste, wo sie glücklich war. Das hatte sie schon einmal mitmachen müssen.

Es war nicht ihr Fehler, dass er sich in diese Lage gebracht hatte. Das war allein seine Schuld, egal, was die Zeitungen oder sonst wer dazu sagten.
»Wäre toll, wenn du mit in die Schule kommen könntest«, sagte Angela. »Du bist so schlau, du könntest dann die ganzen Sachen machen, die für mich zu schwer sind.«
»Klingt gut.« Er nickte, als dächte er darüber nach. »Aber da gibt es ein kleines Problem.«
»Ja?«, fragte sie todernst.
»Ich fürchte, die anderen würden es schnell merken. Mann, ich bin doch viel größer als Zehnjährige.«
Sie zuckte mit den Schultern, als wäre das nicht weiter schlimm. »Du bist so schlau, damit wirst du schon fertig.«
»Okay …«
»Ich mach Sport mit und Kunst und geh zum Essen, und du machst den Rest, okay?«
Ja, genau, er war ein richtiges Genie. Schlau genug, um zu überlegen, ob *seine* Mutter etwas sagen würde, wenn es ihn traf, wenn die Gang ihre ernsten SMS-Sprüche am Tatort hinterließ und Angela Blumen auf den Bürgersteig legte. Schlau genug, um sich mit Javine zu streiten und seinen Kleinen zu vernachlässigen, während seine Freunde auf der Straße abgeknallt wurden.
Er beugte sich vor, um die Zigarette auszudrücken, und hörte der Endloswiederholung der dünnen, blechernen Melodie von Angelas Spiel zu.
Waren das überhaupt seine Freunde?
Er dachte an Ransford und Kenny. Die Fußballjungs in Chatham. Und stellte fest, wie der Gedanke an sie nicht das Ziehen in der Brust auslöste, das er spürte, wenn er zu den Jungs hier in der Siedlung runterging, wenn er hier rausging, um seinen Lebensunterhalt zu verdienen.

Sie waren mehr als Freunde. Das sagten sie ständig. Brüder. Sie standen sich noch näher als eine Familie, denn das bedeutete es, zu einer Gang zu gehören. Aber Theo hatte ihnen diese Scheiße noch keine Sekunde abgenommen, egal, wie oft sie ihre Fäuste aneinanderhielten und diese Nummer mit dem Nicken und dem tiefen Blick abzogen: Schaut her, wir meinen es ernst. Mikey und SnapZ waren keine Freunde, nicht wirklich. Wave schon gar nicht. Easy stand ihm noch am nächsten, oder vielmehr war er der, den Theo am längsten kannte. Aber inzwischen war ihr Verhältnis merkwürdig geworden. Alles war anders, seit sie in diesen Chevrolet Cavalier gestiegen waren.

Schlau genug, jemanden umzubringen, um nach oben zu kommen.

Angela schlug ihm aufs Knie, um seine Aufmerksamkeit auf sich zu lenken. »Alles klar, Theo?«

Er sah zu seiner Mutter hinüber, die im Türrahmen stand und einen Teller abtrocknete. Sie musterte ihn mit einem Blick, bei dem sich seine Brust noch enger zusammenzog.

Noch ein Schlag aufs Knie. »*Theo?*«

Er wandte sich seiner Schwester zu und log.

»Billy ist bereit?«, fragte Frank.

Clive sah ins Schlafzimmer. Billy war startklar, was sich von dem Jungen auf dem Bett nicht behaupten ließ. Er hatte um sich geschlagen und gebrüllt, bis Billy ihm recht deutlich zu verstehen gab, er solle ruhig sein. Clive hatte die Stimme eines verängstigten Kindes gehört und die dunklen Flecken auf dem Bettlaken gesehen. Der Junge war rotzfrech gewesen, solange er hinter der Tür gestanden und eine Knarre griffbereit hatte. Aber das verging meist sehr schnell, wenn das Ende nahte.

»Ja, absolut«, sagte Clive. »Auf den wartet zu Hause ein Sonntagsbraten.«

»Klingt gut«, sagte Frank. »Ich hab einen von den Arbeitern rausgeschickt, um mir ein Sandwich zu holen.«
»Wie läuft's?«
»Sie klotzen ordentlich ran, aber ich bin mir nicht sicher, ob das nur daran liegt, dass ich da bin. Aber der Typ, der den Stuck macht, der weiß, was er tut. Sieht gut aus.«
»Soll ich rüberkommen, damit du nach Hause kannst?«
»Wir treffen uns lieber später bei mir«, sagte Frank. »Dann gehen wir die Sache durch.«
Sein Ton war nur ein klein wenig anders, aber das genügte. Clive wusste, dass sie nicht mehr über die Pub-Renovierung sprachen. So machten sie das immer, so *mussten* sie es tun. Frank war nicht dumm und wusste, wie das lief. Er kannte sich aus mit Hightech-Überwachungs- und Abhörsystemen. Wenn die mit so was ankamen, mit Abschriften oder dergleichen, würden sie damit vor Gericht nie und nimmer durchkommen. Von diesem Unsinn würden nur Frank und sein Rechtsverdreher profitieren.
Inzwischen machten sie das ganz automatisch. Dass sie sich so gut kannten, war natürlich eine Hilfe. Sie hatten ihren eigenen Code.
»Ich ruf dich an, bevor ich komme«, sagte Clive.
»Gut. Dann klären wir den weiteren Ablauf.«
Clive war stolz darauf, wie er die Dinge für Frank regelte. Sämtliche Dinge. Er ging professionell vor und nahm nichts auf die leichte Schulter. Nach einem Tag wie diesem genehmigte er sich einen ordentlichen Drink oder auch zwei. Es spielte nun mal keine Rolle, wie lange man in diesem Geschäft war. Vielleicht auch einen Joint, wenn es nicht nur der eine Job gewesen war.
»Dann stör ich euch nicht weiter bei der Arbeit«, sagte Frank. Wieder die leichte Veränderung des Tonfalls, als ob eine Wolke vorüberzöge. »Okay?«

Clive klappte das Handy zu, ging hinüber zur Stereoanlage und drehte sie wieder lauter. Er war noch nicht im Schlafzimmer, als der Junge schon wieder brüllte. Clive musste sich auf seinen Rücken setzen, um ihn auf dem Bett zu halten. »Ruhig«, sagte er und griff nach dem Kissen, legte es auf den Kopf des Jungen und drückte es mit seinem ganzen Gewicht hinunter. Er gab Billy ein Zeichen.

Billy kam herüber, schnell und leise, und suchte nach der richtigen Stelle.

Ein dumpfes Geräusch und ein Brandfleck, so groß, als hätte man eine Zigarette ausgedrückt, mit einem unregelmäßigen schwarzen Rand. Clive kannte das aus Filmen, amerikanischen Gangsterfilmen. Und aus irgendeinem Grund flogen dort immer ein paar Federn durch die Luft. Manchmal in Zeitlupe wie Schnee in einer Schneekugel. Die Männer, die geschossen hatten, verließen das Zimmer immer mit einem seltsam leeren Blick, während Musik zu hören war und die Federn zu Boden sanken. Als hätten sie Hühner oder so 'nen Scheiß geschossen.

In Wirklichkeit hatte er das noch nie so erlebt. Es war immer wie jetzt. Wahrscheinlich machten sie das, weil es schön aussah, überlegte Clive. Oder es lag daran, dass die Leute, mit denen er es zu tun hatte, keine Federkissen hatte.

DREIUNDZWANZIG

Nach dem Essen half Helen ihrem Vater, den Tisch abzuräumen, und trocknete dann das Geschirr ab, während er spülte. Als sie und ihre Schwester noch jünger waren, hatten sie diese Arbeiten gemeinsam mit ihrem Vater wie am Fließband erledigt, während ihre Mutter die Beine hochgelegt hatte. Es hatte Spaß gemacht. Jenny hatte die Teller

weggeräumt, und sie hatten sich schlechte Witze erzählt oder bei den Songs aus dem Radio mitgesungen. Heute verrichteten sie die Arbeit eher schweigend.
Ihr Vater hatte ein großes Steak und einen Kidney Pie im Supermarkt besorgt, dazu hatte er Bier getrunken. Er hatte ihr erzählt, was er den Tag über gemacht hatte – in der Fernsehzeitung die Sendungen eingekreist, die er später sehen wollte, mit dem Typen zwei Häuser weiter ein Bier getrunken und mit der netten Dame gegenüber eine Tasse Kaffee –, während Helen genickt und ihren Teller geleert hatte. Nach der morgendlichen Kotzsession hatte sie wie üblich einen Mordshunger.
»Und wie war dein Sonntag?«, fragte er.
Sie hielt ihre Antwort unverbindlich, weil sie nicht erpicht auf die Fragen war, die unweigerlich kämen, wenn sie das Mittagessen mit Roger Deering und den Nachmittag bei Sarah Ruston erwähnte. Sie sagte, sie hätte einen ruhigen Tag zu Hause verbracht.
Sie sah ihrem Vater dabei zu, wie er aß, und nutzte die Gelegenheit, sich dafür zu entschuldigen, dass sie sich vor zwei Tagen gestritten hatten, als er das Kinderbett zusammengebaut hatte. Es war zwar nicht ihre Schuld gewesen, aber darauf kam es, wenn es um ihren Dad ging, nicht an. Er war nachtragend wie Jenny.
Er sah sie über den Tisch hinweg an und errötete. »Sei nicht albern. Ich sollte mich entschuldigen. Ich kam mir gestern den ganzen Tag ziemlich mies vor.«
»Ach …«
»Ich bin ein bemitleidenswerter alter Idiot.«
Das war ein Anfang. Sie wusste, wie sehr er sie beschützen wollte, und eine Woge des Mitgefühls für diesen alten Mann erfasste sie, dessen große Hände nicht für Samthandschuhe geschaffen waren.

Helen hatte ziemlich schnell gemerkt, dass ihr Zustand so etwas wie die »Sie kommen aus dem Gefängnis frei«-Karte war. Ob es um einen Streit im Postamt oder um einen kleineren Ladendiebstahl ging, während einer Schwangerschaft war alles nur halb so schlimm. Schließlich war es nicht ratsam, sich mit einer Schwangeren anzulegen und bei der Ärmsten einen Gefühlsausbruch auszulösen, ihren eh schon labilen Hormonhaushalt weiter durcheinanderzubringen. Wenn dann noch ein *plötzlicher Todesfall* in der Familie dazukam, würde man vielleicht sogar mit Mord davonkommen. Einen Braten in der Röhre zu haben *und* Witwe zu sein bedeutete, sich für rein gar nichts entschuldigen zu müssen.

Sie wiederholte es trotzdem – es tat ihr leid, dass ihr Vater sich schlecht vorgekommen war –, während sie sich zugleich vornahm, zukünftig um einiges fieser zu anderen Leuten zu sein.

»Aber mit dem Kinderbett hatte ich recht«, sagte er.

Nach dem Abwasch trocknete sich ihr Vater die Hände an einem Geschirrtuch ab. »Du hast immer noch nicht richtig geweint, oder, meine Kleine?«

Helen lachte und rieb den letzten Teller trocken. »Ich hab gestern bei *Inspector Barnaby* Rotz und Wasser geheult.«

»Du weißt, was ich meine.«

»Wie ein Schlosshund …«

»Wegen Paul«, sagte er. »Du hast noch nicht wegen Paul geweint.«

Als er zu ihr trat, stellte Helen den Teller ab und fing an zu weinen. Wenn auch aus den falschen Gründen. Er beruhigte sie und rieb ihr über den Rücken, und sie legte das Gesicht an seine Schulter. Sie roch sein Aftershave und drückte ihre Wange an sein weiches Hemd.

»Hab ich doch gesagt«, schluchzte sie. »Wie ein Schlosshund.«

Als sie sich von ihm gelöst hatte und die Teller in den Schrank räumte, redeten sie über die Beerdigung. Der Termin stand noch immer nicht fest, aber Helen vermutete, die Leiche würde sicher bald freigegeben werden. Sie erzählte ihm, wie merkwürdig sich Pauls Mutter verhielt. Helen wollte keine Blumen, ihr wären Spenden auf ein Spendenkonto der Polizei lieber gewesen. Aber Caroline Hopwood beharrte hier genauso auf der Tradition wie bei der Auswahl der Musik.

»Das ist verständlich.«

»Ach ja? Ich trag ihr verdammtes Enkelkind im Bauch.«

»Sie wird es sich bestimmt noch anders überlegen.«

»Ehrlich gesagt weiß ich gar nicht, ob mir das so wichtig ist«, sagte Helen. »Mir fehlt im Moment einfach die Kraft, dafür zu kämpfen.«

»Soll ich mit ihr darüber reden?«, fragte ihr Vater.

Helen dachte an die merkwürdige Atmosphäre auf der Party zu Pauls dreißigstem Geburtstag, an die steifen Gespräche zwischen ihrem Vater und Pauls Eltern, die sich zum ersten Mal getroffen hatten, und daran, wie Paul und sie sich später darüber lustig gemacht hatten. »Ich regle das schon«, sagte sie.

»Danke.«

Ihr Vater nickte, öffnete den Kühlschrank und holte ein Trifle heraus, das er als Nachtisch gekauft hatte.

Helen lächelte. »Heute lassen wir es ja mächtig krachen.«

»Ich wollte fragen, ob ich helfen kann, Paul zu tragen«, sagte ihr Vater. Er räusperte sich. »Den Sarg tragen, mein ich. Aber wahrscheinlich machen das seine Freunde und Leute aus seiner Familie …«

»Die Kollegen tragen ihn«, sagte Helen. »Eine Ehrengarde in Galauniform. Pauls Mum will das so. Sechsundzwanzig Salutschüsse, Trompeten, das ganze Programm.«

Ihr Vater nickte. Er war beeindruckt.

»War ein Witz.«

»Kein Problem. Ich wollte es nur anbieten.«
»Du musst wahrscheinlich *mich* tragen.«
»Ob ich *das* schaffe, weiß ich nicht.«
Sie sah zu, wie ihr Vater ihr eine Riesenportion Trifle auftat. »Ich sollte jetzt besser los«, sagte sie. »Warum bringst du das nicht rüber zu deiner Freundin? Andererseits solltest du natürlich auf deine Figur achten, wenn du bei ihr landen willst.«
»Wer sagt denn, dass ich noch nicht erfolgreich war?«
Sie boxte ihn gegen die Schulter und sah sich nach ihrer Tasche um.
»Ruf mich an, wenn du zu Hause bist«, sagte er. »Oder später, wie du willst.«
Helen nickte. »Wenn ich dazu in der Lage bin. *Inspector Barnaby* läuft nämlich jeden Abend …«

Helen hatte ihr Auto fast gegenüber der Haustür ihres Vaters geparkt. Sie ging über die Straße und erstarrte, als plötzlich fünfzig Meter rechts von ihr ein schwarzer Jeep mit quietschenden Reifen losfuhr. Sie erkannte zwei Männer darin, die geradeaus schauten, und war sich nicht sicher, ob sie nicht ein ähnliches Auto, vielleicht sogar *dasselbe* Auto, vor ein paar Tagen vor ihrem Block hatte stehen sehen.
Sie sagte sich, wie albern das war und dass es jede Menge schwarzer Jeeps gab, als ihr Handy klingelte. Es war Martin Bescott, Pauls Vorgesetzter von der Wache in Kennington.
»Wir haben noch ein paar Sachen von Paul«, sagte er.
»Ja? Ich dachte, ich hätte schon alles abgeholt.«
Bescott zögerte, bevor er erklärte: »Wir haben einen zweiten Spind gefunden. Pauls … Nachfolger war nicht scharf darauf, den alten zu übernehmen, und daher haben wir einen anderen gesucht …«
Helen sagte, sie verstehe das. Polizisten waren abergläubischer

als die meisten anderen Leute. »Uns blieb nichts anderes übrig, als das Ding aufzubrechen.«
»Können Sie die Sachen nicht einfach in die Altkleidersammlung geben? Das würde mir die Mühe ersparen …«
»Ja, sicher, die alten Sportschuhe und so können wir entsorgen, aber ich dachte, den Laptop möchten Sie wahrscheinlich haben.«
Jetzt war Helen um eine Antwort verlegen.
»Helen?«
»Ich komm vorbei und hol ihn ab«, sagte sie.

Theo war den Großteil des Vormittags in der Lagerwohnung geblieben und hatte mit Sugar Boy die Zeit totgeschlagen. Wave hatte den Jungen rübergeschickt, nachdem SnapZ nicht aufgetaucht war. Theo hatte gehofft, dass die Woche besser anfangen würde, dass das Geld etwas schneller flösse und diese Nervosität nachließe. Dieses Gefühl, als könne jeden Moment etwas Schlimmes passieren.
Beides trat nicht ein, und als es endlich Zeit fürs Mittagessen war, lief er rüber in seine Wohnung, um mit Javine ein Sandwich zu essen.
Er hatte kaum am Tisch Platz genommen, als Easy mit seinem fetten, hässlichen Pitbull, der an der Leine zerrte, vor der Tür stand. Nachdem Wave sich einen zugelegt hatte, hatte Easy auch einen gekauft. Er hatte dafür fünfundsiebzig Pfund an einen Typen aus Essex abgedrückt, der die Köter hinter dem Dirty South verhökerte. Und er hatte es geschafft, das dümmste Vieh in der ganzen Siedlung abzubekommen. Wave hatte gesagt, Easys Pitbull hätte sich als Welpe wahrscheinlich einen Tritt gegen den Kopf eingefangen, und Easy schien diese Geschichte zu mögen. Er dachte anscheinend, er und sein hirnkranker Hund gehörten zusammen oder so.

Javine fing an zu meckern, sobald sie das Japsen hörte. Sie konnte das Vieh nicht ausstehen und wollte es nicht in der Nähe ihres Babys haben. Theo versuchte, die Tür hinter sich zuzuziehen, als sie die Nerven verlor. Sie brüllte, sie wolle keine Tiere in ihrer Wohnung, egal, ob die vier oder zwei Beine hätten.

Easy zuckte mit den Schultern. »Gehen wir«, meinte er.

Zuerst liefen sie um den Block. Easy genoss die bewundernden Blicke der Jungs, die an den Garagen herumstanden. Und die abschätzigen Blicke der älteren Frauen – der Mütter und Schwestern –, als er seinem Hund dabei zusah, wie er sein Geschäft auf dem armseligen Stück Rasen verrichtete, das hier als Spielplatz galt, bevor sie hinüber zur Lewisham High Street gingen.

Es war über zwanzig Grad und wurde immer wärmer. Easy trug ein offenes Seidenhemd über einem Unterhemd, rostfarben wie seine Militärhose. Theo hatte eine Hüftjeans und ein Marley-T-Shirt an, und die Timberlands, die er sich vom Geld aus den Einbrüchen mit Easy vor drei Wochen gekauft hatte.

Mit dem Geld, das er nicht auf die Seite gelegt hatte.

»Wie läuft's so, Star Boy?«

Theo sagte, dass es einigermaßen liefe und dass er Easy in den letzten Tagen, seit der Sache mit Mikey, nicht oft gesehen hätte.

»Hatte zu tun, T.«

Theo deutete mit einer Kopfbewegung in Richtung Lagerwohnung, wo er Sugar Boy zurückgelassen hatte, der die Stellung halten sollte. »Läuft gerade nicht besonders gut.«

»Genau. Man muss ständig was Neues aufreißen, verstehst du?«

»Und wo reißt du gerade was auf?«

»Hier und da, Alter.«

»Auch dort, wo du nichts zu suchen hast?«

»Was meinst du?«

»Als wir diese Nutten überfallen haben. Vielleicht sind wir da jemandem in die Quere gekommen. Das meine ich.«

Easy sah ihn böse an und rannte dabei beinahe ein Mädchen mit einem Buggy über den Haufen. Sie brüllte ihn an, doch er beachtete sie gar nicht. »Wem sind wir in die Quere gekommen? Fuck, was laberst du da für 'ne Scheiße, Mann?«

»Ist doch egal, wem wir in die Quere gekommen sind. Alles, was nicht hier ist, gehört zu einem anderen Gebiet.«

»Du hast dir schon immer in die Hose gemacht, T.«

»Kann sein.«

»Schon als wir noch Kids waren, Alter.«

Ein Streifenpolizist und zwei weitere Beamte – Plastikknüppel – schlenderten auf sie zu. Der Streifenpolizist musterte Easy und Theo von oben bis unten, während sich die Plastikknüppel mehr auf den Pitbull konzentrierten.

Easy grinste sie breit an und riss den Hund zurück. Sie bogen um die Ecke, Richtung Lee Bridge. »Diese ganzen Extrabullen verschwinden bald wieder«, sagte er. »Dann wird hier alles wieder normal.«

»Meinst du?«

»Für die ist das der Wilde Westen, Alter. Schau dir ihre Fressen an. Denen gefällt das hier nicht.«

Ein paar Meter weiter blieben sie stehen, als Waves Mercedes neben ihnen hielt. Asif saß am Steuer und bedeutete dem hupenden Fahrer hinter ihnen, er solle vorbeifahren. Theo sah zu, wie Easy rüberging und sich durch das Autofenster mit Wave unterhielt. Sie redeten ein paar Minuten, Wave sah kurz in Theos Richtung, nickte und lachte über eine Bemerkung von Easy. Theo nickte zurück Sie sprachen über ihn, das war klar, und er versuchte, nicht darüber nachzudenken.

Konnte alles sein. Seine Klamotten, was auch immer.

Als Wave wegfuhr, liefen sie weiter. Easy sagte, er habe noch immer vor, Asif eine zu scheuern, sobald er die Gelegenheit dazu hätte. Dann erzählte er von den nervigen Scherereien, die er mit diversen Frauen hatte. Er habe einiges am Laufen, behauptete er, und mindestens zwei Kinder irgendwo.

»Ich halte mir gerne meine Optionen offen«, erklärte er. »Ich mag die *Abwechslung*, verstehst du, was ich meine? War noch nie der Typ für was Festes.« Sie liefen weiter. »Ich sag dir was, Alter« – er lachte –, »die Frau, die du dir da geangelt hast, die ist eine ernste Angelegenheit.«

»Ja.«

»Richtig ernst …«

Theo grinste und wich einem Hundehaufen auf dem Bürgersteig aus. Und dachte, ja, *meine* ernste Angelegenheit.

Dann quatschten sie ein paar Minuten irgendeinen Scheiß, Easy zog über einen DJ aus der Gegend her, den er im Lokalradio gehört hatte, und prahlte damit, wie er einem Loser, der seinen Audi zerkratzt hatte, Manieren beigebracht hätte. Theo bemühte sich, cool zu wirken. Er war in Gedanken immer noch bei den Bullen vorhin. Wie ihn der eine fixiert hatte. Er strengte sich an, Easys Gerede zu folgen, während seine Gedanken rasten und er verzweifelt gegen düstere Fantasien ankämpfte.

»T? Hörst du mir zu, Mann?«

»Will doch eh keiner hören, Alter.«

»Ich hab Hunger. Du?«

Sie blieben am McDonald's stehen. »Und pinkeln muss ich auch«, sagte Easy. »Zwei Fliegen mit einer Klappe, Alter. Easypeasy.« Er drückte Theo die Leine in die Hand und bat ihn, auf den Hund aufzupassen, während er hineinging und zwei McFlurrys für sie holte.

Theo wartete und versuchte, den Hund davon abzuhalten, Passanten anzufallen, und der Versuchung zu widerstehen, den Köter laufen zu lassen, um zu sehen, wie er mit dem Verkehr auf der Hauptstraße zurechtkam.

Easy kam zurück und gab Theo sein Eis. »Vorhin«, sagte er, »die Sache von wegen anderen in die Quere kommen und so. Glaubst du, es ist meine Schuld, dass Mikey umgebracht wurde?«
»Das hab ich nicht gesagt.«
»Hat sich aber so angehört.«
»Es ist scheiße gelaufen, das ist alles«, sagte Theo. »Sollte einfach nicht passieren.«
Easy zuckte mit den Schultern. Er aß schnell, und als er fertig war, warf er den Plastikbecher in die Richtung eines Abfalleimers. Er drehte sich zu Theo um und breitete die Arme aus, während der Hund neben ihm nach seinem Schwanz schnappte. »So ist das nun mal, Alter, verstehst du? So *soll* es sein.«
»Was? Dass man sich vor Angst in die Hose macht?«
Easy kniff die Augen zusammen, schlang sich die Hundeleine ums Handgelenk und zog den Hund näher heran. »Wer macht sich in die Hose?«
Theo sah auf die Straße.
»Isst du das noch?«
Theo gab ihm seinen McFlurry, den er noch nicht angerührt hatte. Dann schloss er die Augen und versuchte, sich an den Geschmack von Starkbier auf einem zugigen Balkon zu erinnern. Und er genoss eine halbe Minute lang die Sonne auf seinem Gesicht, während er wartete, bis Easy fertig gegessen hatte.

Paul und sie hatten nie wie Kletten aneinandergeklebt. Sie hatten sich gegenseitig Freiräume gelassen, und es hatte ihnen gefallen. Jeder hatte seine eigenen Freunde, und sie hatten es nie für nötig gehalten, dem anderen von jedem Gespräch zu berichten oder zu fragen, wer am Telefon gewesen war, wenn der andere den Hörer aufgelegt hatte. Sie hatten ihre Termine nur selten aufeinander abstimmen müssen und eigene Konten besessen. Diese Unabhängigkeit war ihnen leichtgefallen, später allerdings hatte sie etwas Gezwungenes gehabt, vor allem, was Paul betraf. Wegen Helens Affäre.

Helen rief sich diese Dinge in Erinnerung, um die Existenz des Computers zu erklären, den sie auf dem Heimweg in Kennington abgeholt hatte und der nun schmal und grau auf dem Tisch vor ihr lag. Um sich ein wenig zu beruhigen, als sie ihn anmachte.

Sie hatte alle Fenster in der Wohnung aufgerissen, trotzdem war es schwül, *eng*, hätte ihr Vater gesagt. Sie schwitzte in der weiten Hose und in einem von Pauls alten T-Shirts. Ein Glas kühler Wein – oder besser noch ein Bier – wäre mehr als angenehm gewesen.

Bescott hatte im Parkhaus auf sie gewartet.

Er hatte sie in sein Büro begleitet und ihr den in eine Plastiktüte gewickelten Laptop gegeben. Er war eigentlich ganz freundlich gewesen, aber wie immer ließ sich nur schwer sagen, inwieweit das auf ihre … Umstände zurückzuführen war. Irgendwas an seinem Gesichtsausdruck hatte ihr verraten, dass er sich anstrengte. Und Helen musste sich fragen, ob er, und andere weiter oben, nicht denselben Verdacht gegen Paul hegte wie sie. Wie lange würde es dauern, bis einer der Typen von der Internen Ermittlung sich die Sache genauer ansah?

Einer von den Maulwürfen.

Der Bildschirm des Mac wurde blau, als der Computer hochfuhr.

In welche Richtung würden sie ermitteln? Bestand die Gefahr, dass sie selbst ins Fadenkreuz geriet? Sie wusste, wie diese Typen tickten und dass sie Helen als Pauls Lebensgefährtin durchaus für eine Mitwisserin halten könnten.

Sie klickte das Icon über Pauls Namen an und rief sich in Erinnerung, wie albern das war. Im Worst-Case-Szenario würden sie vermutlich Pauls Sachen durchsehen, und wissen wollen, was sich auf seinem Computer befand. Sie würden nach Dreck suchen.

Genau wie Helen.

Der Desktop erschien, und Helen stockte der Atem: Das Hintergrundbild war ein körniges Foto von ihr und Paul, auf dem sie beide in einer griechischen Taverne waren und in die Kamera grinsten. Das war vor drei Jahren gewesen. Pauls Haare waren damals kürzer gewesen, und er war ganz rot im Gesicht. Ihre Titten fielen beinahe aus dem Bikinioberteil, das sie besser nie angezogen hätte.

»Du Wichser«, flüsterte Helen. »Jetzt fühl ich mich noch schlechter.«

Sie öffnete Pauls privaten Ordner. Die ganzen Systemdateien waren dort, wo sie sein sollten. Weder im Bilder- noch im Filme- oder im Dokumente-Ordner befand sich etwas Ungewöhnliches.

Der Mac war kaum benutzt worden.

Sie hatten sich zu Hause einen IBM-Rechner geteilt und zwischen den Benutzern hin- und hergewechselt. Pauls Desktop umfasste ein Durcheinander an Dokumenten und Dateien, diverse Ordner mit heruntergeladenen Songs und leicht anstößigen Videoclips, die er von Gary Kelly und anderen Arbeitskollegen bekommen hatte. Bei ihr waren die Ordner fein säuberlich sortiert und trugen Bezeichnungen wie »Rechnungen«, »Baby« und »Steuerunterlagen«.

Auf dem Laptop war es nicht schwierig, den Ordner zu finden, nach dem sie suchte. Er enthielt ein einziges Dokument namens »Victoria«. Helen klickte die Datei an und wurde aufgefordert, ein Passwort einzugeben.

Sie starrte auf das leere Kästchen und den blinkenden Cursor darin. Dann gab sie Pauls Familiennamen und danach sein Ge-

burtsdatum ein. Er hatte, wie die meisten, sein Geburtsdatum als PIN für sein Bankkonto benutzt.
Vergebens.
Sie probierte es mit dem Namen und Mädchennamen seiner Mutter, dann mit dem Namen seines Vaters. Schließlich gab sie ihren eigenen Namen ein, während sie sich fragte, warum sie erst jetzt daran dachte.
Das angegebene Kennwort ist ungültig.
Mein Gott, so schwierig konnte das doch nicht sein! Paul war kein Computercrack ... *gewesen.*
Victoria ...
Vielleicht hatte er sich *ja doch* revanchiert. Steckte dahinter tatsächlich ein Seitensprung? Mit einer Victoria? Es war ein entsetzlicher Gedanke, aber womöglich nicht ganz so entsetzlich wie die Alternative.
Dann bräuchte sie nur noch eine simple Erklärung für Kevin Shepherd. Und für Frank Linnell.
Sie hackte auf die Tastatur ein, schimpfte, wenn sie sich vertippte oder versehentlich die Feststelltaste drückte. Sie probierte alles aus, was ihr in den Sinn kam, alles, was Paul etwas bedeutet haben könnte: den Namen seines besten Schulfreunds; des Hundes, den er als Kind gehabt hatte; Queens Park Rangers; *Gesprengte Ketten*; den blöden Freddie Mercury ...
Das angegebene Kennwort ...
Sie schlug den Laptopdeckel so hart zu, wie sie es gerade noch wagte, und blieb sitzen, bis ihr Atem sich beruhigte und der Schweiß auf ihrem Hals und den Schultern abkühlte.
Jennys Mann Tim kannte sich mit Computern aus. Er hatte sie oft genug mit seinem Palaver über Netzwerke und Firewalls zu Tode gelangweilt. Vielleicht sollte sie ihn um Hilfe bitten. Doch sie überlegte es sich schnell anders. Für Jenny wäre das ein gefundenes Fressen, sie würde Helen endlos löchern. Sie könnte

Tim bitten, sich heimlich darum zu kümmern und die Sache für sich zu behalten. Ihm dafür einen Blowjob anbieten. Er hatte schon immer eine Schwäche für sie gehabt.
Mein Gott, wie kam sie nur auf *so was?*
Das Baby trat kräftig. Ihr wurde schwindlig. Sie ging in die Küche und trank eine halbe Flasche Wasser.
Als sie sich wieder etwas sicherer auf den Beinen fühlte, nahm sie den Laptop mit ins Schlafzimmer, wickelte ihn in die Plastiktüte und schob ihn unten in den Schrank hinter Pauls Gitarre. Sie überlegte kurz, ob das übertrieben war, aber im Grunde wusste sie: Was immer sich auf dem Laptop befand, es war besser in einem Versteck aufgehoben.
Vielleicht kannte Frank Linnell die Antwort. Es würde nur schwierig werden, ihn zu finden. Sie konnte unmöglich jemanden fragen, ohne erklären zu müssen, warum sie ihn suchte. Und sie konnte auch nicht einfach in das Büro ihrer Einheit spazieren und sich an einen Computer setzen. Ein Autokennzeichen einzugeben, um den Besitzer eines Autos ausfindig zu machen, wie sie es bei Ray Jackson getan hatte, war eine einfache Sache. Aber um den Wohnort von Frank Linnell zu ermitteln, müsste sie in das Police-National-Computer-System rein und ihr Passwort eingeben. Damit wäre der Zugriff aufgezeichnet.
Gott, wenn sie nur den Namen eines von Linnells Unternehmen hätte, dann wäre sie bereits mithilfe des Telefonbuchs am Ziel.
Als sie ins Wohnzimmer ging, sah sie aus dem Augenwinkel Pauls Sachen, die noch immer auf dem Tisch lagen: seinen Terminkalender, die Kassetten und CDs, die Straßenkarte aus dem Auto, sein Navi.
»Komm schon, Hopwood, gib's zu. Das ist ziemlich genial …«
Vielleicht war es das auch nicht, aber es war keine schlechte Idee. Und selbst wenn es sie Zeit kostete, davon hatte sie genug. Vielleicht war die Technik diesmal auf ihrer Seite.

VIERUNDZWANZIG Sie hatten SnapZ gleich am Morgen gefunden.

Es wimmelte von Polizisten; Rufe und Sirenengeheul, ein Chor im Morgenrot. Wie eine blaue Decke hatten sich die Polizeiwagen ausgebreitet und verstopften die Seitenstraßen; gelbes Absperrband flatterte am Eingang des Blocks, in dem SnapZ wohnte. Die Gerüchteküche brodelte, mittags wusste jeder, der Ohren hatte, Bescheid.

Einer aus der Gang war tot. *Noch einer.*

Irgendeinem Superschlauen zufolge, der es wiederum von einem geschwätzigen Bullen wusste, hatte eine Freundin gestern die Polizei gerufen, nachdem SnapZ vierundzwanzig Stunden nicht an sein Handy gegangen war. Ihr Anruf war pflichtbewusst vermerkt und vergessen worden. Vierundzwanzig Stunden *zuvor* hatte eine Frau angerufen und sich über den Lärm in einer Nachbarwohnung beschwert: Es sei nicht das erste Mal, dass dieser Bengel ihren Sonntag ruinierte mit seiner lauten Musik und dem Türenknallen. Dieser Anruf hatte noch weniger Aufmerksamkeit erregt. Beschwerden wegen Ruhestörung oder Vorfällen, die in Richtung häusliche Gewalt gingen, wurden, wenn sie aus der Sozialbausiedlung Lee Marsh Estate kamen, wie Beschwerden über Abfall oder Hundehaufen auf dem Bürgersteig behandelt.

Easy lag absolut richtig. Sie mochten die Siedlung nicht.

Erst als ein helles Köpfchen die zwei Anrufe verglichen und gemerkt hatte, dass beide Frauen den gleichen Namen genannt hatten, war Bewegung in die Sache gekommen. Eine Stunde später hatten sie SnapZ' Tür eingeschlagen. Und bevor sie ihre Stichschutzwesten ausziehen konnten, waren die Beamten, die gerade wieder angefangen hatten, Akten zu wälzen oder auf Streife in Greenwich und Blackheath zu gehen, kreidebleich und wütend wieder unterwegs nach Lewisham.

Theo stand hinter fünfzehn oder zwanzig Schaulustigen, die sich so nah wie möglich zum Ort des Geschehens drängten. Die meisten von ihnen wussten wahrscheinlich nicht, dass SnapZ bereits abgeholt worden war, und warteten darauf, einen Blick auf das Drama zu erhaschen. Es war eine seltsame Mischung: Ladenbesitzer; ein, zwei Familien aus der Siedlung und ein paar verwirrte Seelen, die wie Touristen aussahen und irgendwo falsch abgebogen sein mussten. Auch ein, zwei Typen aus der Gang waren aufgetaucht, um ihren Respekt zu zeigen oder weil es sie vielleicht tröstete, in der Nähe der anderen zu sein. Theo hatte Gospel und Sugar Boy gesehen und dieses Ritual des Nickens über sich ergehen lassen, bevor er den Blick wieder gesenkt hatte.

In seiner Nähe stand ein kleiner Junge mit seinem Vater, schleckte ein Eis und renkte sich fast den Hals aus, damit ihm auch ja nichts entging. Theo war übel. Er hatte sich vorher in einem Café was zu essen gekauft, und jetzt fürchtete er, sein Schinkensandwich könnte jeden Moment wieder hochkommen.

Nach etwa zehn Minuten drängten zwei gelangweilt dreinblickende Polizisten die Schaulustigen etwas zurück, und die Ersten verschwanden. Theo wusste, dass irgendwo einige Leute schon ihre Reden vorbereiteten. Es waren bereits ein paar lokale Nachrichtenteams da, die größeren Sender kamen später. Das war wahrscheinlich ein Thema für die Abendnachrichten.

Als der Vater und der Sohn an ihm vorbeigingen, warf Theo einen Blick auf den Kleinen. Ein klebriges Gesicht, ein Schulterzucken. Nichts zu sehen. Andere, die wieder an ihre Arbeit gingen, würden vermutlich eher sagen: Nichts, was sie nicht zuvor schon gesehen hatten.

Theo hoffte, dass sein Gesicht ihn nicht verriet und keine Rückschlüsse darauf zuließ, was in seinem Kopf vorging, welche Gedanken ihm durch den Kopf *rasten*. Er hatte keine Ahnung, warum das hier passierte, und noch weniger, wer dahintersteckte. Aber eins war klar: Das hier hatte nichts zu tun mit Easy und seinen … Ausflügen. Hier ging es nicht um Gebietsstreitigkeiten.

Die Straßencrew hatte dreißig oder mehr Mitglieder, und in den höheren Dreiecken gab es noch genug andere, wenn man wusste, wo man suchen musste.

Mikey war tot und jetzt SnapZ. Das war kein Zufall.

Was die Medien anging, war die Erklärung einfach. Sie würden es als Folgen eines brutalen Bandenkriegs verkaufen oder eines internen Streits. Und man würde ihren Tod als übergeordnetes Problem darstellen, als Symptom von Entfremdung und Entmachtung, einer kaputten Unterschicht und verfehlten Integration.

Aber Theo wusste, dass beide noch mehr verband, etwas, das sie nur mit Theo und zwei anderen geteilt hatten. Die Nacht vor zehn Tagen, als dieser Polizeibeamte gestorben war. Als *er* ihn umgebracht hatte.

Mikey und SnapZ hatten beide auf dem Rücksitz gesessen.

Theo wandte sich um und stieß beinahe mit Gospel zusammen. Sie hatte den Kopf gesenkt und fuhr sich mit der Hand durch die Locken. »Alter, ist das alles abgefuckt«, sagte sie.

Theo spürte wieder Bewegung im Magen.

Gospel machte kehrt, als sei sie in Eile. »So was von scheißabgefuckt.«

»Ja«, sagte Theo.

Helen musste zugeben, dass einige dieser kleinen Ganoven verdammt schlaue Bürschchen waren.

Bevor sie in Mutterschaftsurlaub gegangen war, hatte sie von einer Serie von Autodiebstählen erfahren, bei denen Kids mit

Navi ausgestattete Autos aufbrachen, das Navi die Heimatadresse aufrufen und sich zum Haus des Besitzers leiten ließen, das sie dann prompt ausraubten. Sie wussten ja, der Besitzer war nicht zu Hause, und er war außerdem damit beschäftigt, den Autodiebstahl zu melden.

So ein Navi war natürlich für einen nobleren Einsatz gedacht, wobei das, was sie vorhatte, nicht unbedingt nobel war.

Im Südwesten und im Zentrum Londons hatte Paul sich ausgekannt, er hatte das Navi also nur benutzt, wenn er nördlich der Themse unterwegs gewesen war oder in eine andere Stadt hatte fahren müssen. Helen wusste, dass die »Kürzlich gefundenen Ziele« nach dem Datum aufgelistet waren, an dem sie eingegeben worden waren. Sie hoffte daher, dass sie nicht zu viele Daten durchgehen musste. Bei ein paar Zielen erkannte sie auf den ersten Blick, dass sie nicht infrage kamen. Dann fiel ihr ein, was Gary Kelly über Frank Linnell und dessen Gebiet erzählt hatte, und sie sah sich die Adressen im Südosten näher an.

Die ersten zwei waren Zeitverschwendung: Linnell hatte garantiert nicht in der Polizeiwache in Catford Quartier bezogen, und das Reihenhaus in Brockley stellte sich als das Zuhause eines Rentnerpaares heraus, dessen Tochter Zeugin in einem Mordfall gewesen war, in dem Paul vor ein paar Monaten ermittelt hatte.

Die alte Frau hatte sich an ihn erinnert. »Netter Mann«, hatte sie gesagt. »Und so höflich.«

Helen war früh aufgebrochen. Kurz nach halb elf bog sie in eine Seitenstraße am Charlton Park ein und hielt etwa einen Kilometer südlich der Themse an einem Pub. Davor parkte ein schwarzer Range Rover neben einem Schuttcontainer, und ihr fiel wieder ein, dass Kelly gesagt hatte, Linnell sei im Baugewerbe tätig.

Schon wieder Glück gehabt.

Als sie auf das Pub zuging, kam ihr ein Mann in einem mit Farbklecksen übersäten Overall entgegen und schüttete den Inhalt eines Eimers in den Container.
»Ist der Chef drin?«, fragte Helen. Den Dienstausweis ließ sie stecken. Der Mann knurrte etwas – was genauso gut »Ja« wie »Nein« heißen konnte – und ging hinein.
Sie suchte sich ein schattiges Plätzchen und wartete.
Fünf Minuten später ging die Tür wieder auf, und ein kräftig gebauter Schwarzer tauchte auf. Er musterte sie von oben bis unten und fragte sie dann, ob sie etwas zu trinken wollte. Helen war verblüfft, was sie jedoch zu überspielen versuchte. »Ein Glas Wasser wäre nett«, sagte sie. Der Schwarze hielt ihr die Tür auf.
Er führte sie durch das Pub, wo ein halbes Dutzend Männer die Wände strichen, hämmerten und bohrten. Sie hörte, wie zwei sich in einer osteuropäischen Sprache unterhielten. Polnisch, vermutete sie. Es arbeiteten so viele Polen als Klempner und Bauarbeiter in Großbritannien, dass die Regierung vor Kurzem offiziell angefragt hatte, ob man nicht ein paar zurückschicken könnte.
Frank Linnell saß im Garten. Er stand auf, als sie in den Innenhof trat, und sagte: »Helen, richtig?«
Er war in den Fünfzigern, sah aber noch fit aus in seiner kurzen blauen Sporthose und dem weißen Polohemd. Seine nach hinten gegelten Haare kringelten sich im Nacken und waren noch nicht nennenswert ergraut. Das Gesicht war … weicher, als Helen erwartet hatte.
Sie setzte sich ihm gegenüber an einen kleinen Holztisch und bedankte sich, als der schwarze Riese das Wasser brachte.
»Rufen Sie einfach, wenn Sie noch ein Glas möchten«, sagte er.
»Nett hier draußen, nicht?«, sagte Linnell. »In ein, zwei Tagen

ist es richtig toll hier. Um Ihnen die Wahrheit zu sagen, ich bin mir nicht sicher, ob ich das Pub wirklich verkaufen will.«
Zwischen ihrem Sitzplatz und einem neuen, etwa zehn Meter entfernten Zaun war frischer Rollrasen verlegt worden, und an einer Seite des Innenhofes standen reihenweise Hängekörbe mit Blumen und noch in Folie gewickelte Blumentöpfe.
»Und eine Schaukel oder Rutsche da drüben auf dem Rasen wäre super.«
Helen trank einen großen Schluck und holte tief Luft. Sie sah hinüber zu dem Mann, der, wenn auch nur ein Bruchteil von dem, was sie gehört hatte, stimmte, auf der Wunschliste beinahe aller Polizeichefs der Stadt stand und der mit ihr plauderte, als würden sie sich seit Jahren kennen.
»Kann nicht mehr lange dauern.« Er deutete auf Helens Bauch. »Sieht fertig aus.«
»Wecken Sie bloß keine schlafenden Hunde auf«, sagte sie.
»Wollen Sie danach gleich wieder arbeiten? Oder …«
»Nicht gleich.«
»Das ist das Beste für das Kleine, wenn Sie mich fragen.«
»Wir werden sehen.«
»Und heute?« Linnell nippte an seinem Drink. Sah wie Coca-Cola aus, aber man konnte nie wissen, ob nicht noch was anderes drin war. »Arbeiten Sie heute?«
»Ich bin gekommen, um über Paul zu sprechen«, sagte Helen.
Linnell grinste. »Gerne.«
Zum zweiten Mal in zwei Minuten war sie überrascht worden. Darin hatten Linnell und die Leute, die für ihn arbeiteten, wohl viel Übung. Sie versuchte, sich zu entspannen und zu konzentrieren. Das Baby trat sie wie verrückt, und sie setzte sich anders hin, um es bequemer zu haben. Sie strich mit der Hand über den Bauch. »Wie haben Sie Paul kennengelernt?«, fragte sie.
»Wir haben uns vor sechs Jahren kennengelernt«, sagte Linnell.

Er spielte mit der Goldkette um seinen Hals, ließ die Glieder zwischen seinen Fingern hin- und herwandern. »Er gehörte zu einem Team, das in einem Fall aus meinem Umfeld ermittelte. Jemand, der mir nahestand, war *ermordet* worden. Danach … oder eigentlich die ganze Zeit, war Paul fantastisch. Ein paar seiner Kollegen waren nicht ganz so … einfühlsam, wenn Sie verstehen, was ich meine. Wenn man einen gewissen Ruf hat, können die Menschen einen nur so und nicht anders sehen. Paul hat mich immer so behandelt, wie er jedes andere Opfer auch behandelt hätte.«

»Und danach?«

»Wir blieben in Kontakt.«

»Das ist alles?«

»Ich nehme an, wir wurden Freunde.« Er zuckte mit den Schultern, als läge das auf der Hand. »Wir *waren* Freunde.«

»Haben Sie ihn oft gesehen?«

»Alle ein, zwei Monate. Wir hatten beide viel um die Ohren. Sie kennen das ja …«

»Sie gingen also gemeinsam essen und ins Kino oder wie?«

»Ja, wir aßen zusammen, unterhielten uns über alles Mögliche, gingen ins Pub. Ich nahm ihn mal mit ins Oval zu einem Kricketspiel.« Er lachte. »Gott, was waren wir fertig an dem Tag.«

Helen nickte, als wäre nichts Ungewöhnliches an dem, was Linnell ihr da erzählte, doch in ihr tobte es, und das lag nicht daran, dass das Baby mit ihren Nieren Fußball spielte. Sie musste Druck aufbauen, die härteren Fragen stellen, die sie gestern Abend geübt hatte. Sie sah den entspannten Ausdruck in Linnells Gesicht, als er über Paul sprach, und fragte sich, ob es tatsächlich nicht mehr war als die Freundschaft, die ihm viel zu bedeuten schien. Ihr schoss durch den Kopf, dass er womöglich schwul und in Paul verliebt gewesen sein könnte. Sie senkte den Blick, er trug keinen Ehering.

Vielleicht hatte Paul das sogar gewusst und ausgenutzt.
»Möchten Sie etwas essen?«, fragte Linnell.
Helen schüttelte leicht den Kopf. »Haben Sie sich auch über die Arbeit unterhalten?« Linnells Blick gab ihr zu verstehen, dass er wusste, was sie meinte. *Seine* Arbeit, wenn man sie überhaupt als Arbeit bezeichnen konnte, und die von Paul.
»Die ersten paar Male, denk ich, einfach, um ins Gespräch zu kommen. Später nicht mehr. Es war eine Art ungeschriebenes Gesetz. Wir wollten nicht, dass uns das in die Quere kommt.«
Helen sah ihn an, er spielte immer noch mit seiner Goldkette. In die Quere kommt von *was?*, fragte sie sich. »Er hat Sie also nie nach Ihren Geschäftspartnern gefragt? Oder danach, was Sie machen?«
»Wie gesagt, das wäre uns in die Quere gekommen. Es wäre seltsam gewesen.« Er schwenkte den schmelzenden Eiswürfel in seinem Glas. »Reden Ihre Freunde denn immer über Kindesmissbrauch mit Ihnen?«
Wieder hatte er sie überrascht. Linnell zeigte, dass er jede Menge über sie wusste und auch über das, was sie tat. Gut möglich, dass er sich umgehört hatte. Sie hatte nicht die geringsten Zweifel, dass er andere Polizeibeamte kannte, die sich nur zu gern für ihn umhörten. Oder er hatte es bei einer ihrer gemütlichen Plauderstunden von Paul erfahren. Vielleicht, als sie bei diesem Kricketspiel waren.
Wie auch immer, die Bemerkung weckte in Helen den Wunsch nach einer langen, heißen Dusche. »Wann haben Sie ihn das letzte Mal gesehen?«, fragte sie.
Er dachte darüber nach. »Etwa vor zwei Wochen. Er kam hierher.«
»Ich weiß«, sagte Helen. Er sollte ruhig wissen, dass auch sie über einiges Bescheid wusste.
»Er hatte was zum Essen mitgebracht.« Bei der Erinnerung da-

ran huschte kurz ein Lächeln über Linnells Gesicht. »Um die Wahrheit zu sagen, ich wünschte, wir hätten uns in besserem Einvernehmen getrennt.«

»Was?«

Er schien sich nicht ganz wohl in seiner Haut zu fühlen. Er wickelte sein Kettchen um einen Finger, zuckte dann mit den Schultern, als sei er zu dem Schluss gekommen, er könne es ihr ruhig sagen, da sie ohnehin nicht sonderlich überrascht sein würde. »Ich habe ja eben gesagt, dass wir nicht über die Arbeit sprachen. Na ja, die letzten paar Male haben wir doch darüber gesprochen. Paul hat mich gefragt, ob ich ihm helfen, ihm ein paar Namen nennen könnte. Leute, mit denen er meiner Meinung nach ... reden sollte.«

Helen schluckte.

»Ich hab ihm gesagt, dass ich ihm nicht helfen kann«, fuhr Linnell fort. »Und dass ich das nicht will. Es wäre aus den verschiedensten Gründen nicht richtig gewesen.«

»Was für Leute?«

»Leute aus meinem beruflichen Umfeld. Geschäftsleute. Leute, mit denen auch Sie in Ihrem beruflichen Umfeld zu tun haben könnten.«

»Wie Kevin Shepherd?«

»Wer?« Er sah sie an, als habe er den Namen noch nie gehört.

Helens Zunge fühlte sich dick und schwer an. »Warum hat Paul Sie darum gebeten?«

»Ach kommen Sie.«

»Was glauben Sie?«

»Wahrscheinlich glaube ich dasselbe wie Sie.«

Helen griff nach ihrer Handtasche und drückte sie an sich. Sie hatte das Gefühl, als müsse sie jeden Moment aufspringen.

Linnell wandte sich ab und sah auf den kleinen Garten. »Nach dem, was passiert ist, wünschte ich mir, ich hätte ihm geholfen.

Man spielt so manches noch mal im Kopf durch, wenn man jemanden verliert, geht es Ihnen nicht auch so? Man spielt diese Szenen wieder und wieder durch. Das tun Sie bestimmt auch.«

»Ich bezweifle, dass wir das Gleiche tun.«

»Eigentlich dumm.« Linnell räusperte sich. »Ich hätte ihm jederzeit Geld geliehen, wenn es nur darum gegangen wäre. Er hätte nur fragen müssen, wissen Sie?«

»Man soll sich nie Geld von Freunden leihen«, sagte Helen. Dabei betonte sie das Wort »Freunde«. Sie war noch immer nicht überzeugt, dass es zwischen den beiden nicht doch irgendwelche geschäftlichen Absprachen gegeben hatte.

»Steckte er in irgendwelchen Schwierigkeiten, was Geld angeht?«

Eine Frage, die Helen nie und nimmer beantworten würde. Sie hatte nicht vor, etwas preiszugeben, weder von sich noch von Paul. Niemals würde sie ihm erzählen, dass Paul die Schwierigkeiten, in denen er steckte, ganz für sich behalten hatte. Sie spürte Wut in sich aufsteigen, Wut auf Paul. Sie hätte kotzen können wegen Paul, Herrgott, ja, aber auch wegen sich selbst, weil sie so dumm gewesen war. Als ob sie dieses Gefühl je anders überwinden könnte.

Und vor allem wegen Linnell, jetzt, in diesem Moment, weil sie sah, dass er *meinte*, was er sagte, und weil es ihn berührte. Weil sie sah, dass ihm Tränen in die Augen gestiegen waren, bevor er sich abwandte.

Der schwarze Hüne kam in den Innenhof und sagte Linnell, man brauche ihn drinnen. Ein Kabel sei angebohrt worden.

Linnell legte seine Hand auf Helens Hand, als er aufstand. »Bleiben Sie ruhig sitzen und lassen Sie sich Zeit mit dem Drink«, sagte er.

Theo saß in der Lagerwohnung. Allerdings nicht, weil er mit Wahnsinnsgeschäften rechnete. Die waren nicht drin, wenn die Straßen voller Bullen waren. Sondern weil die Wohnung wahrscheinlich der sicherste Platz war.

Seit der Sache mit Mikey fragte er sich, ob er nicht besser ständig eine Waffe tragen sollte. Easy und Wave hatten eine, führten sie bei jeder Gelegenheit vor wie ihre Klunker. Die meisten anderen *sagten*, sie hätten eine, streichelten ihre Taschen, als hätten sie ihren Schwanz da drin. Theo war das bisher egal gewesen. Er hatte immer gedacht, dass man mit einer Waffe zu einem Ziel würde, zu Freiwild. Easy fand das bescheuert, als Mitglied einer Gang sei er so oder so ein Ziel. Und außerdem dachte ohnehin jeder, dass er eine Waffe trug.

Ab und zu lag Easy gar nicht so falsch. Eine Waffe wäre vielleicht eine bessere Investition gewesen als die Timberlands.

Auch wenn Theo sich noch nicht ganz dazu überwinden konnte, sich selbst eine zuzulegen, in der Lagerwohnung war immer eine Waffe griffbereit. Und deshalb war das ein guter Platz, um rumzusitzen und nachzudenken. Sich zu verstecken. Er wusste, wie man mit dem Ding umging. Bis jemand es geschafft hätte, die verstärkte Stahltür zu überwinden, hätte er die Knarre schussbereit in der Hand.

»Wie Fort Knox«, hatte Easy gesagt. »Hier bist du nur in Schwierigkeiten, wenn einer mit einem Bulldozer anklopft.«

Mikey und SnapZ waren beide in der Nacht in Hackney dabei gewesen, und jetzt waren sie tot. Vielleicht war Theo auch einfach nur dumm. Vielleicht hatte Mikey für das bezahlen müssen, was er dieser Nutte angetan hatte. Und vielleicht hatte SnapZ nebenher ein anderes Geschäft laufen, von dem niemand was wusste. Theo ging sämtliche Möglichkeiten im Kopf durch, aber ihm fiel keine Erklärung ein, die nicht lächerlich klang.

Vielleicht waren es auch die Bullen.

Er hatte schließlich einen von ihnen umgebracht, und er wusste, wie so was ankam. Er hatte mal einen Film mit Clint Eastwood gesehen, bevor dieser ernst und alt geworden war, in dem die Bullen das Gesetz selbst in die Hand nahmen und Drogendealer und Vergewaltiger und so umbrachten. Was war, wenn die *genau* wussten, wer in dem Auto gesessen hatte? Und nun fanden, dass fünf Kugeln weitaus weniger Scherereien bedeuteten als fünf Haftbefehle? Eine super Methode, um sich Papierkram zu sparen …

Draußen vor der Tür war Lärm zu hören, Theo erstarrte. Seine Blicke suchten die Waffe, die auf dem Tisch direkt vor ihm lag.

Er wartete.

Nur Kinder, die die Aufregung toll fanden.

Er musste Javine anrufen, damit sie wusste, wo er war und was hier los war. Er klappte sein Handy auf und wählte die Nummer. Dabei versuchte er, sich zu entspannen, damit sie ihm nichts anmerkte.

Was nicht einfach war.

Auf dem Weg vom Block hierher war er an der Stelle vorbeigekommen, wo sie gerade an dem Wandbild für Mikey arbeiteten. Sie hatten ihn als eine Art Engel dargestellt, mit goldener Haut und strahlend weißen Zähnen.

Theo hatte die bemalte Mauer angestarrt und über SnapZ und die anderen nachgedacht. Er wurde den Gedanken nicht los, dass diese eine Mauer vielleicht nicht reichte.

Helen hatte die Füße vor dem Fernseher hochgelegt und trug nur ihren Bademantel und eine Pyjamahose. Neben ihr standen eine Tasse Tee und eine sich rasch leerende Packung Jaffa-Kekse. Schon fiel es ihr leichter, das Gespräch mit Frank Linnell zu verdauen.

Dieses Gefühl, vorgeführt zu werden.
Nicht dass sie erwartet hatte, auf ihre Fragen allzu viele Antworten zu bekommen, oder überhaupt Antworten zu bekommen, aber sie hatte nicht damit gerechnet, dieses Pub mit noch mehr Fragen zu verlassen.
Bei ihrer Ermittlungsarbeit stellte sich oft heraus, dass ein Fall weitaus komplizierter war, als es den Anschein gehabt hatte: Da gab es oft den entsetzten Verwandten, der sich als der Täter entpuppte und von dem man im weiteren Verlauf erfuhr, dass er als Kind selbst missbraucht worden war. Es steckte immer mehr dahinter, als man zunächst vermutete. Die meisten ihrer Kollegen hatten eine Heidenangst vor solchen Fällen, litten unter den Überstunden, dem Papierkrieg, der *Last* all dieser Tragödien.
Aber Helen blühte dabei auf.
Manche Leute öffneten eine Dose mit Würmern und versuchten sofort, sie wieder zu schließen. Helen jedoch wühlte darin herum, griff mit beiden Händen hinein, um die schleimigen, sich kringelnden Dinger an ihren Fingern zu spüren, bis sie ein Gefühl für sie entwickelte.
Sie *liebte* Schwierigkeiten und war nicht wirklich glücklich, wenn sie nicht ein paar Probleme zu lösen hatte, das hatte Paul immer gesagt. Je schlimmer, desto besser.
»Ja, genau, Hopwood. Ziemlich ironisch angesichts der Tatsache …«
Sie zappte weiter und schob sich noch einen Keks in den Mund. Als sie sah, worum es auf dem nächsten Sender ging, stellte sie den Fernseher lauter und stellte die Beine auf den Boden.
Eine Reporterin sprach direkt in die Kamera, hinter ihr eine mit Graffiti besprühte Mauer. Sie war jung, schwarz und angemessen ernst, und sie gab sich die größte Mühe, die Jungs zu ignorieren, die sich hinter ihr abmühten, ins Bild zu kommen. »Wieder kam ein Bandenmitglied bei einer Schießerei ums Leben«,

sagte sie. »Es ist der zweite Mord innerhalb von wenigen Tagen, die Menschen hier sind schockiert. Die Polizei in Lewisham ist im Dauereinsatz, um die Täter ausfindig zu machen. Ersten Angaben zufolge deutet alles auf einen Bandenkrieg hin.« Zwei der Jungs drängten sich ins Bild, brüllten herum und schnitten Grimassen.

Helen dachte daran, was Pauls DI gesagt hatte, als sie am Montagmorgen nach dem Unfall in seinem Büro gesessen hatte. Paul sei in Nordlondon gestorben, aber das Auto sei im Süden gestohlen worden. Und die verantwortliche Gang sei vielleicht in Gebietsstreitigkeiten verwickelt und deshalb für diese Schießerei absichtlich in ein fremdes Territorium gefahren. Es sei nur nicht klar, um *welche* Gang es sich handelte, hatte der DI gesagt. Und weil es da draußen so viele davon gebe, sei das auch nicht leicht herauszufinden, da die Jungs nicht gerade Schlange standen, um der Polizei Informationen zu liefern.

Mittlerweile war es vielleicht ein wenig einfacher geworden.

Wenigstens wusste sie nun, wo sie sich ein bisschen umschauen konnte. Morgen früh hatte sie einen Termin im Krankenhaus, aber danach stand nichts mehr an. Warum sollte sie es nicht probieren?

Die Finger etwas tiefer in das fette Gewürm zu stecken.

FÜNFUNDZWANZIG

Die Frau, die jeden Montag kam, die heilige Betty, kochte das meiste für Frank vor, aber Frühstück machte er sich gerne selbst. Dabei konnte er gut seinen Gedanken nachhängen. Er hörte den Klugscheißern und Politikern auf Radio Four zu, während er sich eine Kanne Tee kochte und im Kopf den bevorstehenden Tag durchging. Manch-

mal kam Laura vorbei, dann genossen sie die Zeit zusammen. Heute ließ sie sich jedoch nicht blicken.
Das war in Ordnung, denn er musste über einiges nachdenken. Er schnitt eine Tomate für sein Rührei klein und dachte dabei, was für ein nettes Mädchen Helen Weeks war. Andererseits hatte er nichts anderes erwartet. Schließlich war sie mit Paul zusammen gewesen.
Paul hatte nie viel von ihr erzählt, und Frank hatte ihn nicht dazu gedrängt. Aber ihm war nicht entgangen, dass es um Weihnachten herum nicht ganz so gut zwischen den beiden gelaufen war. Er hätte nicht sagen können, ob das an Paul oder an Helen gelegen hatte, und das war wahrscheinlich auch egal. Aber man musste nicht Einstein sein, um sich auszurechnen, dass es etwa um die Zeit gewesen war, als der Braten in die Röhre geschoben worden war.
Nicht zum ersten Mal war Frank dankbar, dass er mit diesem ganzen Mist nichts mehr zu tun hatte. Er war zufrieden, dass es in seiner Vergangenheit ein paar besondere Menschen gegeben hatte und dass er jetzt einfach bezahlte, wenn er mal Lust hatte auf eine Frau. Das war die einfachste Methode, sich Kummer zu ersparen.
Letzten Winter hatte Frank Paul erklärt, dass er für ihn da sei, wenn es ein Problem gäbe – wenn er jemanden zum Reden brauchte, egal um welche Uhrzeit –, und dabei hatte er es belassen.
Er schob die Tomate vom Schneidebrett in die Pfanne und legte noch ein großes Stück Butter dazu. Das war das Geheimnis eines perfekten Rühreis, viel gute, gesalzene Butter.
Doch Paul hatte es richtig gemacht, sich von keinem in die Karten schauen zu lassen. Das sah Frank jetzt ein. Helen war clever und misstrauisch. Außerdem hatte sie keine Angst davor, nachzubohren. Wahrscheinlich war sie in ihrem Job sehr gut. Er war

froh, dass sie nicht bei der Einheit für Organisiertes Verbrechen arbeitete und ihm im Nacken saß. Kaum war ihm dieser Gedanke durch den Kopf geschossen, ärgerte sich Frank, dass er ihr das gestern nicht gesagt hatte. Sie hätte es wahrscheinlich witzig gefunden.

Er ließ die Eier auf den Toast gleiten und ging mit dem Teller hinüber zum Tisch, wo er noch ordentlich Pfeffer über sein Rührei kippte.

Letzte Weihnachten hatte er Paul einen silbernen Flachmann geschenkt und Paul ihm eine Bruckner-CD, von der er ständig gequatscht hatte. Die 7. Sinfonie, gespielt von den Wiener Philharmonikern. Es war die, die er spätnachts gehört hatte, als Helen angerufen und ihm gesagt hatte, dass Paul tot sei.

Laura war zu ihm gekommen und hatte gefragt, was passiert sei. Er hatte sie wieder ins Bett geschickt.

Nach dem Frühstück räumte Frank den Geschirrspüler ein und ging ins Büro, um Clive anzurufen. Er wollte Schwung in die Angelegenheit bringen. Er war schon immer dafür gewesen, die Dinge umgehend zu erledigen und sich der nächsten Angelegenheit zuzuwenden. Das Eisen schmieden, solange es heiß war.

Außerdem sollte niemand auf die Idee kommen, dass er hinter ihnen her war.

Detective Inspector Stachelarsch rief genau in dem Moment an, als Helen ins Krankenhaus aufbrechen wollte. Er entschuldigte sich, dass man sie nicht auf dem Laufenden gehalten habe. Sie sagte, sie könne das verstehen und es liege wohl daran, dass es nicht viel gebe, was man ihr sagen könnte. Er widersprach nicht.

Es schien ihm daran gelegen zu sein, das Gespräch kurz zu halten. Er wollte sie nur davon in Kenntnis setzen, dass sie eine neue Spur verfolgten. Er versprach ihr, sie in Zukunft besser zu informieren. Sie bedankte sich, und als er sich erkundigte, wie es ihr gehe, sagte sie, gut.

Als sie eine halbe Stunde später in dem mehrstöckigen Lewisham Centre nach unten ging, war sich Helen ziemlich sicher, was diese »neue Spur« sein könnte. Nach den Nachrichten gestern Abend und mehreren Fernsehberichten heute Morgen wusste sie, dass sich eine ganze Reihe Männer aus dem Team des DI, wenn nicht sogar der Chef selbst, in diesem Augenblick ebenfalls in den Straßen von Lewisham aufhielten. Sie rechnete geradezu damit, einen von ihnen zu treffen, als sie für einen Parkschein anstand, und fragte sich, wie das Gespräch wohl verlaufen würde.

»Wie klein die Welt ist …«

»Was machen Sie denn hier?«

»Ich vertrete mir nur etwas die Beine. Spazieren gehen ist gut fürs Baby.«

»In *Lewisham?*«

»Lewisham wird sehr unterschätzt.«

Helen war klar, dass Lewisham selten *überschätzt* wurde, ein kurzer Bummel durch die Haupteinkaufsgegend reichte dafür aus. Zugegeben, zwei Morde innerhalb einer Woche wären in jedem Viertel ein Stimmungsdämpfer, aber trotzdem. Die Gegend machte den Eindruck, als kämen die Leute nur zum Einkaufen hierher, wenn's gar nicht anders ging und das Leben in ihren eigenen vier Wänden nahezu unerträglich war. Als käme man nur hierher, um gleich wieder zu verschwinden. Es gab ein Freizeitzentrum, einen ganz ordentlichen Park und eine Bücherei. Natürlich würde sie, wenn sie sich die Zeit nähme, ein paar kleinere Straßen finden, die von den Spannungen und der Gewalt unberührt geblieben waren. Aber rund um die Gleise der Docklands Light Railway und vor den Pubs und den Läden

schienen der Lärm und die *Industrie* die Anspannung nur zu verschärfen.
Das Herz des Viertels schien verstopft und kurz vor dem Kollaps.
Helen lief die Haupteinkaufsstraße entlang, vorbei an den üblichen Ladenketten: Boots, Argos und das unvermeidbare Starbucks, vorbei an unzähligen Schnellrestaurants – McDonald's, Kentucky Fried Chicken, Jenny's Burgers, Nando's, Chicken Cottage –, dazwischen jede Menge Ramschläden und Discounter. Sie malte sich den entsetzten Blick ihrer Schwester aus.
»Was, kein Marks and Spencer? Und wie weit ist es bis zum nächsten ordentlichen Restaurant?«
Keine Stunde war vergangen, und Helen hatte bereits mit mehr als einem Dutzend Leuten gesprochen, an Orten, wo man leicht mit Menschen ins Gespräch kam: Sie hatte vor einem Geldautomaten gewartet, an einer Bushaltestelle und in einer kleinen Bäckerei. Ihren Dienstausweis hatte sie nicht vorgezeigt. Sie hatte das Gefühl, dass sie ohne ihn mehr erfahren würde. Und sie wollte nicht riskieren, von einem der Beamten entdeckt zu werden, die hier offiziell ermittelten.
Die Menschen hatten allerhand zu erzählen. Sie waren mehr als erpicht darauf, ihre Meinung zu äußern.
»Das Leben hier ist heute keinen Penny mehr wert, so sieht's aus.«
»Diese kleinen Dreckskerle haben nichts Besseres verdient.«
»Was glauben Sie, woher die ganzen Waffen kommen? Denken Sie mal darüber nach. Wer gibt sie ihnen denn? Die Regierung hat ein Interesse daran, die *wollen* doch, dass wir uns gegenseitig umbringen.«
Helen verließ die Einkaufsstraße und lief über die Lee Bridge in die ruhigere Gegend hinter dem Bahnhof, hinüber zu den Sozialbauten: Lee Marsh, Kidbrooke, Downton, Orchard und

wie sie alle hießen. Wohin man sah, standen Jugendliche herum und streckten ihre Gesichter in die Sonne. Und Polizisten, die wild entschlossen waren, sie nicht aus den Augen zu lassen.

An einer Kreuzung, an der zwei Polizeiautos parkten, stand eine kleine Gruppe vor einem Wandbild. Die Leute machten Fotos, und eine Filmcrew hatte eine Kamera aufgebaut, um Stimmen von Passanten einzufangen. Aus einer tragbaren Beatbox auf dem Bürgersteig dröhnte Rap.

Helen las die Widmung: »Michael Williamson. 1992–2008«.

Eine Seite des Graffitis zeigte eine Spalte mit Tags auf weißem Hintergrund, die wie eine Schriftrolle gemalt war. Die Unterschriften sollten den Toten ehren. Helen starrte auf das bunte Durcheinander von Schnörkeln und Symbolen auf dem Mauerwerk. Die meisten Namen konnte sie nicht entziffern, bei ein paar gelang es ihr jedoch.

Wave. Mit drei blauen Linien darunter. Sollten wohl das Meer darstellen.

Sugar Boy.

Easy. Mit einem *S&S* in einem Kreis neben dem Namen. Die Buchstaben waren wie zischende Schlangen gemalt.

Weiter unten in der Straße, am Eingang zum Lee Marsh, lungerten ein paar Jungs bei den Garagen herum. Als sie zu ihnen hinüberging, tauschten sie verdutzte Blicke aus. Es waren sechs, sieben Jungs, und Helen bezweifelte, dass auch nur einer von ihnen bereits ein Teenager war. Die Frage, ob sie in die Schule gingen, wenn nicht gerade Ferien wären, erübrigte sich. Genauso wie die Vorstellung, sie wären zu jung, um etwas mit den Gangs hier zu tun zu haben. Nicht zum ersten Mal fragte sich Helen, warum die Gesellschaft nicht viel mehr Zeit darauf verwendete, Kinder zu schützen, *bevor* der Schaden angerichtet war.

Sie deutete mit einem Kopfnicken auf die Mauer, auf den Mann mit der Kamera und seinen Kollegen, der den Leuten ein Mikrofon vors Gesicht hielt. »Die reden über einen Bandenkrieg«, sagte sie.

Bis auf zwei Jungs machten sich alle aus dem Staub. Dabei taten sie, als kümmere sie das alles nicht, und alberten herum, während sie den Rückzug antraten. Doch es war offensichtlich, dass sie möglichst weit weg wollten von diesem Ort und diesem Gespräch. Von den Jungs, die geblieben waren, stellte sich der Kleinere als der Gesprächigere heraus, was jedoch nicht viel bedeutete.

»Die reden über alles Mögliche«, sagte er. »Wissen tun die nichts.«

»Was glaubst du denn?«

Der coole Gesichtsausdruck verschwand, zwar nur für eine Sekunde, aber Helen merkte, dass er sich freute, nach seiner Meinung gefragt zu werden. Er trug Jeans und ein weites Basketballshirt, seine Haare waren extrem kurz geschnitten. Als er sich umwandte, sah Helen, dass am Hinterkopf eine Art Muster in sein Haar einrasiert war. »Wenn das wirklich ein Krieg ist, wird die andere Gang gar nicht mitkriegen, wie sie plattgemacht wird, Mann.«

»Und wer ist die andere Gang?«

Der Junge zuckte mit den Schultern und sah zu seinem Freund, der sich so unkoordiniert bewegte wie ein Giraffenbaby. Er stieß mit der Fußspitze in die Erde und drehte sich langsam auf einem Bein, schlenderte ein paar Schritte weg, wandte sich wieder um und schlenderte zurück.

»Gehört ihr zu dieser Gang?« Helen deutete mit einem Kopfnicken in Richtung der Mauer.

»Kann sein«, sagte der Kleine. Dabei steckte er die Daumen in die Taschen seiner Jeans und stellte sich breitbeinig hin. Er war mindestens einen Kopf kleiner als Helen.

»Kennt ihr ein paar von den Leuten auf der Liste? Wave und Sugar Boy?«

»Jeder kennt Wave.«

»Ist er der Chef?«

Wieder zuckte der Junge mit den Schultern. Sein Freund sog Luft durch die Zähne und machte den Eindruck, als wolle er gehen.

»Wenn es kein Krieg ist, wer, glaubst du, hat dann Michael und … den anderen Jungen umgebracht?« Helen hatte den Namen des zweiten Jungen in den Nachrichten gehört, aber er war ihr entfallen.

»Mikey und SnapZ«, sagte der Junge.

»Warum wurden Mikey und SnapZ umgebracht?«

Der Junge neigte den Kopf, als denke er darüber nach. Helen ließ ihm Zeit, blickte von einem zum anderen, studierte ihren Oberlippenflaum und ihr Auftreten. Sie hatte keine Ahnung, wozu die beiden fähig waren, und glaubte dennoch, dass Süßigkeiten und eine Limo reichen würden, um Informationen von ihnen zu bekommen.

»Vielleicht zu wenig Respekt gezeigt«, sagte der Kleine.

»Wem gegenüber?«

»Egal. Das reicht jetzt, okay?«

»Okay.«

»Man braucht einen Ruf, und auf den muss man achten, klar? Man muss der Chef im Ring sein, muss jedem zeigen, wo's langgeht. Ich sag's dir, Alter, wenn mir einer blöd kommt, wird er dafür bezahlen.«

Helen nickte, um zu zeigen, dass sie verstanden hatte.

»Das weiß jeder. Mikey, SnapZ, *jeder* …«

»Wie wird man Mitglied in einer Gang?« Helen stellte die Frage, als sei sie ihr soeben durch den Kopf geschossen. »Gibt es ein Aufnahmeritual oder so?«

Der Junge reckte das Kinn vor. »Sind Sie 'ne Art Undercoverbulle?«
Helen merkte, wie sie errötete, wie die Anspannung stieg, als der Größere vortrat, sie von oben bis unten musterte, und als sie in seinen Augen etwas sah, das da nicht hingehörte. Sie war sich sicher, dass diese Jungs schon Sex hatten und keine Kinder mehr waren – zumindest nicht das, was man unter einem Kind verstand.
Dem Größeren flog ein dünner Faden Speichel aus dem Mund, als er sagte: »Bist du fett oder bloß schwanger, Mann?«
Helen brauchte zehn Minuten für die relativ kurze Wegstrecke zurück zur High Street. Das Laufen wurde zunehmend schwierig, genauso wie das Autofahren. Dazu musste sie ihren Sitz mittlerweile weit nach hinten schieben, damit ihr Bauch Platz hatte, und dann hatte sie Mühe, mit den Füßen die Pedale zu erreichen. Heute Morgen war die letzte Untersuchung vor der Geburt gewesen. Der Arzt hatte gelächelt und gesagt, alles sei in Ordnung. Alles verlaufe wunderbar nach Plan. »Machen Sie es sich gemütlich und lassen Sie es sich gut gehen«, sagte er. »Bereiten Sie sich auf den großen Tag vor. Bald haben Sie es hinter sich.«
Warum, zum Teufel, latschte sie also in Lewisham herum, schwitzte wie ein Schwein und fühlte sich wie ein Blödmann? Verschwendete ihre Zeit. Und fühlte sich überfordert wie noch nie in ihrem Leben.
Sie dachte daran, was die Jungs in ihr ausgelöst hatten. Sie war jedoch schon in gefährlicheren Situationen gewesen. Einmal war sie bei einem Verhör von einem skrupellosen Pädophilen bedroht worden. Sie hatte ihn einfach mit Blicken bezwungen, während zwei Kinder sie so aus der Fassung gebracht hatten, dass sie immer noch das Zittern in ihren Beinen spüren konnte. Ausnahmsweise war das Bedürfnis, auf dem Absatz kehrtzumachen, jetzt größer als das Bedürfnis, um sich zu schlagen.

Helen war klar, dass ein Kind zu bekommen einen von Grund auf veränderte. Sie hatte es bei Jenny erlebt. Man war weniger draufgängerisch und vermied Risiken. Paul hatte sie einmal während eines besonders fiesen Streits gefragt, ob sie wirklich glaubte, sie könnte nach der Elternzeit ihren Job noch machen. Vor allem einen Job wie ihren.

Damals hatte sie darüber nur gelacht, aber inzwischen war ihr das Lachen vergangen.

Als sie wieder am Einkaufszentrum war, beschloss sie, noch schnell in den Supermarkt zu gehen und ein paar Sachen fürs Abendessen zu besorgen. Auf dem Rückweg stieß sie an der Ausgangstür des Supermarktes mit einem Buggy zusammen und ließ eine Tüte fallen. Die junge Mutter verschwand, ohne Helen auch nur eines Blickes zu würdigen, doch ein Teenager trat aus dem Zeitungsladen nebenan und kam zu ihr herüber.

»Alles okay?«

Helen begutachtete den ausgekippten Inhalt ihrer Tüte. Verärgert stellte sie fest, dass zwei von den sechs Eiern in der Packung zerbrochen waren. »Mehr oder weniger«, sagte sie.

Der Junge nahm den Eierkarton und entsorgte die kaputten Eier in einem Abfalleimer. »Das war nicht in Ordnung«, sagte er, als er zurückkam.

»Es ist ja nicht so, dass sie mich nicht *sehen* konnte«, sagte Helen.

Er wartete, bis sie, in jeder Hand eine Tüte, wieder auf den Beinen war, nickte und ging. Sie wollte sich bei ihm bedanken, aber er zündete sich bereits eine Zigarette an und schien in Eile zu sein. Er wollte offenbar die Straße überqueren, bevor die Ampel umschaltete. Helen rief ihm nach, und er blieb auf der anderen Straßenseite stehen. Er deutete auf sich, um sicherzugehen, dass sie ihn meinte.

Als Helen ihn eingeholt hatte, war sie außer Atem. »Könnten Sie mir mit den Tüten bis zum Auto helfen, ginge das?«
Sie liefen schweigend die Straße hinunter, bogen um eine Ecke des Einkaufszentrums und bahnten sich ihren Weg durch die Menschenmenge vor dem Parkhaus.
»Wohnen Sie hier in der Gegend?«, fragte Helen.
»Da drüben.« Der Junge deutete auf die Sozialbauten.
»Ich hatte nicht gerade einen guten Tag, deswegen ist es …«
Ein anderer Junge kam ihnen entgegen, wurde langsamer und grinste breit, als er Helens Begleiter mit den Einkaufstüten sah. »Du bist ja *echt* übel, T«, sagte er. Mit einem Kopfnicken Richtung Helen fügte er hinzu: »Hast dir still und heimlich eine hübsche kleine MILF besorgt.« Er zwinkerte ihm zu und deutete auf Helens Bauch. »Ist das von dir, Alter?«
Der Junge mit den Tüten schüttelte den Kopf und ging weiter. Der andere entfernte sich lachend.
»Tut mir leid.«
Helen zuckte mit den Schultern. »Was ist denn eine MILF?«
»Das wollen Sie gar nicht wissen.«
»Wie gesagt, der Tag kann nicht viel schlimmer werden.«
»Mummy I'd like to fuck«, sagte der Junge. Er sah zu Helen, die einem Mann mit einem riesigen Hund auswich. »Sorry.«
Helen hatte ihren Wagen auf dem ersten Deck des Parkhauses abgestellt, und der Junge wartete auf der Treppe auf sie. Er blieb immer wieder stehen, damit sie ihn einholen konnte. »Es gibt einen Lift«, sagte er.
Helen lehnte sich kurz an die Wand. Auf der engen Treppe roch es nach Urin und nach Burgern. »Wenn ich die eine Treppe nicht schaffe, kann ich mich gleich hinlegen und sterben«, sagte sie. Nachdem sie ihr Ticket bezahlt hatte, gingen sie zum Auto.
»Nicht gerade nett hier, oder?«
Der Junge sah sich um.

»Ich meine nicht das Parkhaus«, sagte Helen. Er lächelte. »Die Gegend allgemein.«
»Ganz nett, wenn du Blumenhändler bist«, sagte er. »Oder Wandmaler.«
»Und was machen *Sie* beruflich?«
»Hab keinen Beruf.« Er sah auf seine Turnschuhe hinunter. »Ich verdien mir hier und da was.«
»Haben Sie einen der Jungs gekannt, die umgebracht wurden?«
»Beide.«
»Das tut mir leid.«
»Sie waren nicht gerade Freunde. Keine *richtigen* jedenfalls.«
»Trotzdem. Das muss schlimm sein.«
Er zuckte mit den Schultern.
»Glauben Sie, es geht so weiter?«
»Denk schon.«
»Hier steht mein Wagen«, sagte Helen. »Danke.« Sie schloss das Auto auf, und der Junge hob die Tüten in den Kofferraum. Der Lärm der Autos, die um die engen Kurven des Parkhauses fuhren, wurde von den Wänden zurückgeworfen. Sie öffnete die Tür. »Wenn Sie mich fragen, ist das wahrscheinlich eine gute Zeit, um Urlaub zu machen.«
Der Junge zündete sich eine neue Zigarette an und schüttelte den Kopf. Er kniff die Augen zusammen, als ihm der Rauch ins Gesicht stieg. »Das ist nicht drin«, sagte er. »Noch lange nicht.«
»Tja, dann sehen Sie sich vor, okay?«
»Klar.« Er zog an der Zigarette. »Haben Sie schon einen Namen?«
Helen war verwirrt. Er deutete auf ihren Bauch, und sie verstand. »Nein, noch nicht.« Paul und sie hatten eine Weile über Namen gesprochen, bis er von der Affäre erfahren hatte. Dann hatten sie das Thema stillschweigend ad acta gelegt. Jetzt, da sie niemanden hatte, mit dem sie darüber sprechen konnte, hatte

sie sich bemerkenswert wenige Gedanken darüber gemacht. Sie lächelte. »Vielleicht sollte ich ihn nach Ihnen nennen«, sagte sie. »Das machen Frauen wohl manchmal. Nennen ihr Kind nach der Hebamme oder dem Taxifahrer, der sie ins Krankenhaus gefahren hat. Ist wahrscheinlich so gut wie jeder andere Name auch.«

Der Junge schüttelte grinsend den Kopf. »Das ist echt eine ganz schlechte Idee«, sagte er.

»Ach ja ...«

Helen stieg ins Auto und schnallte sich an. Sie wusste, dass der Junge ihr dabei zusah, wie sie rückwärts aus der engen Parklücke herausfuhr. Sie hob die Hand und winkte, während er beiseitetrat, um ihr den Weg freizumachen.

SECHSUNDZWANZIG

Inzwischen war die Sache richtig groß.

Seit SnapZ' Tod stand an jeder Ecke eine Kamera. Wohin man blickte, sah man Horden von Journalisten von großen Zeitungen oder kleinen Boulevardblättern, Reporter, die Jacken mit Ellbogenflicken trugen, jedem Kapuzenträger ein Mikrofon unter die Nase hielten, dabei wie hungrige Hunde nickten und geil darauf waren, ihre Titelseiten mit Gefahr zu füllen.

Und es herrschte kein Mangel an Menschen, die ihnen nur zu gerne das erzählten, was sie hören wollten. Kids, die noch nicht mal eine Tüte Chips geklaut hatten und sich nun als richtige Gangster aufspielten, die den Slang draufhatten. Sie wurden mit einem Zehner für ihre Mühe belohnt. »Und pass auf, dass mein Name richtig geschrieben wird, kapiert, Alter?«

Sogar ein paar aus der Gang waren sich nicht zu blöde dafür.

Theo hatte einige gesehen, Sugar Boy und ein paar von den anderen, wie sie am Ende eines dunklen Durchgangs am Rand der Siedlung gefilmt wurden und richtig Gas gaben für *London Tonight*. Ein paar hatten sich Bandanas über das Gesicht gezogen und eine Sonnenbrille aufgesetzt. Die ganze Show eben. Ein Idiot posierte mit einer Knarre. Vielleicht war es seine eigene, vielleicht war es aber auch nur eine Attrappe, die ihm die Fernsehleute in die Hand gedrückt hatten, egal, alle zogen ihre beste Machonummer ab.

»Wenn du zu keiner Gang gehörst, bist du nichts, Mann.«

»Eine Gang hält enger zusammen als eine Familie.«

»Wenn einer unserer Brüder erschossen wird, spüren wir das alle, verstehst du? Wir spüren es *hier*.« Dazu wurde die Faust gegen die Brust gedrückt und heftig genickt.

Am liebsten wäre Theo rübergelaufen und hätte ihnen in ihre Scheißfressen gehauen, damit sie ihre Klappe hielten, hätte die Kamera genommen und sie dem Kameramann in den Arsch geschoben. Er wollte sich mit der Faust auf die Brust schlagen und ihnen sagen, was er hier drin fühlte. Nämlich das, was einen stottern und in die Hose machen lässt. Was einen schwer atmen lässt, wenn man mitten in der Nacht hellwach daliegt und seinen Sohn betrachtet.

Er war seit kurz nach acht in der Lagerwohnung. Inzwischen verließ er immer früher seine Familie, besorgte sich eine Zeitung und Zigaretten und wartete vor dem Café, bis es öffnete.

Die waren einfach reinmarschiert und hatten SnapZ in seiner eigenen Wohnung umgebracht.

Theo hatte sich zu Hause ohnehin nie sicher gefühlt. In seinem Block wurden ständig Leute niedergestochen. Aber das hier war etwas anderes. Das Problem war nur, was sagte er Javine? Es konnte sie schlecht bitten, tagsüber mit Benjamin aus der Wohnung zu verschwinden, bis er wieder zurückkam. Nur für den Fall, dass jemand mit einer Knarre in der Hand an die Tür klopfte, während er sich wie eine Memme auf der anderen Seite der Siedlung versteckte.

Um halb elf kam Sugar Boy. Sie redeten ein paar Minuten über das, was gerade ablief, und Sugar Boy zeigte Theo die Kohle, die er für die Scheiße vor der Kamera bekommen hatte. Theo schaltete den Fernseher ein, um sich abzulenken.

Er rief Javine an und fragte sie, ob sie nicht runtergehen und etwas mehr Zeit mit seiner Mutter verbringen wollte. Aber das kam nicht so gut an. Nichts war in der letzten Woche gut angekommen, wenn er ehrlich war.

»Kümmere dich doch selbst um sie. Und um deinen Sohn, wenn wir schon dabei sind.«

»Ich muss arbeiten.«

Sie brauchte nichts mehr zu sagen. Wie sie den Kleinen hochhob, ihn auf dem Arm hielt und ihm den Rücken rieb, während sie über seine Schulter hinweg Theo ansah, war genug, um zu wissen, was sie dachte: Genau. Arbeiten und den starken Mann raushängen lassen wie dein kleiner Freund Easy, wie Mikey und wie der Typ, der ihm ein Loch in seine dumme Birne geknallt hatte. Ein starker Mann, ein *richtig* starker Mann würde sich Gedanken um seine Frau und seinen Sohn machen, sich einen Job suchen, für den man keine Waffe brauchte.

Aber sie wusste nicht, dass er jemanden umgebracht hatte. Dass jemand, aus welchem Grund auch immer, alle dafür Verantwortlichen mit ihrem eignen Leben zahlen lassen wollte. Dass er keinen klaren Gedanken fassen oder eine Entscheidung treffen konnte und seit zwei Wochen nicht mehr gut geschlafen hatte.

»Wir schauen später bei deiner Mum vorbei«, hatte Javine schließlich gesagt. »Für zehn Minuten, okay?«

Sie wusste nicht, dass er sich wie ein Schaf fühlte, das um sein Leben blökte, während draußen vor der Tür der Wolf stand.

Helen war noch immer besorgt, dass sie in die internen Ermittlungen gegen Paul hineingezogen werden könnte. Als sie um Viertel nach acht im Halbschlaf zum Telefon stolperte und einen offiziell klingenden Polizeibeamten sprechen hörte, fürchtete sie das Schlimmste.
Die Panik verebbte, als der Mann erklärte, dass er mit ihr über die Überweisungsmodalitäten für Pauls Rente sprechen wollte, über Kontonummern, Daueraufträge und so weiter.
Das löste neue Ängste aus.
Obwohl die Beerdigungsvorbereitungen theoretisch von Pauls Mutter und vom Polizeiverband getroffen wurden, wusste Helen, dass sie sich irgendwann selbst mit einer Reihe formeller Dinge auseinandersetzen musste: dem Schließen von Konten, Lebensversicherungen, Mietkaufverträgen. Das Testament an sich, das Paul und sie irgendwann mal mithilfe einer Vorlage aus dem Internet aufgesetzt hatten, war, soweit sie sich erinnern konnte, relativ eindeutig. Beide hatten sich gegenseitig als Alleinerben eingesetzt. Natürlich konnte Helen nichts von diesen Angelegenheiten klären, solange die gerichtliche Untersuchung nicht abgeschlossen und der Totenschein nicht ausgestellt war. Sie mochte sowieso nicht an diese Dinge denken, zumindest nicht, solange das Baby noch nicht da war. Ihr Vater hatte ihr bei dem Papierkram seine Hilfe angeboten, und zur Abwechslung hatte sie diese gern angenommen.
Der Beamte von den Financial Liaison Services war auf einfühlsame Art sehr effizient, als er mit ihr am Telefon alles durchsprach. Das sei der schlimmste Teil seines Jobs, sagte er. Als es vorbei war, bedankte sich Helen bei ihm und rannte ins Bad, um sich zu übergeben.
Nach ein paar Toasts und einer Dusche ging sie zu ihrem Schreibtisch und zog die tiefe untere Schublade auf. Das war die einzige Art Ablagesystem, die Paul und sie besaßen. Sie blätterte

durch die Unterlagen – die Hypothek, die Autopapiere und die Handyrechnungen – und zog den Cliphefter mit Pauls Kontoauszügen heraus.
Sie schaltete das Radio ein und ging mit dem Hefter zum Sofa.
Vielleicht sollte sie sich auch den anderen Kram vornehmen. Jede Ablenkung – die nett, dumpf und *sicher* war – wäre willkommen. Helen wäre sicher besser dran, wenn sie den Tag mit Gesprächen mit Immobilienfritzen und Versicherungstypen verbringen und sich im Mitleid von Callcenter-Mitarbeitern suhlen würde, statt sich so zu verhalten, wie sie es tat: wie verrückt in der Gegend herumzusausen und genug Dreck aufzuwirbeln, um Paul dreimal darin begraben zu können.
Im Radio sprach eine Frau darüber, wie sie es schaffte, mit der Mehrfachbehinderung ihres Sohnes fertig zu werden. Der Moderator meinte, sie sei fantastisch. Helen stand auf und schaltete um auf Radio One.
Paul hatte ein Giro- und ein Sparkonto bei der HSBC. Seine Bankgeschäfte erledigte er in der Regel per Telefon oder online. Helen zog die Kontoauszüge der letzten sechs Monaten heraus und überflog die Einträge. Schon merkwürdig, dass eine so geordnete Reihe von Namen und Zahlen so viel über einen Menschen aussagte.
Zahlungen an eine Reihe von Internetshops, die Musik, Filme und Computerspiele anboten, an den Inder um die Ecke; die Woodhouse-Filiale in Covent Garden, in der es die bügelfreien Hemden gab, die er so gerne zu seinen Jeans getragen hatte. Abbuchungen von Sky und seinem Mobilfunkanbieter. Ein kleiner Dauerauftrag an eine Organisation, die sich um taube Kinder kümmerte. Paul spendete dafür, seit seine Nichte vor ein paar Jahren als taub diagnostiziert worden war.
Sie stieß auf den Kaufpreis für die Uhr, die er ihr vor zwei Mo-

naten zum Geburtstag geschenkt hatte. Er hatte gesagt, er habe die Rechnung aufgehoben, falls sie die Uhr umtauschen wollte. Aber sie hatte gemeint, das sei nicht nötig. Sie hatte bei dem Juwelier vorbeischauen wollen, um nachzusehen, was die Uhr gekostet hatte. Jetzt sah sie, dass er dreißig Pfund dafür bezahlt hatte, weniger, als er gesagt hatte.

»Du verdammter Geizkragen, Hopwood.«

Eine ganze Reihe von Ausgaben konnte sie nicht zuordnen, Kartentransaktionen, die sie bei der Bank überprüfen könnte, wenn sie wollte. Aber bei keiner ging es um einen größeren Betrag. Und außerdem suchte sie ja vor allem nach *Einzahlungen*. Das Gehalt, Schecks von Helen, unbedeutende Dividendenzahlungen von ein paar Aktien, die er von seiner Mutter bekommen hatte. Nichts Auffälliges. Falls er von Leuten wie Shepherd und Linnell Geld erhalten hatte, musste das über ein anderes Konto gelaufen sein.

Helen fühlte sich nicht erleichtert, als sie die Auszüge wieder einsortierte. Sie wusste, irgendwo gab es etwas, das sie nicht finden sollte. Und was auch immer Paul noch ausgemacht hatte, dumm war er nicht gewesen.

Sie war es, die kein Geheimnis für sich behalten konnte.

Helen ging ins Schlafzimmer, um sich anzuziehen, zog ein T-Shirt heraus und überlegte, ob das, wonach sie suchte, vielleicht hinten im Schrank, hinter Pauls Gitarre, versteckt war.

Im Zimmer nebenan laberte ein DJ, den sie beide schon immer gehasst hatten, über ein Konzert, das er besucht hatte – absolut überzeugt, sein drittklassiges Gesellschaftsleben interessiere die Zuhörer mehr als die Musik, die er stattdessen spielen könnte.

Eine Erinnerung … Paul, wie er auf dem Weg zum Kühlschrank, um Milch zu holen, das Radio anknurrte: »Das interessiert doch keine Sau, du Hurensohn.«

Stand man vor einer Mauer, konnte man versuchen, einen Weg drum herumzufinden, oder man konnte vor ihr stehen bleiben und sie anstarren. Wenn nichts anderes half, konnte man sich auch immer wieder gegen sie werfen, weil sich der Schmerz gut anfühlte.
Immer besser anfühlte.

Es war nur ein Blick. Nur ein kurzer Blick, als er einen Moment lang seinen Queue aus den Augen ließ, während er über den Tisch gebeugt stand. Es war wie ein Grinsen, das über sein Gesicht huschte, aber es reichte aus, damit sich Theos Haare aufstellten und er wusste, dass etwas Schlimmes passiert war.
Noch etwas Schlimmes.
Sie waren ins Cue Up gegangen, um eine Kleinigkeit zu essen, etwas zu trinken, Pool zu spielen und um für eine Stunde der Lagerwohnung und der Nachmittagshitze zu entkommen. Easy war in bester Stimmung. Er hatte vorgeschlagen, um zwanzig Pfund zu spielen, aber Theo hatte an Javines Gesichtsausdruck gedacht, an den Ton in ihrer Stimme, und sich nur auf zehn Pfund für den Sieger aus drei Spielen eingelassen.
Es war genauso viel los wie sonst. Dieselben Gesichter wie immer an den Snookertischen und an der Bar. Derselbe alte Typ, der über seiner Tasse Tee und seinem Toast vor sich hin brabbelte und der Frau hinter dem Tresen das Ohr abkaute.
Easy gewann das erste Spiel und lag beim zweiten vorn. Wahrscheinlich hätte er so oder so gewonnen, selbst wenn Theo sich auf das Spiel konzentriert hätte.
»Heute treff ich nicht mal die Kloschüssel«, sagte Theo.
»Ich bin besser als du, Star Boy, so einfach ist das.«
»Da hast du recht.«
Easy trug eine neue Kette, dick wie ein Seil. Sie schwang gegen seinen Queue, wenn er sich hinunterbeugte, um zu stoßen. »Du

konzentrierst dich nicht, Mann.« Er versenkte eine gestreifte Kugel. »Schon seit Tagen nicht.«
»Es passiert einfach viel.«
»Vielleicht.«
Theo nickte in Richtung Fenster, in Richtung Straße dahinter. »Bist du blind oder was?«
Easy zuckte grinsend mit den Schultern. »Genau dann muss man sich am meisten konzentrieren, kapiert? Die anderen lassen sich vom Spiel ablenken, gehen den Bullen aus dem Weg, trauern und so weiter. *Genau* dann musst du auf Zack sein. *Einer* muss die Gang zusammenhalten.«
»Macht das nicht Wave?«
Wieder ging eine gestreifte Kugel ins Loch. »Wave macht, was er macht.«
Theo hatte nicht mehr viel von Wave gesehen, seit die Kacke am Dampfen war. Hatte überhaupt wenige aus der Gang in Dreier- und Vierergruppen rumhängen sehen wie früher. Wegen Mikey und SnapZ, klar, aber trotzdem. Einige hatte er schon zwei, drei Tage nicht mehr dort gesehen, wo sie sonst abhingen, vielleicht sogar länger.
»Asif hält den Ball auch eher flach, oder?«
»Wenn er weiß, was gut ist für ihn«, sagte Easy.
»Hängt er mit Wave ab?«
»Hängt ihm eher aus'm Arsch, würde ich sagen.«
»Ollie hab ich auch schon länger nicht gesehen«, sagte Theo.
Dann kam dieser Blick, wie ein Schlag in die Magengrube, und eine schreckliche Gewissheit erfasste Theo, während er darauf wartete, dass Easy wegsehen und er sich am Tisch festhalten konnte.
Er dachte zurück an einen Samstagabend, zwei Tage bevor Mikey umgebracht wurde, als die Gang sich im Dirty South getroffen hatte, um zu trinken und zu rauchen und Scheiße zu labern.

Er war ins Hinterzimmer gegangen, um einer Band zuzuhören, und als er genug hatte, war er zurück zu den anderen gekommen. Easy war laut gewesen und hatte auf den Putz gehauen, war von einem Gangmitglied zum nächsten gegangen und hatte auf sie eingeredet wie ein Fußballtrainer in der Halbzeitpause auf eine Mannschaft, die am Verlieren war.

Ollie hatte es sich mit einer Flasche am Ecktisch gemütlich gemacht, und Theo erinnerte sich daran, dass Wave und Gospel ein paar Meter entfernt auf einem Sofa neben der Tür in ein Gespräch vertieft gewesen waren. Er hatte die Platzwunden und Blutergüsse in Gospels Gesicht gesehen, als sie Wave etwas ins Ohr geflüstert hatte. Hatte Waves Finger auf ihrem Nacken gesehen, während sie sprach und Wave etwas von dem bekam, was Ollie sich wünschte.

Theo hatte den Ausdruck auf Waves Gesicht gesehen, als Gospel zu reden aufgehört hatte, und dann Ollies Gesicht, als Wave sich zu ihm umgedreht und ihn angestarrt hatte. Theo sah es wie damals vor sich und hörte die Stimme von Dennis Brown über dem Dröhnen der Band im Hinterzimmer. Worte aus dem Song, den er sich vor ein paar Tagen angehört hatte.

»Wolves and Leopards
Are trying to kill the sheep and the shepherds.
Too much informers,
Too much tale bearers …«

Als Easy vom Pooltisch aufsah, war Theo klar, dass er Ollie nicht wiedersehen würde. Er konnte nur hoffen, dass Ollie nicht Easy in die Hände gefallen war. Er wusste vom Hang zur Gewalt seines Freundes. Asif war mindestens einen Kopf größer als Easy, aber Theo würde, wenn es dazu käme, immer auf Easy setzen.

Easy knallte noch eine Kugel rein und stand auf. »Du bist dran, T.«

Theos Gedanken rasten. Wenn Wave wusste, dass Ollie geredet hatte, dann wusste er vielleicht auch, mit wem Ollie gesprochen hatte. Vielleicht war er bereits dabei, etwas gegen diese Sache zu unternehmen. Vielleicht würde Easy abgestellt werden, um sich ebenfalls dieser Sache zu widmen …

»T …«

Theo beugte sich vor und wischte die schwarze Kugel mit einer Handbewegung ins Loch.

»Scheiße, Alter, was machst du?«, sagte Easy.

Theo legte einen Zehn-Pfund-Schein auf den Tisch und sagte: »Ich geh heim.«

Helen ging nach den Mittagsnachrichten hinunter zu dem türkischen Gemüsehändler. Die Frau des Händlers schenkte ihr frisch gemachte Baklava mit Pistazien. Helen kaufte Brot und Käse und aß in dem kleinen Park gegenüber.

Wieder zu Hause, fand sie drei Nachrichten auf dem Anrufbeantworter vor. Die ersten zwei Anrufer hatten aufgelegt. Das war in der letzten Woche öfter vorgekommen. Dabei hatte der Anrufer jedes Mal seine Nummer unterdrückt und zehn, fünfzehn Sekunden gewartet, bevor er auflegte. Als wolle er gar nichts sagen oder habe Angst, etwas zu sagen.

Helen war sich relativ sicher, dass es sich dabei um einen Mann handelte und dass er sich nicht verwählt hatte.

Die dritte Nachricht war von einer Frau, einer Mitarbeiterin der Area West Murder Squad.

Der Teamleiter war anscheinend zufrieden mit dem Verlauf der Ermittlungen zu Pauls Tod. Er hatte mit dem Gerichtsmediziner gesprochen, der sich freute, die Leiche freigeben und einen vorläufigen Totenschein ausstellen zu können. In Anbetracht

dessen freute sich auch der Chef der Ermittlung, die Leiche von Sergeant Hopwood morgen freigeben zu können.
Freude.

SIEBENUNDZWANZIG Das Pub war bald fertig, und Clive sagte, er wolle sich um die Angelegenheiten im Südosten kümmern. Frank ging daher früh in das Büro, das er hinter der Christ's College School gemietet hatte, und informierte sich über den aktuellen Stand seiner anderen Geschäfte.
Er hatte einen Stapel Baugenehmigungen durchzuarbeiten, und er musste zu den neuen Gewerbeimmobilien recherchieren, die er kaufen wollte. Er handelte Wochenendzuschläge mit einem neuen polnischen Arbeitsvermittler aus und besorgte »Geschenke« für zwei Ratsmitglieder, deren Wohlwollen er für ein neues Bauvorhaben in Battersea brauchte. Ein paar Anrufe, und alles war geregelt – ein paar Kisten guter Wein und teure Uhren »für sie und für ihn« wurden verschickt.
Das gehörte alles zum Spiel. Geschäftsausgaben. Sein Steuerberater würde sie als »Geschenke an Geschäftsfreunde« absetzen, wenn es so weit war.
Dann fuhr er raus, um Lauras Mutter zu besuchen.
Sie wohnte in einer Maisonettewohnung, die Frank ihr vor ein paar Jahren im netteren Teil von Eltham gekauft hatte. Er hatte ihr auch ein kleines Auto geschenkt, mit dem sie ein bisschen in der Gegend herumfahren konnte, aber Frank hatte den Eindruck, dass sie in letzter Zeit kaum mehr das Haus verlassen hatte. Obwohl die Geschäfte bereits damals gut gelaufen waren und er viel zu tun gehabt hatte, war Frank so oft es ging vorbeigekommen, nachdem er erfahren hatte, dass er eine Schwester

hatte. Und jedes Mal hatte er hinterher das Gefühl gehabt, etwas Gutes getan zu haben.

Wie immer freute sie sich, ihn zu sehen. Sie sagte, wie dankbar sie ihm sei, dass er sie besuchte, und wie dankbar sie ihm für *alles* sei. Ihre Augen hatten schon gefunkelt, bevor er einen Fuß über die Schwelle gesetzt hatte. Er konnte den Alkohol riechen, als sie ihn in die Arme zog.

Sie sprachen über Laura, wie immer, und Frank trank seinen Orangensaft, während sie eine neue Flasche Wein aufmachte. Sie erkundigte sich nach seinem Geschäft, und er erzählte ihr von dem Pub. Sie sagte, das klinge ja wunderbar, und erzählte, wie gerne sie ausgegangen sei, als die Musik in den Pubs noch nicht so laut war und die Leute sich nicht ständig Fußballspiele ansahen.

»Laura blieb dann immer vor der Tür sitzen, das liebe Kind. Wir haben ihr eine Cola und ein paar Chips rausgebracht.«

»Mum hat das mit mir genauso gemacht«, sagte Frank.

»Na siehst du.«

»Er trank ganz gern was, oder?«

Sobald das Gespräch auf »ihn« kam, veränderte sich der Ton des Gesprächs. Franks alter Herr hatte ihn und seine Mum im Stich gelassen und ein paar Jahre später genau dasselbe getan, als Laura so alt war, wie Frank damals gewesen war. Lauras Mutter holte oft ein Bild von einem schmalgesichtigen Mann raus, der Frank auffallend ähnlich sah, und sagte: »Du bist ein besserer Vater für sie, als es dieser nutzlose Arsch je war.«

Frank suchte seit Jahren nach seinem Vater, zahlte viel Geld an Privatdetektive und erreichte nichts. Er hoffte jedoch noch immer, ihn eines Tages zu finden.

Um dem nutzlosen Arsch zu zeigen, was aus ihm geworden war …

»Ja, er schaute oft zu tief ins Glas, aber das tat ihm nicht gut.«

Sie hatten beide kaum gute Erinnerungen an Franks Vater, und in der Stimme seiner zweiten Exfrau schwang eine Menge Alkohol und Verbitterung mit, als sie sagte: »Schon erstaunlich, wenn man darüber nachdenkt, wie toll ihr beide euch entwickelt habt.«
»Wir hatten ja dich und meine Mutter«, sagte Frank.
»Aber seine Gene hast du ja trotzdem.« Sie schenkte sich noch ein Glas ein. »Hast du dir je Sorgen darüber gemacht, was du von ihm geerbt haben könntest?«
»Darüber hab ich nie nachgedacht.«
»Hast du deshalb keine eigenen Kinder, Frank?«
»Nein …«
»Es ist noch nicht zu spät, weißt du.«
Frank schüttelte den Kopf. »Ich glaub das alles nicht.«
»Es ist *nie* zu spät.«
»Es liegt an einem selbst, wie man wird. Es gibt keine Entschuldigung. Niemand anders hat Schuld, wenn man es vermasselt.«
»Aber du hast es nicht vermasselt, mein Lieber. Du hast es wirklich gut gemacht.«
»Richtig. Und das hab ich mir allein zuzuschreiben.«
Noch ein Schluck, und das Glas wäre wieder leer. »Du wärst ein guter Vater, Frank.«
Frank stand auf und ging hinüber zu dem Spiegel über dem künstlichen Kamin. Er richtete seine Halskette und fuhr sich durch die Haare, während sie erzählte, wie sein Vater sich benahm, wenn er zu viel getrunken hatte, wie er seine Hände nicht bei sich behalten konnte … oder seine Fäuste. Doch bei allem Ekel hörte Frank in ihrer Stimme auch einen traurigen Unterton. Sein alter Herr hatte gut ausgesehen, das ließ sich nicht leugnen, und Frank wusste, dass es im Leben dieser Frau keinen anderen Mann mehr gegeben hatte, seit er verschwunden war.

Er vermutete, dass sie tief drinnen noch etwas anderes als Verachtung für den elenden Dreckskerl empfand, der sie so derbe verarscht hatte.

»Warum hast du dich überhaupt auf ihn eingelassen?«, fragte er.

Sie drückte das leere Glas an ihre Wange. »Ganz einfach, mieser Männergeschmack.«

»Wie Laura«, sagte Frank.

Eine Stunde später, auf dem Heimweg, überlegte er, nach Lewisham reinzufahren. Es war schließlich nur ein Umweg von zehn Minuten.

Ein paar Kilometer und eine Welt entfernt.

Der Gedanke an Laura brachte ihn auf Paul. Vielleicht wäre es interessant, durch die Straßen zu fahren, in denen einige der Typen wohnten, die für Pauls Tod verantwortlich waren. Und noch lebten. Um ein Gefühl für die Leute zu bekommen, die sich so etwas ausgedacht hatten. Für die Strichmännchen …

Außerdem war es gut möglich, dass ein paar Leute angesichts der momentanen Situation möglichst schnell aus der Gegend wegwollten. Immobilientechnisch ließen sich vielleicht ein paar Schnäppchen machen.

Jenny holte Helen kurz nach sechs ab. Als sie auf die Hauptstraße fuhren, sah Helen sich um. Sie glaubte, vier, fünf Wagen hinter ihnen einen schwarzen Jeep gesehen zu haben. Jenny fragte sie, was sie da sähe, und nachdem Helen das Auto nirgendwo mehr entdecken konnte, gab sie auf. Es war schwierig, sich den Hals zu verrenken, und es hätte schließlich jeder beliebige Geländewagen sein können.

Sie hatte Angst, kam sich albern vor und bemühte sich, ruhig zu bleiben und die Aussicht zu genießen, die sich ihnen bot: das beleuchtete London Eye, St. Paul's, Canary Wharf.

Jenny hatte einen Tisch in einem Restaurant reserviert, das im

Time Out-Magazin empfohlen worden war. Mit Holzboden, wilden Gemälden und Jazzartigem aus den Lautsprechern. Normalerweise aß Helen nicht so früh, wahrscheinlich würde sie wieder den Kühlschrank plündern, bevor sie ins Bett ging. Aber Jenny musste früh genug zu Hause sein, um die Kinder ins Bett zu bringen, da Tim nicht mal auf sich selbst aufpassen konnte.
»Wenn ich heimkomme, sieht es aus wie auf einem Schlachtfeld«, sagte Jenny.
Helen bestellte Tintenfisch vom Grill und anschließend Lammkoteletts, während ihre Schwester sich für eine Pastete und einen Caesar Salad mit Hähnchenstreifen entschied. Sie teilten sich eine Flasche Mineralwasser und redeten nett miteinander.
Der Streit vom letzten Wochenende war noch nicht vergessen, daher hatte Helen eine eher angespannte Atmosphäre erwartet. Umso mehr überraschte es sie, als Jenny sich entschuldigte. Normalerweise machte Helen den ersten Schritt, weil sie die Schuldgefühle nicht ertrug, die Jenny nach jedem Streit so geschickt bei ihr auszulösen wusste.
»Sei nicht albern«, sagte Helen. Letztlich verstärkte es ihre Schuldgefühle nur, wenn es andersrum lief. Anscheinend hatte sie einen endlosen Vorrat davon.
»Es hat mir so entsetzlich leidgetan, ich hab mich ganz schrecklich gefühlt.«
»Vergiss es.«
Jenny nahm Helens Hand und drückte sie, und die Sache war vergessen. So war das immer bei ihnen. Sie waren wie Hund und Katze oder wie die besten Freundinnen.
»Es ist schon gut, ehrlich«, sagte Helen. »Ich war einfach völlig fertig.«
»Ist doch verständlich …«
»Ich *bin* völlig fertig.«

Jenny nickte. »Natürlich.«

Auf dem Weg ins Restaurant hatte Helen ihr erzählt, dass Pauls Leiche freigegeben worden war und die Beerdigung in ein paar Tagen stattfinden würde. Sie hatten beratschlagt, ob Jenny die Kinder mitbringen sollte, und sich dann dagegen entschieden. Die Beerdigung würde in Reading stattfinden, wo Pauls Eltern wohnten, und anschließend würden sie etwas trinken gehen. Sie hatten überlegt, ob Helen dort übernachten sollte oder ob es das Verhältnis zu Pauls Mutter weiter verschlechtern würde, wenn sie noch am selben Abend nach Hause fuhr.

»Wir helfen dir alle«, sagte Jenny.

Als sie von ihrem Gemütszustand erzählt hatte, hatte Helen nicht an die Beerdigung gedacht. Kurz war sie fast davor gewesen, ihrer Schwester alles zu erzählen – von Linnell, Shepherd, den Informationen, die sie auf dem Laptop vermutete –, hatte sich aber doch dagegen entschieden. Sie hatte das Bedürfnis, es *irgendjemandem* zu sagen, aber sie wusste, dass Katie oder sogar Roger Deering besser dafür geeignet waren als Jenny oder ihr Dad. Das war zugegeben nicht logisch. *Sie* durfte über Paul denken, was sie wollte, durfte ihn verdächtigen, hinter ihrem Rücken in dubiose Geschäfte verwickelt gewesen zu sein. Aber den Gedanken, dass andere ihn verurteilten, ertrug sie nicht.

Schließlich entschied sie sich für einen Weg, den ihre Schwester schon kannte.

»Es ist wegen Adam Perrin«, sagte sie.

Jenny stellte ihr Glas ab. »Du lädst ihn doch nicht ein?«

Helen lachte, obwohl sie schon daran gedacht hatte, dass er vielleicht auftauchen könnte. Er könnte problemlos die Details in Erfahrung bringen. »Ich glaube, er hat vielleicht angerufen.«

Sie hatten sich vor über einem Jahr bei einer Fortbildung kennengelernt. Er gehörte zu einer Gruppe Firearms Officers und schien noch der erträglichste von diesen Typen zu sein, die in der Hotellobby lachten, zu laut redeten und sich etwas darauf einbildeten, dass sie zu jener Einheit der britischen Polizei gehörten, die befugt war, Waffen zu tragen. Damals trank Helen nicht wenig, was sie auf den Stress bei der Arbeit zurückführte, aber sie war gewiss nicht auf eine Affäre aus. Sie hatte sich gern mit ihm unterhalten, und der Flirt war nett gewesen. Er war gut gebaut, hatte kurze blonde Haare. Einfach anders als Paul …

»Du *glaubst* es?«

»Dass er angerufen hat, ohne sich zu melden, ja.«

Jenny sah so verwirrt drein, wie Helen sich fühlte. Sie wusste nicht, warum sie jetzt an den Mann dachte, mit dem sie ein Verhältnis gehabt hatte. Warum sie sich ein Telefongespräch mit ihm ausmalte, bei dem sie ihm die ganzen beißenden Bemerkungen an den Kopf knallte, die ihr schon seit Langem auf der Zunge lagen:

Um Witwen rumschleichen. Das hat wirklich Klasse. Sogar für deine Verhältnisse.

Jetzt sei nicht albern, Helen.

Du hättest wenigstens warten können, bis er unter der Erde ist.

Ist es das, was du über mich denkst?

Ich denke überhaupt nicht über dich nach.

Ich hab nur mit dir geschlafen, okay?

Ich kann mich kaum daran erinnern.

Ich hab niemanden umgebracht. Und dir hat es ziemlichen Spaß gemacht.

Ja, klar, ich hatte was getrunken …

Es tat gut, so auszuteilen, selbst wenn das Gespräch nur in ihrer Fantasie stattfand.

Die Bedienung brachte die Vorspeisen. Jenny wartete eine Minute, bevor sie zu essen begann. »Du solltest ihn wiedersehen.«

»Was?«

Es war nicht viel los, nur ein paar Tische waren besetzt, man konnte gut hören, was gesprochen wurde. Beide senkten die Stimme.

»Ich mein ja nicht gleich, verdammt.«

»Ach, *gut!*«

»Vielleicht später.« Helen hatte den Kopf gesenkt und schüttelte ihn. Jenny wartete, bis sie damit aufhörte. »Du hast für Adam etwas empfunden. Das weißt du ganz genau.«

»Es war eine Affäre, und es war dumm.«

»Es ist passiert, weil du wusstest, dass zwischen dir und Paul was nicht stimmte.«

»Aber *ich* hab die Scheiße gebaut, okay?«

Jenny sagte nichts darauf, sie war verlegen wegen der anderen Gäste.

»Dir hat das einfach in den Kram gepasst, weil du Paul nie leiden konntest.«

»Ich konnte nie leiden, wenn du klein beigegeben hast«, sagte Jenny.

»Blödsinn.« Hinter Jenny renkte sich eine Frau am Ecktisch fast den Hals aus. Helen fixierte sie, bis die Frau sich wieder ihrem Essen zuwandte. Dann flüsterte sie: »Das ist Quatsch, Jen ...«

Die Anspannung, die Helen befürchtet hatte, brachte die Luft zum Knistern. Augenkontakt war unmöglich. Und als Jenny zur Wasserflasche griff, um sich nachzuschenken, starrten beide auf das Glas.

»Du hast nie was wegen dem Baby gesagt.«

»Es ist von Paul«, sagte Helen.

»Du hast es einfach nie gesagt, das ist alles.«

»Es ist von Paul.«

Der Hauptgang wurde serviert, und sie sprachen über ihren Vater und über Jennys Kinder, aber sie waren nicht ganz bei der Sache, das Gespräch schlief immer wieder ein. Helens Lamm war perfekt, und sie war hungriger, als sie gedacht hatte, dennoch konnte sie nicht alles aufessen.

Es war spät, und Theo war zu Hause, sah sich mit Javine eine DVD an, als Easy mit Dosenbier und ein bisschen Gras vorbeikam. Javine nahm widerwillig den Joint von Easy und forderte ihn auf, nicht solchen Lärm zu machen, sagte aber darüber hinaus nichts, sondern starrte wie gebannt auf den Fernseher. Sie weigerte sich, sich von den beiden vertreiben zu lassen und schlafen zu gehen. Easy machte ein, zwei Bemerkungen über den Film und verdrehte die Augen, bis Theo nachgab und zu Easy sagte, dass sie ihr Bier wohl besser draußen tränken.
Sie teilten sich einen Joint und schauten über die Brüstung des Außenflurs. Zwei Mädchen fuhren in der Dunkelheit Rad, und ein junges Pärchen schaukelte langsam zusammen auf den Reifen. Er konnte sie nicht sehen, aber auf der anderen Seite bei den Garagen standen bestimmt die Youngsters rum. Sie machten sich gegenseitig heiß, begutachteten jedes Auto, das vorbeifuhr, und bemühten sich, den Eindruck zu machen, als wäre ihnen alles scheißegal.
Theo kamen sie vor wie kleine Ratten.
»Was war das gestern im Cue Up?«, fragte Easy.
»Ich war nicht in Stimmung, das ist alles.«
»Sag es mir, wenn du das nächste Mal nicht in Stimmung bist. Ich kann das Geld gut gebrauchen.«
Drei Stockwerke unter ihnen rief der Junge auf der Schaukel den Mädchen auf den Fahrrädern etwas zu. Eine rief zurück und radelte in der Dunkelheit davon.
»Hast du viel über Mikey und SnapZ nachgedacht?«, fragte Theo.
»Ich hab gedacht, Scheiße noch mal, zum Glück hat's nicht mich erwischt.«

»Was passiert ist, mein ich.«
»Jeder weiß, was passiert ist, T.«
»Darüber, *warum* es passiert ist.«
Easy blies langsam den Rauch aus. »Geht's wieder um diese Gebietsscheiße, Alter? Wer wem in die Quere kommt und den ganzen Kram?«
»Nein ...« Es war eine warme Nacht, und Theo trug nur ein Unterhemd. Er sah hinunter auf den dünnen Stoff, der sich bei jedem Atemzug bewegte.
»Hab mit Wave gesprochen«, sagte Easy.
Der Stoff bewegte sich ein klein bisschen schneller.
»Weißt du noch das mit den Dreiecken?«
»Yeah.«
»Da muss sich ein bisschen was ändern. Nach dem, was hier passiert ist. Wir brauchen ein paar andere Leute für die Wohnung und unten auf der Straße ein paar neue Gesichter. Für die Laufarbeit und so, verstehst du?«
Theo nickte. Das bedeutete Jobmöglichkeiten für ein paar der kleinen Ratten.
»Das ist die Chance, aufzusteigen, Alter.«
»*Du* steigst also auf?«
Easy schlürfte an seinem Bier. »Und du auch, Star Boy. Wir zwei kümmern uns gemeinsam um die Geschäfte. Das ist eine gemütliche Nummer, T, ich schwör's dir. Wir halten ein Auge drauf, wie alles läuft, und sagen Wave Bescheid. Du wärst dann so was wie mein – wie sagt man? –, mein Leutnant oder so.«
»Lass mich drüber nachdenken, Mann.«
»Da braucht man nicht drüber nachdenken, Alter.«
»Ich überleg's mir.«
»Wie jetzt?« Easy deutete mit einer Kopfbewegung zu Theos Wohnungstür. »Du willst das mit deiner *Freundin* besprechen?«
Theo sagte nichts. Easy trat näher an ihn heran, der Spott war

aus seiner Stimme verschwunden, sein Ton hatte nun etwas noch Dunkleres. »Du solltest *wirklich gut* darüber nachdenken, verstehst du? Und zwar pronto.«
Theo dachte bereits nach. Über das zusätzliche Geld und die Tatsache, dass es kaum noch schlimmer werden konnte. Darüber, wie viel ihn sein letzter Aufstieg gekostet hatte.
»Was du eben gesagt hast, von wegen zum Glück hat's nicht dich erwischt …«
Easy zuckte mit den Schultern. »Was?«
»Wir haben alle in dem Auto gesessen, Alter.«
»Und?«
»Mikey und SnapZ. Und Wave und du und ich.«
Die Reste von Easys Joint flogen über die Mauer nach unten. Sein Atem ging schwer. Theo sah zu, wie er langsam den Kopf schüttelte. »Du bist echt durchgeknallt, Star Boy.«
»Ich sag ja nur, dass es kein Zufall war.«
»Hat dir jemand auf den Kopf geschlagen oder was? Wirft die Schlampe mit Pfannen nach dir, Alter?«
»Vielleicht sollten wir mit Wave reden.«
»Das Zeug, das ich über dich geschrieben habe …«
»Sei vorsichtig, das ist alles.«
Zunehmend wütend, schlug Easy mit der Hand gegen die Mauer. »Dieser ganze Mist, diese Beurteilung oder was auch immer, was für ein Scheiß …«
»Ich mach mir in die Hose, Eez, und es ist mir egal, wenn du das weißt, okay?«
Easy verlor die Nerven, stieß Theo die Bierdose gegen die Brust und bespritzte ihn mit dem Schaum. »Du kannst dir so viel in die Hose kacken, wie du willst, aber behalte deine verfickte Scheiße für dich! Ich will sie nicht hören, und ich will nicht sehen, dass du so denkst. Und ich will nicht, dass du noch mal davon anfängst, hast du kapiert?«

Theo nickte.
Easy trat einen Schritt zurück und starrte kurz vor sich hin, bevor er die Dose mit aller Kraft gegen Theos Brust schleuderte. Easy war schon am Weggehen, als das Bier überall hinspritzte und die Dose nach unten auf den Gehweg flog.
Das Gebrüll hatte die Aufmerksamkeit von Javine und ein, zwei anderen erregt, die nun zur Tür herausschauten. Aber Theo blickte nicht auf. Er sah nur auf die Dose, die unten lag, sah, wie der Schaum aus ihr auf den Beton quoll und das Bier wie Pisse herausrann.

Paul und Adam Perrin lagen zusammen im Sarg, beide in ihrer besten Galauniform, an den Köpfen und Füßen dicht beieinander wie Kinder, die im selben Bett schlafen. Aus irgendeinem Grund gab es keinen Sargdeckel, und als sie die erste Schaufel Erde traf, setzten sich beide auf. Ihr Timing war perfekt, sie spuckten den Dreck aus und lachten.
»Es ist okay«, sagte Paul und sah hoch zu Helen. »Kein Problem, versprochen.«
»Wie wär's mit unseren beiden Namen?«, fragte Adam. »Wie wär's mit Adam-Paul?«
»Paul-Adam klingt viel besser«, sagte Paul, und plötzlich prügelten sich die beiden. Sie machten es aber aus Spaß und schlugen mit den Händen aufeinander ein wie zwei alte Weiber, die sich ihre Handtaschen um die Ohren hauen. Sie wurden immer alberner, bis der Vikar sie vom Rand des Grabes mit deutlichen Worten ermahnte. Er sagte, sie erschreckten die Trauernden und müssten nun wirklich Ruhe geben.
Helen wachte auf.
Das Kissen war feucht, und das Baby trat um sich. Als hätte es genug gehabt, genug *gehört*, und als wollte es heraus, damit es ihr besser ging.

ACHTUNDZWANZIG Wave klopfte an die Tür der Lagerwohnung, riss an der Hundeleine und befahl seinem Hund, sich hinzusetzen. Er wartete, bevor er sich an die Tür lehnte und laut rief, Sugar Boy aufforderte, seinen Hintern hochzukriegen, wenn er sich keinen Arschtritt einfangen wollte.

»Kein Sofa und keine PlayStation, wenn du wieder an der Straßenecke stehst, kapiert?«

Es war Freitag, und Wave wollte das Geschäftliche hinter sich bringen, sich holen, weswegen er gekommen war, und überall sein Geld einsammeln. Die Einnahmen an diejenigen weitergeben, an die er sie immer weitergab, und seinen Anteil einstreichen, damit er fürs Wochenende ordentlich Cash in der Tasche hatte.

Schlangestehen am Geldautomaten hatte er nicht nötig, und er brauchte auch keine PIN.

Er kramte nach den Schlüsseln und schloss die Tür auf, zog den Hund zurück, damit dieser wusste, wer zuerst über die Schwelle trat. Er rief laut, als er eintrat, und schlug die Tür fest zu. Sugar Boy sollte wissen, was ihn erwartete.

Sugar Boy saß auf einem Holzstuhl neben dem Sofa. Wave machte einen Schritt auf ihn zu, der Pitbull zerrte an der Leine. Als er die zwei Männer sah – einer kam aus dem Bad, einer aus dem Schlafzimmer –, blieb er stehen.

Beide trugen eine Waffe. Mit Schalldämpfer.

Sugar Boy fing an zu weinen.

Wave ließ die Hundeleine fallen und griff in die Richtung seiner Tasche. Ein leichtes Kopfschütteln des Größeren bedeutete ihm, dass das sehr dumm war. Wave hob die Arme und sagte: »Nehmt die ganze Kohle. Ich zeig euch, wo sie ist.«

Der Ältere wandte sich um und schoss auf Sugar Boy, drehte sich schnell in die andere Richtung und erschoss den Hund.

Wave schrie auf und warf sich auf den Boden, kroch zu seinem

Hund und zog ihn in seine Arme. Er presste das Gesicht an den Hals des Hundes und bekam das Stöhnen in der anderen Zimmerecke gar nicht richtig mit, merkte nicht, dass Sugar Boy noch lebte.

»Also dann«, sagte der Größere.

Wave kniete sich hin und holte tief Luft. Er versuchte zu sprechen, konnte aber nur lallen. Seine Haare waren verklebt, seine Wange blutverschmiert.

»Du kannst uns gerne von dem Geld erzählen, aber das hilft dir nicht.«

»Ich werde sowieso bezahlt«, sagte der Ältere.

»Es geht hier um Paul Hopwood.«

»Wer ist das denn?«, stotterte Wave.

»Er *war* Polizist und wartete auf den Bus.«

Wave stemmte sich hoch und breitete die Arme aus. Allmählich verstand er. »Das ist die Sache in Hackney, richtig? Die Schüsse auf das Auto.«

»Die Sache in Hackney«, sagte der Große.

Wave wirkte erleichtert. Seine Schultern sanken nach unten, und er brachte sogar so etwas wie ein Lächeln zustande. Er strich sich durch die Haare und schmierte dabei Blut an seine Hände. »Das Ganze ist eine riesige Scheiße«, sagte er. »Da ist informationstechnisch was schiefgelaufen. Das war eine *komplizierte* Sache.«

»Aus der Sicht des Bullen war es brutal einfach.«

»Es gibt da Sachen, die ihr wissen müsst.«

»Na dann schieß mal los …«

Clive hörte zu, während der Mann, der vor ihm kniete, die Fakten herunterratterte, von denen er hoffte, dass sie sein Leben retten würden, und dabei versuchte, ruhig zu bleiben. Keine Frage, Clive war interessiert. Er brachte das, was er hier hörte, mit dem zusammen, was Jacky Snooks gesagt hatte.

Er setzte die Geschichte Stück für Stück zusammen und würde sie später Frank erzählen.
Als Wave die Luft ausging, fragte Clive, ob es seiner Meinung nach noch etwas Wichtiges gäbe. Wave verneinte, er habe ihnen alles gesagt, was er wisse. Er wollte gerade aufstehen, als Clive ihn zweimal in die Brust schoss.
Clive und Billy tauschten einen Blick aus und gaben sich gegenseitig zu verstehen, dass sie gute Arbeit geleistet hatten. Dann ließen sie die Waffen in den Leinensack fallen, den Billy mitgebracht hatte.
»Willst du dich umsehen?«, fragte Clive. »Nachschauen, ob du das Geld findest?«
»Was meinst du?«
»Liegt bei dir.«
Billy meinte, er habe keine große Lust, also räumten sie auf.

Als Helen am Abend zuvor nach Hause gekommen war, hatte sie eine Nachricht von Jenny auf dem Anrufbeantworter gehabt, die erklärte, dass sie Helen nicht nerven wollte, und falls sie etwas Falsches gesagt habe, täte es ihr leid. Außerdem war da noch eine Nachricht von Roger Deering, der wissen wollte, wie es ihr ginge. Und wieder ein Anrufer, der einfach aufgelegt hatte. Vielleicht war es Adam Perrin gewesen, vielleicht auch nicht.
Sie hatte den Anrufbeantworter abgehört und darüber nachgedacht, wer wohl an ihrer Haustür geklingelt hatte und wieder gegangen war. Und über das Zusammentreffen mit Kevin Shepherd. Über den schwarzen Jeep, nach dem sie jedes Mal Ausschau hielt, wenn sie das Haus verließ.
Am Morgen rief sie Jenny an und hinterließ eine Nachricht, es sei alles in Ordnung. Sie machte sich nicht die Mühe, Deering zurückzurufen. Der Traum hatte eine merkwürdig positive

Stimmung hinterlassen, und sie war mit einem guten Gefühl aufgewacht, weil sie etwas zu tun hatte, Dinge *erledigen* musste. Dinge, die nichts damit zu tun hatten, ihren fetten Arsch durch die Gegend zu schleppen und sich für das zu hassen, was sie tat, während sie auch den Mann zu hassen begann, den sie in ein paar Tagen beerdigen würde.

Sie rief Pauls Mutter an und besprach mit ihr die Details der Beerdigung. Es war das herzlichste Gespräch seit Langem. Helen wurde klar, dass Caroline Hopwood darunter gelitten hatte, nicht zu wissen, wann und wie sie sich von ihrem Sohn verabschieden würde, und deshalb so seltsam und unfähig im Umgang mit anderen Menschen gewesen war. Helen konnte nur hoffen, dass sich jetzt, da alles endlich organisiert war, ein solcher Wandel auch in ihr vollziehen würde.

Das musste geschehen, wenn das Baby je eine Mutter haben sollte, die diesen Namen verdiente.

Sie sprachen über den Blumenschmuck und darüber, welche Musik gespielt werden sollte. Pauls Mutter beruhigte Helen, der Vikar, der Paul beerdigen würde, würde seine Sache sicher gut machen. Sie kannte ihn schon lange, er hatte auch Pauls Schwester verheiratet.

»Deswegen kennt er die Familie …«

Caroline war effektiv wie immer und hatte bereits eine Liste der Trauergäste erstellt. Sie bat Helen, jene Freunde von Paul anzurufen, zu denen die Familie keinen Kontakt hatte. Das waren mehr oder weniger dieselben Leute, die sie vor zwei Wochen über seinen Tod benachrichtigt hatte. Sie rief Gary Kelly und Martin Bescott an und noch ein paar Kollegen sowie ein paar von den Jungs, mit denen Paul ab und zu Karten gespielt hatte. Sie versuchte, die Gespräche freundlich, aber kurz zu halten, und war froh, wenn sie ihre Nachricht auf dem Anrufbeantworter hinterlassen konnte.

Ein Anruf würde schwieriger werden als die anderen, aber sie hatte versprochen, ihn zu tätigen. Helen wusste instinktiv, dass der Mann kommen würde, ob er eingeladen wurde oder nicht. Auch wenn sein Name bestimmt nicht auf der Liste stand, die Pauls Mutter zusammengestellt hatte.

»Helen …«

»Oh … ja.«

»Ihre Nummer wurde angezeigt«, sagte Linnell. »Wie geht es Ihnen?«

»Gut, danke. Ich wollte nur anrufen, um Ihnen wegen der Beerdigung Bescheid zu sagen.«

»Das ist wirklich nett. Ich hab mich schon gewundert.«

»Sie haben Pauls Leiche erst jetzt freigegeben.« Helen lief, während sie telefonierte, im Wohnzimmer umher. Im Hintergrund konnte sie Musik hören, die schlagartig leiser wurde. Linnell räusperte sich.

»Ich hab mir einen Stift geholt«, sagte er.

Sie sagte ihm, wann und wo die Beerdigung stattfinden würde, doch darüber, was sie nach der Beerdigung vorhatten, sagte sie nichts. Und sie war froh, dass er nicht danach fragte.

»Was ist mit Blumen?«, fragte Linnell.

»Das muss nicht sein.« Helen hatte sich schon ausgemalt, wie Pauls Mutter die Kränze durchging und bei jedem fragte, von wem er stammte und woher er Paul kannte. »Es wäre mir ehrlich gesagt lieber, wenn Sie keine Blumen schicken könnten.«

»Eine Spende vielleicht?«

»Ich muss noch andere Telefonate erledigen, also …«

»Haben Sie schon einen Grabstein ausgesucht?«

»Wie bitte?«

»Ich bin sicher, Sie möchten etwas Besonderes für Paul. Er *verdient* etwas Besonderes. Und ich weiß, die können ein Vermögen kosten.«

»Wir finden schon was.« Helen wurde zunehmend unruhig. Sie stützte sich auf die Sofalehne. »Ich werde ihm keinen mit Edding beschrifteten Karton hinstellen, falls Sie das befürchten.«

»Tut mir leid, ich wollte Ihnen nicht zu nahe treten«, sagte Linnell. »Ich möchte nur einen Beitrag leisten, das ist alles.«

Helen suchte nach Worten und hörte Linnell am anderen Ende atmen, bevor sie auflegte.

Gott, war das krank. Beinah schon wieder zum Lachen.

Wahrscheinlich würden sie für den Grabstein zusammenlegen – Helen, Pauls Mutter, vielleicht seine Schwester –, und das Geld, das Helen zahlte, gehörte jetzt ihr allein, war jedoch von Paul und ihr getrennt voneinander verdient worden.

Wenn Linnell also davon sprach, einen Beitrag zu leisten, hatte er es womöglich bereits getan.

Theo wurde mulmig, als er die Tür aufschloss und ihm dieser Geruch in die Nase stieg.

Als er die Tür hinter sich zuzog und die Flecken auf dem Teppich sah, begann er am ganzen Körper zu zittern. Es waren drei große Flecken, zwei beim Tisch und einer hinten in der Ecke neben dem Holzstuhl, die schon zu trocknen anfingen, aber auf dem schäbigen, schmutzigen Boden noch funkelten. Kleinere Flecken und Schleifspuren führten ins Schlafzimmer. Für ein paar Minuten hatte Theo zu große Angst, um ihnen zu folgen.

Sie hatten es in die Lagerwohnung geschafft.

Der Ort, an dem er sich am sichersten gefühlt hatte.

Hatten sie hier nach ihm gesucht?

Am letzten Abend hatten er und Javine sich nach der Sache mit Easy eine Stunde lang angebrüllt. Sie hatte genug von dem, was Easy gesagt hatte, mitbekommen und erklärte Theo klipp und klar, wie bescheuert er wäre, wenn er in die Fußstapfen seines nichtsnutzigen Freundes treten würde. Sie hatte in der Tür ge-

standen, Gesicht und Nacken angespannt, jede Sehne war hervorgetreten, während sie sich in seine Richtung gebeugt und ihrer Wut Luft gemacht hatte.
Theo hatte zurückgebrüllt, dass er nichts zugesagt habe; aber dass sie das zusätzliche Geld gut gebrauchen könnten und dass sie nicht die geringste Scheißahnung habe, was in seinem Kopf vorgehe. Er hatte sogar noch gebrüllt, als sie zu dem Kleinen gegangen war, der zu weinen angefangen hatte. Er hatte gebrüllt, weil er nicht wollte, dass sie ihm sagte, was er zu tun habe, und weil Easy ihn wie einen dummen Jungen behandelt hatte, der unfähig war, wie ein Mann Entscheidungen zu treffen.
Jetzt spielte seine Entscheidung ohnehin keine Rolle mehr. Der Geruch nach Metall und Schweiß reizte seine Nase, und da war noch etwas ... etwas *Verbranntes*, so roch es in den Straßen in der Bonfire Night, wenn überall Lagerfeuer und Feuerwerkskörper entzündet wurden.
Er ging langsam ins Schlafzimmer und wusste, wie Javine reagieren würde, wenn er Easy hier finden würde. Er war sich nicht sicher, wen er hier finden *wollte* ...
Auf den Dielen war noch mehr Blut, und am Kopfende des Betts befand sich auf dem Boden eine kleine Lache, wo das Blut von der Matratze getropft war. Theo stand am Fußende und sah hinunter auf die Toten: Wave, der quer über Sugar Boy lag. Nacktes Fleisch, wo ein Hemd nach oben gerutscht war, ein Arm lag über ein Gesicht gestreckt. Sie waren hinter Wave her gewesen, Sugar Boy hatte einfach nur Pech gehabt.
Theo fühlte sich plötzlich federleicht und zerstört.
Er wollte sich nur noch hinlegen und darauf warten, dass sie zurückkamen, und in den Ritzen zwischen den Dielen verschwinden wie das Blut. Er wollte rennen, bis die Sohlen seiner Timberlands sich auflösten und die Haut in Fetzen von seinen Füßen hing.

Jetzt musste er wirklich wie ein Mann entscheiden, denn er ahnte, was auch ihm bevorstand. Wahrscheinlich hatten die Killer weniger Mitleid mit den Jungs gehabt als mit Waves aufgedunsenem, hässlichem Köter, der am Fußende lag, als bewache er sie.

Er hatte eine Menge Geld für ein Bose-Soundsystem der Spitzenklasse in seinem Arbeitszimmer ausgegeben. Subwoofer, Direct Reflecting Speakers, das komplette Programm. Es war nicht genauso wie im Konzertsaal, aber wenn Frank die Anlage richtig aufdrehte, war es umwerfend.

Er saß mit geschlossenen Augen da und lauschte, wie Bruckner den Raum füllte: Die Geigen gingen ihm durch und durch, die Bläser waren so laut, dass beinahe die Fensterscheiben klirrten, und die Kesselpauken hallten von den Wänden wider.

Er hatte das CD-Booklet wie immer von vorn bis hinten gelesen, begierig, die Hintergrundinformationen zu kennen. Anscheinend war Wagner, Bruckners großes Vorbild, gestorben, als Bruckner die Sinfonie Nr. 7 geschrieben hatte. Frank glaubte, in den sich wiederholenden Motiven – oder wie das hieß – Bedauern zu hören, echte Trauer. Nur ein paar Monate nachdem er dieses Konzert dirigiert hatte, hatte von Karajan den Dirigentenstab für immer abgegeben, was die Aufnahme für Frank nur noch ergreifender machte. Dem Text im Booklet zufolge hatte Hitler diese Sinfonie sehr gerne gemocht und sie für beinahe so gut wie Beethovens 9. gehalten. Da konnte man nichts machen.

Schon merkwürdig, dachte Frank, dass einer wie Hitler etwas so Schönes geschätzt hatte.

Als er die Augen aufschlug, sah er Laura die Treppe herunterkommen und an der Tür stehen bleiben. Da er wusste, dass das nicht ihre Musik war, fragte er sie, ob er sie gestört habe. Sie sagte, es sei schon in Ordnung und es gefalle ihr, aber Frank drehte die Musik trotzdem leiser.

Er erzählte ihr von Pauls Beerdigung und dass er wieder mit Helen gesprochen hatte.

»Du gehst doch hin, oder?«, fragte er. »Du *solltest* hingehen.«

»Natürlich geh ich hin.«

»Ich kauf dir ein neues Kleid.«

»Muss es schwarz sein?«

»Na ja, inzwischen sieht man ja jede Menge Blau und Braun auf Beerdigungen«, sagte Frank. »Manchmal sogar helle Farben. Aber ich finde die Tradition besser, respektvoller.«

»Wie du meinst.«

»Du weißt, dass sie ein Kind bekommt? Pauls Freundin?«

»Hast du nie erwähnt.«

»Kann jeden Moment so weit sein, du solltest mal sehen, wie kugelrund sie ist.«

»Das ist schön«, sagte Laura. Sie kam ins Zimmer und setzte sich auf die Fensterbank. »Und trotzdem furchtbar. Unter diesen Umständen, meine ich.«

Frank nickte. »Aber sie wird immer einen Teil von Paul bei sich haben. Etwas Lebendiges, Atmendes.«

»Das wird ihr helfen.«

»Das ist wichtig, ich *weiß*.«

Sie hörten eine halbe Minute der Musik zu.

»Ist das die CD, die Paul dir geschenkt hat?«

Frank nickte.

»Erzähl mir was darüber.«

Frank holte das Booklet aus der CD-Hülle, las ihr den Text laut vor und erklärte ihr, als das Stück zu Ende ging, dass das der wirklich traurige Teil war und manchmal die »traurige Sonate« genannt wurde.

Draußen wurde es dunkel. Als die CD zu Ende war, fragte

Frank, ob Laura etwas anderes hören wollte. Sie sagte, das sei für einen Tag schon genug klassische Musik gewesen, sie ginge jetzt hoch, um ein bisschen was Fröhlicheres zu hören.

»Schrecklichen Lärm mit zu viel Schlagzeug und zu wenig Melodie?«, fragte Frank.

Sie lachte und sagte, sie würde sich bemühen, etwas *wirklich* Nerviges zu finden.

Frank folgte ihr aus dem Zimmer und sah ihr nach, wie sie nach oben ging, bevor er sich in der Küche etwas zum Abendessen suchte.

NEUNUNDZWANZIG

Der Bulle an der Tür wollte mit Sicherheit an diesem Samstagvormittag keine Rentenangelegenheiten mit Helen klären. Aber Gott sei Dank war er auch nicht von der Internen. Der Mann, der sich als DCI Jeff Moody vorstellte, reichte ihr seinen Dienstausweis, und Helen erkannte das auffällige Logo sofort. Die große Katze, die über einen stilisierten Globus springt, sollte wilde Entschlossenheit verkörpern, zusammen mit einer internationalen Ausrichtung. Ein Logo, das die öffentliche Hand hundertsechzigtausend Pfund gekostet hatte, was damals zu einem öffentlichen Aufschrei geführt hatte. Es war nicht gerade ein guter Anfang für die neu gebildete Serious Organised Crime Agency gewesen.

Helen bat Moody in die Wohnung und witzelte dabei über den Dienstausweis. Sie führte ihn ins Wohnzimmer und fragte ihn, ob er eine Tasse Tee wolle. Er sagte, ein Glas Wasser sei ihm lieber, und was das Logo anginge, so seien die Olympischen Spiele ihre Rettung, denn deren vielfarbiges Gekrakel koste viermal so viel und sei noch unbeliebter.

»Es gibt wohl sogar Leute, die bekommen wegen des Logos hysterische Anfälle«, sagte Helen.
»Das war bei uns genauso ...«
Helen lachte, als sie ihm sein Wasser brachte und sie weiterplauderten. Dabei rasten ihre Gedanken. Was wollte ein leitender Beamter der SOCA bei ihr? *Von* ihr? Während sie sich mit diesen Fragen quälte, versuchte sie, sich nicht anmerken zu lassen, wovor sie Angst hatte.
Moody war um die fünfzig, groß, hager, grau und Brillenträger. Er trug einen ordentlichen Anzug mit Krawatte, und Helen vermutete, dass die meisten Menschen ihn wohl für einen Buchhalter hielten – oder einen Architekten, wenn sie ihm wohlgesinnt waren. Er setzte sich aufs Sofa, und Helen setzte sich an den Tisch, weil etwas in ihr sich dagegen sträubte, dass er auf sie heruntersah. Wahrscheinlich durchschaute er sie.
Er räusperte sich und zog eine Akte aus seiner Tasche. »Sie waren ganz schön beschäftigt, Helen. Vor allem, wenn man Ihre Situation bedenkt.«
Helen konnte keinen klaren Gedanken fassen. Wenigstens hatte er nicht »Umstände« gesagt. Sie murmelte, sie brauche Bewegung.
»*Sehr* beschäftigt ...« Er blätterte in seiner Akte und sah auf. »Sie wissen doch, was die SOCA macht, oder?«
Helen sagte, sie wisse so viel wie alle, die nichts mit der SOCA zu tun hatten und nur darüber lasen. Es war das sogenannte britische FBI, eine Verschmelzung aus der alten National Crime Squad, dem National Criminal Intelligence Service und Teilen des Finanzamts, des Zolls und der Einwanderungsbehörde. Vor einem Jahr oder so hieß es, dass diese angeblich heilige Allianz eher einem unheiligen Chaos glich.
»Die üblichen Kinderkrankheiten muss jeder durchmachen«, sagte sie.

Moody schmunzelte. »Stimmt schon. Bullen und Finanzbeamte – das ist nicht gerade eine Liebesbeziehung. Ganz zu schweigen von den Typen mit den Gummihandschuhen.« Er gab sich Mühe, liebenswürdig zu sein, und Helen fand, dass er das nicht schlecht machte.

Er schien seine Unterlagen fertig geordnet zu haben. »Also ...«

»Hätten Sie gerne noch ein Wasser?«

Er verneinte dankend. »Sie sollten wissen, dass wir Sie beobachten, seit Sie das Kennzeichen von Ray Jacksons Wagen überprüft haben.«

Kevin Shepherds Taxi. Helen wusste nicht, was sie sagen sollte.

»Jackson gehört zu den Leuten, für die wir uns interessieren. Aus Gründen, die Sie sich erschließen können. Anfragen zu ihm werden unserem System sofort angezeigt.«

»Wie praktisch«, sagte Helen.

»Seitdem wissen wir, dass Sie sich auf die eine oder andere Weise mit Kevin Shepherd und Frank Linnell trafen. Die beiden sind für uns sehr relevant.«

»Inwiefern ›relevant‹?«

Moody machte eine wegwerfende Handbewegung, als wolle er ihr Ärger ersparen und als gebe es einen sehr schnellen und sehr einfachen Weg, hier weiterzumachen. »Wir wissen, *warum*, Helen.«

Sie konnte nur nicken, zu mehr war sie nicht in der Lage.

»Wir wissen, dass Sie Pauls Spuren folgen.«

»Das war am Anfang nicht meine Absicht ...«

»Könnten Sie mir sagen, wie Sie auf Ray Jacksons Namen stießen?«

Helen ließ sich ein paar Sekunden Zeit, bevor sie Moody von dem Parkticket erzählte. Sie beschrieb ihren Besuch in der Videoüberwachungszentrale und sagte, dass sie dort sehen konnte,

wie Paul bei zwei verschiedenen Gelegenheiten in dasselbe Taxi gestiegen war. Was ihr … Interesse geweckt hatte.
Sie hatte das Gefühl, als offenbare sie sich als misstrauische Schlampe, und atmete schwer, als sie fertig war.
Moody stand auf und bot ihr sein Glas Wasser an. Sie schüttelte den Kopf, und er setzte sich wieder. »Ab diesem Punkt war das sicher nicht einfach für Sie.«
»Nein, das kann man nicht sagen.«
»Gemischte Gefühle …«
»Das drückt es milde aus.«
»Hören Sie, ich kann mir vorstellen, wie Sie sich gefühlt haben müssen, was Sie durchgemacht haben, und das zusätzlich zu … allem anderen. Obwohl, ehrlich gesagt hab ich keinen blassen Schimmer und kann es nur vermuten.« Er legte seine Unterlagen zur Seite. »Es tut mir leid, dass ich zu Ihnen kommen musste.«
»Es tut Ihnen leid?«
»Aber Sie können die Sache jetzt auf sich beruhen lassen, okay?«
Helen wartete. Eine Hand hatte sie flach auf den Tisch gelegt, die andere ballte sie unter dem Tisch zur Faust.
»SOCA wirbt quer durch alle Abteilungen Mitarbeiter an. Und das wird so gut wie nie an die große Glocke gehängt.«
»Hören Sie, ich bekomme langsam Kopf …«
»Entspannen Sie sich, Helen, das will ich Ihnen damit sagen. Es ist alles in Ordnung. Paul hat für *uns* gearbeitet …«

Wenn er sich über die Brüstung des Außenflurs beugte, konnte Theo hinüber auf den Nachbarblock schauen und das Kommen und Gehen beobachten. Auch gestern hatte er hier oben gestanden und stundenlang das Treiben beobachtet: die vorfahrenden Polizeiautos, es waren mindestens ein halbes Dutzend gewesen; die Leute, die die Absperrung und die Zelte aufgestellt und sogar die Nachbarstraßen blockiert hatten; die Leichensäcke, die aus der Wohnung gebracht und in den Leichenwagen geladen worden waren.

Den Hund hatten sie in einem schwarzen Müllsack herausgetragen.

Gleich nachdem er die Wohnung verlassen hatte, hatte er Easy angerufen und ihm gesagt, er solle sofort zurückrufen. Dann hatte er ihn noch mal angerufen, weil er befürchtet hatte, Easy könnte sich wegen ihres Streits rarmachen. Er hatte ihm genau gesagt, warum er mit ihm reden müsse. Aus Angst, Javine könnte zu Hause sein, hatte er die Polizei von der Straße aus angerufen und ihnen die Adresse genannt. Dann war er in seine Wohnung gegangen und hatte eine halbe Stunde lang geduscht, um den Geruch loszuwerden.

Jetzt schien nicht mehr viel los zu sein, doch Theo konnte seinen Blick nur schwer von der Szenerie lösen. Er fragte sich, wann Sugar Boys Mum und Dad die Nachricht wohl erhielten. Und was die Bullen sich unter die Nase schmierten, bevor sie in so eine Wohnung gingen. Und ob man sich das in der Drogerie kaufen konnte.

Er checkte wieder sein Handy, dabei wusste er, dass der Empfang gut war.

Er wartete immer noch auf Easys Rückruf.

»Pauls Job war es, seine Kollegen unter die Lupe zu nehmen«, erklärte Moody. »Beweise zu finden, um Beamte zu überführen, die Informationen an Mitglieder des organisierten Verbrechens weitergeben. Einzelpersonen, Gangs, was auch immer.«

»Seit wann war er dabei?«, fragte Helen. Sie war hinüber zum Sessel gegangen und sah die Schriftstücke durch, die Moody ihr gab, darunter Kopien von Berichten und Überwachungsprotokollen sowie Unterlagen zu Besprechungen.

»Seit etwas mehr als einem Jahr. Es lief ziemlich gut.«
»Wer wusste davon?«
»Natürlich wurde das sehr diskret gehandhabt«, sagte Moody. »Die Kollegen, die mit Paul arbeiteten, gaben die Berichte nur an DCIs und Leute weiter oben weiter. Martin Bescott wusste genauso wenig wie Pauls unmittelbare Kollegen. Sie sollten nicht mit hineingezogen und gefährdet werden. Das war genauso wichtig, wie jedes Risiko für die Operation zu vermeiden.«
»Und ich war auch ein Risiko.«
Moody nickte. »Er hätte Ihnen ohnehin nichts erzählen dürfen, auch wenn Sie keine Polizistin wären.«
Helen gab ihm den Stapel Unterlagen zurück und stand auf. »Aber weil ich Polizistin bin, habe ich ihn verdächtigt.«
»Das ist vielleicht Instinkt«, meinte Moody. »Machen Sie sich deshalb keine Vorwürfe.«
Sie ging zurück in die Küche und lehnte sich gegen die Spüle. Ein paar Momente vergingen, bevor sie nach dem Lappen griff und die Arbeitsfläche abwischte. Sie dachte über Paul nach, über bestimmte Szenen, Gespräche, die plötzlich eine neue Bedeutung gewannen. Nebenan hörte sie Moody mit Unterlagen rascheln. Er räusperte sich.
Sie ging zurück und setzte sich wieder. »War Paul also an Kevin Shepherd dran?«
»Shepherd war ein Fall, bei dem Paul vor dem Unfall gut vorankam. Sie haben ihn kennengelernt, Sie wissen also, über welche Sorte Mensch wir hier sprechen.«
»Er ist ein Arschloch.«
»Genau. Und er ist ein Arschloch, das, wie wir vermuten, eine Reihe Polizisten in diversen Abteilungen auf seiner Gehaltsliste stehen hat.«
»Was ist mit Frank Linnell?«

Moody nahm die Brille ab und lehnte sich zurück. »Bei ihm sind wir uns nicht so sicher. Er gehört nicht zu den Leuten, an denen wir aktives Interesse haben. Im Gegensatz zu vielen Kollegen aus anderen Abteilungen …«

»Was wollte Paul dann von Linnell?«

»Was meint denn Linnell dazu?«

»Das wissen Sie nicht?«

Er lächelte. »Sie wurden beobachtet, Helen, das ist alles. Niemand hört Ihr Telefon ab.«

»Er sagte, sie wären Freunde gewesen.«

»Vielleicht war es ja auch so, und es steckt nicht mehr dahinter.« Das Lächeln wurde breiter. »Ich habe früher öfter mit einem ziemlich bekannten Fälscher Tennis gespielt.«

Helen war noch immer nicht überzeugt. »Er hat auch gesagt, dass er Paul keine Namen gegeben hat und ihm nicht helfen wollte.«

»Ich kann mir das noch mal ansehen«, sagte Moody. »Wenn Sie das beruhigt.«

Helen sah, dass er das ernst meinte, dass er es aus keinem anderen Grund tun würde. Sie sagte, sie wäre ihm dankbar und sie würde gern selbst noch ein bisschen Detektiv spielen, wäre die nächste Woche oder so aber vermutlich … verhindert.

Moody bedankte sich für das Wasser und sagte, er müsse aufbrechen. »Gibt es etwas, das Sie herausgefunden haben und das uns vielleicht weiterhelfen könnte? Hat Shepherd irgendetwas etwas gesagt oder so …?«

»Der Computer …«, sagte Helen. Sie erzählte ihm von dem Laptop, den Bescott gefunden und den sie versteckt hatte.

»Gott sei Dank«, sagte Moody, »dass der wieder da ist. Der ist uns irgendwie abhandengekommen, nach dem, was passiert ist.«

»Darauf befinden sich Dokumente zur Operation Victoria, nicht wahr?«

»Haben Sie …?«
»Ich konnte die Datei nicht öffnen«, sagte Helen.
Das schien Moody durchaus recht zu sein. »Meine Tochter heißt so«, sagte er. »Die Namensgebung erfolgt eher zufällig. So wie bei einem Hurrikan.«
Helen stand auf und fragte, ob er den Laptop mitnehmen wolle. Er schüttelte den Kopf. »Ich bin gerade auf dem Sprung zum Eurostar.«
»Schön für Sie«, sagte Helen.
»Eine Konferenz. Mit den Chief Inspectors und allen darüber.«
Helen schnitt eine Grimasse. »Dann tut es mir leid für Sie.«
Moody griff nach seiner Jacke. »Ich lasse einen Wagen kommen und den Laptop abholen«, sagte er. Er ging zur Tür. »Auf dem Ding befindet sich eine Menge harte Arbeit. *Pauls* harte Arbeit.« Er wirkte etwas verlegen. »Das will ich nicht im Zug liegen lassen.«

Theo griff nach seinem Handy. Als er sah, wer anrief, lief er schnell ins Schlafzimmer und schloss die Tür.
»Das war richtig, dass du zuerst bei mir angerufen hast«, sagte Easy.
»Wo hast du denn gesteckt, Alter?« Javine sah nebenan fern, und Theo versuchte, möglichst nicht zu schreien, aber das war nicht einfach. Er war erleichtert, dass Easy zurückrief, und zugleich wütend, dass er sich so lange damit Zeit gelassen hatte. Ihm war, als wäre etwas in seinem Innern zusammengeschnürt worden. »Ich geh da rein, und da liegen sie. Mann, alle *beide.*«
»Ich weiß, das tut weh, Alter. Mir geht es genauso.«
»Aber ich hab sie *gefunden.*«
»Ruhig durchatmen, Star Boy.«
»Wave und Sugar Boy, beide abgeknallt, und dieser Scheißköter.«

»Yeah, das war echt heftig.«

»Wo *warst* du denn?«

»Gab einiges zu regeln, T.« Theo hörte Verkehrs- und Musiklärm. Es klang, als sei Easy im Auto unterwegs. »Scheiße passiert, und damit muss man umgehen. Restrukturieren oder so.« Theo klemmte sich das Telefon zwischen Kopf und Schulter und versuchte, sich eine Zigarette anzuzünden. Er ließ das Feuerzeug fallen.

»Hörst du mir zu, T?«

»Ich hab's ja neulich schon gesagt.« Theo bückte sich nach dem Feuerzeug und schaffte es endlich, Rauch in die Lunge zu bekommen. »Es geht um die Sache mit dem Auto, um den Bullen, der gestorben ist.«

»Das meine ich nicht, Alter.«

»Aber du siehst es jetzt ein, oder? Du *kapierst* es endlich?«

»Ja, klar, du bist der Cleverste, T. Echt spitze.«

Easy sagte es so, als hätte Theo bei einer Quizshow die richtige Antwort gegeben. »Jetzt sind nur noch wir beide übrig, verstehst du?«

Ein paar Sekunden lang war nur Motorenlärm zu hören und der Bass aus Easys Musikanlage, oder wem auch immer sie gehörte. Dann sagte Easy: »Nein, *du* musst mir zuhören, T. Halt endlich die Klappe, beruhig dich, rauch ein paar Tüten und mach dich nicht so scheißverrückt, klar?«

Theo stöhnte. Ihm war klar, dass jedes weitere Argument zwecklos war.

»Ich seh dich heute Abend.«

»Wo?«

»Im Dirty South. Okay? Wir klären das schon.«

Theo hörte, wie die Musik lauter wurde, und dann war die Leitung tot.

DREISSIG Schön langsam, hoch und runter …
Samstagnachmittag war nicht die beste Zeit, um sich durch den Supermarkt zu schleppen, klar, aber Helen musste raus. Sie hatte versucht, sitzen zu bleiben, nachdem Moody gegangen war, und alles zu verdauen, was er ihr erzählt hatte, aber es war einfach zu viel gewesen. Es war zu viel, zwischen Pauls Sachen zu sitzen, seinen Geruch zu atmen, der noch immer in der Wohnung hing, und eine Stimme zu hören – seine oder ihre –, die ihr sagte, wie dumm sie gewesen war.

Dass sie ihn betrogen hatte … erneut betrogen hatte, dass sie die Erinnerung an ihn in den Dreck gezogen hatte.

Sainsbury's war gerammelt voll, das hatte sie gewusst, trotzdem fühlte sie sich hier wohler. Es war ein klein wenig einfacher, zu verarbeiten, was sie gehört hatte, wenn sie sich noch mit etwas anderem beschäftigen und langsam ihren Einkaufswagen füllen konnte.

Schön langsam, rauf und runter, einen Gang nach dem anderen. Warum war sie automatisch davon ausgegangen, dass er korrupt gewesen war oder eine andere gevögelt hatte? Warum, zum Teufel, brauchten Windeln so viel Platz?

Das Durcheinander war eine willkommene Ablenkung, und die Stimme aus dem Lautsprecher, die Sonderangebote anpries oder das Personal an bestimmte Kassen rief, war nicht ganz so barsch wie die Stimme in ihrem Kopf. Außerdem war ein Großeinkauf überfällig. Dads Muffins waren längst gegessen, und sie hatte keine Lust, Jenny gegenüber anzudeuten, wie fantastisch ihre Suppe geschmeckt hatte. Also hatte sie zu Hause von Toast und Keksen gelebt.

Gott, sie brauchte mehr Kekse. Sie sollte die kaufen, die Paul gern gegessen hatte, die einfachen Schokokekse, weil er ein ehrlicher, hart arbeitender Polizist gewesen war und sie eine niederträchtige Hure.

Außerdem waren die Leute nett, die hier herumgingen und einkauften, normale Männer und Frauen, die sie nicht kannten, und jede kleine zwischenmenschliche Begegnung hob ihre Laune. Das Lächeln eines alten Herrn, als sie beide mit ihrem Einkaufswagen in dieselbe Richtung auswichen, um einen Zusammenstoß zu vermeiden. Die Hilfsangebote, als sie sich nach den Wasserflaschen bückte oder nach etwas im obersten Regal streckte.

»Bitte schön.«

»Da haben wir's.«

»Schön langsam, meine Liebe, Sie möchten es ja nicht hier bekommen.«

Und auch ein paar merkwürdige Blicke, natürlich. Und kleine Rempler, wenn manche versuchten, die hochschwangere Irre nicht zu offensichtlich anzustarren, die im Schneckentempo durch die Gänge schlich und dabei vor sich hin brabbelte.

»Du hast recht, Hopwood, ich bin ein hartes Stück Arbeit, aber das war dir immer klar.«

Käse, fettarme Milch, Naturjoghurt …

»Komm also ruhig zurück und mach mich fertig. Warum nicht? Klimper mit deinen verfickten Handschellen im Dunkeln rum.«

Waschmittel, Zahnpasta, Toilettenpapier …

»Himmelherrgott, was hätte ich denn denken sollen? Wenn du *da gewesen* wärst …«

Dann sah sie den kleinen Jungen, der im Gang auf sie zulief und einem Einkaufswagen auswich, um schnell zu seiner Mama zu kommen, mit einer Packung Choco Krispies in der Hand, die er haben wollte. Dieselbe Sorte …

Sie sah die Packung und erstarrte. Hörte die Krispies rasseln, als er an ihr vorbeirannte, und als Paul sie in seine Schale schüttete. Dann begann ihr alles zu entgleiten. Sie fiel bereits nach vorn, als es ihr hochkam, als es in ihr aufstieg wie kochende Milch. Sie tastete mit dem Fuß nach der Einkaufswagenbremse und fand sie nicht. Ihr war heiß. Sie befahl ihren Händen, loszulassen, doch sie gehorchten ihr nicht. Die Menschen, die stehen blieben und sie anstarrten, die Farben, in die sie gekleidet waren, verschwammen ihr vor den Augen, als der Einkaufswagen sie mitriss, als sie auf die Knie fiel und zugleich zu heulen anfing. Der erste laute Schluchzer, als sie auf den Boden sank, fühlte sich an wie ein Schlag gegen die Brust.

Eine Frau, die Mutter des Jungen, fragte sie, ob alles in Ordnung sei. Helen versuchte zu sprechen, aber die Frau lief schon weg, um jemanden zu holen. Und als Helen wieder aufsah, war da nur der kleine Junge, der sie anstarrte. Er begann ebenfalls zu weinen, und sie sah jemanden von der Security um die Ecke biegen. Der Mann beugte sich zu ihr und legte den Arm um sie. Er fragte sie, ob er ihr aufhelfen solle. Doch sie weinte so sehr, dass sie nicht antworten konnte, und er stand wieder auf. Er sagte, sie könne sich alle Zeit lassen, die sie brauchte.

Helen hörte, wie er anderen Kunden erklärte, der Dame fehle nichts. Dann sprach er in sein Walkie-Talkie, und in den Pausen zwischen den Schluchzern, in denen sie wie ein Baby nach Luft schnappte, hörte sie das Rauschen und das Piepen des Geräts.

Der Security-Mann ließ Helen nicht selbst fahren, sondern setzte sie in ein Taxi und nahm ihr die Autoschlüssel ab. Er versprach, ihr das Auto nach Hause zu bringen, wenn seine Schicht zu Ende war. Er war der zweite Mensch innerhalb von ein paar Tagen, den sie nach seinem Namen fragte und dem sie erklärte, dass sie das Baby vielleicht nach ihm benennen würde. Er sagte, er heiße Stuart, und schien von der Idee wesentlich angetaner als der Junge in Lewisham.

Während das Taxi wegfuhr und sie die paar Meter zu ihrer Haustür ging, sah sie das Gesicht dieses Jungen vor sich, seinen Ausdruck, als sie aus dem Parkhaus gefahren war. Sie hielt den Schlüssel bereits in der Hand, als sie in ihrem Rücken eine Stimme hörte.

»Helen?«

Sie fuhr herum. Halb erwartete sie, Adam Perrin zu sehen. Daher war sie erleichtert, als ein Mann mittleren Alters mit Halbglatze die Hände hob, als wolle er sich ergeben. Er wirkte einfach nur besorgt, anscheinend sah er ihr an, wie angespannt sie war.

»Tut mir leid«, sagte sie. Sie fühlte sich erschöpft und dachte an ihre Panik, als Kevin Shepherd aus der Dunkelheit aufgetaucht war und sie praktisch an derselben Stelle bedroht hatte.

»Wie geht es Ihnen?«, fragte der Mann.

Wahrscheinlich war er ein Nachbar. Sie und Paul hatten sich oft vorgenommen, diese endlich mal besser kennenzulernen, vielleicht eine Party fürs ganze Haus zu schmeißen, aber irgendwie waren sie nie dazu gekommen.

»In ein paar Wochen geht es mir bestimmt besser. Wenn ich den Bauch hier los bin.«

Der Mann grinste. »Das ist gut. Nur, wir wollten eigentlich wissen, wie Sie mit allem zurechtkommen.«

»Mir geht es gut, danke …«

»Die Beerdigung ist übermorgen, richtig?«

»Wie bitte?« Sie bemerkte das kleine Aufnahmegerät in seiner Hand. »Wer ist ›wir‹?«

»Nur der Lokalanzeiger.« Er streckte ihr die Hand hin, die Helen geflissentlich ignorierte.

»Und die Lokalanzeiger verkaufen an die großen Blätter. Ich weiß, wie das funktioniert.«

»Das ist natürlich eine große Geschichte für uns. Eine *lokale* Tragödie.«

Helen wandte sich wieder zur Tür und versuchte aufzuschließen. Sie hörte, wie der Reporter näher trat.

»Es wäre gut, wenn die Menschen draußen wüssten, wie es Ihnen wirklich geht«, sagte er. »Was Sie durchgemacht haben. Wie Sie denken, wie es sein wird, wenn das Baby da ist, nachdem …«

Sie fuhr herum und sah einen zweiten Mann aus dem Auto aussteigen, das dort parkte, wo zuvor das Taxi gestanden hatte. Sie sah, wie er an einer Kamera herumdrückte und sie hochhob, sah das Blitzlicht.

»Kommen Sie, Helen, nur ein paar Worte …«

Sie schob ihn zur Seite und ging so schnell sie konnte zu dem Fotografen. »Steigen Sie in das Auto«, sagte sie. »Und zwar *sofort.*«

Der Reporter war hinter ihr, feuerte noch immer seine Fragen ab, aber sie ging unbeirrt weiter, genoss den Gesichtsausdruck des Fotografen, als er endlich zu fotografieren aufhörte und zurückwich.

»Verzieh dich, bevor ich dir deine Kamera wegnehme und sie dir in den Arsch schiebe.«

Heute Abend legte kein DJ im Dirty South auf. Ein Zettel hing an der Tür, auf dem stand: *Der Gig heute wird verschoben aus Respekt für die Familien von Michael Williamson, James Dosunmo, Errol Anderson und André Betts.*

Mikey, SnapZ, Wave und Sugar Boy.

Jemand hatte »live 4 ever« auf den Zettel gekritzelt, genau über den Satz, der versprach, dass die gekauften Tickets auch für das neue Datum gültig sein würden.

An der Bar ging es für einen Samstag etwas ruhiger zu als sonst. Aus den Lautsprechern kam keine Musik, und der große Flachbildschirmfernseher war leise gestellt. Die Angestellten hatten allerdings genug zu tun, und auf dem Rand des Pooltisches lagen jede Menge Münzen.

Theo stand an der Bar und wartete auf seinen Southern Comfort mit Coke. Er sah sich um. Die meisten aus der Gang standen bei dem Durchgang, durch den man ins Hinterzimmer gelangte. Ein paar spielten Pool, und die anderen hatten sich zu kleinen Grüppchen zusammengefunden. Easy war nirgends zu sehen.

Als er seinen Drink bekam, schlenderte Theo hinüber und redete mit ein paar von den Jungs. Die meisten schienen sich zu freuen, ihn zu sehen, und quatschten locker über dies und das. Ein paar von den Jüngeren waren allerdings nicht ganz so locker. Als sie mit ihm sprachen, sahen sie ihm nicht in die Augen. Er war auf die Frage vorbereitet, aber niemand wollte wissen, was genau er in der Wohnung gesehen hatte.

Er war erleichtert, dass Easy es nicht überall herumerzählt hatte.

Wenn es in der Siedlung die Runde machte, wäre es nur eine Frage der Zeit, bis jemand alles im Detail mit ihm im Verhörzimmer durchgehen würde. Und darauf hatte Theo keinen Bock. Die Polizei hatte jetzt alle Hände voll zu tun, klar, aber er war sich sicher, dass sie noch immer nach den Leuten in dem Auto suchten, aus dem geschossen worden war, als der Bulle starb. Auch wenn jemand anders ihnen schon zuvorgekommen war.

Aber die Polizei war längst nicht mehr Theos größte Sorge. Inzwischen war er ziemlich sicher, dass die Killer keine Dienstausweise hatten.

Endlich kam Easy, und die Atmosphäre im Hinterzimmer änderte sich. Er war gut drauf, kam lächelnd an die Bar, als hätte er gute Neuigkeiten. Theo sah zu, wie er von Grüppchen zu Grüppchen ging und mit allen ein paar Minuten sprach. Es gab jede Menge Faustküsse und Zunicken.

Als ein fetter weißer Typ sich, ohne zu fragen, an Easy vorbeidrängen wollte, starrte ihn dieser so lange an, bis der Fette nachgab. Er sagte was, das Theo nicht verstand, und ging einen

Umweg, um ans andere Ende der Bar zu gelangen. Easy wandte sich wieder der Gang zu, als sei nichts geschehen, und nickte auch Theo durch eine Lücke in der Menge zu, damit er wusste, dass Easy ihn gesehen hatte.

Theo ging hinüber und versuchte, mit Gospel zu reden, die mit einem der pakistanischen Jungs Pool spielte. Er sagte ihr, sie solle so viele Kugeln wie möglich nahe an den Löchern platzieren, und fragte sie, ob sie Ollie gesehen habe. Sie sah an ihm vorbei, zuckte mit den Schultern und sagte, es sei nicht ihr Job, auf alle Leute aufzupassen. Als sie ihm endlich in die Augen sah, deutete Theo auf die blaugrüne Färbung ihrer Wangen und die Schnittwunde auf ihrem Nasenrücken.

»Mit wem hast du dich denn da angelegt?«

»Mit jemandem, der sich besser um seinen eigenen Scheiß hätte kümmern sollen«, sagte sie.

Dann gab sie vor, sich auf das Spiel zu konzentrieren, und als der Junge, gegen den sie spielte, einen Fehler machte, eilte sie auf die andere Tischseite, um ihren Stoß zu setzen. Sie versenkte eine Kugel, und ihr Gegenspieler meinte, sie sei eine glückliche Schlampe.

Theo ging zu einem Tisch am Flachbildschirm und wartete auf Easy. Er sah hinüber, Easy redete mit Asif, der allein dagestanden und etwas verloren gewirkt hatte. Easy redete sich den Mund fransig, und nach ein paar Minuten sah Theo, wie sich ihre Fingerknöchel berührten. Die beiden hatten wohl alles geklärt, und zwar ganz anders, als Easy es dauernd angedroht hatte.

Theo wandte sich ab und sah, dass Gospel ihn anstarrte. Sie senkte schnell die Augen, als sich ihre Blicke trafen.

»Wirkst noch immer ziemlich angespannt, Star Boy …«

Theo hob den Kopf, als Easy den Stuhl ihm gegenüber zurückstieß. Er hatte in jeder Hand einen Hypnotic.

»Hab auch für zwanzig Pfund Skunk in der Tasche«, sagte Easy. »Das reicht heute Abend für uns beide, keine Angst.«
Theo nahm seinen Drink und nippte daran … beobachtete, wie Gospel den Pooltisch verließ und in der Toilette verschwand.
Easy folgte seinem Blick und grinste. »Javine würde dir den Kopf abreißen, Alter.«
»Na ja, Ollie ist ja jetzt von der Bildfläche verschwunden, oder?« Theo wartete auf eine Reaktion, aber es kam keine. »Und, alles geklärt?«, fragte er.
Easy schüttelte den Kopf, als könne er ihm nicht folgen.
Theo hob sein Glas und deutete auf die Leute aus der Gang, die hinten an der Wand standen. »Geht alles normal weiter? Easy-peasy?«
»Mehr oder weniger.«
Easy hatte offensichtlich die letzten Tage damit verbracht, mit den Leuten aus den oberen Dreiecken zu reden, den Leuten, die entschieden, wer wohin ging und wer was tat. Wer die Lücken füllen würde. Easy war immer gut im Reden gewesen, besser sogar als Wave, und er hatte anscheinend keine Probleme damit, in die Fußstapfen eines Toten zu treten.
»Du meinst wohl, mir macht das nichts aus mit Wave und Sugar Boy, hm? Mit ihnen allen? Tust so, als ob mir das nicht wehtut.«
»Das hab ich nicht gesagt, Alter.« Theo wusste, dass Easy nicht besonders viel für Wave übriggehabt hatte, aber dass ihm SnapZ' und Mikeys Tod sehr nahegegangen war. Man hatte es ihm angesehen, an dem Abend, an dem sie Mikey gefunden hatten. Er hatte hier im Dirty South gestanden und nach Luft gerungen, er war den Tränen nahe gewesen und hatte nichts gesagt. »Nur dass du ziemlich schnell darüber hinweg warst, okay? Als ob dich nur interessieren würde, was als Nächstes kommt.«
Easy beugte sich vor. »Hör mal, T. Glaubst du, wenn David

Beckham von einem Bus überfahren wird, dann sagen der Vorstand und die Scheißaktionäre, oder was weiß ich wer, das nächste Spiel von Manchester United ab?«
»Für die spielt er nicht mehr.«
»Ist doch egal. Ist nur ein *Beispiel*, Alter.«
»Niemand ist von einem Bus überfahren worden.«
»Ich hab gesagt, das ist nur ein Scheißbeispiel. Alter …«
»Das waren keine *Unfälle*«, sagte Theo. »Das ist alles nicht zufällig passiert, verstehst du, was ich sage?«
»Richtig. Wir haben alle im selben Auto gesessen, klar. In der Nacht, in der du aufgestiegen bist. Was nur deshalb passiert ist, weil ich den Kopf für dich riskiert hab, was du anscheinend ziemlich schnell vergessen hast.«
»Du *weißt* es, aber irgendwie ist es dir egal.«
»Was willst *du* denn machen, T? Wenn du der Nächste auf der Liste bist? Hast du einen guten Plan?«
»Nein …«
Easy hob die Hände, als sei die Sache damit erledigt. Er lehnte sich mit seinem Stuhl zurück und drehte sich nach einem vorbeilaufenden Mädchen um, um ihm zu sagen, wie gut es sich bewegte. Als der Stuhl wieder nach vorn kippte, war da noch etwas anderes in seinem Blick.
»Die Sache ist die: Wenn irgendjemand nach mir sucht, wegen irgendeinem Scheißauto, in dem ich gesessen habe, dann sollten die Typen sich auf was gefasst machen.« Er klopfte mit einem Finger auf seine Tasche. »Ich hab genug, damit sie ihre Meinung schnell wieder ändern, verstehst du?«
»Das hat sich Wave wahrscheinlich auch gedacht«, sagte Theo.
Easy schien plötzlich gelangweilt und stand auf, um mit ein paar von den jüngeren Kids zu reden. Theo blieb, wo er war, und dachte, dass sie schon lange nicht mehr einfach nur geblödelt und Spaß gehabt hatten. Er dachte daran, wie oft Easy ihn zum

Lachen gebracht hatte, wie damals, als er Golfbälle nach diesem alten Typen schlug, solche Sachen eben.

Plötzlich war Easy wieder an seinem Tisch, sagte ihm, er solle aufstehen, sie würden jetzt gehen. Ohne groß darüber nachzudenken, tat Theo genau das. Auf dem Weg durch die Bar und hinaus auf die Straße dachte er nur noch an den Shit, von dem Easy gesprochen hatte.

Als sie draußen waren, sah Theo, wie Easy plötzlich ein Messer aus der Tasche zog, sah die Leute verschwinden, die draußen an den Holztischen auf dem Gehweg geraucht hatten. Und realisierte, dass sie zehn Meter hinter dem fetten Weißen waren, der Easy vorhin provoziert hatte.

»Fuck, was machst du, Alter? Das ist bescheuert …«

Easy ging schneller, nur noch ein paar Meter trennten ihn von dem Typen. Theo blieb stehen, brüllte Easy nach, er sei ein Idiot, und sah, wie der fette Typ sich umdrehte und begriff, was geschah. Er verschwand schnell rechts in der Gasse, die zum Hintereingang der Bar führte, Easy schrie etwas und rannte dem Typen hinterher, fuchtelte mit dem Messer, während Theo sich umdrehte, den Kopf senkte und in die entgegengesetzte Richtung lossprintete, bis er ein paar Straßen hinter sich gebracht hatte.

EINUNDDREISSIG Als sie ihn wegen der Beerdigung anrief, vereinbarte Helen ein Treffen mit Gary Kelly. Er konnte sich nicht entscheiden, was er bei der Trauerfeier lesen sollte, und sie hatte versprochen, ihm bei der Auswahl des Textes zu helfen. Er bot ihr netterweise an, sie abzuholen. »Ich weiß, wie das ist«, sagte er. »Meine Frau konnte sich schon im vierten Monat nicht mehr in unseren Astra quetschen.«

Sie tranken eine Tasse Tee in der Wohnung und fuhren dann zu einem Café hinter der U-Bahn-Station Brixton. Es sah aus wie ein Café aus den Fünfzigerjahren, aber sie waren sich beide nicht sicher, wie echt es war. Sie bestellten sich Tee und ein üppiges Frühstück.

»Soll ich dich morgen abholen?«, fragte Kelly. »Ich weiß nicht, von wo der Konvoi losfährt.«

»Ist schon in Ordnung«, sagte Helen. »Ich übernachte bei meinem Vater, und wir fahren morgen früh gemeinsam hin.«

»Wenn ich irgendwas für dich tun kann, sag es einfach.«

»Das machst du doch schon.«

»Das ist wirklich schwierig«, sagte Kelly. Er breitete mehrere Blätter Papier auf dem Tisch aus und deutete auf eine Seite. »Du weißt, wie sehr Paul seine Musik liebte, oder?« Er las ein Gedicht, das ein gewisser Charlie Daniels geschrieben hatte, als sein Freund Ronnie van Zant gestorben war. »Er war der Leadsänger von Lynyrd Skynyrd«, erklärte Kelly. »Und er starb bei einem Flugzeugabsturz, also … auch ein schrecklicher Unfall, weißt du? Ich dachte, das könnte passen.«

Helen fand das Gedicht nicht schlecht und sagte Kelly, es sei ganz nett, aber sie sei sich nicht sicher, ob man Paul als »stolzen Vogel« bezeichnen könne.

Kelly nickte und schob das Blatt zur Seite. Er zeigte ihr etwas, das er im Internet gefunden hatte, ein Gedicht von Charlotte Brontë, das Helen angenehm unsentimental fand, und einen einfachen gälischen Spruch, den er, wie er ihr erzählte, bei der Beerdigung seines Vaters vorgelesen hatte. »Bei dem gibt's auch eine Verbindung zur Musik«, sagte er. »John Lydon hat den Spruch in einem Song verwendet und …«

»Oh, okay.«

»Also, was findest du am besten?«

Helen hatte kaum zugehört. Sie hatte Jeff Moody nicht gefragt,

wie vertraulich Operation Victoria zu behandeln war. Aber jetzt, da sie mit Pauls Tod beendet war, sollte es eigentlich keine Probleme geben. Es war ja nicht so, dass sie eine Anzeige aufgeben wollte. Helen versuchte, nicht zu lächeln, scheiterte jedoch.
»Was ist?«
»Das, was du mir über Paul erzählt hast, dass er Sachen für sich behielt, erinnerst du dich? Dass du nicht wusstest, was er vorhatte oder so?« Sie erzählte Kelly von Moodys Besuch, von der Operation, die Paul hatte geheim halten müssen. Sprach es zum ersten Mal laut aus. Sie hörte die Begeisterung in ihrer Stimme, den Stolz auf das, was Paul getan hatte. Ein Gefühl, das ihr beinahe fremd geworden war.
Der Ire sah sie verstört an. »Dieser hinterfotzige Hund.« Und dann lächelte auch er. »Und ich hab gedacht, er vögelt eine Kollegin.«
»Glaub mir, *das* hätte ich gemerkt.«
»Ja, bei Sue ist das auch so«, sagte Kelly. »Jetzt, wo du's sagst.«
Helen nickte und hatte den Mund voll Würstchen und Ei.
»Also … wie lange ging das denn?«
»Ein gutes Jahr. Moody hat gesagt, es lief gut. Paul hatte anscheinend ein Talent für Hinterfotzigkeit.«
»Mich hat er auf alle Fälle drangekriegt.« Kelly schüttelte den Kopf und wischte seinen Teller mit einem Stück Toastbrot sauber. »Mein Gott, jetzt macht das alles Sinn. Kein Wunder, dass er so wenig da war. Die Arbeit im Büro muss ihn dagegen echt angeödet haben. Der Auftrag war wahrscheinlich nicht ungefährlich, kann ich mir vorstellen. Ein paar von diesen Dreckskerlen können ganz schön unangenehm werden, wenn man ihnen zu sehr auf die Pelle rückt.«
Helen wischte sich die Finger ab. »Er hat sich nie für den einfachen Weg entschieden. Sonst wäre er nicht mit mir zusammen gewesen.«

»Damit hat er doch Glück gehabt«, sagte Kelly. »Mach dir da mal keine Gedanken.«

Sie tauschten ein paar Anekdoten aus, und Helen erzählte ihm, wie schwer es gewesen sei, Zeit zu finden, um alles zu organisieren. Kelly verstummte nach einer Weile, schob seinen Teller zur Seite und schaute auf die ausgedruckten Grabreden.

»Hast du dich je gefragt, ob er korrupt ist, Gary?«

Kelly sah auf und nickte. »Für fünf Minuten oder so.«

Das half Helen, sich besser zu fühlen.

»Du auch, oder?«, fragte er.

Sie erzählte ihm, wie sie Linnell und Shepherd aufgespürt hatte, und von der Datei auf dem Laptop, die sie nicht öffnen konnte. Erzählte ihm, wie verkorkst und dumm sie sich vorgekommen war, ohne dabei auszuführen, was am Tag zuvor im Supermarkt passiert war.

»Hör mal, das ist Schnee von gestern, du musst jetzt an das Baby und an die Zukunft denken. Alles andere ist vorbei.«

»Erst, wenn ich diesen Computer los bin.« Sie lächelte. »Ich hab das Scheißteil versteckt wie einen Stapel Pornohefte.« Dabei fiel ihr etwas ein. »Hör mal, mir wär's lieb, wenn du Pauls Gitarre bekämst. Ich weiß, du bist genauso musikverrückt, wie er war, also …«

Kelly nickte langsam. »Das ist toll, Helen. Die würde ich gerne nehmen.«

»Vielleicht solltest du morgen einen Song spielen.«

»Das würde er mir nie verzeihen«, sagte Kelly.

»Wo wir gerade dabei sind …«

Sie wandten sich wieder den Texten auf dem Tisch zu, um endlich eine Entscheidung zu treffen. Sie bat ihn, noch einmal das Brontë-Gedicht zu lesen, und diesmal konzentrierte sie sich. Es war seltsam lebensbejahend, was einige in Anbetracht der Umstände bestimmt stören würde. Aber ihr gefiel die Vorstellung,

und es schien ihr angemessen, schließlich stand sie kurz davor, ein neues Leben in diese Welt zu setzen.
Als Kelly fertig war, bat ihn Helen um das Blatt und las noch einmal die Zeilen, die sie am meisten berührten:

> Doch wenn der Tod kommt dann und wann
> Und unsere Besten holt,
> Wenn Kummer bricht sich seinen Bann,
> Und jede Hoffnung scheint nur hohl?

»Nehmen wir das«, sagte sie und reichte ihm das Blatt.
Kelly wirkte zufrieden. »Gute Entscheidung«, sagte er. »Schließlich war er ja unser ›Bester‹, oder?«
Helen sah keinen Grund, zu widersprechen.

Das Pub sah gut aus, fand er. Besser als gut: Es hatte *Klasse*. Das Gerüst und der Container waren verschwunden, die Fenster waren geputzt, um Licht hereinzulassen, und Frank sah den Zeitpunkt gekommen, sich um einen Käufer zu kümmern.
Er wanderte durch den leeren Raum, seine Schritte hallten auf dem glänzenden Holzboden wider. Er strich mit der Hand über den Tresen und sah hoch zur Beleuchtung und zu dem neuen Stuck an der Decke. Gute Arbeit, keine Frage. Er hatte darauf geachtet, dass er was bekam für sein Geld. Vielleicht würde er sogar mal auf ein Glas vorbeischauen, wenn das Pub eröffnet war.
Sie hatten Buntglasscheiben über jenem Fenster eingesetzt, das eingeworfen worden war, als Paul das letzte Mal da gewesen war. Ein hübsches Detail. Er ging hinüber zur Stelle, an der sie an dem Tapeziertisch gesessen hatten und Muschelstückchen und Essig auf der Abdeckplane verteilt gewesen waren.
»Es ist nur ein Gefallen«, hatte Paul gesagt, und er hatte irgend-

eine dumme Bemerkung von wegen Ehre gemacht. Letztlich wäre es egal gewesen, nach allem, was dann passiert war, dennoch wäre es ihm lieber, ihr letztes Treffen wäre anders verlaufen. Paul hätte ihn besser in Erinnerung behalten. Es hinterließ einen bitteren Nachgeschmack.
Im Nachhinein war man immer schlauer, klar, aber trotzdem wünschte er sich, er hätte *damals* mehr getan, als es noch einfach gewesen wäre. Dann müsste er jetzt, nachdem es passiert war, nicht versuchen, alles wiedergutzumachen. Und es hätte ihn um einiges weniger gekostet, so viel stand fest.
Hatte er sich nicht vor vielen Jahren geschworen, es nie wieder so weit kommen zu lassen?
Draußen wartete ein Fahrer, und Frank war bereit zu gehen, als er braune Streifen durch den Lack am Türrahmen schimmern sah. Er untersuchte die Sache genauer und ging dann zum Tresen, um sich die Schreinerarbeiten dort anzusehen. Die dreisten Kerle hatten sich nicht die Mühe gemacht, ein zweites Mal zu lackieren. Sogar ein paar Pinselhaare entdeckte er im Lack.
Er rief den Bauunternehmer an und sagte ihm seine Meinung. »Das geht so nicht«, erklärte er. »Mehr kann man dazu nicht sagen.«
Der Unternehmer versuchte, ihm zu erklären, dass sein Team bereits auf einer anderen Baustelle arbeitete. Frank meinte, das sei ihm so was von egal, und wenn nicht innerhalb einer Stunde jemand mit einem Pinsel in der Hand hier aufkreuze, dann könne der Unternehmer in nächster Zeit alle Geschäfte vergessen.
Er ertrug es nicht, wenn etwas nicht ordentlich erledigt wurde. Kontrollsüchtig, zwanghaft, egal, wie man es nannte, für Frank lief es ganz einfach darauf hinaus, dass er sich darum *kümmerte*, egal, worum es sich dabei handelte. Nur ein Amateur gab sich mit halben Sachen zufrieden.

Helen ließ heißes Wasser in die Badewanne laufen und stieg langsam hinein. Ein paar von diesen Haltegriffen wären jetzt praktisch, diese Dinger, die sie im Nachmittagsfernsehen bewarben, wenn sie die Alten und Schwachen vor dem Fernseher vermuteten. Vielleicht sogar eine dieser Sitzbadewannen mit Tür. Sie musste daran denken, wie sie gelacht hatten, als Paul einen dieser Spots gesehen und sich gefragt hatte, wie das funktionierte, warum das Wasser nicht herauslief, wenn man die Tür aufmachte.
Sie war froh, dass sie sich dafür entschieden hatte, zu Hause zu schlafen und sich morgen früh von ihrem Dad abholen zu lassen. Er klang enttäuscht, als sie ihn anrief, aber sie wusste, allein würde sie sich besser entspannen. Falls sie überhaupt in der Lage wäre, sich zu entspannen.
»Wenn du dich so wohler fühlst«, hatte ihr Dad gesagt und gemeint: nicht ganz so elend.
Sie hatte das Radio aus dem Schlafzimmer mitgenommen und lehnte sich zurück, um es sich in der Wanne gemütlich zu machen. Ihr Bauch ragte aus dem Wasser, und sie schwappte kleine Wellen darüber, sah den Rinnsalen zu, die von ihrem Bauchnabel herunterrannen. Ein paar Minuten lang sprach sie leise mit dem Baby und strich mit ihrer schaumigen Hand über die Stelle, wo sie den Kopf vermutete. Und als cremige Flüssigkeit aus ihren Brüsten zu sickern begann, wischte sie sie mit dem Waschlappen weg.
Es würde besser werden, wenn sie den morgigen Tag hinter sich gebracht hatte …
Die Beerdigung ihrer Mutter hatten sie und ihre Schwester nur zusammen überleben können. Die hier würde ganz anders sein. Ja, Jenny würde da sein, und auch ein paar enge Freunde, und für Pauls Familie würde es genauso schlimm sein wie für sie, aber sie hatten einander, um sich zu stützen und ihre Trauer zu teilen. Doch sie war bei allem, worauf es wirklich ankam, allein.

Nur sie und das ungeborene Kind, dem sie das eines Tages erklären musste.
Gott, hoffentlich würde es nicht so werden wie bei der Beerdigung ihrer Mutter. Pauls Mutter würde es vermutlich mit Stolz erfüllen, danach einen anständigen Leichenschmaus auszurichten, und belegte Brote und Verwandte, die man noch nie zuvor gesehen hatte, waren wohl unvermeidbar. Nicht einmal auf Alkohol konnte sie im Notfall zurückgreifen, was damals bei Mums Beerdigung ihre und Jennys Rettung gewesen war.
Sie streichelte wieder ihren Bauch. »Deine Schuld.«
Im Radio spielten sie den alten Oasis-Song, den sie als Studentin geliebt hatte, eine Partyhymne, die man betrunken wunderbar mitgrölen konnte. Sie beugte sich vor, um das Radio lauter zu stellen, und erstarrte, als sie ein Geräusch hörte. Als wäre etwas im Flur vor der Wohnung zu Boden oder eine Tür ins Schloss gefallen.
Sie schaltete das Radio aus und lauschte.
Vielleicht kam das Geräusch von oben. Gott, hatte sie die Tür nicht richtig geschlossen, als sie hereingekommen war? Vielleicht hatte auch nur jemand von nebenan das Haus verlassen.
Das nächste Geräusch ließ keinen Zweifel mehr: Eine Schublade wurde aufgezogen, die im Wohnzimmerschrank. Sie kannte das schabende Geräusch, wenn die Schublade an der Laufleiste kurz hängen blieb, als hole jemand erschrocken Luft.
So wie sie jetzt …
Ihr Herz klopfte so sehr, dass sie sich anstrengen musste, etwas zu hören. Dazu das Plätschern des Wassers, das plötzlich ohrenbetäubend laut schien. Die Schlafzimmertür wurde geöffnet. Die Schritte waren leise, aber die Dielen knarrten, als sich der Eindringling dem Bett näherte.
Sie konnte nirgendwohin flüchten. Sie musste sich schützen.
So vorsichtig und leise wie möglich rutschte Helen in der Bade-

wanne nach vor, bis sie Platz genug hatte, um sich zu bewegen. Sie beugte sich über die Kante, die eine Hand auf der anderen Seite, um sich abzustützen, und stemmte sich hoch.

Vorsichtig, ganz langsam …

Wer auch immer in ihrer Wohnung herumschlich, hatte keine Ahnung, dass sie da war. Und das sollte auch so bleiben. Zumindest so lange, bis sie die Badezimmertür erreicht und zugesperrt hatte. Sie war halb aus der Wanne, als ihre Hand abrutschte und sie in die Badewanne zurückplumpste. Sie schrie laut auf, als sie dabei mit dem Kopf gegen den Wannenrand knallte und eine Unmenge Wasser gegen die Wand und auf den Boden schwappte.

Den Schmerz hatte sie sofort vergessen, als sie sich aufzusetzen und gegen die aufsteigende Panik anzukämpfen versuchte. Wer immer sich in ihrem Schlafzimmer zu schaffen machte, musste sie gehört haben und wusste nun, dass jemand in der Wohnung war.

Sie lauschte.

Ein paar lange Sekunden herrschte nur Stille, doch dann waren wieder Schritte zu hören. Sie kamen aus dem Schlafzimmer, waren nur noch drei Meter entfernt. Sie starrte wie gebannt auf den Türgriff. Plötzlich war ihr kalt, und sie fröstelte. Sie hatte keine Chance, vor dem oder den Eindringlingen an die Tür zu kommen.

Die Entscheidung ergab sich von selbst: Sie griff nach der Glasschale am Ende der Badewanne und brüllte. »Verpisst euch! Verschwindet hier, und zwar *sofort!*« Sie schleuderte die Glasschale gegen die Tür und schloss kurz die Augen, als sie zersprang. Danach griff sie in ihrer Verzweiflung nach allem, was sie erwischen konnte und was schwer war. Nach Shampoo- und Conditionerflaschen, einer hölzernen Rückenbürste, der Seifenschale, der Seife, und brüllte sich die Seele aus dem Leib, während sie einen Gegenstand nach dem anderen gegen die Tür schleuderte. »Ich schwör euch, ich bring euch um. Wenn ihr hier reinkommt, *bring ich euch um …*«

Sie spürte, wie die Energie sie durchströmte, als sie sich bewegte. Sie wusste, sie war bereit. Sie biss sich in die Unterlippe, bis sie Blut schmeckte, und als sie nichts mehr fand, das sie gegen die Tür hätte schmettern können, begann sie, um sich zu schlagen und zu treten. Ihre Stimme überschlug sich, als sie auf das Wasser eindrosch. »Verpisst euch. Verpisst euch einfach und lasst uns in Ruhe …«

Etwa eine Minute lang war es vollkommen still. Das bisschen Wasser, das noch in der Wanne war, lag spiegelglatt. Sie wollte sich gerade auf das Schloss stürzen, als sie vor der Tür eine Stimme hörte.

»Helen? Ist alles in Ordnung?«

Die Stimme klang ein wenig nach Nordosten.

Deering.

ZWEIUNDDREISSIG

Deering wartete vor dem Schlafzimmer, bis Helen sich angezogen hatte. Er erzählte, was er vor dem Haus gesehen hatte, als er vor fünf Minuten angekommen war.

»Ich wollte gerade klingeln, als die Haustür aufgeht und dieser Typ an mir vorbeirennt.«

»Wie sah er aus?«

»Keine Ahnung«, sagte Deering. »Er hatte eine Kapuze auf und hielt den Kopf gesenkt. Normal groß, denk ich, aber darüber hinaus kann ich nicht viel sagen. Er schlug mir beinahe die Tür ins Gesicht, als er an mir vorbeischoss.«

Helen hatte eine Jogginghose und ein T-Shirt angezogen und wollte gerade ihren Bademantel holen, als ihre Beine zu zittern anfingen. Sie setzte sich aufs Bett und wartete, bis das Zittern aufhörte.

»Es machte keinen Sinn, die Tür wieder ins Schloss fallen zu lassen, also schlüpfte ich durch den Spalt, bevor sie zufiel. Und als ich nach oben kam, stand Ihre Wohnungstür sperrangelweit offen, und ich hörte Sie schreien.«

Wer immer in ihrer Wohnung gewesen war, hätte genau auf diese Weise ins Haus gelangen können, dachte Helen. Sie hatte es oft genug selbst so gemacht, aber das erklärte nicht, wie der Eindringling durch die Wohnungstür gekommen war. Sie wusste genau, dass sie sie zugemacht hatte. Helen überlegte, wer einen Schlüssel für die Wohnung hatte. Jenny und ein paar Handwerker, die in den letzten Jahren hier gewesen waren. Ob Paul jemandem einen Schlüssel gegeben hatte?

»Helen?«

»Tut mir leid.« Sie sah zur Schlafzimmertür. »Es geht mir gut. Ich komme in einer Minute.«

»Ich koch uns einen Tee …«

Als Deering mit dem Tee aus der Küche kam, saß Helen im Wohnzimmer auf der Couch. Sie hatte die Knie angezogen. Sie wickelte sich noch etwas fester in den Bademantel und sah zu, wie Deering die Wohnung semiprofessionell in Augenschein nahm. Er hatte die gleichen Gedanken wie sie.

»Wer hat alles einen Schlüssel?«

Sie nannte ihm ein paar Namen, aber es fiel ihr schwer, klar zu denken.

»Sie sollten eine Liste machen, sobald Sie sich dazu in der Lage fühlen«, sagte er.

Sie nickte Richtung Badezimmertür. »Da drinnen herrscht das reinste Chaos.«

»Sie haben ihn vertrieben.«
»Es ist alles voller Glasscherben.«
»Ich kümmere mich darum.« Er wollte aufstehen, blieb aber sitzen, als Helen abwinkte. Er sah, wie sie zusammenzuckte und seltsam lächelte. »Ist alles in Ordnung?«
Helen hatte die Hände unter dem Bademantel auf den Bauch gelegt. »Das Baby hat Schluckauf«, sagte sie. Das Lächeln wurde breiter, und Tränen traten ihr in die Augen. »Ich hatte schon Angst nach dem, was passiert ist, als ich ausgerutscht bin.« Sie kramte ein Papiertaschentuch aus der Bademanteltasche und lachte.
»Kein Wunder«, sagte Deering. »Das arme Kerlchen hat bestimmt einen kleinen Schock. Bei mir wäre das nicht mit einem Schluckauf abgetan.« Er sah sie an. »Ist was?«
»Nein, alles in Ordnung«, sagte Helen und dachte daran, was sie gesagt hatte, als sie den Mann vor ihrer Tür vertreiben wollte. Als sie bereit gewesen war, ihn umzubringen. Sie hatte »uns« gesagt.
Lasst uns in Ruhe.
Deering deutete auf ihren Mund. »Sie haben sich an der Lippe verletzt.«
Helen fuhr sich mit der Zunge darüber, bevor sie ihre Lippe mit einem Papiertaschentuch abtupfte.
Deering trank einen Schluck Tee und sah sich erneut um. »Wissen Sie, ob etwas fehlt?«
»Sieht nicht so aus, aber er hatte ja auch nicht viel Zeit.«
»Na immerhin.«
»Es gibt nicht viel, das sich zu stehlen lohnt, vielleicht noch den Fernseher und den DVD-Spieler. Ist ja nicht so, als ob hier irgendwo Juwelen versteckt wären.« Helen hatte im Lauf der Jahre mit vielen Einbruchsopfern geredet. Sobald der erste Schock vorüber war, sprachen die meisten davon, wie angreifbar und

verletzt sie sich fühlten. Würde sie das auch erwarten? Oder würde das in dem ganzen Sumpf aus Trauer und Schuldgefühlen untergehen? »Allerdings fällt es mir im Moment schwer, mich darüber zu freuen.«

Deering nickte. »Sie hatten nicht die besten Wochen, hm?«

Helen lachte auf, doch sogleich fröstelte sie wieder und zog den Bademantel fester zu.

»Ich möchte keinem alten Hasen neue Tricks beibringen oder so, aber Sie sollten wirklich die Polizei anrufen.«

»Ich weiß.« Die Idee behagte ihr nicht gerade. Höchstwahrscheinlich würde man sie respekt- und rücksichtsvoll behandeln, aber es bestand auch stets die Gefahr, es mit einem unsensiblen Anfänger zu tun zu bekommen.

»Die kommen bestimmt schnell«, sagte Deering. »Wenn Sie Ihre Umstände erklären.«

»Darauf würde ich nicht setzen. Ich glaube, heute Abend ist in der Polizeiakademie eine Veranstaltung.«

»Soll ich für Sie anrufen?«

Nein, danke, sagte Helen, das schaffe sie schon. Sie stand auf und erledigte den Anruf, wobei sie klarmachte, dass sie eine Kollegin war.

»Lassen Sie mich wenigstens hierbleiben, bis die Jungs da sind«, sagte Deering, nachdem sie aufgelegt hatte. »Dann kann ich Ihnen beim Aufräumen helfen.«

»Das ist wirklich nicht nötig.«

»Es ist kein Problem, ehrlich«, sagte er. »Ich wollte ohnehin mit Ihnen reden.«

»Ach ja … tut mir leid«, sagte Helen, als sie merkte, dass sie Deering gar nicht gefragt hatte, warum er gekommen war.

Easy mochte Burger und Hühnchen, so wie die anderen auch, nur aßen die Jungs selten etwas anderes. War natürlich auch eine Zeitfrage – man konnte schnell was essen und sich gleich wieder ums Geschäft kümmern –, aber trotzdem kauften sie sich nur Scheiße. Sie gaben vierstellige Summen für Ketten aus, aber fürs Essen keinen Fünfer. Das machte keinen Sinn.

Man konnte Ketten oder protzige Armbanduhren nicht essen.

Manchmal hatte er Lust auf ein richtig gutes Essen, egal, was es kostete, etwas, das nicht sofort auf dem Tisch stand, dazu ein Glas Champagner, falls er gerade gut bei Kasse war, oder ein Glas Wein – in einem dieser Schuppen, wo sie erst einen kleinen Schluck zum Probieren einschenkten. Das war wichtig, man musste dabei rüberkommen, als wäre man das gewohnt.

Wenn er nicht gerade ein Mädchen anbaggern wollte, aß er lieber allein. Nicht dass er dabei nicht *gesehen* werden wollte, aber er genoss das Essen und wurde ungern abgelenkt. Small Talk in einer Frittenbude war okay, aber hier wollte er sich auf das Essen konzentrieren, und er konnte sich nicht entspannen, wenn er sich dabei irgendeinen Müll anhören musste. Leute, die das konnten, hatten ihn schon immer beeindruckt – einfach allein dasitzen und essen. In seinen Augen waren sie etwas Besonderes, denn sie fühlten sich wohl in ihrer Haut.

Er war hinüber zu Brockley gefahren, einem französischen Restaurant, über das er in einer Zeitung gelesen hatte. Ein Bistro oder so was. Es war nicht so hip wie die Restaurants, die er im Westen der Stadt ausprobiert hatte, aber das Essen war gigantisch gewesen. Er hatte Schnecken und Pastete und einen fantastischen Pudding gegessen, auf dem Baisers in einer dünnen Soße geschwommen waren. In anderen Restaurants sahen die Kellner einen nur an und benahmen sich, als wäre ein Haufen Scheiße zur Tür reingekommen. Aber die Frau, die ihn heute bedient hatte, war nett gewesen, auch wenn sie in etwa so französisch gewesen war wie er. Und er hatte ordentlich Trinkgeld dagelassen, wie immer.

Auf dem Weg zurück zum Auto überlegte er, ob er noch auf einen Drink im Dirty South vorbeischauen und checken sollte, wie dort die Stimmung war, ob sich die Lage ein wenig beruhigt hatte.
Er bog um die Ecke und sah, wie irgendein Arschloch an seinem Audi zugange war. Er bearbeitete das Fenster mit dem Schraubenzieher, als sei ihm alles egal.
»Fuck, was machst du da?« Easy lief zu ihm, bereit, den Typen plattzumachen. Der Mann trat einen Schritt zurück. »Du bist so gut wie tot, Alter. Du dummes Arschgesicht.« Easy wollte sich gerade auf ihn stürzen, als der Typ eine Knarre zog, und plötzlich war es Easy, der sich dumm vorkam.
»Steig ins Auto«, forderte der Mann ihn auf.
Easy hörte Schritte hinter sich und eine andere Stimme, die sagte: »Mach, was er sagt.«
Easy setzte sich ans Lenkrad, während der Mann, der aus dem Nichts gekommen war, neben ihm auf dem Beifahrersitz Platz nahm und sagte, es sei ein netter Abend für eine kleine Spazierfahrt. Der andere Mann stieg hinten ein, und Easy zuckte zusammen, als er den Lauf der Waffe an seinem Ohr spürte.
Er dachte daran, was er zu Theo gesagt hatte, dass er auf das hier vorbereitet sei. Aber er merkte, wie ihm die Schnecken hochkamen, und am Ende konnte er nur tun, was man ihm sagte.
Easy-peasy.

»Ich hab das natürlich alles in meinen Bericht geschrieben«, sagte Deering. »Aber ich wollte es Ihnen auch persönlich sagen, weil ich Sie kenne.«
»Was meinen Sie mit *alles*?«, fragte Helen.
»Erinnern Sie sich, wie Sie letzte Woche bei uns waren und ich gesagt habe, es wären noch ein paar Dinge zu klären?«
»Nur verfahrenstechnisch, sagten Sie.«

»Ich wollte nicht vorpreschen, solange ich mir nicht sicher war.«
Helen griff nach ihrer Teetasse. Das Baby hatte sich beruhigt. Sie bat Deering, weiterzusprechen.
Er räusperte sich und stellte seine Tasse ab. Helen hatte den Eindruck, dass er sich sorgfältig überlegt hatte, was er sagen wollte und wie er es tun würde. Erneut überkam sie ein Schauer, als sie sich fragte, was das sein konnte.
»Zuerst die Sache mit dem Glas.«
»Was für Glas?«
»Das Glas von den BMW-Fenstern«, sagte Deering. »Sie haben es gesehen, als Sie in der Werkstatt waren.«
Helen nickte. Sie erinnerte sich an den hinteren Teil des Autos, die entfernten Fußmatten. Die Splitter auf den Sitzen und am Boden vor der Rückbank, die sich glitzernd von dem dunklen Metall abhoben.
»Jede Menge Splitter im Auto, aber *kein einziger* auf der Straße. Ich hab's überprüft.«
»Das versteh ich nicht ganz. Ist es nicht logisch, dass die Splitter alle im Auto sind? Die sind doch nach innen gefallen.«
»Die meisten schon, aber dennoch würde man erwarten, ein paar auf der Straße zu finden. Ich habe den ersten Bericht gelesen und alles überprüft. Ich habe auch mit dem ersten Beamten am Tatort und mit dem Kollisionsexperten gesprochen. Es gab keine Splitter.«
»Vielleicht wurden sie von den vorbeifahrenden Autos zerstreut, oder die Stadtreinigung war da.«
»Möglich.«
»Vielleicht war der erste Beamte am Tatort nicht besonders gründlich.«
Deering legte den Kopf schief und räumte auch das als Möglichkeit ein, aber er war noch nicht fertig. »Kann sein, aber der

Kollisionsexperte war bestimmt gründlich, und deshalb war ich auch so beunruhigt wegen dem Tempo.«

»Was hat denn das damit zu tun?«

»Er führte die erforderlichen Messungen durch, überprüfte eventuelle Schleuderspuren und so weiter und konnte genau berechnen, wie schnell die Autos bei dem Vorfall gefahren sind. Und das Ergebnis zeigt seltsamerweise, dass das Tempo nicht besonders hoch war.«

»Nämlich?«

»Der BMW fuhr dreißig Stundenkilometer, *Maximum*, als er laut Aussage vor dem anderen Auto flüchtete, nachts, als sehr wenig Verkehr war.«

»Aber es regnete heftig.«

Deering schüttelte den Kopf. »Es war sogar so, dass der BMW nur nach den Schüssen einigermaßen schnell fuhr, nämlich als er in die Bushaltestelle krachte.«

Jetzt war Helen endgültig verwirrt. »Was ist denn daran seltsam? Würden Sie nicht auch aufs Gaspedal drücken, wenn auf Sie geschossen wird?«

»Genau das ist es ja«, sagte Deering.

Die Wirkung seiner Worte war an Helens Gesicht abzulesen. Plötzlich wirkte er betroffen und hob seine Tasse. »Ich hol Ihnen noch einen Tee.«

Helen schüttelte den Kopf. Sie wollte hören, was er zu sagen hatte.

»Okay … also, ich hab Ihnen ja erzählt, dass wir zwei Kugeln gefunden haben. Eine im Radlauf und eine unten in der hinteren Tür, ja? .38er, wie wir vermuteten.«

Helen nickte.

»Aber die waren nicht am richtigen Platz.«

»Was ist denn der *richtige* Platz?«

»Der Cavalier ist nicht so hoch. Ich meine, es würde funktionie-

ren, wenn der BMW ein niedrigeres, sportliches Modell wäre. Oder wenn sie aus einem höheren Auto geschossen hätten, einem großen Geländewagen oder so. Aber die Winkel stimmten einfach nicht.«
»Die Winkel der Einschusslöcher?«
»Genau. Schauen Sie, die schossen so.« Er beugte sich vor und streckte einen Arm in ihre Richtung aus, seine Finger imitierten die Form einer Waffe. Er sah Helens Gesichtsausdruck und ließ peinlich berührt den Arm sinken. »Warten Sie, schauen Sie sich das hier an.« Er lief zur Tür, wo seine Aktentasche stand, und zeigte ihr eine Reihe von Computerausdrucken. »Die haben ein Softwareprogramm, mit dem man die Flugbahn der Kugeln berechnen kann, wenn man die Höhe des Fahrzeugs kennt, aus dem geschossen wurde.« Er reichte ihr die Ausdrucke und deutete darauf. »Hier sehen Sie die Flugbahn der einzelnen Kugeln, ja? Kein Einschuss ist da, wo er sein sollte.«
Helen studierte die Grafiken und versuchte zu verstehen, was er sagte. »Aber haben die Kugeln ihre Flugbahn nicht sowieso geändert, sobald sie auf das Glas auftrafen?« Das war das Beste, was ihr dazu einfiel. »Das könnte doch erklären, warum sie da steckten, wo man sie gefunden hat.«
»Die erste Kugel vielleicht«, sagte Deering, als hätte er das bereits durchgekaut. »Aber dann war ja kein Glas mehr da bei der zweiten Kugel. Damit lässt sich diese Unstimmigkeit nicht erklären. Entscheidend ist, von wo aus die Kugeln abgefeuert wurden. Und *wann* sie abgefeuert wurden.«
Helen fixierte die Grafiken, während Deering aufstand und um das Sofa herumging.
Er deutete auf das Papier in ihrer Hand. »So wie hier …«
Helen sah auf und starrte Roger Deering an. Die Panik vorhin im Bad war nur noch eine ferne Erinnerung, an ihre Stelle trat

etwas, das tiefer, verzweifelter war, eine schreckliche Ahnung, die von Sekunde zu Sekunde stärker wurde.

»Sie sagten ›wann‹.« Ihre Stimme war nur ein Flüstern.

»Die Schüsse fielen früher«, sagte Deering. »Ich weiß nicht genau, wie viel früher, aber bestimmt vor dem Unfall. Sie wurden von jemandem abgefeuert, der vor dem Auto stand, als es nicht fuhr.«

»Sie sagen, die ganze Sache war abgekartet? Was passiert ist …«

Er hob die Hände. »Ich will nichts behaupten, sondern Ihnen nur das, was ich herausgefunden habe, mitteilen.«

»Es war kein Unfall.«

Deering schien sich in seiner Haut nicht wohlzufühlen, als befänden sie sich außerhalb seines Fachgebiets. »Nicht die Art von Unfall, von der wir ausgingen, nein.«

»Sie sagen, dass das alles gemacht wurde, um etwas anderes zu vertuschen. Dass Paul … gezielt umgebracht wurde.«

»Das sage ich nicht.« Er schien sich noch unwohler zu fühlen. »Das *kann* ich nicht sagen. Es befanden sich noch mehr Leute an der Bushaltestelle, Helen.«

Aber sie wusste etwas, das er nicht wusste. Sie wusste, dass es Operation Victoria gegeben hatte.

»In Ordnung«, sagte sie. »Danke.«

Sie wusste jetzt, dass Paul gezielt ermordet worden war.

Helen zuckte zusammen, als es an der Tür klingelte. Deering war das nicht entgangen. »Das war jetzt aber nicht das Baby, oder?«

Sie stand wortlos auf und ging langsam zur Tür.

Deering folgte ihr und legte ihr die Hand auf den Arm. »Hören Sie, ich würde morgen gerne wiederkommen. Wenn Ihnen das recht ist.«

Sie sagte Ja, ohne die Frage wirklich gehört zu haben.

»Also, was machen Sie heute Abend, wenn die hier fertig sind?«

Helen wandte sich um. Sie konnte nicht klar denken und bewegte sich wie eine Schlafwandlerin, aber eines war sicher: Sie wollte die Nacht nicht allein in der Wohnung verbringen. »Ich werde bei meinem Dad schlafen«, sagte sie.
Deering nickte und sagte, dass er sie später dorthin fahren würde. Er berührte sanft ihren Arm. »Lassen Sie sie lieber rein.«

DREIUNDDREISSIG

Sie wollte es so schnell wie möglich hinter sich bringen, und sie wollte auch, dass es nie vorbei wäre.
Der letzte Teil war das Schlimmste, sie hatte es gewusst. Diese paar Sekunden, wenn der Sarg aus dem Blickfeld verschwindet. Der Abschied. Wenn ihr die Worte durch den Kopf polterten, die sie nie gesagt hatte und die sie sagen *musste*, jetzt, nach allem, was sie in den Wochen nach Pauls Tod gedacht und gefühlt hatte. Aber als der Moment kam, als die kurzen Samtvorhänge sich schlossen und die Musik das Surren dieser Bewegung oder das Schluchzen der Umstehenden nicht ganz übertönte, gab es nur eines, was sie ihm noch sagen wollte: »Sorry …«
Ihr Dad war fantastisch gewesen, nicht dass sie es anders erwartet hätte. Er hatte gemeint, es sei kein Problem, als sie ihn nach Mitternacht angerufen hatte, um ihm zu sagen, sie habe ihre Meinung geändert und wolle doch kommen. Am Morgen hatte er ihr Frühstück gemacht und gesagt, sie sehe gut aus. Und ab dem Moment, als sie im Haus von Pauls Eltern angekommen waren, war er nicht von ihrer Seite gewichen.
Helen hatte ihm nichts von dem Einbruch erzählt.
»Ist irgendwie nicht richtig«, sagte er, als sie aufgebrochen waren. »So ein Prachtwetter an einem Tag wie diesem.«

»Zu Mums Beerdigung war es auch schön, weißt du noch?«
»Ich glaube, nur in Filmen regnet es bei Beerdigungen.«
Es wäre ohnehin egal, dachte Helen, da Paul eingeäschert wurde. Ihr Traum fiel ihr ein, in dem Paul und Adam in einem Grab stritten – merkwürdig, dass sie von einer Beerdigung geträumt hatte.
Niemand wäre auf die Idee gekommen, dass Helen und Pauls Mutter je ein unfreundliches Wort gewechselt hätten. Die Umarmung, mit der Helen begrüßt wurde, war herzlich, und Caroline Hopwood sagte, ihr Sohn »wäre stolz auf sie«. Auch wenn Helen sich nicht sicher war, was das bedeutete. Sie standen im Wohnzimmer, und Pauls Mutter ging mit einer Flasche und Gläsern herum und sorgte dafür, dass jeder etwas zu trinken hatte oder zumindest etwas angeboten bekam. Die meisten griffen zu einem kleinen Brandy, und Helen hörte, wie eine von Pauls Tanten davon sprach, sie brauche was Härteres, in Anbetracht der Situation eine unglückliche Wortwahl. Helen erzählte es ihrem Vater, und er lachte.
»Sie ist tapfer«, sagte er mit einem Blick auf Pauls Mutter, die von Grüppchen zu Grüppchen ging. Das war sein Satz des Tages, obwohl die Variationen über den gnädigen Wettergott zwischendurch einen guten zweiten Platz einnahmen.
Pauls Dad und seine Schwester waren ebenso herzlich, auch wenn sie nicht ganz so tapfer waren. Sie hatten allerdings auch weniger zu tun. Pauls Vater war zehn Jahre älter als seine Frau und eher schweigsam. Als Helen in die Küche ging, um zu sehen, ob sie sich nützlich machen konnte, schüttelte er langsam seinen kahlen Kopf und zog sie an seine Brust, um sie erst wieder loszulassen, als es hieß, die ersten Autos wären da.
»Ich kann das nicht«, sagte er. Er machte den Eindruck, als wolle er sich hinlegen und nie wieder aufstehen.
Die Fahrt zum Krematorium dauerte zehn Minuten. Helen,

die mit ihrem Vater und Pauls Eltern in dem Mercedes saß, beobachtete die Reaktionen der Leute auf der Straße, als der Trauerzug an ihnen vorbeifuhr. Sie dachte zurück an die Beerdigung ihrer Mutter, als die Leute stehen geblieben waren und den Kopf gesenkt hatten, ein Mann hatte den Hut gezogen. Vielleicht macht man das nicht mehr, dachte sie. Vielleicht bedeutete der Tod eines Menschen nicht mehr so viel, da man daran gewöhnt war, Tod und Zerstörung live im Fernsehen zu sehen. Sie sagte etwas in der Richtung zu ihrem Vater, und er beugte sich zum Fenster, um mit ihr die Passanten zu beobachten.

»Vielleicht wissen die Leute einfach nicht mehr, was sich gehört«, sagte er.

Vor der Kapelle warteten bereits viele Polizisten. Helen sah, wie Zigarettenkippen ausgetreten wurden, als ihr Auto in Sichtweite kam. Gary Kelly und Martin Bescott standen bei den anderen Kollegen aus Pauls CID-Team in Kennington. Sie sah Jeff Moody mit ein paar Kollegen und viele Polizisten in Uniform, als Teil des offiziellen Polizeiaufgebots.

Der Fahrer half ihr aus dem Auto. Sie sprach mit ein paar Leuten. Wie hübsch die Anlage sei, Dinge in der Art, aber alles wirkte so unwirklich.

Am Eingang zur Kapelle stellte sich Pauls Gebietsleiter vor und sagte ihr, Paul sei ein hervorragender Beamter gewesen, der großartige Arbeit geleistet habe. Helen dankte ihm. Einen kurzen Augenblick fragte sie sich, ob er wohl über Operation Victoria informiert war, dachte sich dann aber, dass er vermutlich nur das sagte, was er bei solchen Gelegenheiten immer sagte, und dass er von Paul Hopwood noch nie gehört hatte, bis er das Memo erhalten hatte. Sie wandte sich zu dem Leichenwagen um. Der Sarg wurde abgeladen. Aus dem Augenwinkel bekam sie mit, wie der Gebietsleiter einen Zettel aus der Brusttasche zog und einen letzten Blick auf die Rede warf, die er in ein paar Minuten halten würde.

Die Sargträger traten vor, jeder makellos in Galauniform. Der Bestattungsunternehmer gab ihnen leise ihre Anweisungen. Helen fand, sie sahen wunderschön aus – und nervös. Als sie den Sarg schulterten, schaute sie hinüber zu Pauls Mutter, auf deren Gesicht sich Stolz und Trauer abwechselten.

Über dem Sarg hatte man eine Fahne der Metropolitan Police drapiert, und jetzt wurde Pauls Schirmmütze auf den Sargdeckel gelegt, hinter den einfachen Kranz aus weißen Blumen, den Helen ausgesucht hatte. Sie war sich der Blicke bewusst, die auf ihr ruhten, und fragte sich, wie sie wohl wirkte. Sie fühlte sich leer und schwer, als würde sie jeden Moment umfallen.

Helen lehnte sich an ihren Vater, als die Sargträger losmarschierten. Sie gingen langsam im Gleichschritt, den Blick geradeaus gerichtet. Der Ausdruck auf dem Gesicht des Polizisten, der neben ihr war, traf sie ins Herz, diese pflichtbewusste Entschlossenheit. Sie senkte die Augen und schaute auf die auf Hochglanz polierten Stiefel, während der Sarg an ihr vorbeigetragen wurde. Auf die scharfen Bügelfalten in den Galauniformhosen und die Kiesel, die bei jedem Schritt zur Seite gedrängt wurden.

Pauls Vater legte seiner Frau die Hand auf den Rücken, und sie reihten sich hinter den Sargträgern ein.

»Bist du bereit?«, fragte ihr Vater.

Das Sodbrennen hatte eine halbe Stunde nach dem Frühstück eingesetzt. Es begann gerade besser zu werden. Ihre Strumpfhose juckte, und sie musste auf die Toilette. Sie holte tief Luft und schmeckte frisch gemähten Rasen und Wachs. Sie hoffte nur, dass ihre Beine nicht unter ihr nachgaben, bevor sie Gelegenheit hatte, sich hinzusetzen.

Lass mich nicht im Stich, Helen.

Nur das eine Mal, Hopwood. Es wird nicht mehr vorkommen.
Sie hängte sich bei ihrem Vater ein und folgte dem Sarg.

Nach dem Gottesdienst sprach Helen kurz mit Roger Deering und Martin Bescott und stellte die beiden einander vor. Bescott sagte, das Team würde Paul sehr vermissen, und Helen dankte den beiden für ihr Kommen. Sie war Roger Deering für viele Dinge dankbar, auch wenn er ihr etwas zu gefühlsduselig war. Bescott fand sie ganz nett, und sie fragte sich, warum Paul kaum mal etwas Gutes über ihn gesagt hatte.

Zusammen mit Pauls Mum und Dad schloss sie sich den Trauergästen an, die an den vor der Kapelle ausgelegten Kränzen entlanggingen. Nach ein paar Minuten blieb sie stehen und beugte sich vor, um die Karten zu lesen. Sie ließ die anderen vorbeigehen, trat zurück und schaute hinauf zu dem prunkvollen goldenen Zwiebelturm, der sich vor dem strahlend blauen Nachmittagshimmel abhob.

Das Wetter war tatsächlich freundlich, das war aber auch schon alles.

Zu ihrer Linken entdeckte sie am Ende der Reihe Frank Linnell. Wahrscheinlich hatte er trotzdem Blumen geschickt und prüfte nun, ob sie eindrucksvoll genug waren. Er sah sie und hob die Hand, woraufhin sie sich schnell wegdrehte, für den Fall, dass er herüberkommen wollte, um angemessen zerknirscht dreinzuschauen und ihr zu sagen, wie schön der Gottesdienst gewesen sei, und ihr, wenn niemand hinsah, ein Bündel Geldscheine zuzustecken. »Nur eine Kleinigkeit für den Grabstein, meine Liebe. Meine Spende …«

Auf dem Weg zum Auto hörte sie Schritte, die schnell näher kamen.

»Helen?«

Sie drehte sich um. Sie hatte Linnell erwartet und sah Detective Inspector Stachelarsch, der seine Agende an sich drückte. »DI …« Sie suchte nach seinem Namen, nur eine Sekunde, aber lange genug, dass er es merkte und auf seine Schuhe sah.

»Thorne.«

»Tom.«

»Nett, dass Sie gekommen sind«, sagte sie.

Er schien sich nicht wohlzufühlen in seinem Anzug, dessen Kragen offensichtlich zu eng war. »Ich wollte Ihnen nur sagen, dass wir den vollständigen Bericht der Spurensicherung vorliegen haben.« Er senkte die Stimme. »Dass morgen eine Verhaftung ansteht.«

»Gut.« Falls nicht etwas passiert war, von dem sie noch nichts wusste, konnte sie sich vorstellen, wen sie verhaften würden. »Ich wäre gern dabei.«

Aus seinem Blick schloss sie, dass er mit dieser Reaktion gerechnet hatte. »Ich schau mal, was sich machen lässt«, sagte er.

Sie bedankte sich bei ihm. »Was ist mit den Leuten aus dem Auto?«

»Wir sind uns sicher, dass wir auf der richtigen Spur sind.«

»Der Bandenkrieg.«

»Nicht direkt. Wir haben den Besitzer des gestohlenen Cavalier gefunden, als er die Versicherung kassieren wollte. Er wollte uns nicht viel erzählen.«

»Überraschung.«

»Aber wir konnten ihn überreden, sich die Leichen der erschossenen Jungs anzuschauen.«

Helen nickte. Sie wusste, wie überzeugend Kriminalbeamte sein konnten, wenn sie den Mörder eines Kollegen fassen wollten.

»Er hat zwei von ihnen identifiziert. Sie gehörten zu der Gruppe, die sein Auto geklaut hatten. Also, wie gesagt, wir sind ihnen auf der Spur.«

»Aber …?«

»Es handelt sich nicht um einen Bandenkrieg. Oder falls doch, dann ist er ziemlich einseitig. Also, wir wissen nicht, wer diese Jungs umbringt, aber wir sind uns ziemlich sicher, sie sind … die Richtigen.« Er zuckte mit den Schultern. »Na ja, ist vielleicht der falsche Zeitpunkt. Ich wollte Ihnen nur sagen, dass wir weiterkommen … und dass es mir leidtut.« Er klopfte mit der Agende gegen seine Finger. »Und … alles Gute.«
»Haben *Sie* Kinder?«, fragte Helen.
»Eins ist unterwegs«, sagte Thorne. »Noch nicht so weit wie Ihres … aber unterwegs.«
»Dann wünsche ich Ihnen auch alles Gute.«
Er wandte sich zum Gehen und lächelte Helens Vater zu, der ihm auf dem Weg zum Auto entgegenkam.
»Wer war das?«
»Ein Freund von Paul«, sagte Helen.
Ihr Vater hielt ihr die Autotür auf, und sie glitt auf den Platz neben Pauls Eltern. Ihr Vater, der als Letzter einstieg, nahm ihnen gegenüber Platz. Er zog schnell seine Jacke weg, damit der Bestatter die Tür schließen konnte, dann beugte er sich zu Helen und tätschelte ihr Knie, fragte sie, ob sie noch konnte.

Gegen vier waren sie zurück im Haus. Pauls Vater öffnete die Türen vom Wohnzimmer auf die Terrasse, während Caroline und ein paar ihrer Freundinnen das Buffet aufbauten. Die Sandwiches waren von Marks & Spencer, es gab kaltes Hühnchen und Nudelsalat, Kuchen und Waldbeeren.
»Keine Würstchen«, sagte ihr Vater.
Helen suchte sich einen Schattenplatz auf dem Sofa und unterhielt sich mit Gary Kelly, der auf der Lehne saß und einen Papierteller und eine Tasse auf dem Bein jonglierte. Sie sagte ihm, wie schön er gelesen habe.
»Einmal hab ich gepatzt«, sagte er.

»Hat niemand gemerkt.«
»Ich wollte, dass es perfekt ist.«
Sie erinnerte ihn an Pauls Gitarre und sagte ihm, er solle einfach vorbeikommen und sie abholen, wann immer es ihm passe.
»In jener Nacht haben wir gesungen«, sagte er. »Die Rolling Stones, so laut wir konnten. Die Frau an der Bushaltestelle hat uns gebeten, die Klappe zu halten.«
»Hab ich auch gemacht, wenn Paul gesungen hat«, sagte Helen. Sie sah Kelly nach, als er zurück ans Buffet ging und sich nachschenkte. Er machte den Eindruck, als brauche er ein Glas zum Festhalten, was sie ihm nicht vorwerfen konnte.
Sie blieb nicht lange allein. Es waren vielleicht dreißig Leute im Haus, und die meisten waren mindestens einmal zu ihr herübergekommen und hatten sie gefragt, ob sie etwas brauche. Ob es etwas gäbe, was sie für sie tun könnten. Meist hatte sie sie gebeten, ihr noch ein Glas Wasser oder ein Sandwich zu bringen.
Jenny und Tim kamen nach etwa einer Stunde, um ihr zu sagen, dass sie jetzt fahren wollten. Sie mussten den Babysitter ablösen. Helen erzählte ihrer Schwester, wie aufmerksam alle waren, dass es ihr aber jetzt zu viel wurde.
»Die Leute wollen bloß nett sein«, sagte Jenny.
»Wahrscheinlich.«
Jenny beugte sich hinunter und küsste sie. »Du wärst stinksauer, wenn dich niemand beachten würde.«
»Aber es ist schon komisch«, sagte Helen. »Nicht ein Einziger hat … *du weißt schon* erwähnt.« Sie deutete melodramatisch auf ihren Bauch. »Ich kann mir nicht vorstellen, dass sie das übersehen haben. Sicher, Schwarz macht angeblich schlank, aber das ist doch lächerlich.«
Als ihre Schwester gegangen war, lächelte Helen, bis ihr das Gesicht wehtat. Dann ging sie hinaus auf die Terrasse zu Pauls Va-

ter, der sich auf eine niedrige Mauer gesetzt hatte und rauchte. Er machte den Eindruck, als wolle er von niemandem gesehen werden.

»Paul hat das auch immer gemacht«, sagte sie. »Sich auf den Balkon geschlichen. Als ob ich es nicht gemerkt hätte.«

Pauls Vater zog an seiner Zigarette. »Ihr Frauen merkt immer alles. Vor euch kann man nichts verheimlichen.«

»Stimmt.«

»Er ist immer ein Schlitzohr gewesen, schon als Kind.« Er lächelte traurig durch den Rauch, während er seinen Erinnerungen nachhing. »Man hat nie gewusst, was er vorhatte.«

Mehr schien der alte Mann nicht sagen zu wollen, also schlenderte Helen zwanzig Minuten durch den Garten, bis ihre Beine schmerzten und sie zurück ins Haus musste, um zur Toilette zu gehen. Danach setzte sie sich an die Tür und bedankte sich bei den Leuten, die sich nach und nach verabschiedeten. Nach einer Weile nahm sie sie gar nicht mehr richtig wahr, setzte nur den angemessenen Gesichtsausdruck auf und dachte an das, was Deering ihr erzählt und was Thorne vor der Kapelle gesagt hatte.

Ihr war klar, dass der Einbruch gestern kein normaler Einbruch gewesen war und dass die Jungs in dem Cavalier nicht auf eigene Faust gehandelt hatten. Und nun wurden sie von jemandem umgebracht. Vielleicht von demjenigen, der sie beauftragt hatte. Weil er sichergehen wollte, dass sie schweigen würden.

»Alles Gute, meine Liebe.«

»Danke.«

Ob die Leute, die wegen Pauls Tod ermittelten, die Puzzleteile selbst zusammensetzen konnten? Oder wusste Helen mehr als sie?

»Wir denken an Sie.«

»Vielen Dank.«

Nachdem sie mit ihrem Vater gesprochen hatte, sagte sie Pauls Mutter, dass sie aufbrechen wollten. Was nicht leicht werden würde.

»Wir hatten gedacht, ihr bleibt hier.«

»Ihr habt doch schon ein volles Haus.«

»Es ist kein Problem, wirklich nicht. Wir haben für euch schon die Betten gemacht.«

»Ich möchte wirklich zurückfahren«, sagte Helen. »Ich glaube, ich brauch das jetzt, zu Hause zu sein, weißt du?«

»Das hier ist auch dein Zuhause, Helen.«

»Trotzdem …«

An der Tür nahm Caroline Hopwood Helen in den Arm und sagte, sie wolle alles tun, was in ihren Kräften stehe, um Helen mit ihrem Enkelkind zu helfen. Es wäre schön, wenn es ein Junge würde, meinte sie. Sie habe ja keinen Enkelsohn. Helen versprach, ihr Bescheid zu sagen, sobald es etwas Neues gebe, und als ihr Vater losfuhr, winkte sie aus dem Autofenster, bis sie um die Ecke bogen.

Es war nach neun, als sie Tulse Hill erreichten. Und obwohl es draußen noch hell und sonnig war, wirkte die Wohnung kalt. Helen war erschöpft, aber sie hatte nicht gewusst, wie erschöpft sie war, bis sie sich von ihrem Vater verabschiedet hatte und mehr oder weniger durch die Haustür gefallen war. Sie kochte sich einen Tee und zog das Kleid und die Strumpfhose aus. Dann setzte sie sich im Bademantel auf den Balkon und versuchte, einen klaren Gedanken zu fassen.

»Ein Schlitzohr also, sogar schon als Kind, Hopwood?«

Wie lange es wohl dauern würde, bis sie nicht mehr mit ihm sprach? Ob sie damit aufhören würde, bevor sie sein Gesicht nicht mehr klar sehen konnte?

Sie nahm das Begleitheft der Beerdigung aus ihrer Handtasche

und strich den Knick in der Rückseite glatt. Er zog sich genau durch Pauls Foto. Die Musik, die Pauls Mutter ausgesucht hatte, war doch ganz nett gewesen. Aber Helen war dennoch wütend auf sich, weil sie so schnell nachgegeben hatte.
Man könnte meinen, es sei ihr egal gewesen.
Sie sah Pauls alte Queen-Alben durch, bis sie den Song gefunden hatte, den sie suchte. *Who Wants to Live Forever?* lief noch fünfzehn Minuten später auf Repeat, als sie ins Bett fiel.
Sie lag da und sah zu, wie es dunkel wurde. Dabei lauschte sie der Musik und wünschte sich, sie könnte Paul von dem Tag berichten und sie könnten gemeinsam darüber lachen. Sie wünschte, dass es bis zu seinem Tod so zwischen ihnen gewesen wäre. Sie wollte sich zusammenrollen und alles zerschlagen, demjenigen wehtun, der Schuld daran hatte, dass sie sich so fühlte, wie sie sich fühlte. Der Schuld daran hatte, dass dieses Loch in ihr war.
Sie lag da, und die Tritte in ihr waren wie kleine Schreie.
Ihr Baby sollte in zwei Tagen zur Welt kommen.

VIERUNDDREISSIG

»Ich fand es nett«, sagte Laura.
»Das sind sie meistens … *nett*, oder?« Frank hatte ein Tablett mit ihrem Frühstück in den Wintergarten getragen. Es war ein herrlicher Morgen, und er genoss es, in den Garten zu schauen, während er aß und die Zeitungen durchblätterte. »›Nett‹ ist aber irgendwie so verdammt … *sicher*«, sagte er. »Findest du nicht?«
»Die Leute sehnen sich nach Sicherheit, wenn sie gerade jemanden verloren haben. Wie sollen sie sich denn deiner Meinung nach fühlen?«
»Ich möchte nur ein Mal eine Beerdigung erleben, die etwas

über den Verstorbenen aussagt, verstehst du? Bei der man etwas davon spürt, wie er wirklich war.«

»Ich fand das richtig rührend, was dieser Polizeibeamte sagte, und die Lesung war …«

»Ja, nett, ich weiß.« Frank schüttelte den Kopf. »Dieser Cop hat wahrscheinlich das gesagt, was er auf jeder Beerdigung sagt. Versteh mich nicht falsch. Ich meine nicht, dass die Leute tanzen und Witze erzählen sollen, aber es sollte etwas … gelöster zugehen. Und ein bisschen weniger Gottesgedöns würde auch nicht schaden.«

Laura lächelte. »Mir gefällt das alles.«

»Paul hatte nun wirklich keine religiöse Ader, und seine Freundin scheint mir auch nicht gerade eine Kirchgängerin zu sein. Also, was soll das?« Er aß ein Stück Toast und lehnte sich zurück. »Paul hätte das gehasst. Er hätte sich über diesen Vikar lustig gemacht oder hätte einfach ein Nickerchen gemacht.«

»Ist da heute jemand mit dem falschen Fuß aufgestanden?«

»Stimmt, ich hab nicht gut geschlafen.« Er sah an ihr vorbei hinaus in den Garten. Die Grünflächen sahen gut aus, aber er musste seinem faulen Gärtner auftragen, mehr auf die Rasenkanten zu achten. »Er fehlt mir einfach sehr, das ist alles. In dieser Phase meines Lebens brauche ich alle Freunde, die ich habe.«

»Du bist nicht alt, Frank.«

»Fühlt sich aber manchmal so an.«

»Natürlich fehlt er dir«, sagte Laura. »Mir auch.«

»Es wär einfach gut gewesen, wenn es gestern etwas mehr um *ihn* gegangen wäre. Das ist alles, was ich sage. Darum, was für ein Mensch er gewesen ist, verstehst du?« Er las ein paar Krümel von seinem Hemd auf und schnippte sie auf seinen Teller. »Vielleicht werde ich mit dem Alter ja auch nur sonderbarer.«

Sie setzte sich neben ihn. »Vielleicht warst du auf zu vielen Beerdigungen.«

Die Workz-Filiale in Clapham sah mehr oder weniger aus wie jeder andere schicke Fitnessclub in der City: Chrom, Stahl und Rauchglas; extraflauschige Handtücher und modische Toilettenartikel. Man erhob eine saftige Jahresgebühr, Anreiz genug, um ein paar Monate lang zweimal die Woche hinzugehen – bis man merkte, dass das Leben zu kurz war, um es auf einem Rudergerät zu verschwenden.

Helen saß an der Salat-und-Smoothie-Bar und blätterte einen Werbeprospekt durch, während sie wartete. Sie hatte ab sieben Uhr telefoniert und alles organisiert. Es war ein angenehmes Gefühl, den Tag bereits geplant zu haben. Und das hier würde ein guter Anfang werden.

Sie sah Sarah Ruston die Treppe aus der Damenumkleide herunterkommen, sah sie ihre Tasche auf einen Stuhl werfen und zur Bar gehen, um sich etwas zu bestellen. Ihre Haare waren zu einem Zopf nach hinten gebunden und noch feucht. Sie trug einen schmalen schwarzen Jogginganzug mit roten Rändern. Ihr Gesicht sah, wenn auch nur aus der Ferne, schon wieder viel besser aus, allerdings trug sie den Arm noch in der Schlinge.

Alles in allem war sie ziemlich attraktiv.

Ruston sog an ihrem Strohhalm und wandte sich um, als ihr Blick auf Helen fiel, die aufgestanden war und ihr winkte. Sie riss die Augen auf, dann griff sie nach ihrer Tasche und ging zu ihr hinüber. »Was machen Sie …?« Sie blickte auf die Uhr. »Ich hab nicht viel Zeit, fürchte ich. Ich bin mit Patrick verabredet.«

»Ist schon in Ordnung«, sagte Helen. »Ich hab selbst nur ein paar Minuten.«

Ruston setzte sich auf die Kante eines Barhockers. Sie senkte die

Augen, und ihr Blick fiel auf den Prospekt in Helens Händen. »Wollen Sie Mitglied werden?«

»Wäre schon schön, wieder in Form zu kommen, wenn ich *das hier* los bin.« Helen lächelte. »Aber sechshundert Pfund im Jahr, da versuch ich's lieber mit Spazierengehen. Oder mach was ganz Verrücktes und kauf mir ein Workout-Video.«

»Ja, ist schon ein bisschen teuer«, sagte Ruston. »Ich wär auch nicht hier, aber die Mitgliedschaft zahlt mein Arbeitgeber. Eine der Filialen ist direkt neben dem Büro, und wir können in alle gehen, also ...«

»Also warum nicht?«

»Warum nicht?«

»Aber Sie sind ganz schön versessen darauf, oder?« Helen deutete mit einem Kopfnicken auf die Armschlinge.

Ruston versuchte zu lächeln und hob den Arm. »Ich hab sie beim Training abgenommen und war nur eine Stunde auf dem Laufband. Wahrscheinlich werde ich das Ding nächste Woche los.«

»Trotzdem.«

Ruston nippte an ihrem Saft.

»Ich find das immer komisch«, sagte Helen. »In so eine Muckibude zu gehen, wie ein Schwein zu schwitzen, um einen schönen Körper zu haben, wenn man sich den Rest der Zeit wie ein Haufen Scheiße fühlt.« Sie wartete auf eine Reaktion. »Was ist es denn bei Ihnen? Crack? Und auch Koks, nehm ich mal an.«

»Wie bitte?«

»Ich meine, Sie würden doch nicht direkt vom Laufband in eine Imbissbude marschieren, oder? Das macht keinen Sinn.« Eine Angestellte in einem engen weißen Kittel ging an ihnen vorbei. Ruston schöpfte kurz Hoffnung, aber Helen schenkte der Frau keine Beachtung. »Und dafür nach Lewisham, in den Slum, musste das sein? Konnten Sie sich das Zeug nicht in der City von einem netten Jungen im Armani-Anzug besorgen?«

Ruston wurde kreidebleich, die schon fast verschwundenen Blutergüsse wirkten plötzlich noch blasser.

»Sie müssen wahnsinnige Schulden bei denen gehabt haben«, sagte Helen. »Ich meine, man muss schon ein ganz schönes Druckmittel gegen jemanden haben, um ihn zu so was zu bringen. Zu dem, was Sie getan haben. Oder vielleicht hat man Ihnen das Botox versehentlich ins Gehirn gespritzt, sodass Sie gar nicht darüber nachgedacht haben …«

Ruston weinte fast eine Minute lang. Sie drückte die Hände gegen die Augen und hielt den Kopf gesenkt. Man hörte sie kaum noch. Helen sah zu und fand es wunderbar.

»Ich brauche jetzt keine anrührende Geschichte«, sagte sie, als Ruston wieder aufblickte. »Da müssen Sie bei mir keinen Atemzug drauf verschwenden; in Anbetracht dessen, wo ich den gestrigen Tag verbracht habe, wäre ich dafür wohl der falsche Ansprechpartner.«

Sollten die Kollegen später im Verhörraum die Einzelheiten aus ihr rausholen. Helen konnte sich die Geschichte in etwa zusammenreimen. Eine Überfliegerin aus der City, mit einem gehobenen Lebensstil und einer sehr teuren Vorliebe. Überzogene Kreditkarten, ein wachsender Schuldenberg und ein Dealer, der mit einer überraschenden Idee kommt, wie man die Schulden tilgen könnte. Das hübsche Haus um die Ecke war wahrscheinlich auf Pump gekauft, es sei denn, die ältere und reichere bessere Hälfte kam dafür auf.

An diesem Punkt fragte sich Helen, wie viel Patrick wohl wusste.

»Ich hatte keine Wahl«, sagte Ruston.

Helen hätte sich auf sie stürzen können. Stattdessen erklärte sie, dass man normalerweise, wenn man vor die Wahl gestellt wurde, eine Schuld zu begleichen oder einen Menschen umzu-

bringen, kurz innehielt und nachdachte. Am liebsten hätte sie jedes einzelne Wort in sie hineingeprügelt.
»Sie haben gedroht, meiner Familie etwas anzutun.«
»Und was haben Sie *meiner* Familie angetan?«
Nun probierte es Ruston mit heftigem Schluchzen, sie klammerte sich an die Bar und schüttelte den Kopf, wischte sich den Rotz mit dem Ärmel weg. »Ich hatte keine Ahnung, dass jemand sterben würde. Sie haben mir nichts gesagt. Sie haben mir nur gezeigt, *wo* … welche Geschwindigkeit … ich hatte keine Ahnung, wer … das …«
»Wer das *Opfer* war?« Ruston öffnete den Mund, doch heraus kam nur ein heiseres Krächzen, als kratze ein Nagel über eine Schiefertafel. »Wenn man jemanden überfährt, dann richtet man in der Regel einen ziemlichen Schaden an.«
»Es tut mir leid …«
»Und ob Ihnen das leidtun wird.«
Helen stand auf und sah Patrick auf sie zueilen. Sie beugte sich vor und packte Ruston an der verletzten Schulter. Sie sagte es höflich und ruhig, damit Ruston merkte, dass sie es genau so meinte: »Ich wünschte, Sie hätten sich das Genick gebrochen.«
Wenn Patrick überrascht war, Helen zu sehen, zeigte er es nicht. Er deutete mit dem Daumen auf die Eingangstür des Studios. »Was soll das? Da draußen stehen zwei Polizeiwagen.«
»Sarah ist die nächste Zeit vielleicht etwas eingebunden«, sagte Helen. Sie sah zwei Polizeibeamte in den Raum eilen und ihre Dienstausweise zücken. Hinter ihnen kamen noch mehr Polizisten durch die Glastüren. Sie würde sich bei ihnen auf dem Weg nach draußen bedanken.
Bevor sie ging, blieb sie vor Patrick stehen. »Nur damit Sie es wissen: Ihr BMW ist mir scheißegal.«

Theo trug seinen Teller in die Ecke und holte sich dann noch ein paar Boulevardzeitungen, die jemand an der Bar hatte liegen lassen. Damit konnte er vielleicht eine halbe Stunde totschlagen. So war es wohl, wenn man seinen Job verloren hatte. Nur dass ihm niemand gekündigt hatte und man sich, wenn man arbeitslos wurde, normalerweise nicht mit der Frage quälte, wann man abgeknallt würde.

Seit man die Leichen in der Lagerwohnung gefunden hatte, war alles auseinandergefallen. Die Polizei hatte die Wohnung ausgeräumt, und die Schnüffelhunde waren halb durchgedreht. Jetzt war es nur eine leere Wohnung mehr in dem Block. Die Geschäfte waren zum Erliegen gekommen, die Kunden kauften woanders, und die Leute aus der Gang standen an den Ecken und fragten sich, was wohl als Nächstes passieren würde.

Vor ein paar Tagen schien Easy alles so weit geregelt zu haben – es sah aus, als kehre wieder Ruhe ein. Aber Theo hatte seit Samstagnacht nichts mehr von ihm gehört. Niemand hatte ihn gesehen. In Wahrheit hing es ihm zum Hals heraus, ständig nach Easy gefragt zu werden, wo er steckte und was er trieb.

Theo hatte ihn unzählige Male angerufen, aber Easys Handy war ausgeschaltet, oder der Akku war leer.

Oder was auch immer.

Die Titelseiten waren noch immer voll mit Berichten über die Morde, aber es war nichts dabei, was er nicht schon gelesen hatte. Als wärmten sie nur die alten Geschichten wieder auf, um die Auflage zu steigern, während sie mit angehaltenem Atem auf den nächsten Mord warteten. Als wüssten sie, dass er kommen würde. Er dachte daran zurück, wie Easy vor dem Club völlig durchgedreht war und ihnen fast den nächsten Toten als Aufreger geliefert hatte.

Theo war am nächsten Tag zum Dirty South gegangen und hatte nach Blutflecken gesucht. Er hatte nichts gefunden und war erleichtert gewesen, dass Easy sich damit zufriedengegeben hatte, nur mit seinem Messer herumzufuchteln und dem armen Teufel gehörig Angst einzujagen. Er hatte sich auch sämtliche Nachrichtensendungen angesehen, nur für den Fall. Die Sache war mit keinem Wort erwähnt worden, was gut war. Eine Messerstecherei wäre keine Megastory gewesen, diese Zeiten waren vorbei. Aber trotzdem.

Ihm blieb nichts anderes übrig, als auf seinem Arsch zu sitzen und auf sich aufzupassen, alles um sich herum im Blick zu behalten, bis ihm jemand sagte, was er tun sollte.

Er blätterte langsam um, während er aß. Dabei ließ er wie immer die Tür nicht aus den Augen und spürte in der Tasche die schwere Knarre, die er aus der Lagerwohnung hatte mitgehen lassen. Die Knarre, an die Sugar Boy nicht schnell genug rangekommen war.

Er hörte auf zu kauen, hörte sogar kurz auf zu atmen, als er das Bild vor sich sah. Und die Schlagzeile darüber: SCHWANGERE WITWE DES TOTEN POLIZISTEN VERZWEIFELT.

Ihr Gesicht war angespannt und ihr Mund weit aufgerissen, als brüllte sie. Aber er wusste sofort, dass sie die Frau war, mit der er vor ein, zwei Wochen geredet hatte. Er war erstaunt gewesen, wie schwer sie gewesen war, als er ihr hochgeholfen hatte. Die Frau mit dem blauen Fiesta und den kaputten Eiern.

Theo las die Geschichte, die Worte kamen aber nicht bei ihm an. Er hatte ihr geholfen, und sie hatte sich dafür bedankt. Mein Gott, sie hatte sogar in dem Parkhaus zu ihm gesagt, sie würde das Baby nach ihm benennen …

Er dachte an das Geräusch, als der BMW den Mann überfuhr. Er *spürte* es. Das Metall und das Glas und der dumpfe Aufprall, während sie wegfuhren und er sich im Regen umzuschauen versuchte.

Ist wahrscheinlich so gut wie jeder andere Name auch.

Er starrte auf das Foto, und sein Frühstück wurde kalt. In der Schlagzeile hieß es »verzweifelt«, aber er hatte einen anderen Eindruck von ihr.
Sie sah aus, als wolle sie jemanden umbringen.

FÜNFUNDDREISSIG

Helen sah hoch zu den Videokameras, die an den Ecken installiert waren, als sie vor der Haustür wartete. An der Einfahrt waren ebenfalls Kameras gewesen, und sie hatte sich schon gefragt, ob er sie beobachtet hatte, als sie vorgefahren war. Eigentlich war es nicht überraschend, dass so ein Mann vorsichtig war. Er besaß vieles, was beschützt werden wollte, und es gab wahrscheinlich nicht wenige Leute, die nur zu gern gesehen hätten, wie er alles verlor.
Andererseits hatte er selbst Leute, die ihn warnten oder ihn informierten, wenn irgendwer Probleme machte. Ein Netzwerk. Und er hatte seine Methoden, Leute zum Reden zu bringen, wo offizielle Ermittlungen auf eine Mauer des Schweigens stießen.
Es ergab keinen Sinn, dass der für Pauls Tod Verantwortliche auch hinter den Morden in Lewisham steckte. Wenn man seinen Arsch retten wollte, dann plante man keinen Mord, der es nach sich zog, eine ganze Gang auszulöschen. Abgesehen von demjenigen, der den Jungs im Auto die schmutzige Arbeit überlassen hatte, war also noch jemand anderes im Spiel.
Es kamen nicht gerade viele dafür infrage.
Helen hatte Jeff Moody am Morgen angerufen, nachdem sie ein paar Telefonate mit der Mordkommission geführt hatte, um ihre Verabredung mit Ruston im Fitnesscenter abzusprechen. Als sie Frank Linnell erwähnte, hatte Moody gesagt, die Ermitt-

lung dauere noch an, er wolle mehr erfahren über die Beziehung zwischen Paul und Linnell.
»Ich denke, dazu kann ich etwas beitragen«, hatte sie gesagt.
»Ich bin mir nicht sicher, ob das so eine kluge Idee ist.«
»Ich hab vor ein paar Wochen aufgehört, klug zu sein«, hatte Helen gesagt.
Dieses Mal war es kein Problem, Linnells Adresse zu bekommen.
Der mit geädertem braunem Marmor ausgelegte Eingangsbereich, in dem ein überdimensionaler Kronleuchter hing, wirkte wie die Lobby eines teuren Hotels. An den Wänden hingen Gemälde, eine breite Treppe schwang sich drei oder vier Stockwerke nach oben. Helen schätzte das alles auf ein paar Millionen.
Linnell führte sie in eine Küche, neben der selbst Jennys Küche verblasste. Sie setzte sich an den Tisch und sah ihm beim Teekochen zu. Sie war überrascht, dass er anscheinend ohne Personal hier wohnte. Außer ihm schien überhaupt niemand hier zu wohnen.
»Sie sehen richtig gut aus heute Morgen«, sagte er. »Nach der Nacht, die Sie vermutlich hinter sich haben. Ich habe selbst kaum geschlafen, um ehrlich zu sein. Es ist schon schwierig, einfach weiterzumachen, als ob nichts passiert wäre.«
»Wahrscheinlich.« Helen starrte auf seinen Rücken, als er Milch in den Tee goss und umrührte. Er machte es schon wieder, tat schon wieder so, als sei seine Beziehung zu Paul so eng gewesen wie ihre.
»Letztlich bleibt uns nichts anderes übrig, oder?« Er trug die Tassen zum Tisch und fragte, ob sie Kuchen wolle. Die Frau, die für ihn koche, backe fantastisch.
Helen hatte bereits gegessen und sich danach zweimal übergeben.

»Sie haben sich gestern gut gehalten«, sagte er. »Sie haben stark gewirkt, wenn ich das sagen darf. Stärker als die meisten von uns. Da wurde schon die eine oder andere Träne verdrückt, lassen Sie sich das gesagt sein.«

Helen nippte am Tee und verbrühte sich dabei fast. Sie fand den Schmerz angenehm. Sie wollte nicht über die Beerdigung plaudern, sie wollte eigentlich überhaupt nicht plaudern, sondern direkt zum Thema kommen. »Haben Sie von diesen Schießereien in Lewisham gehört?«

Er nickte und legte die Hände um die Tasse. »Lässt sich nicht vermeiden, ist ständig in den Nachrichten.«

»Vier Morde in knapp zwei Wochen«, sagte sie.

»In zwölf Tagen.«

»Was Sie nicht sagen.«

»Etwas muss getan werden«, sagte Linnell. »Nicht nur von Ihrer Einheit. Von denen weiter oben … damit das ein Ende hat.« Er schüttelte den Kopf. »Ich will nicht herzlos klingen, aber mich macht das krank, verstehen Sie, was ich meine? Da wird jemand wie Paul beerdigt, und da draußen laufen Leute herum und tun so, als ob ein Menschenleben nichts wert wäre. Das ist zum Verrücktwerden …«

Er schien es ernst zu meinen. Vielleicht war das Menschen wie Frank Linnell möglich, dachte sie, vielleicht konnten sie zwischen ihren eigenen Taten und den Taten anderer unterscheiden. Oder vielleicht ging er solche Situationen schon von klein auf frontal an.

»Es waren die Jungs in dem Wagen«, sagte sie. »Die erschossen wurden. Sie saßen in dem Cavalier, als Paul starb.«

Linnell strengte sich sehr an, geschockt zu wirken. »Als Jungs kann man die schwerlich bezeichnen.«

»Der Jüngste war vierzehn Jahre alt.«

Er zuckte mit den Schultern. »Meinen Sie nicht, man gibt jeden

Anspruch auf Mitgefühl auf, wenn man seinen Lebensunterhalt so verdient? Wenn man mit Waffen rumläuft?«

»Finden Sie?«

»Hören Sie, Sie verstehen sicher, dass mir deshalb nicht das Herz bricht. Sie *sollten* das zumindest verstehen.«

»Sollte ich das?«

»Waren Sie denn nicht ein kleines bisschen froh, als Sie dahinterkamen?«

Helen wich seinem Blick aus und sah hinüber zur Kommode in der Ecke. Darauf standen ein Dutzend oder mehr Fotos in bunten Rahmen: ein Schwarz-Weiß-Schnappschuss einer alten Frau mit einem Baby; ein Foto neueren Datums einer anderen Frau mit einem jungen Mädchen; Linnell selbst mit mehreren Männern in Anzügen. Und mehrere Fotos einer jungen Frau. Sie war ungewöhnlich schön, mit langen braunen Haaren, riesigen Augen und einem unschuldigen Lächeln, als sei sie sich ihrer Schönheit nicht wirklich bewusst. Helen wusste nur sehr wenig über Linnells Privatleben und fragte sich, ob sie seine Tochter war.

Linnell wandte sich um und folgte ihrem Blick. »Ich hab auch irgendwo ein paar Fotos von Paul, wenn Sie die sehen möchten.«

»Nein, danke.«

Sie sahen beide woandershin.

»Hören Sie, ich weiß, warum Sie so sauer sind«, sagte er.

»Ach ja?« Hast du auch nur den Hauch einer Ahnung?, dachte Helen. Verstehst du auch nur eine Sekunde lang, dass die Jungs trotz allem, was sie in dem Auto taten und wobei sie mitmachten, nicht verdient haben, was du ihnen angetan hast? Glaubst du ernsthaft, dass das, was du tust, sich auch nur im Ansatz rechtfertigen lässt oder auf eine perfide, eigennützige Art *ehrenhaft* ist?

»Sie finden die Vorstellung unerträglich, dass Paul sich mit Leuten wie mir abgab.«
Helen schluckte. »Was Paul gemacht hat, ging nur ihn etwas an.«
»Ich sage nicht, dass ich Ihnen das vorwerfe.«
»Ich bin nicht hier, um über Paul zu reden.«
»Daraus schließe ich, Sie haben herausgefunden, was er getan hat.« Er wartete ab, doch Helen schwieg. »Und das heißt, Sie sind stinksauer, weil er mit mir darüber gesprochen hat und mit Ihnen nicht.«
»Und warum, glauben Sie, tat er das?« Sie hatte unbedingt ruhig bleiben wollen, aber nun wurde sie etwas lauter und schriller. »Er sprach mit Ihnen darüber, weil Sie natürlich Teil der Operation waren, weil er hoffte, dass Sie nützlich wären. Das ist alles.«
»Wenn es das ist, was Sie glauben möchten, bitte. Aber wenn Sie mir zuhören, wird es Ihnen wesentlich besser gehen.«
»Ich brauche Sie nicht, damit es mir besser geht.«
»Ich war der einzige Mensch, dem er sich anvertrauen konnte«, sagte Linnell. »Denken Sie darüber nach. Wem sollte *ich* es schon sagen? Glauben Sie, was Sie wollen, aber ich schmiere nicht einen einzigen Bullen. Und das, was Paul vorhatte, hätte einigen meiner Konkurrenten erhebliche Probleme bereitet. Umso besser. Ja, kurz vor seinem Tod kam er zu mir und fragte, ob ich ihm ein wenig auf die Sprünge helfen könnte – und glauben Sie mir, ich wünschte, ich hätte es getan –, aber das war schon alles.« Er spielte an seiner Goldkette, wickelte sie um einen Finger. »Ich glaube, er brauchte jemanden, mit dem er darüber reden konnte, verstehen Sie? Das hat ihm zu schaffen gemacht. Und er hatte niemand anderen.«
Das brachte eine gewisse Erleichterung, eine willkommene Dosis Verständnis, aber dieses Gefühl war schnell verflogen und

hinterließ einen schalen Nachgeschmack. Helen ertrug die Vorstellung nicht, dass das, was Linnell ihr erzählte, sie trösten sollte, so wenig, wie sie den Gedanken ertrug, dass er mit seinem Rachefeldzug gegen die Jungs in dem Auto davonkommen würde.

Doch sie konnte nicht viel dagegen machen.

»Sie wissen also nichts über diese Morde?«

»Außer dem, was Sie mir eben erzählt haben, meinen Sie?«

»Und was Sie in den Nachrichten gesehen haben, natürlich.«

Er trank das aus, was von seinem Tee noch übrig war, und lächelte. »Ich weiß wirklich nicht, was Sie von mir hören wollen, Helen.«

Als sie ihren Stuhl zurückschob, stand Linnell auf und reichte ihr die Hand, um ihr zu helfen, was sie ignorierte. Er sah ihr zu, wie sie aufstand und nach draußen ging. Dabei schüttelte er den Kopf, als sei er enttäuscht von ihr und als habe sie sich schlecht benommen. Er fragte sie, ob sie sicher sei, dass sie keinen Kuchen wolle, er würde ihr gern ein Stück einpacken.

Er öffnete den Kühlschrank, aber Helen ließ sich nicht beirren.

Theo hatte es seiner Mutter angehört, als sie angerufen hatte, und er sah es an ihrem Gesicht, als er in die Wohnung kam, als sie vom Sofa aufstand und zu ihm ging, um ihn zu umarmen.

»Hast du was getrunken?«

»Ich hab *einiges* getrunken.«

»Was ist denn los?«

»Warum sollte was los sein?«

»Es ist nicht Sonntag«, sagte Theo.

Sie setzten sich an den Wohnzimmertisch. Sie bot ihm nichts an und fragte ihn auch nicht, ob er bereits gegessen habe. Sie nahm die Brille ab und rieb sich die Augen.

»Alles in Ordnung mit Angela?«

Sie sah ihn an, als sei diese Frage unfassbar lächerlich. »Angela ist in der Schule.«

»Ich hab mir Sorgen um dich gemacht, das ist alles.« Er lächelte, fürchtete jedoch, dass ihm das Lachen bald vergehen könnte.

»*Du* hast dir Sorgen um *mich* gemacht?« In den Augen seiner Mutter blitzte Wut auf, was nur selten vorkam.

»Was?«

»Wie lange machst du dir denn schon Sorgen? Doch erst die paar Minuten, seit du in der Wohnung bist.« Durch den Alkohol trat ihr Akzent stärker hervor, sie sprach rhythmischer und dehnte die Wörter. »Willst du wissen, wie es ist, wenn man sich *ständig* sorgt?«

Theo sog Luft durch die Zähne und wich ihrem Blick aus. Sie hatte keine Ahnung.

»Wenn du dir so große Sorgen machst, dass du nicht schlafen kannst? Dir wegen eines Kindes so viele Gedanken machst, dass du keine Zeit mehr hast, über das andere nachzudenken?«

»Komm schon, Mum …«

»Hör bloß auf damit.« Sie schüttelte langsam den Kopf und erhob sich. »Ich will nicht mit dir streiten, Theodore.« Sie stand auf und holte ihre Handtasche, die auf dem Sofa lag. »Ich wollte nicht wütend werden.«

»Ist schon okay.«

»Ich hätte die Flasche nicht aufmachen sollen.«

»Ab und zu ein Gläschen schadet nicht.«

Sie ging mit der Handtasche zum Tisch und setzte sich. »Ich glaube, man macht sich mehr Sorgen, wenn man seine Kinder spät bekommt. Man hat Angst, dass man nicht so lange für sie da ist, verstehst du?«

»Ich weiß.«

»Was bei deinem Vater ja auch so war.«

Theo überlegte kurz, ob er so abgelenkt gewesen war, dass er ein wichtiges Datum übersehen hatte: den Geburtstag seines Vaters oder seinen Todestag. Aber beide Jahrestage waren erst in ein paar Monaten.

»Er hat immer gesagt, du wärst zu klug«, sagte sie. »Dort drüben hat er gesessen und gesagt, du wärst so ein schlauer Kopf und dass du das von seiner Seite der Familie haben müsstest.«

»Ja, das hat er zu mir auch gesagt.«

Ein kurzes Lächeln huschte über ihr Gesicht und wurde von einem tiefen Seufzer zunichtegemacht. »Zu klug, um Dummheiten zu machen und in Schwierigkeiten zu geraten.« Sie hielt inne und fummelte am Verschluss ihrer Handtasche. »Keiner hatte ein so gutes Herz und arbeitete so hart wie er«, sagte sie. »Aber manchmal sah er die Scheiße nicht, selbst wenn er bis zum Hals drinsteckte.« Sie sah Theo an.

Theo hielt den Blick gesenkt. Er konnte sich nicht erinnern, wann sie das letzte Mal so über seinen Vater gesprochen hatte.

»Aber ich schon«, fuhr sie fort. »Man müsste blind sein, um nicht zu sehen, was hier läuft, oder dumm. Wie du weißt, bin ich keines von beidem.«

»Klar weiß ich das …«

Sie hob den Finger, um ihn zum Schweigen zu bringen. »Also …« Sie öffnete die Handtasche und zog ein kleines blaues Heft aus Plastik heraus. Sie schob es ihm über den Tisch hinweg zu.

Theo schlug es auf. »Was ist das?« Dabei war es ihm nach einem Blick auf das Logo der Bausparkasse und die aufgelisteten Einzahlungen im Innern des Heftes klar.

»Ihr könntet von hier weggehen«, sagte sie. »Du, Javine und Benjamin.« Sie deutete auf das Heft in seinen Händen. »Es ist nicht viel, knapp neunhundert Pfund, aber es reicht, um woanders hinzugehen und über die Runden zu kommen, bis du was gefunden hast.«

Theo streckte ihr das Heft entgegen. »Vielleicht solltest du dich weiterhin darauf beschränken, nur am Sonntag was zu trinken, hm?«
Sie ignorierte es.
Er blätterte das Heft durch, alle vierzehn Tage hatte eine Einzahlung stattgefunden, ohne Ausnahme. Sein Mund war trocken, und seine Finger fühlten sich auf dem Plastik feucht an. In seiner Tasche steckte noch immer die Waffe. »Wir könnten *alle* weg«, sagte er.
Hannah Shirley schüttelte den Kopf.
»Warum nicht?« Er beugte sich über den Tisch. »So wie letztes Mal.«
»Ich *will* nicht weg«, sagte sie. »Ich habe so viele Freunde hier, und Angela hat jetzt auch Freunde gefunden. Es ist nicht so wie letztes Mal. Ich will sie nicht herausreißen.«
Theo dachte daran, was sie vor ein paar Minuten gesagt hatte: Die Gedanken seiner Mutter kreisten ständig um ihn, und dabei blieb seine Schwester außen vor. »Du kannst dir nicht leisten, mir das zu geben«, sagte er.
Sie tat, als ziehe sie ein beleidigtes Gesicht. »Ich bin kein nutzloses altes Weib, weißt du? Ich bin einundfünfzig und bekomme immer noch die Rente deines Vaters von London Transport, und bis deine Schwester mit der Schule fertig ist, kann ich mir einen Teilzeitjob suchen. Es würde mir *gefallen*, in einem Laden oder so zu arbeiten. Ehrlich gesagt wäre es schön, etwas mehr rauszukommen. Ich kann gut mit Menschen umgehen, weißt du?«
»Ich weiß, ja.«
»Und *du*«, sie deutete auf ihn, »musst dich ein bisschen mehr um deine eigene Familie kümmern.« Sie lehnte sich zurück und schaute ihm in die Augen. Dann hob sie die Hände, als sei das alles dummes Geschwätz und rein hypothetisch. »Na ja,

ich spinne ein bisschen rum.« Lächelnd legte sie ihre Hand auf Theos Hand. »Das kommt vom Trinken.«
Theo nickte. »Okay …«
»Gut, dann koche ich uns jetzt einen Tee …«
Als sie in der Küche verschwunden war, sah sich Theo das Sparbuch an, das seine Mutter auf dem Tisch hatte liegen lassen. Einige Einzahlungen waren geradezu lächerlich klein, ein paar Pfund, aber es war alle zwei Wochen etwas eingezahlt worden, und die Liste der Einzahlungen war viele Seiten lang.
Theo stiegen die Tränen in die Augen. Als er sie wegwischte, sah er auf, und sein Blick fiel auf seine Mutter, die in der Tür stand und ihn beobachtete.
»Auch *davor* solltest du keine Angst haben«, sagte sie. »Dein Vater hat nie geweint. Er gehörte zu dieser *Art* von Männern. Selbst als er krank war, musste ich für uns beide weinen.« Sie lehnte sich gegen den Türrahmen. »Das einzige Mal, dass er weinte, war, als England die Westindischen Inseln schlug …«

Kurz nachdem Helen gegangen war, kam Laura herunter und setzte sich auf die unterste Stufe. »Ich hab euch streiten hören«, sagte sie.
»Wir haben nicht wirklich gestritten.« Frank ging langsam im Flur auf und ab. »Sie hat sich nur ein bisschen aufgeregt, das ist alles. Das kann man ihr schwerlich vorwerfen.«
»Ich hab keine Ahnung, wie sie das schafft«, sagte Laura. »Wie sie in der Gegend herumläuft und Leute trifft und einfach weitermacht. Ich glaube, ich würde mich nur verkriechen wollen.«
»Ja, sie ist zäh. Muss sie auch sein.«
Dann fragte er Laura, was er tun solle. Ob er Helen helfen solle, indem er ihr sagte, was er wusste. Er würde ihr logischerweise nicht erzählen, *woher* er es wusste, doch bereits als er die Frage

stellte, war ihm klar, dass er sich selbst belog. Laura hatte ihn schon immer durchschaut, hatte schon immer gewusst, was er getan hatte oder plante. Trotzdem behielt er die Gründe für sich. Es war nur etwas, das er herausgefunden hatte. Und nun wollte er wissen, ob er es ihrer Meinung nach Pauls Freundin sagen sollte. Ganz einfach.

»Willst du das tun, weil du dich schuldig fühlst?«

Er hatte recht gehabt: Er hatte sich selbst belogen. »Sei nicht albern. Ich würde es einfach so tun, weil es mir richtig erscheint. Weil es sich gehört … verstehst du?«

Laura saß auf einer Treppenstufe und kaute an ihrem Nagel, und Frank holte sich eine Cola light aus dem Kühlschrank. Als er zurückkam, stand sie im ersten Stock und war auf dem Weg nach oben.

Sie beugte sich über das Geländer. »Ja«, sagte sie, »es ist richtig, und es gehört sich.«

Als Helen zurück in ihre Wohnung kam, leuchtete eine rote »Fünf« auf ihrem Anrufbeantworter.

Jenny, ihr Vater und Roger Deering hatten angerufen, um sich zu erkundigen, wie es ihr ginge. Und alle hatten sie gebeten, zurückzurufen, falls sie irgendetwas brauche. Gary Kelly wollte einen Termin ausmachen, um Pauls Gitarre abzuholen.

Der fünfte Anrufer hatte sich nicht zu erkennen gegeben.

Sie spielte die Nachricht ein zweites Mal ab, um die Stimme zu identifizieren, die sie kannte, aber nicht einordnen konnte. Dann ein drittes Mal, als sie sich Stift und Papier geholt hatte, um die entscheidenden Informationen zu notieren.

Die Adresse, den Namen des Mannes, den sie treffen sollte.

Sie wusste, der Schuppen hatte lange geöffnet, aber sie brachte die Energie nicht auf, noch einmal loszuziehen. Sie war so erledigt wie nach einer wirklich beschissenen Woche im Büro. Sie beschloss, sich richtig auszuschlafen und es morgen früh anzupacken.

Da morgen der errechnete Geburtstermin war, konnte sich Helen vorstellen, was Jenny und ihr Vater dazu sagen würden. Und wahrscheinlich hätten sie recht. Außerdem hatte sie den Termin Pauls Mutter gegenüber als Ausrede benutzt, und sie wusste ja auch, dass es *wirklich* vernünftiger wäre, zu Hause zu bleiben.

Sie spielte die Nachricht noch einmal ab, kam aber nicht darauf, wem die Stimme gehörte. Falls das Baby tatsächlich vorhatte, pünktlich zu sein, herrschte ja kein Mangel an Krankenhäusern. Und letztes Mal hatte sie auch nicht lange nach Lewisham gebraucht.

SECHSUNDDREISSIG

Als Helen am Club ankam, hatte er noch keine halbe Stunde geöffnet, doch der Mann, nach dem sie Ausschau halten sollte, war bereits da, und zwar genau an der Stelle, wo man ihr gesagt hatte, dass er sein würde. Er saß an der Bar, vor einer Tasse Tee und einem Teller Toast. Und als Helen näher kam, sah sie, dass er die Pferderennseiten der *Sun* studierte und seine Favoriten mit einem blauen Kugelschreiber einkreiste.

Er schien der einzige Gast zu sein.

Jacky Snooks war nicht erfreut über die Unterbrechung, aber als ihm Helen ihren Dienstausweis zeigte und erklärte, worüber sie sich mit ihm unterhalten wollte, war er wie ausgewechselt. Er wirkte überrascht. Interessiert.

»Wie haben Sie denn das herausgefunden?«

»Das tut nichts zur Sache.«

Snooks zuckte mit den Schultern, als sei das wahrscheinlich wirklich so. Er riss ein Stück von seinem Toast ab und fuchtelte damit herum. »Ist das echt? Oder haben Sie sich ein Kissen als Verkleidung daruntergesteckt?« Er stieß ein raues Lachen aus, das den Blick auf eingespeichelten Toast und eine Reihe schlechter Zähne freigab.

»Ist kein Kissen«, sagte Helen. Sie deutete auf die mit silbernen Planen abgedeckten Snookertische, die weiter hinten im Halbdunkel standen. »Und ich möchte das Kind wirklich nicht auf einem dieser Tische dort hinten herausquetschen. Könnten wir das also etwas schneller hinter uns bringen?«

Snooks schob sich den Rest der Toastscheibe in den Mund und wischte sich die Hände an seiner Hose ab. »Ein Zwanziger beschleunigt so was in der Regel«, meinte er.

Nachdem er den Schein in seine Hemdtasche gestopft hatte, erzählte er ihr, dass eine der Gangs aus der Gegend in diesem Club abhing, zumindest bis vor ein paar Wochen. Seitdem habe er die Typen kaum noch gesehen.

»Namen?«, fragte Helen.

»Nur diese blöden Spitznamen, die sie jetzt alle haben.«

»Ich höre.«

Er nannte ein paar Namen, die Helen von dem Wandbild kannte, das sie bei ihrem letzten Ausflug nach Lewisham gesehen hatte. Die Ehrentafel. Es bestätigte, was der anonyme Anrufer gesagt hatte, und sie spürte, wie sie immer aufgeregter und kurzatmiger wurde.

Und sie wusste, da war noch mehr.

»Erzählen Sie mir von dem Mann im Anzug«, sagte Helen. »Mit dem die Jungs geredet haben.«

Snooks begann wieder auf seine Zeitung zu schielen. »Ich hab einen Typen im Anzug gesehen. Das ist alles, mehr gibt's nicht zu sagen.«

»Dann hätte ich gern meinen Zwanziger wieder.«
Snooks seufzte und drehte sich auf seinem Hocker zu ihr. Er deutete auf die Treppe. »Sie sind da heruntergekommen. Als hätten sie oben eine Besprechung oder so was gehabt. Das war vor fünf, sechs Wochen, um den Dreh herum. Wave … der mit der bescheuerten Frisur, der sich benahm, als wär er der Chef im Ring, und sein pakistanischer Schatten. Und dieser weiße Typ im Anzug, sah aus wie ein Makler oder so. Taten, als kannten sie sich gut, mit Händeschütteln und allem, und dann standen noch ein paar andere herum, die sahen aber aus, als wüssten sie nicht genau, was da läuft.«
Helen bat ihn nicht um eine nähere Beschreibung. Der Mann, der die Nachricht auf ihrem Anrufbeantworter hinterlassen hatte, hatte gesagt, sie würde sicher auf eine bessere Idee kommen.
»Wem außer mir haben Sie das erzählt?«
»Weiß nicht, ein paar Leuten. Ich kann mich nicht erinnern.«
Selbst wenn Helen nicht gewusst hätte, dass er log, hätte sie es ihm nicht abgenommen. Sein ängstlicher Gesichtsausdruck sagte alles. »Ich hab das nicht durch Zauberei erfahren.«
Snooks wirkte verunsichert, als habe er bereits zu viel gesagt für die zwanzig Pfund.
Wahrscheinlich war es nicht wichtig, dachte Helen und beließ es dabei. Sie fragte ihn nur noch, wo sie den Geschäftsführer finden könne, und ließ ihn dann wieder seine Pferderennseiten beackern.

»Warum hast du es nicht einfach genommen?«
»Wir brauchen es nicht.«
»Natürlich nicht. Wir können es uns ja von der Bank leihen, richtig? Wir haben ja unsere eigenen Ersparnisse, das ganze Geld, das wir beiseitegelegt haben. Ja, alles kein Problem.«

In dem Moment, als er den Mund aufgemacht hatte, war Theo klar gewesen, dass es ein Fehler gewesen war. Javine war wie ein Pitbull darauf angesprungen und tat nun so, als hätte er eine Riesenchance verbockt.

»Das war alles nur Gerede«, sagte Theo. »Dass sie sich einen Job sucht, dass das in Ordnung wäre und das alles. Du hättest ihr Gesicht sehen sollen.«

»Dafür sind Eltern da. Dass sie ein Opfer für ihre Kinder bringen, oder nicht?«

Theo schüttelte den Kopf. »Nur, solange man ein Kind ist und noch nicht auf eigenen Beinen stehen kann. Danach ist man selbst für sich verantwortlich. Dann sollte man sich um *sie* kümmern.«

Sie waren im Wohnzimmer. Benjamin lag auf dem Rücken in der Ecke, unter einem knallbunten Babytrapez, und quietschte und fuchtelte mit den Ärmchen vor Freude über den kleinen Spiegel, der über ihm baumelte. Theo saß auf dem Sofa, während Javine in der Küche für den Kleinen etwas zu essen machte und ständig hin und her lief.

»Es ist eine Schande, verstehst du?«, sagte sie. Sie stand in der Tür und schüttelte ein Fläschchen. »Wenn einem so etwas auf einem Silberteller serviert wird und man dankend ablehnt. So was kommt nicht alle Tage vor.«

Es war okay, wenn sie brüllte – dann konnte er zurückbrüllen –, aber was er nicht ertrug, war dieser traurige Ton, als ob sie keinen Aufstand machen wolle, sondern einfach nur enttäuscht sei. Als sei es nicht seine Schuld, dass er sie hängen ließ.

»Wir hätten eine Chance gehabt, wegzugehen, das ist alles.«

Es tat ihm leid, dass er ihr von dem Angebot seiner Mutter erzählt hatte, aber er biss sich richtig in den Arsch, dass er Javine gesagt hatte, wofür das Geld vorgesehen gewesen wäre. Allein bei dem *Gedanken* daran, seine Mutter und Angela zurückzulassen, hatte er sich schuldig gefühlt. Und jetzt, da seine Mutter es offen angesprochen hatte, war es noch schlimmer. Als ob sie gewusst hätte, dass er mit dem Gedanken spielte. Wollte sie es wirklich, oder bot sie ihm ihre Hilfe nur deshalb an, weil sie wusste, dass er es nicht schaffen würde? Dass er gerettet werden musste wie ein kleiner Junge?

Selbst jetzt, da er es für einen Fehler hielt, wegzugehen, fühlte er sich selbstsüchtig.

Vielleicht brauchten sie ihn gar nicht. Es war ja nicht so, dass sie sich je auf ihn hätten verlassen können. Aber wie würde *er* damit umgehen? Nicht da zu sein, *falls* man ihn brauchte? Nicht zu sehen, wie Angela aufwuchs, oder ein Auge auf sie zu haben, wenn Jungs wie er um sie herumschlichen.

»Du bist ein guter Sohn«, sagte Javine.

»Der seine Mutter um Geld anhauen muss.«

»Sie hat es dir *angeboten.*«

»Es sind ihre ganzen Ersparnisse.«

»Ich weiß, du denkst an deine Mutter, T …«

Sie brauchte nicht mehr zu sagen. Aber was ist mit mir? Was ist mit Benjamin?

Theo sah ihr nach, als sie kehrtmachte und zurück in die Küche ging. Er hörte die Kühlschranktür zufallen und das Summen der Mikrowelle, als sie das Fläschchen aufwärmte. »Wir brauchen dieses Geld nicht«, sagte er.

Er sah hinüber zu Benjamin, der strampelte und zu seinem Spiegelbild in dem kleinen Plastikspiegel hinaufschaute. Falls er mit dem Leben davonkam, dann wollte Theo, egal, wo er landete, nur eines: dass sein Sohn sich im Spiegel betrachten und zufrieden sein konnte.

Der Geschäftsführer des Cue Up war ein Dicker mit Glatze namens Adkins. Er hatte einen fetten Hintern und trug ein kurzär-

meliges Hemd mit Krawatte, was Helen immer lächerlich fand. Sie war sich nicht sicher, was er da in seiner Abstellkammer von Büro am Computer getrieben hatte, aber er war nicht gerade gut gelaunt gewesen, als er ihr die Tür geöffnet hatte.
Wieder einmal tat der Dienstausweis seine Wirkung, allerdings würdigte Adkins ihn kaum eines Blickes, bevor er Helen zu einer Gruppe schmuddeliger Monitore unter dem einzigen Fenster führte.
Er machte irgendwie den Eindruck, als habe er sie erwartet.
Das Überwachungssystem war nicht von schlechten Eltern, eine Kamera am Clubeingang, mehrere an der Bar und bei den Snookertischen sowie an der Treppe und vor den Toiletten. Die Abspielmöglichkeiten der Bänder waren jedoch bei Weitem nicht so komfortabel wie im Videoüberwachungszentrum, wo Helen sich vor zwei Wochen angeschaut hatte, wie Paul in Ray Jacksons Taxi gestiegen war.
»Könnte ein wenig dauern«, sagte Adkins.
»Wie lange?«
»Immer mit der Ruhe.«
Es war drückend heiß in dem Büro. Und während Adkins die Aufnahmen durchsah, ging Helen hinüber zu dem kleinen Wasserspender in der Ecke und verhalf sich selbst zu der Erfrischung, die ihr anzubieten der Geschäftsführer keine Anstalten machte. Sie spürte, wie ihr am Nacken und am Bauch Schweiß ausbrach. Und selbst nach drei Bechern war ihr Mund noch immer ganz trocken, und das Schlucken fiel ihr schwer.
Das Baby bewegte sich alle paar Minuten. Helen spürte jedes Mal ganz tief unten einen Ruck, der neu war und bei dem ihr kurz die Luft wegblieb. Sie war sich nicht sicher, ob ihr Körper ahnte, was ihm bevorstand, oder ob es die Nerven waren … die Angst davor, was sie nun zu sehen bekommen könnte.
Was man sie sehen lassen *wollte.*

»Da wären wir.« Adkins ging zurück an seinen Computer und ließ sich in seinen Stuhl fallen. »Bitte sehr … der Zweite von links.«

Helen ging hinüber und beugte sich vor, um besser sehen zu können. Es war ein kleiner Monitor, nur knappe dreißig Zentimeter breit, und das Gehäuse war schon ziemlich verbeult. Sie sah ein Standbild: eine verschwommene Schwarz-Weiß-Aufnahme eines Gangs; in der linken unteren Ecke die dunkle Linie eines Geländers.

»Ich habe es angehalten«, sagte Adkins. »Drücken Sie einfach PLAY.«

Helen drückte die Taste und sah auf das Bild. Eine halbe Minute lang geschah nichts, nur die Zeitangabe in der rechten unteren Ecke änderte sich, zählte Sekunde um Sekunde. Das einzige Geräusch war ein leises Zischen. Sie wandte sich zu ihm und fragte, wo man die Lautstärke regulieren könne.

»Das System macht keine Tonaufnahmen«, sagte Adkins. »Wär schweineteuer.«

Als Helen sich wieder dem Bildschirm zuwandte, sah sie zwei Gestalten schnell auf die Kamera zukommen, in einem gewissen Abstand folgte eine dritte Person. Die zwei Männer waren in ein Gespräch vertieft, nickten und gestikulierten.

Wave und der Mann im Anzug.

Kurz bevor sie die Kamera erreichten und das Bild verzerrt wurde, bogen sie nach rechts zur Treppe ab und verschwanden aus dem Blickfeld. Die dritte Gestalt, ein kräftig gebauter Pakistani, folgte ihnen. Helen spulte das Band zurück zu der Stelle, bevor Wave und der Mann im Anzug verschwanden. Dann hielt sie das Bild an und erstarrte wie die Gestalten vor ihr.

Sie schaute auf ein Gesicht, das sie erkannte, dessen Lächeln sie erwidert hatte; ein Gesicht, das vor zwei Tagen noch voller Trauer und Mitgefühl gewesen war.

Adkins hörte, wie sie die Luft anhielt. »Alles in Ordnung? Sie werden doch nicht …«
»Ich brauche diese Aufnahme«, sagte sie.
»Geht in Ordnung. Ich mache Ihnen eine Kopie.«
»Ich brauche sie jetzt.«
Während Adkins sich noch hochzog, nahm Helen schon das Tape aus dem Videorekorder. Er rief ihr etwas nach, als sie hinausging, aber sie hörte es nicht. Es war ihr egal. Zwei Treppen hinunter und hinaus auf die Straße, sie wollte rennen, achtete aber auf ihre Schritte, während sie die Kassette so fest hielt, dass sie schon fürchtete, mit den Fingern durch das Plastikgehäuse zu brechen.
Dabei fiel ihr eine Bemerkung von Ray Jackson ein, als er hinten in seinem Taxi gesessen hatte. Etwas, dessen Bedeutung sie schon früher hätte erkennen müssen.
Ein gepflegter blauer Mercedes stand auf der anderen Seite des Clubeingangs. Jacky Snooks beugte sich zu dem Mann auf dem Rücksitz. Als Snooks sich aufrichtete und zur Seite trat, sah Helen Frank Linnell. Sie blieb ein paar Meter entfernt stehen. Sie wollte unbedingt zu ihrem Auto, aber sie wusste, dass das nicht möglich sein würde, ohne ein paar Worte mit ihm zu wechseln. Dass Linnell darauf wartete. Auf dem Fahrersitz erkannte sie den Mann, der sie in Linnells Pub hineingelassen und ihr etwas zu trinken gebracht hatte. Und sie erinnerte sich an seine Stimme. Endlich wusste sie, von wem die anonyme Nachricht auf ihrem Anrufbeantworter stammte.
»Helen …?«
Sie sah zu ihm, sah seinen Gesichtsausdruck und begann zu verstehen, warum.
Linnell beugte sich aus dem Fenster und deutete mit einem Kopfnicken auf die Kassette in ihrer Hand. »Haben Sie jemanden erkannt?«

»Hab ihn in meinem ganzen Leben noch nie gesehen«, antwortete sie.

Frank schaute aus dem Fenster, als Clive ihn nach Hause fuhr. Er folgte der Route des 380er-Busses, die von der High Street bis Belmarsh Prison führte. Sobald sie den Verkehr hinter sich gelassen hatten, würden sie gemütlich den Lewisham Hill hinauffahren und nach Osten, Richtung Wat Tyler Road und Blackheath, abbiegen. Auf der anderen Seite hinunter durch eine weite grüne Fläche, die von allein stehenden Häusern umgeben war, riesigen drei- oder vierstöckigen Palästen, die nicht in Wohnungen aufgeteilt waren. Doch jetzt war der Blick eingeschränkt. Sie fuhren an Hauseingängen entlang, mit Müllsäcken davor und Klingelschildern an den Türen, deren Namen er kaum aussprechen konnte. Als junger Kerl hatte er sich in diesen Straßen herumgetrieben. Vor dreißig Jahren oder so hatte er hier Geschäfte gemacht, aber jetzt erkannte er die Gegend kaum wieder.
»Sieht aus wie in Osteuropa«, sagte er zu Clive. »Tut einem richtig weh.«
Er wusste nicht, ob es an den Einwanderern lag, den Drogen oder den Waffen, die so leicht den Besitzer wechselten wie Fußballsammelbilder. Er hatte keine Antwort darauf. Den einen oder anderen Irren gab es immer, schon damals, aber, mein Gott, wenn man abgestochen wurde, weil man die Schuhe seines Gegenübers schief angesehen hatte, dann musste etwas getan werden, so viel war Frank klar. Und vielleicht waren Leute wie er dazu besser in der Lage als Polizisten oder Politiker.
Frank konnte nicht sagen, ob Helen ihn angelogen hatte oder nicht. Und wie die Dinge standen, war es auch nicht wirklich wichtig. Er hatte das Richtige getan, als er ihr den einen verriet. Wenigstens etwas, das er für Paul tun konnte. Und vielleicht ging es ihr dadurch ein bisschen besser, nach allem, was sie

insgeheim befürchtet hatte. Außerdem war sie in der richtigen Position, um es ordentlich über die Bühne zu bringen. Selbst wenn sie die fragliche Person nicht kannte, hatte sie die richtigen Kontakte, um herauszufinden, wer es war. Das würde Frank wahrscheinlich auch herausfinden, aber es war befriedigender, es Helen zu überlassen. Seit Clive ihm von dem Gespräch in der Lagerwohnung erzählt hatte, seit ihm klar geworden war, wie das mit Jacky Snooks' Geschichte zusammenhing, hatte er über die beste Lösung nachgedacht.

Auf kurze Sicht war es vielleicht frustrierend, das auf dem Rechtsweg regeln zu lassen. Aber auf lange Sicht würde es sich auszahlen. Ein Bulle hatte es im Knast immer schwerer. Wer immer es war, er würde für das, was er Paul angetan hatte, hundertmal zahlen, jeden Tag aufs Neue.

Direkte Rache war oft eine große Genugtuung, fand Frank, aber manchmal war es besser, Rache kalt zu genießen.

Er fragte sich, ob Helen Weeks *ihm* ihre Kollegen auf den Hals hetzen würde, wenn sie das Baby bekommen hätte und sich die Dinge beruhigt hätten. Alles in allem fühlte er sich sicher. Er hatte sich aus allem rausgehalten, aber wahrscheinlich musste er mit dem einen oder anderen Ärgernis rechnen. Sie wusste Bescheid über die Sache mit den Strichmnännchen, den Graffitijungs. Nach dem, wie sie ihn vor ein paar Tagen in die Mangel genommen hatte, bestand daran kein Zweifel. Diese Andeutungen und Fragen, ob er was wisse … als ob er jeden Moment klein beigeben und alles ausspucken würde, dort in seiner Küche.

Albern …

Er mochte sie gern und war wegen Paul höflich zu ihr gewesen, aber sie waren ja beide nicht blöd, oder?

Ob sie nun einen Braten in der Röhre hatten oder im Urlaub waren, Typen wie Helen Weeks waren immer im Dienst. Deshalb hatten er und Paul auch nie über Geschäftliches gespro-

chen. Zumindest die meiste Zeit nicht. Sie hatten das beide für richtig gehalten. Jede gute Freundschaft verlief nach gewissen Regeln, so war das nun mal.
Frank schaute hinaus auf die Geschäfte und die Kids, die davor herumlungerten, und fragte sich, wem er etwas vormachen wollte. Wenn alles geregelt und die Scheiße über Nacht mit Feuerwehrschläuchen weggewaschen sein würde, käme sofort Nachschub, der wahrscheinlich noch um einiges dreckiger wäre. Eine solche Marktlücke würde schnell wieder geschlossen werden.
Dasselbe galt für die Strichmännchen. Sobald die Sache erledigt war, würde die nächste Gang anrücken und sagen: »Vielen herzlichen Dank«, und sofort loslegen.
Inzwischen hatte bestimmt auch jemand Pauls Platz im Büro eingenommen. Und wie lange würde es dauern, bis seine Freundin jemanden fand, der ihr dabei half, Pauls Kind aufzuziehen?
»Noch viel vor heute?«, fragte Clive.
Frank wandte sich vom Fenster ab und lehnte sich zurück. »Jede Menge.«
Das Leben ging weiter.

Teil vier

LICHT AUS

SIEBENUNDDREISSIG

»Wie lange sind Sie schon über dem Termin?«
»Eineinhalb Wochen«, sagte Helen. »Wenn bis zum Wochenende nichts passiert, leiten sie die Geburt ein.«
»Dann sollten wir wohl einen Zahn zulegen.«
Jeff Moody saß ihr gegenüber auf dem Sofa, so wie beim ersten Mal, als er sie in der Wohnung besucht hatte. Der Anzug, den er trug, sah genauso aus wie der vom letzten Mal, wahrscheinlich hatte er mehrere davon. Er machte nicht den Eindruck, als verschwende er Zeit aufs Shoppengehen, und schon gar nicht in den letzten Wochen.
»Wie läuft's mit ihm?«, fragte Helen. Sie brachte es nicht über sich, seinen Namen auszusprechen.
»Er stellt sich der Sache«, sagte Moody. »Einfach wird das nicht.«
Helen nickte. Einfach war es selten, allerdings war es normalerweise sie, die den frustrierten Angehörigen der Opfer das erklären musste. Natürlich war sie dabei auch frustriert gewesen, aber erst jetzt erkannte sie, wie banal ihre Gefühle waren, verglichen mit denen der Betroffenen. Sie hatte immer einen nächsten Fall. Die Opfer und diejenigen, die ihnen nahestanden, hatten nur ein Leben.
Moody öffnete seinen Aktenkoffer und reichte ihr ein Foto. Helen betrachtete den Schlüsselbund auf dem Foto, den ausgeblichenen Lederanhänger, den sie tausendmal gesehen hatte.

»Den haben wir in Kellys Haus gefunden«, sagte Moody. »Es ist klar, wie er hier reinkam.«
»Nicht einfach, sich da rauszureden, denk ich.«
»Er behauptet, er hätte die Schlüssel von Paul, für den Fall, dass Sie beide sich aussperren.«
Helen schüttelte den Kopf. »Das ist Pauls Schlüsselbund. Ich habe nachgesehen, er war nicht in der Tasche, die ich nach dem Unfall bekommen habe. Kelly muss ihn rausgenommen haben.«
»Ich denke ... er hat ihn Pauls Leiche abgenommen«, sagte Moody, »an der Bushaltestelle, als sie auf den Rettungswagen warteten. Laut Zeugenaussage kniete er neben Paul auf dem Boden. Es wäre ziemlich einfach gewesen.«
Helen schluckte und gab ihm das Foto zurück. »Wird aber nicht einfach zu beweisen sein.«
»Wie alles hier.«
»Wir haben das Band von der Videoüberwachung. Wir sehen, wie er mit Wave spricht.« Moody nickte. »Was ist mit Sarah Ruston?«, fragte Helen.
»Sie kooperiert.«
»Gegen eine Strafminderung?«
Moody zuckte mit den Schultern. Sie wussten beide, wie so etwas lief. »Sie hat Errol Anderson, alias Wave, als einen der Männer identifiziert, die ihr die Anweisungen gegeben, die am Tag zuvor in ihr Auto geschossen haben und die Uhrzeiten, Geschwindigkeiten und das alles mit ihr durchgegangen sind. Sie behauptet, es wären zwei gewesen, aber den Zweiten kann sie nicht identifizieren. Es könnte einer der Jungs gewesen sein, die erschossen wurden, aber sie kann es nicht mit Sicherheit sagen. Er hatte die ganze Zeit die Kapuze auf.«
»Aber wir haben eine direkte Verbindung zu der Gang.«
»Wir haben Kelly auf Band, wie er mit einem Mitglied der Gang spricht. Wir können aber unmöglich feststellen, was er sagt.«

»Ist schon ein Wahnsinnszufall, finden Sie nicht?«
»Ja …«
»Da spricht er zufällig mit der Gang, die dann den Unfall arrangiert, bei dem einer seiner Kollegen stirbt, ein enger Freund, der zufälligerweise gegen korrupte Bullen ermittelt.«
»Sie müssen nicht mich überzeugen, Helen.«
Sie holte tief Luft und entschuldigte sich. Moody errötete und tat ihre Entschuldigung mit einer Handbewegung ab. »Wie erklärt *er* es denn? Das Treffen im Snookerclub?«, wollte Helen wissen.
»Gegen den Rat seines Anwalts gibt er die Plaudertasche.«
Helen dachte an die gespielte Trauer Kellys, als sie die Texte für die Beerdigung auswählten. »Das glaub ich sofort.«
»Er behauptet, *er* habe verdeckt ermittelt. Sei einem anonymen Tipp nachgegangen.«
»Mit welcher Berechtigung?«
»Auf eigene Faust. Er sagt, ihm sei klar, dass er ein Risiko eingegangen wäre und sich nicht an die offizielle Vorgehensweise gehalten habe et cetera. Er gibt auch zu, dass er karrieregeil sei.«
»Lieber karrieregeil als ein Mörder, richtig?«
»Richtig …«
»Wie sieht's also aus, alles in allem?«
Moody lehnte sich zurück und blies die Wangen auf. »Das Problem ist, dass dieser Fall so verquer ist und die Staatsanwaltschaft keine Ahnung hat, wie sie ihn behandeln soll. Es war schon schwierig genug, eine passende Anklage für Sarah Ruston zu finden.«
Ruston wurde wegen Totschlags angeklagt. Helen hatte das Telefon auf den Tisch geknallt, als Tom Thorne deshalb angerufen hatte.
»Wie gesagt, der Fall ist verquer.«

»Aber er kommt hinter Gitter?«, fragte Helen. »Sie haben es mir gesagt.«
»Hören Sie, das hängt von den Umständen ab. Wenn wir Glück haben, reichen die Beweise. Die Schlüssel, das Video und so weiter. Das Motiv wird eher schwierig werden.«
»Was war auf dem Computer?«
»Nichts Relevantes. Auf jeden Fall kein Hinweis auf Gary Kelly.«
»Er musste Paul aus dem Weg räumen, bevor es dazu kam.«
Moody nickte. »Kelly konnte nicht sicher sein, dass Paul nicht schon etwas gegen ihn in der Hand hatte. Deshalb wollte er den Laptop, deshalb brach er in Ihre Wohnung ein. Damit, dass Sie zu Hause sind, hat er nicht gerechnet.«
»Ich hab ihm gesagt, dass ich bei meinem Vater übernachte«, erklärte Helen.
»Wir müssten vor allem wissen, warum Kelly glaubte, dass Paul eine Gefahr für ihn darstellte, und wie er von der Operation erfuhr.«
Helen hatte die Wohnung eine Woche lang kaum verlassen. Sie hatte herumgesessen, hatte gegessen und geschlafen und darüber nachgedacht, was genau Gary Kelly getan hatte. Warum er es so arrangiert hatte.
»Damit könnten wir ihn festnageln«, sagte Moody.
Es musste nach einem Zufall aussehen, einem grässlichen Unfall, bei dem Paul einfach zur falschen Zeit am falschen Ort war. Denn die Existenz von Operation Victoria bedeutete, dass nur ein kleiner »Unfall« Fragen aufgeworfen hätte. Paul hätte nicht einfach vergessen können, das Gas abzuschalten, oder eine Treppe hinunterstürzen können. Und ein Auftragsmord wäre schon gar nicht infrage gekommen.
Sobald Kelly entschieden hatte, wie er vorgehen wollte, war er wohl tagelang damit beschäftigt gewesen, sich selbst auf die Schulter zu klopfen.

Der Autounfall räumte nicht nur Paul aus dem Weg, sondern befreite Kelly von jedem Verdacht. Schließlich wäre er beinahe selbst ums Leben gekommen, was ein Zeuge an der Bushaltestelle dankenswerterweise bestätigt hatte. Auch darüber hatte Helen sich Gedanken gemacht. Der Mann an der Bushaltestelle hatte gesagt, Paul hätte Kelly weggestoßen, als das Auto auf sie zufuhr. Vielleicht hatte er aber auch nur falsch interpretiert, was er gesehen hatte. Das passierte Zeugen ständig, selbst in weniger stressigen Situationen.

Es war eine schöne Vorstellung, dass Pauls letzte Handlung, so unangebracht sie auch sein mochte, heldenhaft gewesen war. Aber wenn Helen die Augen schloss, sah sie Kelly vor sich, der Paul schubste. Weil er sichergehen wollte, dass Paul vors Auto fiel, und er sich selbst aus der Gefahrenzone bringen wollte. Sie sah, wie Kelly zur Seite taumelte und mit ein paar Schnittwunden und Blutergüssen davonkam, wie er um seinen Kumpel weinte und sich auf den Boden kniete, um dem sterbenden Paul die Schlüssel abzunehmen.

»Helen?«

»Ich glaube, ich weiß, wie Kelly daraufgekommen ist«, sagte sie.

»Schießen Sie los.«

»Kevin Shepherd. Er wurde von Shepherd geschmiert.«

Helen erzählte ihm von ihrem Gespräch mit Ray Jackson auf der Rückbank seines Taxis. Von der Bemerkung, deren Bedeutung ihr damals entgangen war. Damals hatte Helen diese als ein kleines Missverständnis interpretiert:

»Am Freitag, den 18., hatten Sie einen Fahrgast, einen Polizisten, und am Freitag davor auch.«

»Welchen?«, fragte Jackson.

»Wie bitte?«

»An welchem Freitag?«

Sie erinnerte sich, dass Jackson einen kurzen Augenblick lang verwirrt gewesen war. Er hatte seinen Versprecher überspielt, und sie hatte nichts gemerkt. »Als er mich fragte: ›Welchen?‹, hat er eigentlich gemeint, welchen Polizeibeamten, nicht welchen Tag.«

»Shepherd schmiert eine Menge Polizisten«, sagte Moody. »Deshalb haben wir Paul auf ihn angesetzt.«

Helen schüttelte den Kopf. Sie war sich sicher. »Shepherd erzählte Kelly von Paul. Gehen Sie der Sache nach.«

Moody überlegte. »Es ergibt Sinn, zumindest wenn man sich das Timing ansieht. Paul war zum Zeitpunkt seines Todes nur auf Shepherd angesetzt worden.«

»Da haben Sie Ihr Motiv«, sagte Helen.

»Ich hoffe, Sie haben recht. Dann brauchen wir *nur* noch die Staatsanwaltschaft zu überzeugen. Wobei es natürlich möglich ist, dass die sagen, wir können es nur mit ›Verabredung einer Straftat‹ probieren.«

»Hauptsache, er geht in den Knast, Jeff.«

Moodys Aktenkoffer lag geöffnet auf seinen Knien. Er beugte sich darüber. »Hören Sie, wenn es auch nur den Hauch einer Chance gibt, Kelly für das, was mit Paul passiert ist, hinter Gitter zu bringen, werden sie sie ergreifen.« Er schloss den Koffer und räusperte sich. »Aber ich weiß, dass er es getan hat. Und das bedeutet, dass er, abgesehen von allem anderen, äußerst korrupt ist. Und wenn alles andere schiefläuft, werde *ich* ihn dafür hinter Gitter bringen. Okay?«

Da Helen nicht antwortete, wiederholte er seine Frage. Sie sah, dass Moody es ernst meinte, und sie wusste, mehr konnte sie nicht erwarten. Sie dankte ihm, und er versprach, sie anzurufen, sobald es etwas Neues gab. Dann nahm er ihr das Versprechen ab, dasselbe zu tun.

»Was ist mit Frank Linnell?«

»Das gehört natürlich nicht zu meinem Bereich, aber wir haben Ihre Informationen weitergegeben, und die Kollegen, die wegen der Morde in Lewisham ermitteln, werden ihn sicher unter die Lupe nehmen. Doch so, wie Frank Linnell und seinesgleichen meiner Erfahrung nach vorgehen, wird auch das nicht einfach werden.«

Helen stimmte zu, aber sie hatte etwas anderes gemeint. »Ich meinte wegen Linnell und Paul. Sie sagten, Sie wollten der Sache nachgehen.«

»Ach ja, richtig.« Er wirkte verlegen, als sei das, was er dazu in Erfahrung gebracht hatte, zwar nicht schlimm, aber unangenehm. »Wir sind so sicher, wie wir nur sein können, dass es zwischen den beiden niemals illegale Geschäftsbeziehungen gegeben hat. Ihre Beziehung geht auf eine gemeinsame Geschichte, einen Fall zurück.«

»Davon hat mir Linnell auch erzählt. Von einem Fall, an dem Paul gearbeitet hat.«

»Linnells Halbschwester, Laura«, sagte Moody. »Sie wurde vor sechs Jahren von einem Freund ermordet, und Paul ermittelte in dem Fall. Sieht aus, als seien sie danach in Kontakt geblieben.«

Helen erinnerte sich an die Fotos in Linnells Küche. Dann war es also nicht die Tochter. »Wie wurde sie umgebracht?«

»Sie wurde erstochen. Anscheinend von einem eifersüchtigen Typen.«

»Wie lange hat er bekommen?«

»Das ist ja die Sache. Er wurde selbst erstochen, als er in Untersuchungshaft in Wandsworth einsaß. Zwei Tage vor seinem Gerichtstermin.«

»Da hat jemand dem Staat eine Menge Geld gespart.« Man sah Helen an, wer dieser Jemand ihrer Meinung nach war.

Moody lächelte bitter. »Jedenfalls habe ich damals mit dem

Chefermittler gesprochen, ich wollte wissen, was er von der Sache hält. Sie konnten es natürlich nie beweisen …«

Helen sah das Gesicht des Mädchens vor sich. Und Linnells Gesicht, als er zu den Fotos geschaut hatte. Es hatte den Anschein, dass die Morde in Lewisham nicht Linnells erster Versuch gewesen waren, selbst Gerechtigkeit zu schaffen.

»Also, das wär's, was Linnell und Paul betrifft.« Moody räumte seine Sachen zusammen. »Nur Freunde. Mehr war nicht.« Als er Helens Gesicht sah, öffnete er den Mund, um noch etwas zu sagen, aber sie kam ihm zuvor.

»Sie haben mal mit einem Fälscher Tennis gespielt. Ja, ich *weiß*.« Moody hob die Hände, als hätte er nichts mehr hinzuzufügen.

»Aber wie viele Leute hat dieser Fälscher umgebracht?«

ACHTUNDDREISSIG

Nachdem Moody gegangen war, schlief Helen den Großteil des Nachmittags und verbrachte den Rest ausgestreckt vor dem Fernseher. Sie wollte sich ablenken, aber das klappte nicht ganz. Sie konnte sich höchstens zehn Minuten mit etwas beschäftigen, das ihre Gedanken in weniger düstere Richtungen lenkte.

Sie sah Teile einer Sendung mit Stand-up-Comedians beim Edinburgh Festival und dachte daran, wie sie und Paul immer davon gesprochen hatten, dort hinzufahren. Manchmal waren sie ins Hobgoblin gegangen, ein Pub, in dem auch Comedians aufgetreten waren, und es hatte ihnen immer gefallen. Sie hatten beide gesagt, dass es großartig wäre, mal wegzukommen, nach Edinburgh zum Fringe-Festival zu fahren und sich ein paar ihrer Lieblingscomedians anzusehen. Sie könnten auch das Schloss besichtigen, hatte Paul gemeint, und den anderen Touristenkram. Denn irgendwie glaube er, in seinen Adern fließe schottisches Blut, und dass es bestimmt einen Hopwood-Tartan gebe, aus dem er sich dann einen Schottenrock mit seinem eigenen Karomuster machen könne.

»Du bist so schottisch wie ich, du Blödmann …«, hatte Helen gesagt.

Während sie sich die Sendung ansah, beschloss Helen, nach Edinburgh zu fahren, sobald sich die Gelegenheit dazu bot. Ein paar alberne Sekunden überlegte sie sogar, an diesem Abend im Hobgoblin vorbeizuschauen und Jenny zu fragen, ob sie mitkommen wolle. Ein bisschen lachen wäre nicht schlecht, und die Comedians hätten bestimmt ihren Spaß mit ihr, wenn sie alle zwanzig Minuten auf die Toilette watschelte.

Natürlich war das eine dumme Idee, in letzter Zeit hatte sie die ständig.

Abgesehen davon und der Zeit, die sie faul bei *Countdown* mitfieberte, lag sie wie ein Zombie herum. Schon merkwürdig, fand sie, dass dieser Ausdruck für Leute verwendet wurde, die weggetreten und unkoordiniert waren. Merkwürdig deshalb, weil die Zombies in den Horrorfilmen, die Paul ihr aufgenötigt hatte, alles andere als unkoordiniert waren. Sie handelten absolut zielgerichtet und hatten, während sie die Gegend unsicher machten und mit blutigen Händen die Fenster der Leute verschmierten, nur eines im Kopf, nur eine fixe, schreckliche Idee, die alles andere ausblendete. Eine ähnlich brutale Idee erstickte jetzt jeden ihrer anderen Gedanken, während sie dalag und von den Geräuschen und den Bildern überflutet wurde.

Sie dachte an Gary Kelly und wie sie sich an ihm rächen könnte. Wie sie sich mit ihrem Dienstausweis und einer aus den Fingern gesogenen Story in den Verhörraum oder seine Zelle in der Untersuchungshaft schleichen würde. Sie malte sich aus, was sie zu ihm sagen würde, bevor sie das tat, weshalb sie gekommen war.

Und überlegte, wie viel Schaden sie anrichten konnte, ohne das Baby zu gefährden.
Vielleicht sollte sie ihn auffordern, dieses Gedicht noch mal zu lesen.
Mal sehen, wie viele verschiedene Betonungen er draufhatte.
Bittere, widerwärtige Fantasien, für die Helen sich hasste und für die sie Kelly noch mehr hasste – weil er der Grund dafür war. Sie döste immer wieder ein und zuckte zusammen, wenn die Stimmen besonders schrill oder die Musik hektisch wurde, fühlte sich aber außerstande, aufzustehen und den Kasten auszuschalten.

Es war kurz nach sechs, als das Telefon klingelte. Sie erinnerte sich später daran, weil sie gerade noch die Intro-Melodie der Achtzehn-Uhr-Nachrichten mitbekam, als das Telefon schrillte. Es war der DCI von der Mordkommission. Anscheinend der Boss von Stachelarsch. »Helen, wir haben einen Anruf aufgenommen. Können Sie das einigermaßen gut hören?«
Es klickte ein paarmal, dann folgte ein leichtes Zischen, bevor die Stimme der Polizeitelefonistin zu hören war. Nach fünf Sekunden Schweigen forderte die Telefonistin den Anrufer auf zu sprechen und fragte ihn noch mal nach dem Grund seines Anrufs. Als der Anrufer zu sprechen begann, war seine Stimme kaum zu verstehen. Dann sprach er deutlicher und sagte, er wolle eine Nachricht hinterlassen. Die Telefonistin erwiderte, sie sei ganz Ohr.
»Das ist für die Frau, deren Typ an der Bushaltestelle gestorben ist, ja?«
Es entstand eine kurze Pause, bis die Telefonistin sagte, sie sei noch dran.
»Die Schwangere.« Wieder folgten ein paar Sekunden Schweigen, dann Gemurmel, als spreche er mit sich selbst. Dann war

er wieder deutlicher zu verstehen. »Der im Auto geschossen hat, das war ich, okay? Es tut mir leid, alles, was passiert ist … das hätte nicht passieren dürfen. Macht für Sie wahrscheinlich keinen Unterschied, aber es hätte nicht sein dürfen.« Er schniefte und räusperte sich. »Das war's. Ich muss jetzt los … ich wollte nur, dass Sie das wissen, bevor ich gehe.« Helen hörte erneutes Zischen und Klicken, ein Brummen, das entfernter Verkehrslärm sein konnte. »Es tut mir leid …«

Ein paar Sekunden war noch Umgebungslärm zu hören, dann holte der Anrufer tief Luft und legte auf.

So schlecht die Qualität der Aufnahme über das Telefon auch gewesen war, Helen hatte sowohl die Stimme erkannt als auch etwas, das sie gesagt hatte. Sie erinnerte sich an das Gesicht des Jungen und das Gespräch, als er ihre Taschen in das Auto gehoben hatte.

»Wenn Sie mich fragen, ist das wahrscheinlich eine gute Zeit, um Urlaub zu machen.«

»Das ist nicht drin. Noch lange nicht.«

Sie hatte ihm geraten, den Kopf niedrig zu halten …

»Helen?«

»Ich kenne ihn. Ich bin dem Jungen in Lewisham begegnet.«

»Wie bitte? Sie *kennen* ihn?«

»Wir sind uns über den Weg gelaufen.«

»Wo?«

»Einfach so … auf der Straße. Mein Gott …«

»Können Sie uns irgendetwas sagen, das uns helfen könnte? Etwas, das er gesagt hat? Eine Beschreibung?«

Nichts, was nicht absolut lächerlich geklungen hätte. *Er hat meine Einkäufe getragen. Er klang nett. Er erkundigte sich nach meinem Baby.* »Nicht wirklich«, sagte Helen. »Wir haben nicht länger als eine Minute miteinander gesprochen.«

»Sollte Ihnen dazu noch etwas einfallen …«

Sie legte auf, ging hinüber zum Sofa und stellte den Fernseher wieder laut. Ein Bericht über Hypothekenzinsen. Ein Wohnungsbrand mit tödlichem Ausgang. Zu viel Salz in Fertignahrung.
Er hat angerufen, um zu sagen, dass es ihm leidtäte, dass es seine Schuld sei. Was bedeutete, dass er den Plan nicht gekannt hatte. Zum ersten Mal stellte sie sich die Frage, *wie viele* in dem Auto den Plan wohl gekannt hatten.
Wie viele der toten Jungs.
Macht für Sie wahrscheinlich keinen Unterschied …
Er hatte es nicht gewusst.

Es würde erst in ein paar Stunden dunkel werden, doch sie wollte heute früher schlafen gehen. Sie hatte gedacht, Roger Deering und sie hätten im Badezimmer nach dem Einbruch alle Spuren beseitigt, als sie aber vom Waschbecken zurücktrat, bohrte sich ein kleiner Glassplitter in ihren Fuß.
Sie setzte sich auf den Badewannenrand und bearbeitete ihre Fußsohle mit einer Pinzette. Als sie aufblickte, sah sie sich im Spiegel. Ihr Bademantel war aufgegangen. Ihre Brüste hingen schwer nach unten, die Adern traten blau hervor. Der Bund der Jogginghose war umgeknickt und platt gedrückt von ihrem Bauch. Die Knöchel waren geschwollen.
Sie wickelte den Splitter in das blutgetränkte Papiertuch und warf es in die Toilette, strich sich mit der Hand über das blasse, haarige Schienbein.
Eine Mummy, die *niemand* ficken wollte.
Ob Jenny wohl wusste, was eine MILF war? Helen erinnerte sich an das Gespräch zwischen dem Jungen und einem seiner Kumpel auf dem Weg zum Parkhaus. An seine Verlegenheit, als sein Freund sich in Positur gebracht und mit eindeutigen Gesten seine schmutzigen Anspielungen gemacht hatte.

»*Du bist ja* echt *übel, T.*«
Sie erinnerte sich, wie der andere den Jungen genannt hatte.
Es war nicht viel, was sie wusste. Wahrscheinlich so gut wie gar nichts. Auf jeden Fall nicht genug, um DI Stachelarsch oder seinen Boss um neun Uhr abends damit zu belästigen.
Helen belastete ihren verletzten Fuß und stöhnte. Aber als sie das Schlafzimmer erreichte und sich anzog, spürte sie nichts mehr.

NEUNUNDDREISSIG

Freitagabend war ein schlechter Zeitpunkt, um schnell irgendwo hinzukommen. Der Verkehr begann sich schon den Hügel hinunter nach Brixton zu stauen, und auf der Coldharbour Lane ging vom Ritzy bis zur Loughborough Junction nichts mehr. Helen schlug frustriert auf das Lenkrad. Die Zeit war nicht auf ihrer Seite oder auf der des Jungen, der angerufen hatte.
Linnell hatte die anderen schließlich auch problemlos gefunden. Sie wusste jetzt, dass die Jungs, die in jener Nacht in dem Cavalier gesessen hatten, umgebracht worden waren, um Pauls Ermordung zu rächen. Dabei hatten sie – einige davon *unwissentlich* – nur dazu gedient, den Mord zu verschleiern. Kellys Plan hatte besser funktioniert, als er jemals hätte hoffen können. Die Ahnungslosen im Wagen waren ebenso seine Opfer wie Paul, und der Junge, der die Waffe gehalten hatte und *glaubte*, er hätte geschossen, war vielleicht der Letzte von ihnen, der noch am Leben war.
Richtung Camberwell wurde der Verkehr nicht besser, weshalb sie nach Süden abbog, um von der anderen Seite nach Lewisham zu kommen.

Helen erkannte, dass er benutzt worden war, das war alles. Aber Frank Linnell wusste das nicht. Und selbst wenn sie es ihm sagte, war sie sich nicht sicher, ob sich dadurch etwas ändern würde.

Sie dachte noch immer über Linnell nach, als sie East Dulwich erreichte und der Verkehr ein wenig flüssiger wurde. Und über das Mädchen auf den Fotos.

Linnells ermordete Schwester.

Ob es an dem Mädchen lag, dass Pauls Beziehung zu Linnell so lange gehalten hatte? In der Zeit, in der sie Paul gekannt hatte, hatten ihn einige Fälle tief getroffen. Und schon ein Blick auf die Fotos legte die Vermutung nahe, dass dieser dazugehört hatte. Und dass Paul drangeblieben war, obwohl es nichts mehr zu ermitteln gegeben hatte.

Hatte er sich ein bisschen in das ermordete Mädchen verliebt? In gewisser Weise war das leichter zu akzeptieren als die Alternative. Und er hatte einige *ihrer* Freunde Wichser genannt …

»Sie war hübsch, Hopwood, das muss ich zugeben.«

Sie hatte Glück und erwischte eine grüne Welle. Es war noch nicht ganz Viertel vor zehn, als sie in den Lewisham Way einbog. Sie parkte im absoluten Halteverbot, etwa hundert Meter entfernt von der Ecke, wo die zwei Sozialwohnungsbauten, Lee Marsh und Orchard, aneinandergrenzten, und legte eine Karte mit der Aufschrift *MET Police* hinter die Windschutzscheibe. Mit einem Stein im Fenster musste sie rechnen, aber eine Parkkralle brauchte sie nicht zu befürchten.

Auf der anderen Straßenseite waren mehrere Läden: ein Zeitungshändler, ein Wettbüro und ein kleiner Elektrohändler. Drei Jungs teilten sich einen Joint vor einem Tresher-Getränkemarkt. Irgendwo weiter hinten heulte ein Motor auf.

Zwei Straßen weiter oben gab es noch zwei weitere Blocks mit Sozialwohnungen, Downton und Kidbrooke. Aber der Junge hatte auf diese Blocks hier gedeutet, als sie ihn gefragt hatte, wo er wohne. Helen hatte nicht überlegt, wie sie ihn finden könnte, und nun, da sie die vielen Wohnungen sah, fragte sie sich, wo, um Himmels willen, sie anfangen sollte. So wie es aussah, umfasste ein Block an die hundertfünfzig Wohnungen. Gott weiß, wie viele Menschen hier lebten.

Helen ging über den großen Platz vor dem Orchard Estate, über eine braune Wiese, auf der mit Graffiti besprühte Bänke standen. Eine halbe Minute stand sie nur da und versuchte, sich einen Überblick zu verschaffen. Der Abend war warm, doch zwischen den Hochhäusern wehte ein frischer Wind, und sie wünschte sich, sie hätte eine dickere Jacke mitgenommen. Sie sah an den dreistöckigen Blocks hinauf, die an jedem Ende einen Eingang und einen Lift hatten und eine Betontreppe zum ersten Stock. Irgendwo von links oben dröhnte Musik, die aber leiser wurde, je weiter sie dem Weg folgte, der Orchard Estate mit Lee Marsh verband.

Der zentrale Platz sah hier genauso wie drüben aus, nur dass hier noch ein paar Spielgeräte standen und von zwei, nein, drei Seiten Musik zu hören war. Das Schlagzeug und der Bass waren zu laut, um den Text zu verstehen. Sie spürte nur den hektischen, eindringlichen Rhythmus, als sie sich an die Rutsche lehnte.

Eine Seite des Platzes bestand aus einer Reihe Garagen, die etwas von der Straße zurückgesetzt lagen. Helen erkannte die Gruppe Kids, mit der sie gesprochen hatte, als sie das erste Mal hier gewesen war. An dem Tag, als sie den Jungen getroffen hatte.

Es waren vier von ihnen. Sie hingen im Schatten herum, der bereits fast verschwunden war.

Helen ging auf sie zu, spürte, wie ihr Herz klopfte und ihr Mund trocken wurde. Die Arbeit hatte sie schon an üblere Orte geführt, aber noch nie hatte sie Angst gehabt. Oder sie war sich der Angst nicht bewusst gewesen. Anders als jetzt war sie bei

früheren Ermittlungen nie allein unterwegs gewesen, aber das war es nicht.
Nun schlugen zwei Herzen in ihr.
Der Kleine, mit dem sie damals gesprochen hatte, spielte gerade mit seinem Handy und sah kaum auf, als sie sich näherte. Der Größte von ihnen – das Giraffenbaby – pfiff, als er sie sah, und die vier rückten ein wenig zusammen.
Helen blieb ein, zwei Meter von ihnen entfernt stehen und wartete. Dann sagte sie: »Bin ich schwanger oder bloß fett? Erinnert ihr euch?«
Das Giraffenbaby trat auf sie zu, stieß die Daumen in den Bund seiner Jeans und ließ sie ein paar Zentimeter seiner Calvin-Klein-Boxershorts sehen.
»Ich suche T«, sagte Helen.
»Ach ja?«
Der Kleine sah kurz von seinem Handy auf. Dass der Junge wusste, von wem sie sprach, ließ Helen noch unruhiger werden. Sie versuchte, sich die Aufregung nicht anmerken zu lassen. »Ich muss mit ihm reden.«
Das Giraffenbaby grinste. »Dann ruf ihn an. Ich leih dir mein Handy.«
»Ich hab seine Nummer nicht.«
Wieder sah der Kleine auf. Die beiden wechselten sich offensichtlich damit ab, den Unhöflichen und den Gefährlichen zu geben.
»Hört mal, ich muss ihn wirklich sehen. Es ist dringend.«
Ein paar Sekunden sprach keiner, als hätten alle vergessen, worüber sie geredet hatten, und die ganze Zeit nur ihre Musik gehört. Dann sah der Größere Helen wieder an.
»Was ist denn so *dringend?*«
Ihr war von Anfang an klar gewesen, dass sie hier mit ihrem Dienstausweis nicht weiterkam. Und genauso instinktiv wusste

sie, dass sie mit dem arbeiten musste, was sie hatte. Sie legte die Hände auf ihren Bauch und schnitt eine Grimasse. »Was *denkt* ihr denn?«

Sie lachten und schlugen sich gegenseitig auf die Schulter. »Und du weißt nicht mal, wo er wohnt?« Die Jeans wurden noch ein wenig tiefer geschoben. »War wohl ein Quickie?«

»*Das* ist auf alle Fälle kein Quickie«, sagte Helen. »Er hatte seinen Spaß, und jetzt muss er endlich mal Farbe bekennen.«

Das Giraffenbaby hatte aufgehört zu lachen und deutete lässig auf den Block gegenüber. »T wohnt da oben, irgendwo im dritten Stock.«

Der Kleine sah auf. »Fuck, was soll das, Alter?«

»Hast du mal Ts Freundin gesehen, Mann? Da fliegen die Fetzen, wenn die hier angerollt kommt.«

»Das geht dich nichts an, kapiert?«

»Das wird irre lustig …«

Helen ließ die beiden streiten, drehte sich um und ging auf den Block zu. Als sie in die Nähe des Lifts kam, bemerkte sie, dass sie ihr folgten.

Der Aufzug war laut und stank wie erwartet. Seine Wände waren zerkratzt, glänzten jedoch, als seien sie erst vor Kurzem gereinigt worden. Sie trat auf den Außengang im dritten Stock und ging zur ersten Tür, während ihr der Wind kräftig ins Gesicht blies. Der ersten Tür von dreißig oder mehr.

Sie klopfte, erhielt aber keine Antwort, dasselbe an der nächsten Tür, obwohl sie hörte, dass Leute zu Hause waren. Die dritte Tür wurde einen Spalt geöffnet und sofort wortlos zugeschlagen, als sie ihre Frage stellte. Der alte Mann in der nächsten Wohnung hörte ihr aufmerksam zu und fragte sie dann, ob sie vom Sozialamt käme.

Sie war außer Atem – und das nach vier Türen.

Vielleicht hätte sie *doch* den Anruf machen sollen. Sie hätten vielleicht nicht so schnell den richtigen Block gefunden, aber eine einigermaßen große Einsatztruppe wäre schnell ausgeschwärmt und hätte den Jungen verdammt noch mal um einiges schneller gefunden als sie.

Hilflos sah Helen den Außenflur hinunter, bis sich ihr Atem beruhigte. Ob sie notfalls einfach hier stehen bleiben und brüllen konnte?

»Hey, T! Komm lieber raus, Alter …«

Sie schaute über die Brüstung und sah drei der Garagenjungs unten stehen.

Das Giraffenbaby hielt die Hände an den Mund und brüllte noch einmal. »Da draußen wartet eine *Menge* Ärger auf dich, T.« Er lachte mit den anderen und brüllte noch einmal, seine Stimme übertönte die Musik und hallte im Hof wider. »He, T. Komm raus zu deiner Familie!«

Helen wartete. Ein paar Sekunden später hörte sie eine Tür aufgehen und sah fünfzig Meter weiter einen Jungen auf den Außenflur treten. Er beugte sich über die Brüstung und brüllte zurück, sagte den Jungs, sie sollten die Klappe halten. Er musste sie aus den Augenwinkeln wahrgenommen haben, als sie auf ihn zugegangen war, denn er fuhr herum und starrte sie an.

Sie ging weiter, bemerkte, wie er ein paar Sekunden lang ihrem Blick auswich, bevor er sie ansah. Die Jungs unten brüllten noch immer. Inzwischen waren ein paar Türen aufgegangen, und Neugierige streckten ihre Köpfe heraus.

»Ich muss mit dir reden«, sagte Helen.

»Wie heißt du?«

Er wich zurück in die Wohnung. Helen folgte ihm, bog von einem engen Flur in einen Raum ab, der wie das Wohnzimmer aussah. Er stand am Fenster. In der Ecke gegenüber lief der Fernseher, und sie konnte Dope riechen. Ein paar Sekunden nachdem Helen das Zimmer betreten hatte, drängte sich ein junges Mädchen mit einem Baby auf dem Arm an ihr vorbei und ging zu dem Jungen am Fenster.

Helen wiederholte ihre Frage.

»Wer ist das?«, fragte das Mädchen.

Helen schaltete den Fernseher aus. Sie sah Kartons, die sich hinter dem Sofa stapelten, und Plastiktüten mit CDs und Computerspielen. Das Pärchen musterte sie schweigend, doch als Helen etwas sagen wollte, schrie das Mädchen los. »Fuck, was bildest du dir ein, hierherzukommen?« Der Junge legte ihr die Hand auf den Arm, aber sie schüttelte ihn ab. »Ich reiß dir deinen Scheißkopf ab …«

»Beruhigen Sie sich.«

»Ich schwör …«

»Ich heiße Helen Weeks.« Sie holte ihren Dienstausweis aus der Handtasche. »Ich arbeite bei der Polizei.« Das Mädchen schaute nicht mal hin, sondern zuckte nur mit den Schultern, als mache das keinen Unterschied. Der Junge betrachtete seine Schuhe. »Mein Lebensgefährte wurde vor ein paar Wochen umgebracht. Er stand an einer Bushaltestelle …«

Jetzt sah das Mädchen sie an und hob den Kleinen etwas höher, was ihn nicht zu stören schien, er schmiegte sich weiter an ihren Hals. Das Mädchen nickte und sagte leise: »Hab ich in den Nachrichten gesehen.«

Helen fixierte den Jungen, der sich noch immer weigerte, den Kopf zu heben. »Theo?«

Er wandte sich an das Mädchen. »Geh lieber. Bring den Kleinen runter oder so.«

»Ich geh nirgendwohin.«

»Ich kann das nicht, wenn du da bist.«

»Das waren diese Jungs in dem Auto, stimmt's?« Das Mädchen sah zu Helen. »Diese Schießerei?«

»Ja, aber es ist kompliziert.«
Das Mädchen schniefte. Sie schien mit den Tränen zu kämpfen. Sie drehte sich zu dem Jungen. »Was habt ihr getan?« Sie boxte ihn mit ihrer freien Hand auf den Arm und brüllte wieder. »Du und dein Freund, was habt ihr *getan?*«
»Er hat *nichts* getan«, sagte Helen. »Theo, du musst mir zuhören. Es war nicht deine Schuld.«
Zum ersten Mal sah er sie richtig an. »Sie haben die Nachricht bekommen, ja? Die Schüsse, ich hab sie abgefeuert.«
»Es gab keine Schüsse.«
Er schüttelte langsam den Kopf. »Ich hab keine Ahnung, was Sie hier wollen. Was das *soll.* Ist ja nicht so, als könnte ich mich noch schlechter fühlen.«
»In der Waffe waren Platzpatronen«, sagte Helen. »Die Frau in dem Auto fuhr absichtlich in die Bushaltestelle.«
Das Mädchen beugte sich zu dem Jungen, sie sah ängstlich aus. Der Kleine streckte ein Ärmchen aus und griff nach der Schulter seines Vaters. »Was läuft hier, T?«
»Kannst du dich erinnern, wie du auf das Auto geschossen hast? Das hintere Fenster war offen, richtig?« Der Junge nickte. »Woher kam dann das ganze Glas auf dem Rücksitz? Die Schüsse wurden vorher abgefeuert, und die Frau in dem Auto war eingeweiht. Es sollte wie ein Unfall aussehen, okay? Wie ein Zufall.« Der Junge starrte schweigend vor sich hin, ignorierte das Händchen seines Sohnes, der ihm inzwischen auf die Schulter schlug. »Jemand wollte meinen Lebensgefährten umbringen.« Helen spürte ein Ziehen tief unten im Bauch und schnappte nach Luft. »Wollte … Paul umbringen.«
Plötzlich war es sehr heiß im Zimmer. Die Wohnungstür stand noch offen, und ein Luftzug, warm wie aus einem Föhn, trug die Musik von draußen herein.
Der Junge bewegte sich schnell, taumelte durch das Zimmer,

stieß sich an der Wand gegenüber ab und kehrte zum Fenster zurück. Als er sich umwandte, zitterten seine Hände, und er sah aus, als könne er seine Wut kaum zurückhalten. »Wer hat davon gewusst?«, fragte er. »Aus dem Auto, mein ich.«

»Keine Ahnung. Bestimmt Errol Anderson.«

»Der ist tot.«

»Ich weiß«, sagte Helen.

»Sie sind *alle* tot.«

Jetzt stand dem Mädchen die nackte Angst ins Gesicht geschrieben. »T …?«

»Ihr geht doch weg«, sagte Helen. »Das hast du bei deinem Anruf gesagt …« Helen brach mitten im Satz ab, als sie es spürte, und trat einen Schritt zurück. Sie wischte sich mit den Händen über die nassen Schenkel und sah zu, wie die Tropfen auf den Teppich fielen.

»Alles okay?«, fragte der Junge.

Das Mädchen ging zu Helen. »Ihre Fruchtblase ist geplatzt.« Sie drückte dem Jungen den Kleinen in die Hände und eilte aus dem Zimmer, um gleich darauf mit einer Rolle Küchenpapier zurückzukommen. »Das Bad ist gleich da drüben«, sagte sie.

Helen nahm die Rolle und riss eine Handvoll Blätter ab. »Habt ihr die Nummer vom Taxiruf?«

»Ja, wenn Sie so lange warten können«, sagte Theo. »Die sind nicht gerade wild darauf, in diese Gegend zu kommen. *Scheiße* …«

»Kannst du fahren?«, fragte Helen.

VIERZIG Es war eher ein Tröpfeln gewesen, es war also noch nicht allzu dringend. Helen war unerwartet ruhig, sie wusste, es konnte noch vierundzwanzig Stunden dauern, vielleicht noch länger.

Sie musste sich wahrscheinlich mehr Sorgen über das Risiko einer Infektion machen als darüber, dass die Geburt jeden Moment losgehen könnte. Und obwohl es hieß, man solle in diesem Fall sofort eine Klinik aufsuchen, wollte sie sich lieber an ihren Plan halten. Das Lewisham University Hospital war keine zehn Minuten entfernt, aber Helen bat Theo, sie stattdessen zuerst nach Hause zu fahren. Sie glaubte, noch jede Menge Zeit zu haben, um ihre Tasche holen und ins King's College Hospital in Camberwell fahren zu können.

Theo brauchte ein paar Minuten, um sich mit dem Armaturenbrett von Helens Ford Fiesta vertraut zu machen, aber selbst wenn man die bizarre Situation außer Acht ließ, wirkte er nervös und unruhig. Er blickte alle paar Sekunden in den Rückspiegel und starrte auf seine Hände, die sich um das Lenkrad krampften.

»Fährst du oft?«, fragte Helen.

»Schon länger nicht mehr«, sagte Theo.

Der Verkehr hatte in der letzten Stunde nachgelassen, und sie kamen relativ problemlos durch New Cross, bevor sie in Richtung Süden fuhren.

»Jemand wollte ihn umbringen, sagten Sie. Paul …«

Helen hatte ihr Fenster geöffnet und lehnte sich gegen die Autotür, um die laue Luft einzuatmen. Sie wandte sich zu Theo und nickte.

»Wer war es?«

»Das spielt keine Rolle.«

»Sie haben ihn?«

»Ich glaube ja.«

»Was ist mit der Frau im BMW? Warum, um alles in der Welt, hat sie da mitgemacht?«
»Sie hatte ein Drogenproblem. Und eine Menge Schulden.«
»Bei Wave?«
»Sieht so aus«, sagte Helen.
Theo umklammerte das Lenkrad noch fester und sah in den Seitenspiegel. »Dann häng ich trotzdem mit drin. Vielleicht hab ich ihr Stoff verkauft.«
Als sie durch Peckham Rye Common fuhren, spürte Helen eine Wehe. Sie dachte aber erst nach ein paar Sekunden daran, auf die Uhr zu schauen. »Fuck …«
Theo sah zu ihr. »Was ist?«
Sie schüttelte den Kopf und wartete, bis es vorüber war, atmete aus und lehnte sich, nach Luft ringend, zurück. »Fünfundzwanzig Sekunden, in etwa«, sagte sie. »Alles in Butter.«
»Sicher?«
Sie nickte, doch die Nadel auf dem Tacho kroch ein bisschen höher. »Du hast gesagt, du hättest mit den anderen Jungs nicht viel zu tun gehabt. Du weißt schon, als ich dich zum ersten Mal getroffen habe. Mit den Jungs, die erschossen wurden.«
»Mit einigen mehr, mit anderen weniger.«
»Läuft das so in einer Gang? Sind das nur Leute, mit denen man zusammenarbeitet?«
Theo überlegte. Ein Motorrad scherte aus, und er drückte auf die Hupe. »Kommt darauf an, was passiert. Ich wette, Sie kommen garantiert auch nicht mit jedem Bullen gleich gut aus.«
»Das stimmt …«
»Es hängt davon ab, ob man es nur wegen der Kohle macht oder … ob es eher ein Lifestyle ist oder so.«
»Ich hab mit jemandem gesprochen, der wirklich glaubt, die Regierung würde die Waffen liefern«, sagte Helen. »Und dass sie froh über die ganze Sache wären.«

Theo schüttelte den Kopf. »Die Leute reden solchen Schwachsinn. Warum gibt es dann von der Regierung diese Amnestie-Sache für Messer?«
»Die Leute sollen sehen, dass sie wenigstens *etwas* unternimmt.«
»Ist doch eh allen egal. Für die sind Messer so normal wie für andere Kugelschreiber.«
»Läufst du mit einem herum?«
»Manchmal.« Am Herne Hill hielt er sich links, und östlich von Brockwell Park trat er aufs Gaspedal. »Im Augenblick hab ich eine Knarre dabei.«
Helen ertappte sich dabei, wie sie nickte – als habe er nur eine Bemerkung über das Wetter gemacht – und sich wieder zum Fenster lehnte.
»Wissen Sie, wer sie umgebracht hat? Wave und die anderen?«
»Ich habe eine Vermutung.«
»Ist es geheim?«
Helen suchte nach Worten. »Es war … ein Freund von Paul.«
»Solche Freunde hätte ich auch gerne«, sagte Theo.
Als sie an der Wohnung ankamen, sagte Helen, sie brauche nur ein paar Minuten. Sie lief so schnell es ging hinauf, stürmte ins Badezimmer, um zu erledigen, was sie erledigen wollte, seit sie ins Auto gestiegen war.
Sie warf noch ein paar Sachen in ihre Krankenhaustasche, bevor sie Jenny anrief und sie bat, ins Krankenhaus zu kommen.
»Hat es nur ein bisschen getropft, oder war es richtig viel?«, fragte Jenny.
»Du hast genug Zeit.«
»Hast du schon ein Taxi bestellt?«
»Es wartet draußen.«
Sie waren kaum losgefahren, als die nächste Wehe kam. Sie kämpfte dagegen an, stöhnte vor Anstrengung, und Theo fuhr an den Straßenrand.

»Das war eine halbe Minute«, sagte Helen, als die Wehe vorbei war.

»Ist das gut oder schlecht?«

»War die letzte Wehe vor fünfzehn Minuten, oder ist sie noch nicht so lange her?« Theo hob die Hände. »Beeilen wir uns lieber.«

Er trat aufs Gaspedal.

Helen war meilenweit davon entfernt, Panik zu bekommen, allerdings schoss ihr durch den Kopf, dass ein Blaulicht jetzt praktisch gewesen wäre und dass sie immer noch einen Streifenwagen anhalten könnte, um sich von ihm ins Krankenhaus eskortieren zu lassen.

Theo holte alles aus dem Fiesta raus, fuhr schnell, wenn der Verkehr es erlaubte, und schlängelte sich durch die Lücken, wenn er stockte. Am Denmark Hill wurden sie geblitzt, und Theo schlug auf das Lenkrad.

»Damit kann ich leben«, sagte Helen.

Sie fragte ihn nach Javine und dem Baby, und er erzählte ihr von den beiden und von seiner Mutter und seiner Schwester, die zwei Stockwerke unter ihm wohnten. Als sie nach seinem Vater fragte, sagte er, er sei gestorben, und signalisierte, dass er nicht darüber reden wollte

»Und wohin wollt ihr gehen?«, fragte sie.

»Javine hat eine Freundin in Cornwall«, sagte Theo. »Sie war schon ein paarmal dort, um die Lage zu checken. Hört sich okay an, und wir können bei ihr bleiben, bis wir was gefunden haben.« Er lächelte fast. »Ich glaub nicht, dass es dort eine *riesengroße* schwarze Community gibt, aber egal …« Er ignorierte einen Zebrastreifen, über den gerade ein Fußgänger ging, und Helen sagte, das sei schon in Ordnung.

»Vielleicht solltet ihr gar nicht weggehen«, sagte sie.

»Ja, klar, weil zu Hause ja alles so toll ist und so.«

»Komm schon, dir ist doch klar, in welcher Gefahr du schwebst. Du hast gesehen, was mit den Jungs in dem Auto passiert ist.«
»Aber Sie sagten, Sie wüssten, wer's war.«
»Aber ich bin nicht sicher, ob wir es jemals beweisen können.«
»Nur ein Grund mehr, mich aus dem Staub zu machen.«
»Er würde dich suchen. So ist er«, sagte Helen. Sie wartete, bis er sie ansah. Sie wollte sichergehen, dass er verstand, wie ernst sie es meinte. »Ich denke, du solltest zur Polizei gehen.«
»Ja, klar.«
»Du hast nichts getan.«
»Ich war in dem Auto«, sagte Theo. »Ich hatte eine *Waffe*. Und wie ich mein Geld verdiene, wissen Sie.«
»Die Drogen interessieren die nicht.«
»Aber Waffenbesitz und die Absicht, damit was anzustellen, interessiert die schon. Das ist nicht nichts, oder?«
»Hör mal, du bist der einzige Zeuge, der im Auto war. Wenn du aussagst, lassen sie eine Anklage mit großer Wahrscheinlichkeit fallen. Ich schreibe einen ausführlichen Bericht und mache alles, was ich kann. *Hier rein!*« Sie zeigte auf die Einfahrt zum Parkplatz.
»Sie machen sich also Sorgen wegen mir? Dass ich in Gefahr bin?« Er fuhr langsamer und drehte sich zu ihr. »Wenn ich aussage, ist ein ganzer Haufen Leute hinter mir her. Die Sache hat nicht mit Wave aufgehört. Verstehen Sie, was ich meine?« Als sie auf den Parkplatz des Krankenhauses fuhren, sagte Theo: »Ehrlich gesagt bin ich nicht sicher, ob alle tot sind. Alle Jungs aus dem Auto. Einer ist nur verschwunden.« Er fuhr so schnell wie möglich über die Bremsschwellen. Helen umklammerte ihren Bauch. »Er heißt Ezra Dennison.«
»Werde ich weitergeben.«
»Easy. Er ist sechzehn, okay?«

»Ich werde dafür sorgen, dass es die richtigen Leute erfahren«, sagte Helen.
Theo parkte so nah wie möglich an der Entbindungsstation und half Helen aus dem Wagen. Sie gingen ein paar Schritte und blieben vor der automatischen Eingangstür stehen. Ab jetzt käme sie allein zurecht, sagte sie, es sei nicht nötig, dass er mit hineinkomme. Ihre Schwester käme jeden Moment. Er fragte sie, ob er ihr Auto zurück zu ihrer Wohnung fahren solle.
»Die Polizeiwache Streatham ist nicht weit weg«, sagte Helen.
»Ja.« Er bohrte die Spitze seines Turnschuhs in den Boden. »Das Thema hatten wir ja schon.«
»Du solltest das wirklich machen. Ihr wärt alle sicherer.«
»Vielleicht.« Er drehte sich zum Auto um.
»Sag ihnen einfach, was passiert ist.«
Theo öffnete die Autotür. »Was ich getan habe und was ich *geglaubt* habe, getan zu haben. Wissen Sie was, ich bin nicht sicher, ob der Unterschied eine große Rolle spielt.«
»*Erzähl* es ihnen einfach. In ein paar Tagen können wir alles andere regeln.«
»Sie sollten reingehen.«
»Bitte. Und sieh zu, dass du auf dem Weg dorthin die Waffe loswirst …« Helen drehte sich um und ging durch die Tür. Dabei traf ihr Blick den einer Frau auf dem Weg nach draußen, die die letzten Sätze offensichtlich gehört hatte und schnell zur Seite sah. Helen hörte das Auto wegfahren und stellte ihre Tasche am Empfang ab.

EINUNDVIERZIG Theo rief sofort Javine an, nachdem er das Krankenhaus verlassen hatte, sagte ihr, alles sei in Ordnung, er komme so schnell wie möglich nach Hause und würde versuchen, ihr dann alles zu erklären. Er hatte erwartet, dass sie ihm in epischer Breite erklären würde, was sie von ihm hielt, aber sie blieb ruhig und erwiderte nur, sie würde auf ihn warten.

Er fuhr nach Süden, ohne groß über den Weg nachzudenken, er wollte einfach nur eine Weile fahren. Er würde aber auf keinen Fall auch nur in die Nähe von Streatham kommen. Er hatte das Gefühl, als sei eine riesige Last von seinen Schultern genommen worden, und das Letzte, was er jetzt wollte, war, sich geradewegs zurück in die Scheiße zu reiten. Die Freundin des Bullen glaubte natürlich, sich zu stellen sei das Beste, dass er auf lange Sicht so besser dran wäre und so weiter. Aber sie steckte nicht in seiner Haut. Sie hatte keinen blassen Schimmer.

Sie konnte sagen, was sie wollte, er wusste, wie es lief. Wenn er zu den Bullen ging und sagte: »Ich bin dieser Gangster, der geschossen hat und nach dem ihr sucht«, würden sie ihn nicht mit offenen Armen empfangen.

Und wie er ihr erklärt hatte, gäbe es in den Dreiecken weiter oben ein paar Leute, die er nicht einmal kannte und die hinterher garantiert ein Wörtchen mit ihm reden wollten.

Besser, er und Javine nutzten ihre Chance.

Helen Weeks war okay. Kurz hatte er sich gefragt, wie sie wohl reagieren würde, wenn er sich ihr Auto lieh, um Javine und Benjamin nach Cornwall zu bringen. Sie hatten nicht viel Kram, wahrscheinlich brauchten sie nur ein Mal zu fahren. Und ob der alte Mazda seines Dads auch nur die Hälfte der Strecke schaffte, war fraglich.

Dann realisierte er, dass sie, wenn sie das Auto nicht fand, annehmen würde, er habe es geklaut. Wahrscheinlich hatte sie ohnehin schon genug Stress, und außerdem brachte sie auch noch ein Baby mit nach Hause. Das war es nicht wert. Er konnte wahrscheinlich günstig einen Mietwagen bekommen. Sie brauchten ja nichts Schickes.

Und er wollte nicht, dass sie schlecht von ihm dachte.

Geld war ohnehin kein großes Problem, zumindest nicht in den nächsten Monaten, bis sie alles geregelt hatten. Was er zu Javine gesagt hatte, dass sie auf das Geld seiner Mum nicht angewiesen waren, hatte er ernst gemeint. Auch wenn er ihr nicht gesagt hatte, warum.

Unter dem losen Brett in der Lagerwohnung hatten knappe tausend Pfund gelegen. Zitternd wie Espenlaub hatte er sich die Geldkassette geschnappt und sie zusammen mit den etwa hundert Rocks aus dem Küchenschrank in eine Plastiktüte gestopft, bevor er aus der Wohnung verschwunden war.

Ein paar Monate mindestens, wenn sie nichts überstürzten.

Easy hätte bestimmt gesagt: *»Easy-peasy, Star Boy …«*

Theo fuhr langsam die Norwood Road entlang und fragte sich, ob sein Freund in jener Nacht genauso verarscht worden war wie er. Easy hatte den Cavalier geklaut, so viel wusste Theo, aber war er am ganzen Plan beteiligt gewesen? Hatte er genau gewusst, was er tat, als er Druck gemacht hatte, damit Theo eine Stufe nach oben rückte?

Als er ihm praktisch die Knarre in die Hand gelegt hatte?

Theo hoffte, dass er das Easy irgendwann noch einmal würde fragen können.

Er hielt an der Ampel und dachte an Javine. Er musste ihr sagen, dass sie in Cornwall so schnell wie möglich aus der Wohnung ihrer Freundin rausmussten. Sie würden sich mit dem Baby ein kleines Schlafzimmer teilen müssen, aber wahrscheinlich reichte ihr Geld, um die Kaution für eine kleine Wohnung zu zahlen. Es war ein Touristennest, also musste es ein paar Jobs geben, in einem Hotel oder so. Javine könnte ihre Freundin bitten, schon mal in einer Lokalzeitung nachzusehen, bevor sie kamen.

Er schaltete das Radio ein und suchte einen Sender. Als ein Reggae-Song ausgeblendet wurde, drehte er lauter. Aber er kannte ihn nicht. Aus den Augenwinkeln bemerkte er, wie ein Auto neben ihm auftauchte, er sah jedoch nicht, wie die Scheibe runterging.

Sein Blick war auf die Ampel gerichtet, die gerade umschaltete.

Die Waffe wurde schon auf ihn gerichtet, als Theo zu dem Mann im Auto neben ihm rübersah und der Moderator den Namen des Interpreten nannte, jemand, bei dem sein Vater vielleicht mitgesungen hatte. Ein flüchtiges Bild seines Vaters und der Gesichter von Javine und Benjamin, zu mehr reichte die Zeit nicht.

Sie reichte nicht einmal für einen Schrei, in dieser Sekunde vor der Dunkelheit.

Bei der Installation des Soundsystems im Büro hatte Frank Wert darauf gelegt, dass er überall im Haus Musik hören konnte. Selbst im Bad waren Lautsprecher angebracht und natürlich im Wintergarten, wo er momentan die meisten Abende verbrachte.

Ihm war nach etwas Leichtem, Sommerlichem zumute. Er lauschte einem Concerto von Vivaldi, trank dazu ein Glas Wein, und vor ihm auf dem Tisch lag ein Magazin mit teuren Immobilien. Er sah hinaus und wartete darauf, dass die Lichter angingen. Er hatte die Füchse schon länger nicht mehr gesehen und in den letzten Nächten noch mehr Futter für sie draußen gelassen, in der Hoffnung, sie zurückzulocken.

»Dein Garten ist nicht der einzige, in dem sie sich rumtreiben«, sagte Laura. »Das sind keine Haustiere.«

»Allerdings wird niemand die Biester so gut füttern wie ich. Da draußen liegt eine halbe Lammhaxe.«

»Und wenn sie Vegetarier sind?«

Sie schauten eine weitere Viertelstunde hinaus, bis Frank sagte, das würde wohl nichts mehr werden und er wolle ins Bett gehen. Sie kam herüber und setzte sich neben ihn, blätterte durch das Magazin und deutete auf Immobilien, die ihr gefielen.

»Du denkst doch nicht, ich hab dich im Stich gelassen, oder?«, fragte Frank.

»Wie viele Gläser Wein hast du getrunken?«

»Sag schon.«

Sie griff nach seiner Hand. »Sei nicht albern.«

»Und die Sache danach? Nach dem, was ich in Wandsworth veranlasst habe?«

»Na ja, du kannst nicht von mir erwarten, dass ich das toll finde. Aber du hast es nur getan, weil ich dir wichtig bin.« Sie senkte die Stimme. »Ich weiß, dass du deine eigenen Methoden hast.«

»Damit muss ich mich wohl zufriedengeben.«

Nach einer langen ruhigen Passage baute die Musik wieder Spannung auf, die Solovioline erreichte schrille Höhen. »Du hast auch Paul nicht hängen lassen.«

Frank wusste, dass es schwer für sie war, über einige dieser Dinge Bescheid zu wissen, aber letztlich würde sie ihm alles verzeihen. Sie war die Einzige, die das tun würde. Er sah es in ihren Augen, spürte es in ihrer Umarmung, als sie sich zu ihm beugte und den Kopf an seine Schulter legte, ihn freisprach. Er blinzelte, und sie war verschwunden.

Frank war allein und schlief in seinem Sessel, als eine Stunde später die Lichter angingen und cin gut genährter rotbrauner Kater aus den Sträuchern kroch, sich an den Boden drückte und, eine Minute abwartend, die Lage prüfte, bevor er über den Rasen zu seinem Futter lief.

ZWEIUNDVIERZIG Nach knapp neun Stunden sagten sie, es sei beinahe geschafft.

»Los, meine Liebe, gleich haben wir's …«

Aber das sagten sie schon eine ganze Weile.

Jenny gab sich die größte Mühe, ihr eine Hilfe zu sein, ermahnte Helen, zu atmen und locker zu bleiben, wenn die Schmerzen wieder zunahmen. Dabei verzog sich ihr Gesicht, als spürte sie selbst jede Wehe. Die schneidende Welle, die jedes Mal in Helens Seite begann, bevor sie vollständig über ihr hereinbrach. Wenn sie ihre Mitte erreichte, war Helen gelähmt, und sie fühlte sich eine Minute, als würde sie ausgequetscht wie eine Zitrone. Der Hals tat ihr beinahe so weh wie der Rest ihres Körpers, wenn der Schmerz nachließ.

Sie nahm Lachgas, seit die Wehen regelmäßig kamen, und eine Weile war sie weggetreten, aber nach vier Stunden, als der Muttermund drei Zentimeter geöffnet war, wollte sie nur noch eine PDA. Sie brüllte die Hebammen an und die Wände und ihren verfickten Muttermund. Nach einer weiteren Stunde – zumindest kam es ihr wie eine Stunde vor – ließ sich ein eingeschüchterter junger Anästhesist blicken und ratterte die Risiken herunter: Bei einem von zwanzig Fällen fiel der Blutdruck ab; bei einem von tausend Fällen riss die Rückenmarksmembran; das *äußerst* geringe Risiko einer …

Sie gab ihm deutlich zu verstehen, dass ihr das egal sei.

Nach fünf Minuten schmerzhaften Herumstechens schüttelte er den Kopf. »Ich krieg das verdammte Ding nicht rein.«

Jenny grinste ihn über das Bett hinweg an. »Das hat der Vater bestimmt auch gesagt.«

Der Vater …

Helen wusste, dass es nur ein dummer Witz war, und es war schrecklich, das Gesicht ihrer Schwester zu sehen, als sie merkte, was sie gesagt hatte.

»Ich hab nur gemeint …«
Helen wollte ihr sagen, dass es schon in Ordnung sei, aber die nächste Wehe nahm ihr schon wieder den Atem. Hatte sie fest im Griff, als alle sich wieder Helen zuwandten.
»Ist eh zu spät«, sagte jemand. »Der Muttermund ist schon ziemlich weit offen, Schätzchen.«
Es waren zwei Hebammen, ein eingespieltes Team mit einer prima funktionierenden Good-Cop/Bad-Cop-Masche. Die eine erklärte Helen, sie solle sich vorstellen, ihr Muttermund öffne sich wie eine Blume, während die andere sie dauernd aufforderte, »sich anzustrengen« und »fester zu pressen«. Sie übernahm auch das Kommando, als es ans Eingemachte ging und blutig wurde.
»Konzentrieren Sie sich, Helen. Pressen. Jetzt.«
Sie hasste diesen Schmerz und teilte diese bescheuerten modernen Geburtsansichten nicht eine Sekunde lang. Das hier war nicht etwas, das sie sich zweiundvierzig Wochen lang »verdient« hatte, und es war auch nicht »Teil der Erfahrung«. Jedes Mal dachte sie, die nächste Wehe bringe sie um, und wenn sie dann kam, presste sie trotzdem mit aller Kraft, die sie noch hatte. Wenigstens betäubten die ganzen Bilder in ihrem Kopf einen Teil des Gefühls, linderten ein wenig den Schmerz, während sie die Muskeln in ihrem Unterleib bis zum Zerreißen anspannte.
Sie verkrampfte sich fast, als die nächste Wehe kam.
Jenny drückte ihre Hand.
Sie presste …
Sie wusste, sie würde mit den Schuldgefühlen und den entsetzlichen Erinnerungen leben müssen. Sie hatten sich in ihr eingenistet wie ein Glassplitter, der in den weichen Teil des Fußes glitt.
Sie presste und brüllte.
»Da kommt er. Noch einmal pressen.«
Sie würde damit fertig werden.

Sie würde dagegen ankämpfen, so gut sie konnte. Um ihrer beider willen, um des Babys willen, das Pauls Baby war. Sie wusste – *betete* –, dass es Pauls Baby war.
Plötzlich fühlte sie sich stark und klar, voller Energie. Sie war das wilde und ruhige Sturmauge, um das sich alles drehte.
»Nur noch ein Mal fest pressen, Schätzchen …«
Ihre Gedärme öffneten sich, und ihr Bauch schien jeden Moment zu platzen wie eine Wassermelone. Sie wollte ihn aufreißen, damit endlich dieses Brennen im Becken und im Rücken aufhören würde. Es war, als würde ihr Innerstes nach außen gewendet.
Aber sie hörte nicht auf zu pressen.
Es gab schlimmere Schmerzen.

DANK

Wie immer haben mir eine ganze Menge Leute dabei geholfen, die Scherben der Wahrheit zusammenzusetzen …

Mein Dank gilt wieder einmal Tony Thompson für seine wertvollen Tipps. Ember Phoenix und Nathan von West Camp für die richtigen Ausdrücke. Detective Chief Superintendent Neil Hibberd war auch diesmal sehr geduldig und eine große Hilfe. Allerdings musste ich mir bei dem Thema, wie sich Polizeiarbeit mit einer Schwangerschaft verträgt, woanders Rat suchen. Den fand ich bei Sergeant Georgina Barnard, bei der ich mich für ihre Unterstützung auf diesem wie auf anderen Gebieten bedanken möchte. Außerdem muss ich mich bei Jane Maier bedanken, die, wie der glückliche Zufall es wollte, im richtigen Moment zwei Wochen vor dem errechneten Geburtstermin war und mir so die passenden Auskünfte zu Sodbrennen, Übelkeit und Tröpfeleien geben konnte. Und natürlich bedanke ich mich bei Sasha, der alle Unannehmlichkeiten ausgehalten hat.

Weiter möchte ich mich bei Frances Fyfield für die Infos zur verfahrenstechnischen Seite der Polizeiarbeit bedanken, bei Jane Doherty für ihren wunderbar mäßigenden Einfluss, bei John Brackenridge für Hilfe, die ich nirgends sonst hätte bekommen können, und bei Mike Gunn für den besten – wenn nicht den *einzigen* – Witz im Buch.

Und nicht zu vergessen: Hilary Hale, Wendy Lee, Sarah Lutyens und David Shelley, der *noch nie* in einem Chicken Cottage gegessen hat.

FSC
www.fsc.org
MIX
Papier aus verantwortungsvollen Quellen
FSC® C083411

Überarbeitete Neuausgabe
1. Auflage

Die Originalausgabe erschien 2008 unter dem Titel
In The Dark bei Little, Brown, London

Aus dem Englischen von Isabella Bruckmaier

Umschlaggestaltung: Zero Werbeagentur, München
Umschlagmotiv: Getty Images/© Jared Hobbs
Satz: Dörlemann Satz, Lemförde
Druck und Bindung: CPI books GmbH, Leck
Printed in Germany 2015
ISBN 978-3-85535-057-5

Das Hörbuch, gesprochen von Katja Danowski, ist im Hause JUMBO
auf dem Label GoyaLiT erschienen.

www.atrium-verlag.com